2023
最美铁路人

本书编写组

学习出版社

图书在版编目（CIP）数据

2023最美铁路人 /《2023最美铁路人》编写组编. -- 北京：学习出版社，2024.9. -- ISBN 978-7-5147-1274-2

Ⅰ．I25

中国国家版本馆CIP数据核字第2024UA9413号

2023最美铁路人
2023 ZUIMEI TIELUREN
本书编写组

责任编辑：朱仕娣
技术编辑：胡　啸

出版发行：学习出版社
　　　　　北京市崇外大街11号新成文化大厦B座11层（100062）
　　　　　010-66063020　010-66061634　010-66061646
网　　址：http://www.xuexiph.cn
经　　销：新华书店
印　　刷：天津融正印刷有限公司
开　　本：710毫米×1000毫米　1/16
印　　张：29
字　　数：323千字
版次印次：2024年9月第1版　2024年9月第1次印刷
书　　号：ISBN 978-7-5147-1274-2
定　　价：91.00元

如有印装错误请与本社联系调换，电话：010-66064915

文学向崇高的致敬

李炳银

近年来，中国铁路特别是中国高速铁路的飞速发展，已经领跑世界，成为中国一张亮丽的名片。无数次地乘坐普速列车、高铁，铁路如同血脉一样成了我身体的一部分。在中国铁路伟大建设的过程中，千千万万的铁路建设者、运营养护人员、科技工作者……付出了非凡的智慧、辛勤的汗水甚至生命，所创造的历史性成就和发生的历史性变革，令人非常敬佩和感动。这本《2023最美铁路人》，只是在2023年选树出的10名先进个人和1个先进集体的事迹故事，仅仅是广大铁路人的一个侧面，一个剪影，一个代表，但即便如此，在书中也是可以很真实具体地感受到中国铁路人的精神品格和情感面貌的。如同一个窗口，可以窥见许多动人的故事，让人感触回忆。

在人们的认识中，大凡美的对象，都具有善、爱、新、诚、忠、勇、恕等特质。但具体到每一个表现出美质的人身上，其情形却是千姿百态，各有特点。本书所收录的 11 篇报告文学作品，各自着重描绘介绍的人物，就都具备鲜明的个性和美质特点。《巴山赤子》里的王庭虎，是襄渝线上巴山深处的一名老线路工，自进入铁路工作以来，从学徒到工长，几十年尽心竭力，他所负责的线路区间，由"担心线"变成了"放心线"，做到 46 年无安全事故，先后创新改造小发明 27 项，被人敬称为"巴山虎哥"，获得了许多荣誉。中国铁路沈阳局集团有限公司通化工务段桥隧车间第一维修小组，是一个有着悠久英雄传统的集体，在解放战争、抗美援朝战争和社会主义建设时期，先后有许多勇敢严谨的作风表现。如今，这个"小组的 17 名东北汉子，如同道钉一样'铆'在大山里，守护着高寒铁路"，特别是在 2023 年严冬季节，涵渠积冰，堵住涵洞，小组成员在刘传双的带领下，不惧严寒困苦，经整日奋斗，终于清除"冰甲"，保证了线路畅通。像王庭虎和通化小组这样常年默默养护漫长铁路线的人们何其之多，他们这种忍受寂寞、日复一日的坚守、克服各种艰难，保证线路安全畅通的职业作风、责任使命、事业精神、奉献行动，崇高而质朴，坚毅而灵动，是最美劳动者的表率，令人尊敬。

《我的"中国心"》描绘了正高级工程师陈燕平，以株洲电力机车研究所为舞台，多年钻研电力机车牵引变流器（相当于高铁列车的心脏）的研发创新工作。她在见识了外国人的傲慢及技术封锁情形后，决心要通过自己的努力改变现状，最后在师父的指导和团队的努力下，经反复设计实验，终于造出拥有完全自主知识产权和专利的中国产品，并不断刷新纪录，实现了从"追赶"到"领跑"的跨越。陈燕平的使命担当精神和在科学研究中的创新奋发行动，敢于向未知探索的钻研作风，鼓舞人心。陈燕平的形象伴随着一代代牵引变流器的成功研发，也越来越高大了。类似的人物还有《工地发明家》中的马小利、《明亮的"眼睛"》中的王笑冰、《神奇调试师》中的张华和《畅通的旋律》中的蒋涛等。这些人在各自的工种岗位上进行创造，用神奇的感知才能和精湛的技术，把工作几乎变为艺术的情景（如张华用脚底感知电机冷却风机有问题的情形、王笑冰对信号"听诊把脉"的神奇操作等）无不表现出敬业尽心的精神，表现出追美求美的行动努力。

《幸福的金火车》《红土情深》《忠诚铸警魂》《天路开来"复兴号"》，分别动情地叙述了列车长米尔班·艾依提、客运值班员李军、铁路警察朱少铭和青藏铁路上的高铁司机斯朗旺扎的先进感人事迹。这些人或常年工作在列车上，或立足于客运站车的工作岗位，服务不同的对象，遇到各种问题，但他们把为人民服务几乎做到了极致的情形，让人敬佩，他们不愧是"最美铁路人"的代表。铁路警察朱少铭和高原机车司机藏族小伙斯朗旺扎，在不同的岗位上表现出的锐敏机智和工作专业性，像高原上的日光，明丽灿烂。

《2023最美铁路人》的作者，各自在深入对"最美铁路人"的直面现场采访中，走近各种故事和人物，落笔创作。所以，篇篇都是用心尽力的书写表达。作者们十分看重对对象人物实际行动的描绘，也很注意对对象精神情感世界的探究体会，故而作品都具备细节丰富、个性真实、形象鲜活的特点。虽然说作品大多被事实约束，未能进行更多文学辅助渲染的表现，但人物的形象性格和精神品质（如王庭虎的执着、陈燕平的痴情创新、李军的诚挚服务态度等）都很好地得到呈现。"最美铁路人，铁路人最美"。在读过这样的作品之后，铁路人更加令我钦佩和敬重！

铁路是重要的民生工程和大众化交通工具，铁路的安全准点运行和周到服务，是人们非常看重与关心的。而要实现这样的目标，需要铁路各系统各工种的出色协作配合。这部报告文学中所涉及的这些人物，没有一个人的工作可以忽略。他们是铁路运输整体的一部分，所以他们的工作也是中国铁路水平和标杆的显示。用报告文学的表现方式将这些先进人物描绘介绍出来，为他人树立榜样，让外人了解铁路人的敬业、坚持、艰辛、创新、服务精神和担当付出，是很有意义和价值的。这是文学向崇高的致敬，是让人在平凡中见识伟大的行动。

是为序！

作者系中国报告文学学会原常务副会长

目录 Contents

蒋 涛

畅通的旋律 …………………………………………… 003

——记中国铁路郑州局集团有限公司郑州站运转车间车站值班员蒋涛

王庭虎

巴山赤子 ……………………………………………… 043

——记中国铁路西安局集团有限公司安康工务段巴山线路车间维修工队副队长王庭虎

张 华

神奇调试师 …………………………………………… 081

——记中国铁路上海局集团有限公司上海动车段列调一班工长张华

李 军

红土情深 ……………………………………………… 121

——记南昌局集团公司南昌车站客运车间客运值班员李军

王笑冰

明亮的"眼睛" ……………………………………… 163
——记中国铁路广州局集团有限公司海口综合维修段
信号工高级技师王笑冰

米尔班·艾依提

幸福的金火车 ……………………………………… 203
——记中国铁路乌鲁木齐局集团有限公司库尔勒客运段
和田一队列车长米尔班·艾依提

斯朗旺扎

天路开来"复兴号" ………………………………… 245
——记青藏集团公司格尔木机务段运用一车间指导司机
斯朗旺扎

马小利

工地发明家 ………………………………………… 287
——记中铁二十一局三公司成渝中线铁路项目钢构班
班长马小利

陈燕平

我的"中国心" ……………………………………… 327
——记中车株洲电力机车研究所有限公司
正高级工程师陈燕平

目 录

朱少铭

忠诚铸警魂 ································· 367
　　——记广州铁路公安局惠州公安处惠来站派出所
　　三级警长朱少铭

中国铁路沈阳局集团有限公司通化工务段通化桥隧车间通化桥隧第一维修小组

大山道钉 ··································· 407
　　——记中国铁路沈阳局集团有限公司通化工务段
　　通化桥隧车间第一维修小组

视频·链接

中共中央宣传部、中国国家铁路集团有限公司
　　联合发布2023年"最美铁路人"先进事迹 ············ 449

后　记 ··································· 452

蒋 涛

畅通的旋律

——记中国铁路郑州局集团有限公司郑州站运转车间车站值班员蒋涛

章金辉　潘红亮

千里冰封，万里雪飘。

2024年2月20日，春节长假刚刚结束，一场突如其来的雨雪冰冻天气覆盖了整个中部地区，河南郑州的气温3天骤降22摄氏度，断崖式跌至零下。

河南是人口大省，历来有"三六九，朝外走"的习俗，客流高峰叠加极端天气，给交通运输带来极大冲击。部分航班被临时取消，高速公路封闭限行，大量旅客纷纷涌向铁路。

踩着厚厚的积雪，我们来到郑州车站采访。郑州车站是中国铁路网的重要枢纽站，它的安全畅通，关系到南来北往的列车。

刚进行车室，就见车站值班员蒋涛在叮嘱同事："外面冰冻厉害，要注意控制列车进站节奏，晚点开放信号，让列车在站外降一下速。"看我们一脸疑惑，他耐心地解释道："列车速度稍微一变，就像雨天进门前抖雨衣，车体上附着的冰碴雪块会被提前'抖'掉，避免进站后落入道岔区域，阻碍设备运转。"

随行的郑州站党委副书记向我们介绍："进站之前'抖一抖',卸下包袱更好走,这是蒋涛他们探索的独门诀窍。"

蒋涛是中国铁路郑州局集团有限公司郑州站运转车间车站值班员,入路24年来,勤于学习思考,勇于探索实践,从制动员、连结员一步步成长为信号员、车站值班员,在各个岗位上都取得了出色的业绩。特别是担任车站值班员13年间,安全办理接发列车37万余列,护送3亿旅客出行无一差错,成为中国铁路郑州局集团有限公司"技术能手""先进生产者""劳动模范",先后荣获河南省五一劳动奖章和全国五一劳动奖章;2023年,他被中宣部、国铁集团评为"最美铁路人"。

此时,蒋涛正沉静地端坐在控制台前,全神贯注地盯控行车指挥,俨然一名运筹帷幄的将军。他神态从容,语调平和,一条条指令发布得清晰明确,宛如一个个灵动奔放的音符,在冰天雪地里,奏响了中原铁路畅通天下的铿锵旋律……

追火车跑的孩子

每个孩子都曾经怀揣梦想,那些贴近大地的梦想,终将在时光的浸润下,慢慢生根发芽,展叶开花。

蒋涛的梦想和火车有关。小时候,他曾是个追着火车跑的孩子。

蒋涛出生于铁路世家,姥爷1945年就在铁路上干装卸工,父亲1969年进入铁路系统,他的舅舅、姨妈乃至表哥表姐、堂兄堂弟等亲戚,几乎遍布铁路行业各个工种。

蒋　涛

铁路边长大的孩子，对铁路自然有着独特的感情。蒋涛儿时印象最深刻的记忆，就是在铁路边追着火车奔跑，那种痛快淋漓的感觉终身难忘。他喜欢奔跑的感觉，呼呼的风掠过耳畔，脚下的路不断延伸。他常常把自己想象成一列火车，希望和火车一起飞奔在祖国的天南海北，哪怕最后筋疲力尽瘫坐在铁路边，仍然兴奋不已。

火车跑远了，他只好停下脚步，大口喘着粗气，呆呆地凝望两条钢轨，仿佛它们通往神秘的宇宙深处。

他经常站在铁路边数火车，看着呼啸的列车轰隆隆驶向远方，悠长昂扬的汽笛划过清旷的原野，厚重的土地上传来雄壮的律动，情绪就会特别振奋。

父母工作忙，上学放学没人接送，蒋涛习惯了一个人跑来跑去。一来二去倒跑出了名堂，他很快便被学校田径队相中，进入长跑队参加集训。教练告诉他，跑步需要技巧，比赛需要战术。想跑好步，必须打好基本功，才能突破极点，一点点超越领先。比赛中还要认真观察分析，根据天气、场地、赛道位置和其他选手情况，制定出最适合的战术，坚持下去，才能取得理想成绩。

小学六年级时，蒋涛参加了郑州市中小学生运动会。首次参加大型比赛，他心中很忐忑，总怕跑得不好，给学校和教练丢脸。但发令枪响瞬间，所有杂念顿时无影无踪。他按照赛前教练制订的计划，调节好呼吸，找到熟悉的节奏，既不发力领跑，也不消极落后，而是依次实现阶段性目标，最后再全力冲刺。那次比赛，这匹"小黑马"再创佳绩，斩获全市第三名的好成绩。

这让他的信心更加坚定，无论做任何事，基础和方法缺一不可。两条腿积极迈起来，才能跑得又快又稳，用力加上用心，就能取得成功，成为他秘而不宣的快乐。

学习上他也如此。蒋涛性格内向，学习努力但成绩并不拔尖，特别是语文、英语等需要语言表达的课程，明显偏弱，但对数字极其敏感，记得又快又准，还喜欢各种组合运算，经常沉浸在复杂的公式中流连忘返，不时有新奇念头蹦出来，就会一个人傻呵呵地直乐。

每张课桌都隐藏着一个神秘的未来，端坐于前的学生并不清楚，此后经年，他的性格和特质，将会引领他前往一个越来越明晰的未来。

少年的心，始终在奔跑的路上。

铁路是半军事化性质的企业，铁路人的基因传承，融进了太多的家国情怀和军人气概，蒋涛也不例外。1996年的台海危机，1997年的香港回归，让血气方刚的蒋涛按捺不住激情，高中期间就积极报名参军，并成为一名光荣的武警战士。

他儿时辗转多个地方上学，郑州、西安、驻马店，无论到哪里都是在铁路边。这次入伍时他想，恐怕很难见到铁路了吧。结果报到后发现，部队负责守卫的油料储备基地，居然也有一条铁路专用线！

当生命中每个重要节点都和铁路美丽邂逅，蒋涛不由感慨：命运有时真的很神奇。

熟悉的铁路环境让他感到回家般的亲切，两年的军旅生涯，几乎没有任何陌生感。清晨山上跑步拉练，他看见火车吐着白烟进入高墙大院，又吼叫着满载而归；傍晚坐在高高的山坡上，他远远目

蒋 涛

送火车出发与回归，一切都像极了儿时的场景。

新兵训练时枯燥的军姿列队，也能在他眼里幻化出列车的模样。随着教官口令，所有人动作统一、步调一致，特别是上百人集训正步方阵，口号震天，尘土飞扬，总能激发出每个人最大的潜能，让大家热血沸腾，面颊滚烫。

在蒋涛眼里，钢铁的部队和钢铁的列车那么相似，在"火车头"的带领下，大家紧随其后，义无反顾地向前冲锋，浩浩荡荡，势不可当。

时至今日，蒋涛还常常怀念部队里的难忘岁月，怀念铁路边的每个晨昏。在部队这个钢铁熔炉里，他学会了勇敢与坚强，理解了责任与担当。在那条朝夕相伴的铁路边，他无数次出神凝望，锃亮的钢轨在霞光里泛着橘色光芒，肩并肩伸向远方，仿佛指引着奔跑的方向。

1999年，蒋涛从部队退伍，经过一年的岗前职业培训，被分配到郑州车站。巧的是，父亲当时正好是郑州车站的车站值班员，他对儿子的发展前途多少有些信心不足，说："要不然就去学习调车吧，工作简单点。"后来听母亲说，当时父亲主要是不放心，认为郑州车站行车岗位责任太重，压力太大，不是一般人能干的。儿子要想干出点名堂，就先去调车岗位练基本功吧。

父亲的建议也是权威决定，蒋涛带着几分不服气来到调车组，先从制动员干起。他悄悄对母亲说："我爸能干车站值班员，到时候我肯定也能干，还要比他干得更好！"

母亲笑了："你以前可是说不喜欢干铁路工作哟。"

这是实话，因为小时候父亲总没时间照顾家里和陪伴自己，蒋涛对铁路工作有成见，多次对父亲说，长大后坚决不跟你们一样干铁路，等着瞧。

提及往事，蒋涛有点不好意思，挠了挠头："小时候的确挺排斥铁路的，干着干着就接纳了，还慢慢爱上了，嘿嘿。"

一步一个台阶

前进的道路从不平坦，只有一步一个脚印，才能脚踏实地，稳步前进。

蒋涛的职业生涯是从调车组开始的。小时候，蒋涛就对调车工作人员羡慕不已，羡慕他们身轻如燕，风一样追上车辆，上下翻飞；羡慕他们在列车上当风而立，威风凛凛。他看见调车人员吹响

● 在郑州车站运转车间警示教育室蒋涛正在给职工讲解历年安全警示案例（摄影　何彬）

哨子，摇动信号旗，气势汹汹的列车像乖巧的小猫，说走就走，说停就停。童话似的情节，令人浮想联翩。

稍大点后，他又对列车解编兴趣盎然。那么长的庞然大物，在调车员手中可以被轻松地分解重组，一眨眼工夫，长短不一的车辆便七零八落地散开，机车几番推拉变换，又拼接成新的"长龙"，呼啦啦开向祖国四面八方。真神奇啊，要是能亲手操作一番，多过瘾！

念念不忘，必有回响。现实很快给了他这样的机会，而且是昼夜不停与车辆、信号、轨道相约相伴。

刚进调车组报到，蒋涛就问什么时候能站在车梯上指挥。车间领导笑着说："心急吃不了热豆腐，你得先干好制动员，再干连结员，再干调车长，要一步一个脚印。"

调车组一般由调车长、连结员和制动员组成，调车作业计划是由车站调度员下达的，下达调车作业命令后，调车长根据计划安排人员，连结员负责带车作业，制动员提前去现场查看线路车辆状态，做好各项准备工作。

蒋涛所在班组负责郑州车站北检修库方向的调车作业，从调车组到大库差不多有两公里，他每次都是一路小跑，依次检查道岔位置和车辆情况，声音洪亮地用对讲机向调车长汇报。几个老师傅在对讲机里听见这清晰大嗓门就乐，悄悄告诉他父亲："你家那小子，看上去干巴瘦，个子也不高，跑得倒快，嗓门也挺大。"

蒋涛总在不知疲倦地奔跑，不仅仅因为年轻，更是希望能把作业效率提高一点。经过系统的专业培训，他感同身受地理解了父亲多年来的叹息："郑州站的时间太宝贵了，不能有半点耽搁！"

郑州站地处中原，连通四方，日接送列车360多列、过往客流近40万人次。在庞大车流基数下，每分每秒都显得弥足珍贵，必须精心计算、充分利用。

提升效率的前提是安全，蒋涛对此从不含糊。每次上岗，就数他带的工具多，说要预防可能出现的各种情况，连鞋带都是紧了又紧。检查车辆时，每根钩销和链条、每条风管和接口、密封圈，他都要看清、摸到，反复确认安全状态。

当时铁路沿线环境还不太好，有些检查部位容易被污物粪便覆盖，但不管有多令人作呕的污秽，他都会强忍恶心，用工具挑开，一丝不苟地检查。也正是靠着这股认真劲儿，他多次捕获安全隐患。

2002年夏，他检查发现一辆棚车的连接钩销不翼而飞，如果列车就此开出去，很可能出现钩舌松脱、车辆分离的严重后果。蒋涛立即采取紧急措施，并迅速向上级汇报，将事故隐患及时消除在萌芽状态，受到了通报表扬。

师傅们都喜欢这个积极向上的年轻人，向他毫无保留地传授书本上学不到的实用技巧。当年蒋涛身高1米7，体重才90斤，遇到力气活时明显力不从心。一次分解车辆作业，风管接口扣得非常严，他怎么也掰不掉，两只手拧得生疼，急得满头大汗。师傅走过来，笑着说："看好了啊！"抬起大腿顶住管颈，调整好角度，双手攥紧两边，稍一发力，风管"啪"的应声而开，简单得像开啤酒瓶！

蒋涛开了眼界，更谦虚，也更勤奋了。他经常找师傅们请教，学会后还反复琢磨，举一反三。车间同事都爱和他一起干活，说他是百搭好用的"万能插头"，有眼力见儿，不挑活、不偷懒，还效率高。

蒋　涛

不到两年，21岁的蒋涛升为连结员，成为调车组里最年轻的师傅。

在连结员的岗位上，蒋涛干了整整5年。

5年，近2000个日日夜夜，承载了他人生中最美好的青春年华。经历过严寒酷暑的淬炼，披星戴月的打磨，蒋涛变得沉静稳重，眼神多了几许坚毅。问起这几年什么事情记得最清楚，他居然沉默了好久，说这几年习惯了按标作业，习惯了遵章守纪，习惯了规范和自律，没有任何违章违纪，所以日子普普通通平平淡淡。

他说："记得最清楚的，只能是站场的股道、信号和设备了。"

车站的每条股道有多长，每架信号机名称是什么，每组道岔在哪里，能通往哪几个方向，他都如数家珍。每次拿到调车作业计划单，他很快就能明白计划值班员的意图和想法，在密如蛛网的站场线路上，能快速高效地引导车辆稳妥停放，分毫不差。

2003年的一天，他负责邮政车摘挂作业，车站值班员临时调整了作业计划。蒋涛认真对比了前后两份计划书，越看越觉得有意思：貌似简单的顺序调整，既缩短了作业时间，又提升了效率，且完美避开邻线列车。他感到妙不可言：原来我们的工作也可以成为一种艺术！

此后，他经常羡慕地凝视着行车室，想象着那间永远灯火通明的指挥所里，车站值班员是如何指点江山、运筹帷幄的。他希望有一天自己也能坐在那里，感受沙场秋点兵的雄壮气魄。

2007年，车站要选拔人员进行车室，蒋涛毫不犹豫地递交了申请。经过认真考评和几轮考试，2008年，他终于走进了那间向往许久的神秘房间。

他的第一个岗位是信号员。

行车室定员5人，车站值班员是班组长，负责下达工作命令。信号员负责操控列车控制台，按车站值班员要求排列进路，接发列车。于是信号员被形象比喻为车站值班员延伸的手臂，指哪打哪，口到手到。

坐拥6个接发方向的郑州站，每天的行车指挥工作异常繁忙，车站值班员和信号员之间更像流水线作业，指令和操作一个跟着一个。车站值班员每天要接发上千列车，发出数千条指令，为避免听错、听漏，各辅助岗位都要对指令进行复诵。蒋涛发现，嘈杂的环境干扰力很大，有时复诵明明嘴上说东，手却指向西，虽是无意识的心口不一，但隐患特别大。细小的失误埋藏在海量信息中，如同石头扔错了河流，再打捞上来别提多难了。

他觉得如果没有好办法，还是采用笨办法。每次上岗前，他提前将自己负责的所有图定车次抄录下来，工作中办完一个勾销一个，先保证不漏，再控制不错。

节奏适应后，他又开始琢磨起车站值班员的思维。放行列车的次序有什么奥妙，先后颠倒一下会怎样？排列进路有什么讲究，换个站台行不行？调车作业有什么窍门，能不能再省一钩？车站值班员的每道命令，他都会在心里过滤一下动机和目的，看看和自己设想的是否一样，为什么不一样。有时下班后，他还拉着车站值班员对不明白的地方问长问短。

成功只钟情于勤奋好学的人。

时隔不久，铁路局要举办年度接发列车技能竞赛，每个车务单位可派一支3人小组参加。郑州站下辖12个中间站，行车岗位数百人，可谓人才济济，还是"菜鸟"的蒋涛，有幸也被选入其中。

领队是新郑车站的车站值班员张志军，助理值班员是许昌车站的陈战，都是久经沙场的"老行车"，见蒋涛有点紧张，张师傅安慰他说："团队比赛的核心是配合，有了默契就不用担心，咱们先好好练习。"

蒋涛既兴奋又忐忑。每次实作演练，他都是瞪大了眼睛仔细观察，反复琢磨，对每个操作细节精益求精。特别是师傅们的经验之谈，更是学得如饥似渴。

夜以继日地强化学习，使蒋涛如同吸足了水分的海绵，变得分量十足。更重要的是通过集训，他已经和师傅们完全心意相通，一个眼神，一个表情，就能迅速心领神会。两位师傅高兴极了，说前几年没收成，这下应该能翻身了。

果然，3个人一路过关斩将，杀进决赛圈，最终获得职业技能竞赛接发列车第三名的好成绩。回到车站不久，蒋涛就被破格选拔为车站值班员，在同批转岗人员中率先晋级。

车站值班员的工位在信号员后面，从前到后直线距离不到两米，走起来只需几步。而蒋涛走了整整两年，走得踏实坚定，稳健从容。

车站值班员的硬功夫

2010年，蒋涛走上车站值班员岗位。他以新的姿态，迎接中国高铁时代的到来。这个时期，郑州站的列车接发量井喷式增加，工作标准持续走高，工作难度直线上升，前所未有的责任和使命，沉甸甸地压在肩上、心头。

列车从天南海北纷至沓来，又向着四面八方奔驰而去，有的要停靠，有的要出发，有的要换挂；有的中转时间长，有的中转时间短，还有很多不确定的正晚点因素；有的要切割站场运行，可时间蛋糕只有这么大，图定时间必须遵守，先决条件太多，响应速度太快，根本没有出错的机会。

正常情况下，车站值班员一个班次工作12个小时，要完成350趟列车接发，70余趟机车换挂，共需办理1000多条列车和调车进路。蒋涛统计过，郑州站繁忙时段一分多钟就要完成一次接发列车作业，36秒就要办理1条进路，没有化繁就简、纵横捭阖的硬功夫，很难应对各种复杂场面。

从车站值班员的角度看，每趟列车从预告进站到完全开出，中间要经过办理闭塞、听取开车通知、确认接车线、布置进路、开放信号、开通区间等多个作业环节。每处细微变化，都会牵一发而动全身，千头万绪千变万化，都必须容纳于胸，才能确保指挥调度环环相扣，<u>丝丝入微</u>。

蒋涛是从制动员、连结员干起来的，最引以自豪的是熟悉站场。可师父却说他的功夫还没完全修炼到家，真正的了如指掌是闭上眼也知道子丑寅卯，<u>丝毫不错</u>。蒋涛被泼了一瓢冷水，瞬间清醒过来，不声不响地回到站场平面图前，与记忆中的实物一一印证。

他注重全方位提升自己。坚持跟着师父实作演练，记录车站值班员安排的关键行车进路，下班后复盘总结，反复琢磨；认真做好学习笔记，把非正常行车应急处置办法示意图贴在墙上，随时抬头可见；将重要的知识点制作成简易卡片，放在伸手可取的抽屉里，

蒋 涛

不厌其烦地自我测试，直到弄懂弄通，了然于胸。

郑西高铁开通运营时，蒋涛已经从学习车站值班员正式走上独当一面的车站值班员岗位。

车间主任张利平至今还记得，蒋涛首次坐在控制台前的情形，虽然个头不高，但腰板笔直，指令清晰，语气坚定，眼看、手指、口呼的动作规范标准，排兵布阵有条不紊。

● 在日接班会上，蒋涛为班组职工讲解当日接发列车注意事项（摄影　何彬）

这一天，蒋涛全神贯注地沉浸在工作中，逐渐进入自己的节奏，先后接发200多趟列车无任何差错。其实，旁人眼中的波澜不惊，并没有冲淡他内心的汹涌澎湃，尽管前天晚上做足了功课，记下每趟高铁列车的时刻，还对可能发生的特殊情况做了充分预想，但还是紧张得全身发抖，汗流浃背。

全天工作结束，蒋涛如释重负地站起身，才发觉早晨倒的一杯水只喝了几口，而这一整天他从早到晚都在不停说话。

看上去的顺利上岗，似乎并没有让他完全舒缓。时间过去很久，他还是有种说不清道不明的不安，不时侵袭正常的工作思路，一度让他很自责。想起以前参加运动会，发令枪响前心里也是怦怦乱跳，但枪响后瞬间平静。做不到波澜不惊，应该是还没有修炼到位吧，他宽慰自己，那就静静地等待吧。

这一等，又是3年。破冰时刻终于在一次突发情况处置中悄然到来。

2013年秋的一个夜晚，商丘到乌鲁木齐的K175次旅客列车正在进行换挂机车作业，道岔区段突然出现"红光带"故障，接班的机车被拦在外面。相关单位检查后报告说发现钢轨折断，道岔必须停用，需要组织抢险施工。

郑州站负责东西走向的股道本来就不多，断轨点正好在道岔旁边，直接锁死了两条相邻股道。就像原本三车道的公路，突然堵了两个车道，如果处置不及时，必将引发大面积堵车的连锁反应。

他仔细查看各方向的列车情况，冷静发布指令，将原计划进入本股道的列车紧急调整到其他股道，最大限度为抢险腾出时间。随后，他向调度部门汇报，改变行车组织办法，按单线行车。相当于在仅剩的股道上，用人工指挥的方式，交替放行两边来车。

设备单位技术人员纷纷赶到，积极组织抢修，行车室里面各种声音交织混杂，热闹无比。因为有多年积累和充分准备，面对如此大场面的蒋涛毫不畏惧，纠缠他多日的隐患担忧突然消失。

那个繁忙的夜晚，蒋涛和他的班组一直鏖战到次日清晨。直到钢轨更换完毕，排队的列车全部顺利驶出，他才哑着嗓子向班组成

蒋　涛

员下达最后一个指令："交班，回家！"

因为在这次应急抢险中表现出色，蒋涛他们得到了上级部门通报嘉奖。

经历过风高浪急，才更理解静水流深。沉稳镇定，从此成为大家对蒋涛的印象底色。

把握畅通的节奏

铁路运输组织有自己的特点和节奏，犹如弹琴，需张弛有度，和谐顺畅。如果把站场比作琴弓，纵横交织的股道就是琴弦，型号不一的列车就是音符，把握运输节奏，就是要弹奏好列车运行的交响曲。

郑州车站承担着6个方向的列车接发任务，能够直达全国所有省会城市，不仅车流密度大，而且列车种类多，普速客车、城际列车和高铁动车组交错混跑，再加上全站股道有长有短，站台有高有低，各种复杂条件影响干扰，要想在这里掌控好畅通的节奏，真不是一件容易的事。

蒋涛做过计算，站内13条股道，223组道岔，178架信号机，如果进行排列组合，可以产生3000多条接发车进路。在他13年的车站值班员生涯中，每天思考的都是怎样让大枢纽的车流顺畅，节奏不乱。

他亲眼见证过指挥失控的场景，一直心有余悸。那是2008年，南方突发雨雪冰冻灾害，大量列车滞留积压。行车室的控制台上，满眼是显示股道占用的红光带，显得触目惊心，桌上的电话铃声此起彼伏，那种疲于应付的被动场景深深刺痛了他。

走上车站值班员岗位后，多年前的场景仍然历历在目。他经常告诫自己，决不能让类似的事情在自己手上重演。即便是在上下班路上，他也会长久地驻足在繁忙路口，观察揣摩交警如何指挥和疏导行车，在脑海中与自己的工作融会贯通。

郑州车站站场是南北走向，按线群分，东、北和马砦方向的列车从北边进，南边出；西、南和整备场方向的列车从南边进，北边出。运行线路交叉切割，错综复杂，一个点拥堵就会影响一片，进而引发蝴蝶效应，梗阻被无限放大，不可收拾。

蒋涛爱下围棋，他喜欢围棋中气象万千的变化，谋定而后动的应手。他说围棋最能体现"兵无常势、水无常形"的道理，天下没有两盘一样的棋局，走每一步棋都需要深思熟虑。下围棋和干工作的逻辑是相通的，所有车如流水马如龙的顺畅，不过是有人精打细算的结果。

可能是数学天赋，也可能是围棋思维，蒋涛排列进路时总能把时间和节奏计算得恰到好处，衔接得严丝合缝。他说网上有人看见3列火车并排运行就觉得了不起，可在郑州站就太稀松平常了，最多时还有5列车齐头并进呢。

下围棋需要留两口"气"才能做活，蒋涛也会给自己留足"气数"。他习惯性把站场最中间的5道作为应急股道，因为这条股道能够兼顾各个方向来车，属于万能股道，也是他"压箱底"的王牌。

时间长了，蒋涛摸索出不少规律。比如，春季风大，线路上接触网容易挂上塑料布、防尘网、风筝等飘浮物，导致列车受电弓故障，无法给电力机车提供电源，设备单位就要抢险维修，肯定影响股道使用；夏天高温，往来列车上水量增加，时间把握上必须客观；秋天旅游旺季，临客列车加开增多，必须确保高低站台的适配度，减少安全风险；到了冬季则密切关注天气，做好冰雪和雾霾天气的预案，随时应对可能遇见的列车大面积晚点。

他认为难度最大的，莫过于大规模长时间的施工作业，几乎完全颠覆了正常工作节奏，可以称之为极限考验。

2017 年，郑州站进行大规模的枕木换装施工，全站木枕全部更换为水泥枕，相当于行车指挥的"换体"手术。更换道岔之多（集中更换 73 组木枕道岔）、作业时间之长（每天 3—5 小时施工安排）、施工周期之久（连续 33 天）、影响列车之广，是建站百年来的第一次，放眼全国也不多见。

换装施工 3 个月前，蒋涛已经开始琢磨。他们认真研究施工计划中每个时间节点和影响范围，在图纸上一一对应，反复计算。到底哪些车会受到影响，影响能有多大；施工前能接进来多少车，最迟可以到什么时候；当天施工结束先放进来哪趟车，怎么排队才最高效；如果施工不顺利，怎样迁回才不拥堵。

一个个问题，一个个答案，在热烈的讨论中慢慢产生；一组组数据，一条条建议，在笔记本上记得密密麻麻。经过多次模拟验证，他们向国铁集团提出了停开 1200 列列车的建议，最终获得了批准。

他把每天施工的关键点、风险点、变化点都做成醒目的卡片，提前 4 小时推演施工组织流程，确保对每趟车到开点和运行线路了如指掌；加强与联劳部门的联系合作，将旅客组织、上水排污、车辆站检、安全巡视等因素全部考虑充分，协同大家通过变通、迂回等各种方式，千方百计辗转腾挪，见缝插针地排列好每条进路，把整个运输组织系统拧成了一股绳，凝聚起了空前强大的工作合力。

施工结束的前一天，在编制更换102号道岔施工组织方案时，蒋涛发现郑州开往福州的D295次列车要按照计划进Ⅱ道办理旅客乘降作业，但5道和Ⅱ道的列车发车时间接近，且方向一致，而当天施工点正好在5道和Ⅱ道之间，两列车交会时，大量施工人员会被左右包围，形成"肉夹馍"之势，存在严重安全隐患。他当即向施工负责人提出异议，建议修改。

此后再有施工相关会议时，负责人都会问一声："车站的蒋师傅来了吗？"会议结束前，还会特意征求蒋涛的意见："您看这次的计划怎么样，有没有隐患？"

● 蒋涛和职工一起确认调车计划确保调车工作平稳有序（摄影　何彬）

换枕施工持续了 33 天，蒋涛作为技术骨干连续在岗 33 天，参与动员会、部署会、专题会 47 场，修订下发施工期间岗位作业细则、重点列车组织及突发事件应急处置办法等 18 项，带领大家组织非正常行车作业 26 次，调整高铁列车股道 34 次，发送行车指令 2 万余条，实现了"零差错"。

这次施工配合，蒋涛在岗接发列车 2027 列无一失误，由此成为行车室的"定海神针"。此后每逢重要任务或关键时刻，上级都会安排他到岗或者协助。

危急时刻见精神

2021 年 7 月 19 日，郑州遭遇百年不遇的持续暴雨，导致严重城市内涝。郑州车站地势不高，迅速受到波及，雨水漫过钢轨涌进股道，很快，电力中断、通信中断、运输中断，外面的车接不进来，站内的车也开不出去。

看着工作群里不断刷新的雨情信息，休班在家的蒋涛心焦火燎。到 20 日 18 时，降雨量越来越大，他坐不住了，披上雨衣就向单位赶去。从小区到单位都是没膝的积水，他深一脚浅一脚地艰难跋涉，不到 3 公里的距离竟走了 3 个多小时，才迂回赶到行车室。

白班作业人员尚未下班，他顾不上收拾满身泥水，当即与他们换班交接，详细了解水害对行车的影响情况，积极投入到生产自救中。

通信中断，那就改成人工指挥，手写命令。为准确掌握每趟车的位置，他蹚着水一个站台一个站台巡检，一趟列车一趟列车确认，直至准确无误。

大雨之中，蒋涛连续在郑州车站信号楼坚守了30多个小时，协助当班人员核对调度命令近百份。其间，他还敏锐地发现两处轨道电路漏泄故障，立刻建议电务部门进行断电处置，确保灾后能够快速恢复使用，且不会造成次生故障。

21日，水患依然。凌晨4点，集团公司指示要向西开行运输抢险的救援列车，但水漫钢轨，有的地方连道岔位置都看不清楚，而且各种行车信号监视设备尚未恢复。蒋涛主动请缨，带领车间党员突击队员，拿上信号旗，背上工具包，冒雨蹚水，为出发进路上的道岔进行加锁作业。

扎实的现场基本功此时派上了大用场，蒋涛脑子里的"活地图"开始启动，一一定位到每个信号灯和道岔的具体位置，其中还包括多组复式交分道岔。复式交分道岔结构复杂、开口多，不能目视的情况下很容易误判，一旦错锁或者漏锁，盲开的列车会面临更大的危险。

背着沉甸甸的加锁设备，拎着水淋淋的作业工具，踩着污水和泥泞，他们小心翼翼地迈步试探，伸手摸索。蒋涛时而蹲下，时而站起，时而伸臂指点，他的身影活跃在线路道岔间，给大家准确地指出位置。又是3个多小时的鏖战，他们成功加锁道岔28组，保障了第一列救援列车安全开出。

为更快恢复生产秩序，疏散积压的站停列车。蒋涛没有回家，始终坚守在岗位上从事协调工作。7月22日16时27分，他通过视频设备检查站内线路和周边情况，突然发现南联I线东侧有一棵树的影子，似乎侵入限界。经过认真确认，这是一棵因根部雨水浸泡倒伏后侵入线路限界的松树。他立即通知信号楼派人处置。此

蒋　涛

时，9道 K175 次列车正准备发车，由于处置及时，成功避免了一起可能发生的行车事故。

当时有人善意提醒："这些不是你的事，别那么积极主动，万一没弄好惹一身麻烦。"

理是这个理，可蒋涛就是蒋涛。他说："遇到事了不能假装看不见，至于能不能干好，那是能力问题，有没有麻烦真没考虑。"

或许是与生俱来的铁路基因，或许是刻进骨子里的军人担当，蒋涛认为在危急时刻的挺身而出，原本就是一名职工的责任，更是一个男人的天性。

他的同事何彬向我们讲了一件往事。2008 年汶川大地震后，大量伤员被运送到全国各地进行救治，郑州站负责转运的第一列伤员专列到达时，出现了一个始料未及的情况。

那是 5 月 28 日，载着 207 名伤员的 L17 次专列从四川绵阳到达郑州，随即转运至不同地区的各大医院。蒋涛正在行车室待命，突然发现气氛有些异样，仔细一听，原来是站台上的客运员始终没有回复"伤员下完，可以发车"的信息。在行车人员和客运员的交涉中，才知道是因为重伤员固定的担架无法从车门处搬运下来。

问题变得有点棘手，车站股道不能长时间占用，车体也有新的运行计划，列车停靠的一站台是利用率非常高的主站台，延时越长，对行车秩序影响越大。

蒋涛下意识地拿起对讲机，用专用频道询问该次列车的运转车长，重伤员在绵阳站是怎么上车的，车长说当时把玻璃拆了，从窗户送进车厢的。蒋涛立刻联系站台上的列车检修人员，问能不能如法炮制，但对方回复说现场卸一块玻璃大概需要 15 分钟。此时列车已经到站40分钟，车站等不起，伤员更等不起！

蒋涛顾不上多想，在对讲机里脱口而出："不中给窗户敲了，先把伤员托下来，让人先走！"大家觉得可行，当下就把列车玻璃敲破，从窗口把伤员抬下来，迅速转移到医院。

事后，同事得知是蒋涛的主意，便拿他打趣："涛哥，你擅自下令敲玻璃，有没有算算要赔多少钱啊？"蒋涛这才回过神来，在心里一盘算，如果照价赔偿，得1万多元，真不是个小数目。事已至此，他只好硬着头皮说："没事，从工资里面慢慢扣吧，能让伤员早点去抢救，也值了。"

玩笑归玩笑，但蒋涛在关键时刻的思路，也给车站提供了更好的解决方案。后期大量的转运伤员专列，全部对硬卧车厢进行了改造和完善：将车厢一侧的玻璃拆卸下来，担架上的重伤员可直接从车窗送进车厢；每个车门处安放了引导渡台和平板渡板，以便运送轻伤员；为中重度骨伤伤员增设硬板床，设置输液架。

一系列人性化的应对措施，让郑州站转运地震伤员既安全又高效，蒋涛说："我从新闻上看到一个患者在地震中全身多处骨折，特别担心在转车时受到颠簸，造成二次伤害。结果还没啥感觉，人就平稳地躺在去郑州的火车上了，可劲儿给咱竖大拇指呢。"

"更重要的是，砸玻璃的事没让我赔钱，嘿嘿。"蒋涛有点暗自得意。

细节的温度

铁路企业是半军事化企业，素以纪律严明著称。但在运输组织的过程中,各种命令的发布和执行,又会在诸多细微处展露出浓浓的人文关爱,演绎出温暖如春的钢铁柔情。

车站值班员长年守候在行车室,很难与旅客面对面,以至于很容易被大家忽视。其实,铁路上的突发情况最先通知的是他们,他们如何指挥和协调,影响着大家最真切的感受。

郑州车站运转车间党支部书记举了个例子:"如果高铁列车因故需要换车,应该怎么停放?"从效率角度来说,就近就快是基本规则,可蒋涛始终在争取一种更好的效果:将两列高铁列车停放在同一站台。

一车旅客多则上千人,少时也有几百人,大包小包,扶老携幼,如果在不同站台转乘,无论是安全还是效率,都可能存在很多不可预知的问题。把方便带给旅客,把麻烦留给自己,是蒋涛一直坚持且从不张扬的价值追求。他的理由很简单,既然铁路是大众化的交通工具,是社会的窗口,就一定要把人民至上的理念体现出来。

2018年的一个秋夜,蒋涛接到即将到达的Z94次客车的求助电话,报告说车上有名孕妇下腹疼痛,可能要临产,希望安排救护。蒋涛仔细询问了孕妇所在车厢,放下电话立即部署:"Z94次接Ⅰ道,联系客运Z94次8车,有孕妇临产,通知救护车去Ⅰ道等待。"

"Z94次不办客运业务啊,再者说,把车放进Ⅰ道,对面的客车K267、T49、Z253都不能接进来了。"计划值班员提醒。

"Ⅰ道方便救护车进来,就放Ⅰ道。"蒋涛毫不犹豫地下达指令,"通知K267、T49、Z253次列车临时停车,暂不开放进站信号,为生命让路。"同时向列车调度员汇报:"Z94次有孕妇临产,我已布置 K267、T49、Z253 机外停车，并通知客运做好应急处置。"

按计划，Z94 在郑州站只有一个短暂的技术停点，到站后可以直接发车，只需接到最方便的股道就可以，但蒋涛的指令，给他在后期弥补超时增加了一系列难度。他非常清楚这个结果，说下达命令时根本没考虑其他，生命永远是第一位的，多抢出来一秒钟，就会多出来一份希望。后面的工作，他对自己有信心，更对大家有信心。

蒋涛口中的大家，不仅仅是行车班组人员，而是延伸和涵盖了司机、客运、列检、上水等多个联劳岗位。他说我们打交道多年，很多事情已经心有灵犀，特别是在需要合作的关键时刻，所有人都会闻风而动，全力以赴。

比如说，我告诉司机，能不能 5 分钟内赶到，司机会说一定赶到；如果通知列检人员说需要挤出来 3 分钟，轮休小组人员会立即起身参与到当前工作，绝对保证我要的时间；如果告诉客运员尽快组织旅客上车，领班从来不问原因，而是大声招呼同事："赶紧的，跑起来！"如果对上水工说多上几个人吧，咱们把这趟晚点车赶紧发出去，回复一定是："没问题，我们都顶上去！"

深入内心的信任，双向奔赴的美妙，源自大家共存于心的朴素情怀。

2012 年冬，南方部分地区遭遇雨雪冰冻天气，蒋涛听见无线列调电话里传来一句虚弱的声音："郑州车站，能给我们送点开水吗？求求你了！"他的神经立即绷紧，迅速安排查询是谁在求助，什么原因。

情况很快弄清。原来，从南方开过来的 L308 次列车行驶到

● 蒋涛正在逐一对照星级职工评分项点检查星级评定成果（摄影　何彬）

湖南境内后，受恶劣天气影响晚点，被迫滞留20个小时。为照顾1000名旅客吃饭、喝水、取暖问题，司机在冰天雪地中断开了机车供电，尽可能确保旅客车厢多一些用电。结果两名司机一整天都在寒冷中硬扛，甚至没喝上一口热水，身体出现了透支迹象。

蒋涛立即安排助理值班员着手准备相关物资，及时送到车上。同时通过电台呼喊："L308次司机，郑州车站的热水马上送到，还缺少什么尽管说！"

2020年夏，一名即将出发的动检车司机突发心脏病，蒋涛从对讲机里听出异常，通过和随车机械师的联络沟通，迅速安排救护车紧急进站，并通知机务段安排替换司机尽快到位。动检车从西安返程后变更为高铁旅客列车，但到站时已经比图定时间晚了近半小时。蒋涛协调大家，通过让前方司机提速让道、客运人员优化组织、上水工压缩时间等方式，硬是挤出来一个时间档，成功地将图定高铁列车准时发出。

有人说蒋涛太善良，有时可能辨别不出来真假，容易上当。经常有司机给他提请求："我们已经跑了十几个小时，超劳严重，能不能快点排信号入库。""家里有事，需要赶点回去，请你优先安排一下吧。"只要条件允许，蒋涛总会尽力照顾好他们的需求。

蒋涛说："不管真假，我都当成真话来办，谁都有困难的时候，能帮的时候就多帮，这点麻烦怕什么。"

提及蒋涛在日常工作中的关照，列检人员感同身受。他们说："蒋涛经常将需要站检的两列车放在相邻股道，方便列检人员从东向西完成列车检修后，转身就能从西向东检修相邻列车，能节约一半路程，也节约一半体力和时间，特别体贴入微。"

供水车间主任郑勇告诉我们："每次我们职工下站台作业，蒋涛都会通过监控认真观察，确保全部到达安全位置后再放行列车，绝不让我们身边有任何危险因素。所以我经常跟伙计们说，只要是蒋涛安排的事，谁也不准推，让干啥就赶紧去干啥。"

赠人玫瑰，手留余香。蒋涛乐在其中，乐此不疲。

班组就是咱的家

班组是铁路管理的基础，是最小的工作单元。如何调动班组人员的激情和活力，是检验班组长管理能力的重要标尺。身为车站值班员的蒋涛，同时也是班组长，他带的班组是大伙儿公认的特别能战斗、特别讲感情的班组，班组内每个人都有很多话想和我们说。

邢靓是郑州站唯一的女车站值班员，她曾是蒋涛班组的信号员。作为重点培养苗子，当初领导征求她的跟班意向时，她毫不犹豫选择了蒋涛班组。当时蒋涛所在的行车五班满员，车间研究决定，将信号员李贺磊调整到其他班组，由邢靓接任。

李贺磊有些想不通："为什么要把我调出去，是我工作做得不好吗？"

蒋涛解释道："恰恰相反，你到五班一年多时间，进步非常大，领导是在给你创造更大的展示平台。"

此言不虚。经过历练的李贺磊很快像蒋涛一样崭露头角，成为全局接发列车比武的团体冠军成员，并被评为车站的"先进工作者"。

邢靓说，虽然以前不在一个班组，但她欣赏蒋涛的品格和能力，进入五班后她就发现，这里的氛围远超自己预期，最让她服气的是蒋涛无论遇到什么事，总是一副胸有成竹的模样。事实也如此，蒋涛既能带着大家干，更能干给大家看，有他坐镇，大家就有了主心骨，很有安全感。

2018年，中国铁路郑州局集团有限公司在全局推行"星级职工"评定办法，根据技术指标为职工评定星级，按星级进行奖励。自2021年起，郑州车站在此基础上，推出了"四星"职工认定。即以车间为单位，在同工种之间进行全员大排队，如果全年12个月里有10个月以上被评为"三星"职工，即可认定为"四星"职工，给予3000元的一次性奖励。

郑州车站运转车间的星级职工评定有5项指标：业务技能、遵章守纪、安全绩效、完成工作量、服务质量，每项指标又细分为若干条款。其中遵章守纪是公认的"天险"。每天从早到晚地思考和说话，大脑缺氧和嘴巴跟不上的情况太常见了，一不留神就出差错。我们问蒋涛出过几次失误，他认真想了想："好像没出过错。"

蒋涛自己不出错，也不让大家出错，任何细节都得一丝不苟。有次邢靓急着排列进路，对蒋涛的指令随口一应付，被蒋涛平静而坚决地叫停，再次重复行车指令。随后感觉复诵仍不标准，又重复了一次指令。事后他告诉邢靓："每条规定的背后都有沉痛的教训，只有不上心的，没有不重要的。"

在他的严格要求和示范带领下，2021年行车五班的5个人中，居然有4个被评为"四星"职工，引发了不小轰动。

蒋涛说我们5个人就像5个手指头，握指成拳，班组凝聚力满满。

刚刚退休的陶保林是班组里的老大哥，资历老，经验丰富，提起小自己20多岁的蒋涛也是赞不绝口："年龄不大格局大，后生可畏。"

在他的印象中，很少有蒋涛这样少年老成的车站值班员。大脑缜密得如同性能稳定的计算机，对每条列车进路排列的最优方案张口就来，并且蒋涛多年如一日，平时大家搞不定、想不通的，他都能举重若轻一一化解，让人觉得匪夷所思，也自然心悦诚服。而且心地淳朴，总是先替他人着想，站在对方的角度来看待问题，共情能力很强。谁家有点什么事都是关心备至，行胜于言。

陶保林的女儿在国外留学，蒋涛每年都张罗着给他过生日，让老两口倍感温暖；计划值班员邢星因脑梗住院后，年迈的母亲也没法照看，在他最艰难的时候，蒋涛组织大家利用工余时间分头去医院值守，帮助照看老人；信号员齐宁有段时间家中事情较多，情绪

蒋　涛

有些焦躁，蒋涛一方面主动替他补位，确保他能有更多时间处理好家事；另一方面帮助他有预见性地把各种事情有条不紊安排妥当，确保其心无旁骛干工作。

蒋涛的原则很简单：把所有问题解决在前面，不让任何一名同志带着情绪上岗。他还有个小心得，说氛围好不好，看平时大家在一起吃得多不多。

蒋涛爱张罗吃饭。逢年过节要聚，班组里谁家有事要聚，人员更迭要欢迎欢送……运转车间主任张利平调侃说，有蒋涛在，行车五班的人从来不担心吃不好饭。

在五班工作过的人都知道，工作中替岗吃饭，蒋涛总会优先照顾大家；疫情防控期间大家集中办公时，他总能想方设法弄来更多好吃的和大家分享。平时更不用说，有机会他就把班组的人叫在一起吃饭聚餐。

他说我们在一起的时间比家人还长，所以都是家人。有空的时候就应该多聚聚，多走动，得像亲戚家人一样。

家庭聚餐的氛围总是很好，爱人孩子都来了，大家谈笑风生，其乐融融。平时工作中不太方便或者不好意思说的话，饭桌上就放松多了，既打通了堵点，也增进了感情，更重要的是把家人理解和家庭监督也同步建立了起来。

行车五班有个沿袭多年的传统：下夜班后一起吃早餐。大家围坐一起，就着热乎乎的胡辣汤油条，谈着热乎乎的工作话题，相当于对当夜工作进行复盘。他们会故意"挑刺找茬"，谁打了个哈欠、反应慢了半拍，都会被拿出来善意戏谑一番，饭摊上欢声笑语不断。

胡辣汤是河南特色小吃，最有特色的吃法莫过于"两掺儿"：豆腐脑和胡辣汤对半掺在一起，辣中有甜，浓淡相宜。邢靓和齐宁都很爱吃，他们形象地比喻说："这种吃法像不像咱们班组，不管是热辣滚烫，还是细腻柔和，总能美美地融合到一块，口感贼好！"

奏响智慧的和弦

音色优美的和弦，是演奏更加丰富饱满的重要元素。

安全是铁路永恒不变的主题，紧扣安全主题做文章，亦是永不过时的铁路主旋律。蒋涛始终立足于安全创新创效的潮头，引领和带动越来越多的人投身其中，群策群力，奏响了一曲曲充满智慧和力量的奉献之歌。

蒋涛是个爱琢磨的人，别看话不多，心里有数，遇到问题总能想出办法。不管在哪个岗位，大家都会习惯性找他咨询，甚至是一些棘手的"顽症"。

比如说行车指挥的"错办、漏办"，一直以来都是所有行车人员谈之色变的"老大难"问题。车站值班员在下命令的时候，如果把应该向东的列车指挥着向西，就是错办；把应该开出去的列车忘记了，造成列车开不出去或者非正常晚点，就是漏办。

无论是错办还是漏办，都是后果极其严重的安全红线事件，不仅给旅客货主造成巨大损失，也会让当事人遭受严厉的处罚。可人毕竟是血肉之躯，一年四季坐在控制台前指挥行车，大脑神经始终处于高度紧绷状态，还要随时应对各种各样突发性、临时性问题，难免百密一疏，出现一些不可预知的极端情况。

蒋　涛

对于去向庞杂的郑州站来说，出错概率显然更大。车站每天计划内的列车有 344 列，办理正常的接发车 600 多次，还有 142 列列车的机头需要调头转向和换车接续，粗略一算，郑州车站的车站值班员每天需要办理 2000 多条进路，几乎每分钟都不停歇。而这些操作都需要人工完成。

显然，危险与漏洞如同暗藏在旁的幽灵，随时准备伺机扑过来。

大家也想了很多办法，最初是希望借鉴电务设备的联锁关系，通过技术手段设定冲突原则，从根源上解决问题。可事实证明这不可行。车站值班员在指挥行车中需要随机应变，灵活运用各种方式来保证畅通，特殊情况下，采取绕行、迂回、借道等措施也很常见，单纯的设备联锁关系还真没办法精准识别和阻止。

蒋涛坚信，只要思想不滑坡，办法总比困难多。他默默地琢磨了很久，直到车站 SLMD（机车换挂移动跟踪标识）系统更新升级后，他的灵感突然被打开：如果利用系统数据对计划路线和实际路线进行适时比对，遇到差异时进行动态提醒，是不是就可以构建起一道预警防火墙？

他的建议引起了车站领导和厂家技术人员的高度重视，经过多方技术人员反复试验，证实了思路的可行性和可靠性。他们将图定计划的列车车次和运行方向录入 STC 系统（接发列车安全控制及记录），和 SLMD 系统进行数据关联，一旦数据出现异常，系统会立即弹窗提醒。在系统反应速度上，他们也进行了最大限度的提升，即便真有错办情况发生，也能保证有两分钟的纠错时间，相当于再次增设了一条缓冲带。

务实管用的警示系统很快引起了多个兄弟车站的关注，纷纷过来学习借鉴，新乡、洛阳、南阳等车站也先后上马运用，"金点子"释放出了如此强大的综合效应，让蒋涛很是开心。

他钻研问题的兴趣更大了，但是一个人的力量毕竟有限，要是能多几个志同道合的伙伴就好了。他的提议得到了车间同事胡晓冰、齐文璟的积极响应，3人技术攻关兴趣小组就此成立。大家信心满满地说："三个臭皮匠，赛过诸葛亮。"

兴趣小组接连解决了几次技术难题后，声名大噪，成功吸引了更多技术骨干的加入，车站调度员徐清河也兴致勃勃参与进来。上级组织敏锐地捕捉到，这是个好苗头，2020年7月，郑州站党委决定在运转车间成立"蒋涛党员工作室"，将自发的松散小组转化成规范的正式组织，还配备了专用工作场所和办公设施，给予了全方位的政策资金支持。车站领导向全站发出倡议，鼓励更多的有志青年参与其中，为提升现场工作能力做好示范和引领。

● 针对技规中的变化项点，蒋涛带领蒋涛党员工作室成员逐项进行教学，便于职工掌握变化点（摄影　何彬）

蒋　涛

蒋涛意识到，名称的转变背后，更需要思想和行为的转变，成立党员工作室不仅是肯定和荣耀，更是上级领导的信任和期盼。此前习惯于关注具体问题，琢磨怎么解决事情，多少有些后知后觉，如今应该先知先觉，着力发现和解决潜在的深层次问题，未雨绸缪地补强系统性短板。

他将目光投向了调车作业。所有人都知道，这是运转车间最大的安全风险点，尤其是客车调车作业。郑州车站工作场景复杂，作业命令频繁，人员青黄不接，每个风险都不容忽视。工作室要想有所作为，必须全面提高现场队伍的整体素质，在普及性、操作性的技能传授上下功夫。

经过集思广益，他们将调车作业指导书制作成视频，方便大家学习查看；定期开办业务大讲堂，面对面讲解工作技巧和安全重点；根据大家的休班时间，组建调车作业协助组，常态化指导推动现场业务的标准化和规范化。一套组合拳打下来，现场作业质量得到了明显提升。工友们很服气，说还是蒋涛有办法啊。

蒋涛吓得连连摆手："可不能这么说，这是大家的共同努力，我只是其中的一分子。"

他很清楚，工作室成员毕竟不是专职，谁的休息时间都很宝贵，一开始主动性不可能那么强，齐心协力才是核心。打铁还需自身硬，他的办法是自己带头干。一休班就钻进工作室攻关难题、研究措施、制作课件，不仅为现场编制了通俗易懂的作业口袋书，还手把手地教大家"手钩"使用技巧。随着时间的推移，行胜于言的力量开始显现，越来越多的业务尖子和青年大学生申请加入工作室，大家的激情被一次次点燃，经常在激烈的讨论中忘记了回家的时间。

桃李不言，下自成蹊。工作室成立至今3年来，先后协助车站发布技术攻关成果10余项，为职工现场答疑解惑1000余人次，成员也迅速发展到31人，呈现出蓬勃向上的生机和活力。

与亲情一路同行

蒋涛有一个温暖和谐的大家，也有一个氛围热烈的小家。

父亲是郑州车站的车站值班员，是他曾经渴望超越的目标。结婚前，每次工作中的问题，或者情况，蒋涛总喜欢和父亲唠唠，听听他的建议。父亲话不多，更多是倾听，偶尔说上一两句，也只是启发式的，不为他做什么决定。

有段时间他甚至挺委屈，觉得父亲的距离感太强，小时候没空陪自己，长大后成为同事还是那么寡言少语，好像不待见自己一样。怎么说也在这里工作了几十年，人熟，情况了解，怎么就不能给自己多说点呢。

后来还是母亲解答了这个困惑，说父亲希望他能够独立地思考和判断，不想用自己的观点影响孩子，每个人的路都得自己走。即便他取得不凡的成绩，获得一个又一个荣誉，父亲也始终态度淡然，最多在吃饭时和他轻轻碰一下酒杯，然后一饮而尽。那清脆的碰杯声，在蒋涛听来，似乎是父亲的不赞之赞，有着高山流水般的美妙。

原来，真正的父爱如此简单，不声不响，却直击内心。

结婚后，蒋涛更理解了父亲。回到自己的小家，他越来越像父亲，总是一声不吭，甚至呆呆地坐着。爱人是位东北姑娘，性格外

蒋　涛

向，爱说话。于是，一个眉飞色舞滔滔不绝，一个呆若木鸡神游八荒，成为小家里独特的风景线。

蒋涛和爱人相识相爱也很有缘分。因为热心真诚，蒋涛的人缘很好，谁有事都爱叫上他帮忙。一天战友的服装店开张，他忙前忙后地张罗，引起一位姑娘的关注。巧的是不久后的一次聚会，两人又遇上，还并肩坐一起，开口一聊，发现居然还是初中校友，话题顿时一发不可收。

见性格内向的蒋涛突然像变了一个人，战友们乐了。此后只要是集体活动，一定会同时邀请他俩，而且一定会让他俩挨着坐。后来，两人会双双缺席集体活动，在属于自己的空间里聊得不亦乐乎。再后来，变成了邀请战友和朋友来参加他们的婚礼。

爱人是公路工程局一名出色的技术人员，负责工程预算和验收，也经常风吹日晒，四处奔波，非常辛苦。河南省的高速公路建设管理全国首屈一指，其中不少省内公路都有她的参与。心直口快的她有时也会抱怨，说谈恋爱时两个人的话说不完，怎么结婚后完全变了。

蒋涛笑笑，温和地把自己每天的工作量和场景向爱人描述一番，说："我每天脑袋里装的东西太多了，不想把这些带到家里来，你让我清空它们后，咱们再说话好吗？"

爱人愣了一下，嘴里嘟囔着："矫情。"转身却为他端来一杯清茶，轻轻为他关上房门。

在一片安静的空间里，蒋涛开始清空自己，如同努力清空每条股道上的列车。他喜欢听重金属质感的摇滚乐，那些熟悉的撞击声和铿锵的列车如此相似，更容易让紧绷的神经松弛下来。当他真正放空大脑，物我两忘时，往往时间已经过去了很久。他又会深感愧疚，赶紧帮助爱人清空她的购物车，说这样就"两清"了。

如果时间来得及，他还会钻进厨房，为妻儿煲上一锅拿手的热汤。人间烟火气，最是暖人心。蒋涛炖汤是一绝，排骨汤、山药汤、老鸡汤、蘑菇汤，每碗都有滋有味，他把浓浓的爱意用文火慢炖，融入一家人的地久天长。

蒋涛言语不多，很在意用行动说话。他时常提醒自己不要因为工作冷落了家庭，让儿子和自己当年一样。每逢休息时间，他都尽可能多陪着家人，哪怕只是静静地坐在沙发上，默默地听着爱人絮叨，看着孩子嬉闹。

儿子爱踢球，被选入校足球队。一次重要的比赛前，儿子试探着问："爸爸，你能来看我比赛吗？"蒋涛认真地说："能，一定能。"因为他早就计算过班次，那天正好休班。

说起那次足球赛，蒋涛掩饰不住地骄傲。看着儿子在绿茵场上不知疲倦地奔跑、突破、射门，一次次摔倒，又一次次顽强地爬起来，仿佛看到了多年以前追着火车奔跑的自己。

他们已经忘记了那次比赛是赢是输，儿子有没有进球，只是兴奋地为儿子鼓掌加油、呐喊助威。儿子也特别开心，说爸爸妈妈能来看比赛，比他得冠军都高兴。蒋涛告诉儿子，自己年轻时也踢球，还当过守门员，两人立即击掌相约，哪天好好较量一下。

一旁的爱人也笑得像个孩子，说全家在一起的时间真是太好了，但是太少了。

是啊，在这个家里，因为工作原因，蒋涛很难分出更多精力来，里里外外都是爱人一把抓，既要上班工作，还要洗衣做饭、打扫收拾、辅导孩子。父亲退休不久后因病行动不便，蒋涛提出将新买的电梯房让给老人住，爱人二话不说同意了。到周末或者休息时间，还经常主动去看望，一进门就忙个不停，是左邻右舍都羡慕称赞的好儿媳。

蒋涛知道，自己对家人亏欠太多，也总想找机会好好弥补。爱人喜欢旅游，每次都是她带着儿子外出。自从蒋涛当上车站值班员，很少有闲暇时间，甚至连郑州市也很少出，别看每天接发无数趟来自北京和发往北京的列车，却从未去过北京。

一家人离北京最近的一次，是2023年的国庆节，那是蒋涛获"新时代·铁路榜样"提名后，车站领导特批的假期。他们全家自驾去了位于河北省张家口市的草原天路，这里号称"中国最美公路"。

蓝天纯净，白云悠悠，树林斑斓，车窗外是一掠而过、粗犷荒凉又充满力度之美的石岩山峦。那高高矗立的巨大风车，缓缓转动它雪白修长的翅膀，仿佛神话里的白色巨鸟，即将凌空翱翔，又像一个个坚守大地的巨人，千年万载，默默守望着亘古时光。

爱人和儿子兴奋地呼唤着，指点着。一家人看着美丽的风景，脸上挂满幸福的笑意，相依相偎，仿佛漫步在美丽的云端。

旅游归来，他们还意犹未尽，此后稍有闲暇，就会在小区附近散步，经常不知不觉就走到两公里外的郑州车站。蒋涛每次都指着运转车间的信号楼告诉爱人："看，那是我工作的地方，每天都要看着火车跑来跑去，是不是挺美的？"爱人笑着点头："嗯，就是挺美的。"

车站广场上，进出站的旅客在他们身边来来去去，匆匆忙忙，犹如站内争先恐后的列车。两人手拉手站着，没有再说话。眼前的太阳是明亮的，草在结它的种子，风在摇它的叶子，一切都是那么美好。

创作手记

2024年春节前夕，我们在郑州车站会议室里第一次见到了蒋涛。他言辞不多，低调内敛，给人一种沉默、沉稳的印象。

蒋涛的岗位是车站值班员，每天都沉浸在行车信息的海洋里，要先见性做出预判，要精准无误指挥行车，用心有力，昼夜繁忙。那不是在体验一种发号施令的潇洒，而是肩负特殊重任，履行着行车工作最基础的职责。

坚守初心，无怨无悔。蒋涛在平凡岗位全身心投入，创造了13年"零差错"的优异成绩。他立足本职，默默奉献，以实际行动诠释了铁路人最朴素的价值追求。

奋斗的人生最美丽，就像一束光，一盏灯，能照亮周围，点燃内心，汇聚起强大能量，在万里铁道线上，奏响了铁路先行、畅通天下的铿锵旋律。

王庭虎

巴山赤子

——记中国铁路西安局集团有限公司安康工务段巴山线路车间维修工队副队长王庭虎

胡煜君　李改群

2024年2月9日晚，农历大年三十，万家团圆之夜。

安康工务段巴山工务车间食堂内，张灯结彩，笑语不绝，20余名值班干部职工及家属围聚一堂，包着饺子，看着春晚，喜悦的心情洋溢在每一个人的脸上。

这时，副队长王庭虎悄悄站起身来，用湿毛巾擦了擦手，转身走向门外。眼前的巴山特别美，一溜的大红灯笼沿着工区向远处延伸，一场大雪将大巴山装扮得银装素裹。

"咋了，又想上线路了？我知道，现在有规定，没有防护，不能上线。"王庭虎知道，是妻子跟出来了。

"我知道上不去线路，可就想在封闭网外待一会，这可能是我在这个岗位上的最后一个年三十了，我想去转转。"

"好吧，我陪你去……"

汽笛声中，一列满载旅客的列车迎面而来，穿过钢梁桥隧道向远方奔去。望着飞驰的列车，王庭虎很欣慰，也很自豪：列车多快，多安全，多平稳啊，你听那通过的声音，多好听，这是我养护的线路，这是我工作的意义。

王庭虎今年55岁，是西安局集团公司安康工务段巴山线路车间维修工队的副队长。自1988年起，19岁的王庭虎就来到了大巴山，至今已是37年过去。大年三十巡线，是他巴山值班几十年来的惯例。

37年来，王庭虎扎根大山，在平凡的岗位上展现了一名铁路人的责任与担当，以行动诠释了巴山铁路人深深的赤子情怀。他和他的师父、工友，以执着的坚守和无私的奉献，创造了46年巴山安全无事故的优良成绩。他先后获得"全国五一劳动奖章""新时代·铁路榜样""全国劳动模范"等荣誉。

路基无言，大巴山做证，笔直的钢轨记录着王庭虎一路走过的坚实足迹。

初到巴山

王庭虎的老家在安康市张滩镇王湾村，站在家门口的小山包上，一眼就可以看到一河之隔的安康东编组站。

小时候，王庭虎最喜欢干的事就是放学后和小伙伴们一起，爬上小土坡数火车。那长长的铁龙，一节、两节、三节……火车带来的震撼，在他心里留下了难以磨灭的印象。从那时起，一个关于火车的梦便种进了王庭虎的心里。

带着这样的梦想，王庭虎走过了学生时代。面对老师、同学关于梦想、未来的询问，王庭虎始终没有忘记年少时那个关于铁路的梦想。

王庭虎

1988年，高中毕业的王庭虎，参加了铁路招工。也许是冥冥中注定，王庭虎顺利招上，一上班就被分到了安康工务段巴山线路工区。

内心的雀跃难以掩盖，但巴山线路工区在哪里？工务段又是干什么的？种种疑惑接踵而至。但一想到自己即将成为一名铁路人，王庭虎还是激动得好几天没有睡好觉。

1988年12月16日，王庭虎背着行李、坐上绿皮车，在响亮的汽笛声中驶向心中那个向往已久的地方——大巴山。坐在车上的王庭虎，情不自禁哼起了歌曲："池塘边的榕树上，知了在声声叫着夏天……"

尽管做好了面对艰难困苦的准备，可随着绿皮火车钻出一个隧道又钻进另一个隧道，最终停靠在巴山站时，眼前的一切还是让王庭虎震惊不已。工区位于大巴山腹地最深处，一排简易的干打垒房子就是宿舍。王庭虎有点发蒙。可来都来了，总不能当逃兵吧，只得硬着头皮和其他几个小年轻往前走。

山里的隆冬腊月，风似乎比城市更厉害一些。看到王庭虎和几个小年轻，工友们都高兴地围了上去。工长解和平赶忙上前拉着王庭虎："早就盼着你们来了，来来来，给你们介绍一下，这个是老李。"戴着黑框眼镜的老李憨厚地笑了笑，算是打了个招呼。"这个是小陈，业务好，爱看书，是个文化人哩。"白白净净的小陈伸出了手："欢迎欢迎，以后就是一家人了。""这个是张师傅，话不多，讲义气。"工区十来号人，解和平一圈介绍基本就算认识了。

与大家伙的热情相比，王庭虎有点手足无措。巴山恶劣的自然环境与朴实憨厚的工友更是形成了巨大反差。尽管大家伙都提前把自个儿收拾了大半天，可长年风吹日晒黝黑的脸，以及沾满油漆污渍的工作服却明确地告诉这几个新来的年轻人——这群守护襄渝线的汉子，他们长年扛着洋镐、齿耙钻隧道、爬山坡，干的都是体力活、辛苦活。

介绍完工友，工长解和平指着头顶的线路，用一口浓重的陕北话说道："咱这个工区，在川陕交界的大巴山腹地，有最长的隧道、最高的桥梁、最小的曲线半径、最大的坡度，还有'空中铁道''地下长廊'的说法，别看条件苦，可是责任大得很哩！"

"这咋跟我想的不一样呢。"王庭虎心里嘀咕着。可工友们的热情及工长解和平的朴实还是让他这个农家娃从心里感到说不出的温暖。

工务入门的第一课就是砸洋镐。由于初来乍到，王庭虎不懂技巧，单纯认为只要有一把子力气就能干好，于是照猫画虎、有样学样，砸的是挥汗如雨。累得筋骨散了架，总算砸完了，可谁知一趟车过后，自己费了九牛二虎之力才砸好的线路，经列车一碾压瞬时变成了"纸老虎"，又塌了下去。工长解和平发现后，看着满脸局促的王庭虎说道："砸洋镐这活，看起来简单，可实际上却是张飞绣花，粗中有细啊。要稳准狠，洋镐要高高举起，顺势落下，瞅准枕木，既要保证道砟一颗颗垫入枕木下，又要防止洋镐砸坏枕木底部边缘，造成枕木与道砟接触面变小……"

解和平一边说着，一边甩起洋镐慢慢地给王庭虎和几个新工进行示范。这一次，王庭虎牢牢记住了砸洋镐要领，先用洋镐小头把道砟攒到枕木下面，再用洋镐大头把道砟夯实，这样才能确保列车通过时的平稳。

王庭虎

第一次砸洋镐就给了王庭虎一个下马威：看似简单的工作并不简单，砸洋镐也是有技术含量的。

来巴山之前，王庭虎在安康谈了一个女朋友，感情很稳定。当得知王庭虎招工进铁路后，女朋友更是感到骄傲，几次提出要来巴山看他。可王庭虎推三阻四就是迟迟不敢答应。实在没办法了，王庭虎极不情愿地告诉了女朋友自己的工作地址。当女朋友坐着火车一路走一路失落地来到巴山，看到王庭虎和工友们一身泥一身汗在线路上干着砸洋镐的苦差事时，当即摊了牌："这就是你给我说的铁路工作？还不如回家当农民呢！就是种地，也比在这深山里待着强吧。一年四季，守着钢轨抡洋镐，这种日子，我可不想过。"说完，女朋友头也不回，坐上火车走了。

没过多久，王庭虎就和女朋友分了手，理由很简单："巴山那地方，根本不值得待！如果你坚持，咱俩看不到以后的希望，还请各自珍重！"

工作的不顺，爱情的失利，让王庭虎感到非常痛苦。一连几天，他都蔫头蔫脑提不起精神。工长解和平发现了他的情绪变化，下班吃过晚饭后，和他拉起了家常。陕北人的直爽和坦荡瞬间让王庭虎破防，他把师父当作了自己最亲的人，一股脑儿倒出了自己的苦水。

解和平静静地听完，拉着王庭虎说："走，我们到后山去转转。"

在工区背后的山坡上，32名修路烈士静静地躺在那里，坟头正对的，就是襄渝铁路。

望着眼前的一座座墓碑，王庭虎有些好奇："这埋的是谁啊？"

解和平缓缓开了口："这里埋的是当年修建襄渝铁路时牺牲

的铁道兵、民兵和学兵，一共32名烈士。听说，这样的烈士陵园，沿线还有很多，他们舍了性命，就是想让铁路早点通车，他们当年架桥修路，现在咱们在这守桥养路，你说，我们值，还是他们值？"

王庭虎内心翻腾不已："是啊，值不值，那要看和谁比，他们豁出性命，我们只是养路，如果还想着值不值，是不是太渺小了！"

解和平看着王庭虎："他们最大的35岁，最小的只有18岁，还是个女娃娃，铁路修通了，他们却再也回不去了。他们躺在这里，默默地守护着这条铁路，过去、现在和将来，也默默地注视着我们，还有我们的后来人……"

王庭虎至今都记得，师父那句影响他一生的话："巴山条件是艰苦，可它在祖国的版图上，铁路修到了这里，总要有人来养护，既然来了，在一天就要干好一天。如果你不来，我不来，大家都不

● 王庭虎（右）检查襄渝线黑水河钢梁桥线路状态

来，铁路不就废了!"

那一刻，王庭虎眼眶湿润了，他忽然明白：为什么巴山这片土地，虽然贫瘠，却能燃起经久不息的精神的火焰。那是因为，烈士在注视着他们，更是因为每一个巴山人都不愿为这条洒满烈士鲜血的钢铁动脉抹黑！

接过师父的道尺

烈士陵园谈话后，王庭虎就像变了一个人，不再纠结个人得失，他决心做一个像师父那样的人。也就是从那时起，王庭虎每次出工都是最积极的一个。

巴山工区管辖的20多公里线路，汇集了襄渝线六大之最：隧道最长、桥梁最高、曲线半径最小、线路坡度最大、海拔最高、生活最艰苦。就拿大巴山2号隧道来说，最早设计的整体道床，采取的是道心排水方式，极易导致两根钢轨的几何状态发生位移和变化，影响行车安全，养护任务异常艰苦。列车一通过就压得泥水飞溅，人走在道床上面都有下沉的感觉。

工长解和平带领工区职工，多次试验最终采取了"沟加深、水先排、小段试验、逐段整治"的方法，改原来的道心排水为两侧排水，一段一段整治线路，直到线路达到标准要求，最终把这一"担心线"养护成了"放心线"。

巴山铁路人的目标就是"养好线路守好桥"。每天一大早，王庭虎就要和工友们扛着重达40多斤的十字镐、铁叉、铁锹等，从巴山工区沿着铁路线，步行几公里后，一头扎进黑黢黢终日不见阳光的大巴山 2 号隧道。在微弱头灯、手电筒的照射下，对隧道内的线路进行加固保养。漆黑的隧道里，微弱的光亮将巴山铁路人的身影拉得老长老长。

每次看到师父在线路上提着道尺弯腰检查时，王庭虎都会忍不住凑上前去看看。看到师父在钢轨上用石笔写着"2、-3；3、-2；4、0……"，王庭虎便试着问解和平："师父，您在这钢轨上写的数字，是干啥用的？为啥这数字一会变化大、一会变化小……"

当看到其他人都坐在边上休息，只有王庭虎这个年轻人凑上来时，解和平眼中多了一份惊喜和喜欢。"想学？那你可得好好拜我为师，我才能教你。"

下班后，王庭虎主动找到解和平，开口就说道："工长，我想拜你为师，你能教我提道尺吗？"

"为啥想提道尺，是觉得提道尺简单，不累人吗？"解和平反问道。

"不是，我想学的更多一些，也想像您一样，既能干，更会干，这才是我的想法！"

看着眼前的年轻人，解和平眼中闪过一丝欣慰，当即便答应了下来。"当我的徒弟可以，但是不能丢我的人，我的要求可是很严的，你要做好心理准备。"

就这样，两个人的师徒情缘就此结下。从那以后，解和平的身后多了一个"跟屁虫"，不管去哪里，王庭虎都会跟在师父解和平后面。

两个月后的一天，线路作业的解和平忽然把道尺交给王庭虎："今天这一公里线路你来检查，我给你记录。"

王庭虎不敢相信地瞪大眼睛："我来检查吗？"

"是，你来检查，让师父看一下你最近学得怎么样。"解和平打趣道。

王庭虎虽然"垂涎"提道尺已经很长时间了，但是真要把道尺交到自己手上时，心里多少还是有些发怵。工友们也都望向他，这更让王庭虎手足无措。可师父这边又不停地催促他赶紧量道，王庭虎没有办法，只能提着道尺开始了第一次量道作业。

量道作业表面看起来简单，好像就是搭一搭道尺，写一写数据，可王庭虎不知道的是，要通过量出来的数据判别线路高低水平，要通过数据分析出病害的具体地点，还要结合动态过车的实际情况，辨别造成线路病害的根本原因，以及如何对症施策整治病害。

王庭虎紧紧张张量完了一公里线路，还没歇口气，师父解和平就把记录本拿给他，要王庭虎把病害圈画出来并给出整治方案，王庭虎彻底傻了眼。解和平看出了他的窘迫，一脸严肃地跟他说："徒弟，为什么让你这样做，就是想告诉你一个道理，提道尺不仅仅是测量，比这更重要的是要通过检查出来的数据，准确分析出病害类型、造成原因、整治措施等一系列的东西，要掌握线路的静态数据，更要深入分析线路的动态数据，这样才能准确无误判定病害位置，才不会漏检误判，明白吗？"

说完这些，解和平再一次提着道尺，一边测量，一边给王庭虎认真讲解着数据的判别、病害的分析、动态过车对数据变化产生的影响，等等，王庭虎听得如痴如醉。

听了师父的娓娓道来，王庭虎再一次明白，原来养护线路的工作，每一项都藏着很深的经验和意义，远远不止表面上看到的那么简单。

从那以后，王庭虎越发迷恋上了线路检查这份工作，对他自己而言，这既是一份挑战，更是一份信任。下了班，王庭虎会把检查的记录全部再分析一遍，渐渐地，轨距、水平、高低、三角坑等基本病害，王庭虎信手拈来，自信心也一步步得到增强，提道尺的感觉慢慢找到了。

从那时起，王庭虎的内心就升起了一种向往。在他看来，提道尺更等同于技术、信任、责任以及荣誉。他的内心也坚定了一个信念，要留在巴山好好地学本领，有一天能够接过师父手中的接力棒。

他牢牢地记住了师父的叮嘱："在一天，就要干一天。干，就要干出个样子来"。

年轻的"虎"工长

关于王庭虎，有人写过这样一首诗：

……一到施工现场／王庭虎就成了回归山林的老虎／他俯身在钢轨上／一双虎目成为一把长长的尺子／沿着钢轨的下颚延伸出去……

从1988年来到巴山后，王庭虎就一直没有离开过，像大树一样，牢牢扎根在大巴山。他工作上一丝不苟、雷厉风行，只要认准一件事就要坚持干下去，正是这种认死理、敢干敢拼的虎劲，工友们都亲切地称他为"巴山虎哥"。

在师父的帮助下，王庭虎不负期望，业务上飞速进步，检查线路更是游刃有余。可即便这样，也还是有让王庭虎摸不着头脑的时候。

巴山工区的道岔位于襄渝线海拔最高处，本身养护维修难度就大，加之近年来提速增吨、行车密度增加，对道岔破坏就更大，导致几何尺寸难以保持。他每天身上都要带个小本子对线路数据进行测量，带领技术骨干，每天下班后，利用休息时间逐根枕木采集数据，每周对变化情况进行分析。经过1年多的试验，记满了六七个小本子，终于改变了以往轨道车检查设备前突击整治的不良习惯，总结出了一套新的道岔养护"四步法"，在全局得到推广应用。

记得有一次，在巴山站3号道岔进行作业时，无论王庭虎怎么检查，就是确定不了病害的具体位置，就这样，他一个人在道岔上转悠了近半个小时。大伙儿等得有点不耐烦了，几个工友发起了牢骚："你到底行不行啊，要是再检查不出来咱就下班吧，别折腾人了好不好……"这句话深深地刺痛了王庭虎，本来已经浑身是汗了，这下子汗水更是顺着脖子流。也正是这次刺激，让王庭虎明白，想要别人信服，首先自身必须得全面过硬，光抢着干重活、脏活那是不行的。

王庭虎暗暗下定决心，一定要成为"技术大拿"，让别人彻底信服。从那时候起，他苦学业务，苦练本领。

在王庭虎宿舍的桌子上，堆着一沓厚厚的业务书籍，加起来有100多本。书桌的玻璃板下压着"刻苦学习，练就本领"8个字。还有许许多多他用完的各种各样的小本子，那上面记着许多相关的

● 王庭虎（中）在指导年轻职工检查岔心磨耗

数据、专业用语，虽然字迹潦草凌乱，但鲜活生动地"记录"着他的体温、"浸满"了他的汗水，那些可都是线路安全和质量的保障啊！

正是凭着这股敢冲敢干的劲头，王庭虎在1993年被提拔为巴山工区工长。那一年他刚满24岁，是全段最年轻的工长。回想刚当上工长那段时间，王庭虎每天都是最后一个休息，反复思考第二天作业计划、安全事项、工具材料准备等，以确保第二天作业万无一失。用他的话来说，不把当天的工作和第二天的工作在头脑中重新梳理一遍，睡觉都不踏实。

王庭虎不仅在工作上认真负责，在日常生活中，对大家伙儿也是关心备至。

工区小任是一个性格有些内向，又有些偏执的小伙子，平时不善言谈，也不太喜欢和大家伙打成一片。有段时间王庭虎发现小任情绪有些波动，上班时无精打采，下班后总是一个人窝在宿舍。他关切地询问小任，小任也是什么都不愿意说。后来，经多方打听才知道，小任家庭条件本来就不好，还有一个正在上初中的妹妹。那几天，正赶上小任的父亲生病住院，急需做手术，可是住院费和后续一大笔的手术费让这个平时就不太言语的小伙子内心焦急不安。

得知情况后，王庭虎当天就给小任放了假，让他回去照顾父亲。第二天，他急匆匆赶回家中，找亲戚，求朋友，东挪西借凑了2000元钱踏上了前往宝鸡的火车。当他一路打听找到小任并递上2000元钱时，小任抱着他的肩膀哭了。

后来，他又在工区发起了募捐，短短几天就凑够了老人所需的手术费。他亲自将这笔爱心款及时邮寄给小任，叮嘱他一定要好好照顾父亲。

大爱无言，人心向暖。王庭虎的温暖帮助感动了性格内向的小任。从那时起，小任就像变了一个人，生龙活虎般活跃在线路施工现场。下班后，扎在大家伙堆里聊业务、谈读书。从前的那个不善言谈的小伙子一去不复返，现在的小任是一个积极、阳光、乐观，相信明天更美好的巴山小伙子。

工作中的王庭虎更加注重了解职工的思想波动，主动和职工交朋友。当职工生病住院时更是主动前去探望，王庭虎的温暖与细致关怀，让他慢慢成为职工心目中的好大哥。

为了更好地完成工作，每月前五天，王庭虎都要亲自对管辖线路内的每一根枕木、桥梁、隧道进行一次全面的作业"体检"。每一次的作业"体检"，王庭虎平均每10秒、每隔4根枕木，就要手拿道尺弯腰测量一次，12公里线路近万根枕木，一天检查下来就要弯腰5000次，看似机械动作的重复，实则是不折不扣高技术含量的累人活。

王庭虎这样理解自己的工作："镐头下差一点，火车通过就多一分风险，上千万旅客的生命攥在你手里，这就是安全的责任！"而这种安全的保证，则需要精益求精的技术作保障。

就这样，王庭虎日复一日，年复一年，以大山为伴，以空谷为友。参加工作37年以来，他累计义务工作超过1万个小时，相当于比别人多干了3年的工作量。他说："不是不想家，真的是对工区的工作放不下。"

2022年3月的一天，大机捣固，作业车轰隆隆响，1270米长的隧道里，黑得看不见人，用手电筒照明，作业车的捣镐一下下深入轨枕下的道床——它要把轨枕下的石子捣固密实，让钢轨坚挺平顺。下午5点多，在检查襄渝线线路情况时，王庭虎一个重心不稳，突然摔倒在道床的边坡上，额头被道砟划破了一个血口，鲜血直流。工友们劝他赶快去医院包扎，面对工友们的关心，王庭虎挥了挥手说："你们放心吧，这点小伤没事的。"他把伤口简单包扎后又继续投入到工作中。

王庭虎还总是抢着值班，节假日也不例外。没有办法，妻子和孩子赶在除夕前来到巴山，想着一家人好好地在巴山过个团圆年。可王庭虎却在吃完年夜饭后，扛上铁锹、背上巡道包、拿上巡道灯要出去巡线。面对妻子和孩子的不解，他说："越是在大年夜越不能放松，出去转一圈看看线路，我才放心，我是工长，也应该我去……"

也就是因为是工长，亲自看看线路才放心，这一看，就成了雷打不动的惯例，只要他在巴山，大年三十他都会去巡线……

山上有棵"安全树"

巴山线路工区 3 号隧道的山顶上，长着一棵水杉树。它高大挺拔、苍劲有力，树干笔直、树叶细长。远远望去，如同一把绿色的长剑，直指苍穹。

站在工区的院子里，大家一抬头，都能看见这棵水杉树。王庭虎说："我们抓安全就要像这棵大树一样，坚挺、笔直，有活力，咱们就叫它'安全树'。"

每天清晨，他都要带领工区职工站在工区的院子里，面向山对面的"安全树"举起右拳，精神抖擞地宣誓："设好防护、不走道心、下道及时、珍惜生命。"整齐洪亮的声音，打破了清晨的宁静，在空旷的山谷间回荡。

在每一次的班组作业总结会上，王庭虎都要针对当天的工作进行小结，提出工作中好的做法以及需要注意的事项，大家共同探讨发言，并针对安全进行总结复盘，以更好地确保巴山线路的安全、稳定、畅通。他说："安全就是巴山的命根子。"

一次上工路上，王庭虎路过一个小菜园，听见一位老师傅一边浇水一边唱歌："郎在对面唱山歌，姐在房中织绫罗呦……"悠扬的曲调，随意哼唱的歌词，给人以亲切、真实、豪放的感觉。不仅如此，这样的哼唱用今天的话来说还特别走心。

王庭虎走过去，蹲下身子与正在哼唱的老师傅攀谈起来，通过聊天得知，他哼唱的正是紫阳民歌。这种山歌没有固定的版本，表达内容也非常广泛，曲调悠扬缓慢，特别适于记忆。想到这儿，王庭虎笑了，如果把与安全相关的内容以山歌的形式编写出来，那岂不是太好了，不仅方便记忆还易于流传。

说干就干。王庭虎当即喊来巴山工区的年轻人，大家一起上网搜资料，找曲子，填歌词。没几天，朗朗上口的安全歌谣便从工区的院子里轻轻哼唱了出来。"咿呀么，一要站，二呀么，二要看，左看看，右看看，没有车呀，三呀嘛三呀，再通过呀……"

没过多久，这些安全歌谣便传遍了整个巴山地区。有时候走在路上都能听见几个背着书包的小学生或是赶着牛羊的老乡随意哼唱着"咿呀么，一要站……"的安全歌谣。这样的安全宣传比起只是照本宣科的宣传效果实在是好太多了。如今，这些歌不仅在巴山传唱，还在全段、全局传唱。

不仅如此，王庭虎还找来青工，请他们在班前开展安全教育的墙上画了3幅"设好防护、不走道心、下道及时"的漫画，引导职工时刻把安全牢记心头。

巴山工区管辖内线路基础差，为了追求线路标准化，实现零缺陷、零误差，王庭虎以"道岔基本养护法"为基础，组织车间年轻职工，发挥各自专业特长，不断探索线路养护的理念创新、管理创新、制度创新，建立科学的线路养护模式。不仅提高了工作质量，也创造了山区非提速线路的养护奇迹，巴山线路工区所辖线桥设备合格率100%。大巴山2号隧道实现了从最初时速15公里，提高到60公里，再到后来的90公里，昔日的"担心线"，如今变成了"放心线。"

王庭虎

在巴山，老乡都这样说："这些巴山铁路人，他们无愧于眼前的这条铁路，却有愧于他们的家人！"

2000年7月13日，陕南突发五十年一遇的洪水灾害，而王庭虎当时所在的工区正处于受灾最为严重的区域。巴山工务车间管内发生水害52处，管内下行线411公里360米处学堂沟桥长28.7米、重120多吨的梁体更是被洪水无情地卷走，桥上钢轨悬空，情况十万火急。

险情就是命令！接到抢险通知后，王庭虎立即集结工友、备好抢险料具，准备前往险情地段。就在这时，他的爱人打来电话，说家中被水淹了，问他能不能回去。来不及多想，王庭虎赶紧跟她说，自己暂时回不去，让她赶紧带着老人和孩子先找个安全的地方躲一躲，随即挂断电话，坐上轨道车向着学堂沟桥出发。

到达现场，奔涌的洪水好像发了疯的野兽，张开血盆大口肆意咆哮着。看着悬在空中摇摇欲坠的钢轨，王庭虎当即组织人员进行氧割，"轰"的一声，钢轨连同枕木淹没在洪水中。

第二天，用于铁路桥梁抢修的加强型六四式铁路军用梁成功架设，王庭虎和工友们扛起重达300斤的枕木冲上梁体、放下，再返回再继续，直到将100多根枕木全部扛到梁上。

第三天，抢险钢轨运送到位，大家又再次开始安装钢轨……整整七天七夜，困了就在隧道避车洞里打个盹，饿了就抓起面包、火腿肠胡乱吃几口。手上、脚上的血疱不知起了多少，因长时间浸泡在雨中，手、脚早已失去知觉。可是没有人叫苦叫累，因为大家都清楚，早一分钟抢通线路，人民群众就能多一分安稳，国家就会少受一点损失！

当第一趟列车缓缓通过时,热烈的欢呼声在大巴山久久回荡。抢险一结束,王庭虎忽然想起家里进水的事,赶紧给家里打电话,内心愧疚又自责。爱人安慰道:"我知道你在抢险,你们单位当天就来人把我们接到亲戚家了,再说这些年我也习惯了,咱们这个小家需要你,单位这个大家更需要你。"电话一端的王庭虎久久无语,家人的理解是他最大的动力,单位的关怀更是他坚强的后盾。无论何时,只要铁路安全受到威胁,他都会毫不犹豫选择冲在最前面,守护好铁路这个大家庭。

2010年7月,陕南遭遇特大暴雨,强降雨导致特大洪涝灾害发生。得知险情后,车间党总支立即集结党员突击队50余人,赶赴现场。狂风暴雨阻止不了他们前行的脚步,面对随时可能出现的泥石流、滑坡,没有人退缩,大家义无反顾赶赴抢险现场。穿在身上的雨衣根本抵挡不了倾盆而下的疯狂暴雨,抢险现场王庭虎和工

● 王庭虎(右)对青年职工讲述襄渝铁路修建史(摄影 张霖)

友们团结一心，用铁锹铲，徒手扒，与暴雨鏖战，与狂风作战，顾不上休息，顾不上吃饭，累了咬咬牙，愣是在风雨中鏖战了 9 个多小时，才将泥石流完全清理完毕。

等到抢险结束，在返回工区的路上，大家才注意到王庭虎的腿上有殷殷的血迹。拉起裤腿，腿上有一道长长的血口子，可能是刚才在抢险现场不小心被树枝或者石头划伤的，当时只顾着抓紧时间抢险，根本没顾上，到这会儿才感觉到隐隐地疼。看着大家伙担忧的神情，王庭虎反倒安慰起了大家："小事小事，就是划伤了，回去抹点药就好了。"这就是王庭虎，面对危险毫不畏惧的巴山铁路人。

王庭虎常说的一句话是："国家国家，国在前，家在后，只有守住铁路安全，才是对国家最好的交代。"我想，这应该不仅是他，是巴山人，也应该是全体铁路人的心声和情怀。

新线新标杆

时代在发展，中国铁路也在飞速前进。

2009 年，时速 160 公里的襄渝二线通车。巴山工务车间辖区线路由原来的 24 公里增至 81 公里，工作量一下子提高到原来的 3 倍多，其中新大巴山隧道长 10658 米，正好位于王庭虎工区管辖范围内。

新大巴山隧道，高标准，严要求，轨距、水平，作业要求更精细，标准更高。隧道检查，材料、工具、弹条重五六十斤，工作强度更大。即便是在增设备不增人员的重重困难之下，王庭虎还是向车间立了"军令状":"新线更是标杆线、标准线!"

记得刚通车时,新大巴山隧道K430+500米区段经常晃车。王庭虎前前后后检查好几次,却显示一切正常,就按平常处理方式进行了处理。谁知才两天,又接到同一地点晃车通知。连续3天,实在让王庭虎百思不得其解:"不应该呀,前前后后检查了好几遍,没有问题呀,咋还一直晃个不停?"

一天中午,工区食堂吃饭的王庭虎忽然看见电视上正播着高铁线路用水准仪、50米钢弦绳验收线路的画面,他脑子好像忽然明白了什么,一拍大腿:"难道是标准不一样?我们这样试试看咋样。"

胡乱吃了几口饭,王庭虎跑到车间,和主任、技术骨干找来水准仪、50米钢弦绳再一次来到晃车地点,标测点、架仪器、测数据、电脑绘图,终于确定了晃车关键:原来出现了一处4毫米高低轨向叠加。

4毫米高低轨向叠加,放在老线不值一提;可在新线,却成了隐患。找到问题症结的王庭虎,又带领工区的工友们历时一周,把全长10658米的新大巴山隧道重新测量一遍并制订了整改措施。这一整改,全长10658米的新大巴山隧道实现了扣件无松动、轨距无出分、曲线无超限的"三无"目标。在全路动态综合检查中,实现了连续13个月设备7项指标零误差,创造了山区铁路养护的最好成绩。

这件事让王庭虎明白,老办法不能解决新问题,干普速也要有养护高铁的新标准!从那以后,王庭虎用更高的标准、更严的要求、更先进的仪器进行线路养护维修。

与新线路对应的就是新设备，水准仪、经纬仪等新的检测器，是以往王庭虎闻所未闻、见所未见的新鲜玩意儿，更别说用了，连怎么把这些家伙支棱起来都不会。为此，王庭虎既高兴又苦闷。高兴，是因为这些检测器具确实让检查更快、更准了。苦闷，是因为他看不懂说明书，根本不知道咋使用。

怎么办？不学就等于放弃，可这又怎会是王庭虎的性格。这下子，又激发起王庭虎的好胜心，那就向会使用的年轻人请教，古圣人都说过要不耻下问呢。

打定主意，王庭虎只要有时间就拉着工区新分配来的年轻大学生在工区院子里架仪器、测水平、量高低，妥妥的"三好学生"。

将水准仪的小气泡调到居中位置，他粗大的手刚一动，不是多了就是少了，摆弄仪表，不是靠力气，越是小心，手越紧张地抖动着，越不灵。一个人的时候，还好，有人围着他看，更不行，汗把帽子都濡湿了，真应了那句话：拿镐把子的手偏要去捏绣花针。

功夫不负有心人！在王庭虎的努力下，半个月后，王庭虎就可以驾轻就熟架好仪器了。随着时间的推移，王庭虎又渐渐学会了运用测量数据通过电脑进行线路抄平、起道等更深层次的技术。

也正是在王庭虎的感染下，工区一些年龄大的老师傅也开始主动学习用经纬仪、水准仪这些先进"武器"，工区"比、学、赶、帮、超"的氛围越来越浓厚。

"不信眼睛信仪器，不靠估计靠科技，只有与时俱进，才能不被时代淘汰！"后来这句话，成了王庭虎挂在嘴边最爱说的口头禅。

除此之外，王庭虎带领工区职工率先推行"小集中修"，集中人力对薄弱环节进行精检细修，有效提升维修的质量和效率。"道岔养护四步法"、"工厂化"单元修、"第三方查看分析"等诸多新的维修方法，都是在他带领下摸索推出、推广使用的。

当然，想要新线更是标杆线、标准线，能吃苦、肯奉献是不够的，还要创新工作方法。

有一次，王庭虎到啤酒厂参观学习，看到生产线上一箱箱啤酒整齐划一、分类包装时，萌生一个想法，是否可以将线路按照"工厂化"进行养护管理，简单说就是将正线线路每200米、道岔区域每100米划成一个整修单元，按照线路等级、轨道结构、病害轻重缓急等，集中人力物力及时歼灭关键病害、及时整治重点病害、适时处理一般病害。回去后，王庭虎将想法告诉主任并得到支持。经过实践检验，襄渝二线在多次平推车、轨检车检查中，TQI（轨道质量指数）指数始终处于优良状态。

随着铁路养护方式的发展进步，巴山线路工区先后配备现代化养路机械设备，如先进的小型液压捣固机、液压起道机、虎啸扳手等小型养路机械，新机具的使用，大大提高了劳动效率，降低了职工劳动强度。王庭虎由衷感叹："以前是靠人海战术守安全，现在是靠科技保安全！"

破解创新难题

巴山工务车间劳模创新工作室里，摆着满满一屋的革新器具。那一个个小发明、小创造，凝聚着王庭虎和工友们的心血和智慧。王庭虎常说，正是师父当年"手把手"的指导才成就了今天的他，如今，他也要把这种精神传承下去。

自工作室成立以来，王庭虎和他的团队先后编制完成了100多项设备病害的整治方案，解决了现场工作中存在的实际问题，极大地提高了工作质量与工作效率。其中，8项获得集团公司优秀质量管理成果，3项获得陕西省优秀质量管理成果，9项获得国家使用新型专利。小型道砟转移机更是获得了2015年全路青年科技创新成果奖。

唯有团结一心，方能共同进步。在王庭虎的带领下，团队中有19名青工走上了管理岗位，64名青工成为一线的生产骨干，17人被聘为技师。

襄渝二线建成投用前，所有作业进入倒计时攻坚战，恰巧宝石山隧道进行卸砟作业，每次卸砟，都需要几个小时。而卸下来堆在轨道两边的道砟，大家伙儿又得使着耙子、叉子费很大功夫才能将道砟人工转移到指定地点，不仅费时费力，还搞得大家伙疲惫不堪。每天，大家伙天不亮就得出门，往往凌晨一两点才能收工回来。繁重的任务量让王庭虎和工友们不胜其烦，迫切想找到一种既方便又便捷的方式，既能减轻工作量又能多快好省地完成转运道砟的任务。

一次偶然的机会，下班回工区的路上，王庭虎看到一辆履带式粮食传送车从身边驶过。同行的工友不知谁嘀咕了一句："你看看人家这东西，多省事啊，咱要是有个东西可以像传送带一样，帮我们把道砟传送到想补砟的地方就好了。"

说者无心，听者有意。王庭虎突发奇想，为什么我们不能想办法发明一个方便道砟转移的机器，既能降低劳动强度又能提高劳动

● 王庭虎（右一）与工友们更换伤损钢轨（摄影　关富成）

效率呢。

说干就干，吃完晚饭，王庭虎开始翻阅书籍，上网查找资料，又喊来几个工区的大学生，和大家说了自己的想法，大家伙一致表示同意。于是王庭虎带着几个大学生一起研究、探讨、画图、试验。第一次他们利用废旧材料制作了一个可以转动的小器具，可是这机器在平地上使用效果还可以，当使用到轨道上时就产生了动力不足的现象。后来他们又多次试验，终于研制出了一个适合在轨道上使用的道砟转移机，并很快投入使用。

相比较，以前是使用风动车卸道砟，但卸砟后的道砟均匀和整理外观工作量巨大，特别是在曲线上，这样的问题更为突出。而小型道砟转移机，则主要以传送带传送物体，走行部分借用现有小型养路机械的走行原理及结构。人工将道砟上到上料斗，传送部分自动将道砟传送到上股外侧砟肩上,减少了人工从下股搬运到上股的劳动,上料的距离也大幅度缩短,劳动强度极大降低,工作效率也大幅提升。

王庭虎爱动脑筋,没事就爱琢磨。

工区管内淇水隧道全长1538米,曲线半径600米,由于隧道建线年代久,渗水严重,加之当时技术条件有限,只在曲线下股设置了排水沟。每到雨季,曲线上股积水就会漫过道床流进下股排水沟,造成翻浆冒泥,严重影响行车安全。如何彻底解决这个"老大难"问题,成了王庭虎的心头病。

一次电视上正播放着三峡大坝利用5级船闸解决水库水位与下游之间近200米高差问题的画面,王庭虎突然联想到,如果将淇水隧道内上股的积水汇到一处,将引流管放置在道床下,把积水导入下股侧沟,不就可以解决隧道渗水的问题,翻浆冒泥的"七寸"要害不也被掐住了吗?

想到更要做到。王庭虎带着工友们开始在淇水隧道内选点,在墙壁上开槽安装集水箱、接管引流,成功解决了长流水、水常流的"老大难"问题,翻浆冒泥的病害也大大减少。王庭虎还和工友们一起,采取定期检查,及时保养,随时消灭暗坑等方法,并将这种方法应用到整条淇水曲线,有效地解决了道床排水问题,提升了线路设备基础水平,线路翻浆病害得到彻底整治,大大延长了设备保质期。

创新让王庭虎尝到了甜头,创新更为守护巴山安全奠定了基础。王庭虎当工长后期,带领他的创新团队,先后创新小发明小改革27项。

巴山里的大爱

王庭虎说：“巴山是一块热土，巴山人的精神世界是丰富多彩的。"

巴山车间所在的巴山镇地处大山深处，隶属陕西省汉中市镇巴县。与四川万源、巴中接壤，是陕西的南大门。1982年，为解决职工上下班行路的不便，巴山工务车间党总支带领工区职工，利用休息时间在一面荒坡上修建了一条石阶路，取名"创业路"，又叫"幸福路"。

为了解决老乡们出行的不便，王庭虎和大家伙儿一起，与巴山镇政府联合，为当地村民建起了4座便民桥、20多条便民路，2013年又修建了巴山路地和谐广场。每天闲暇时，都会有许多的村民、职工聚集在广场上，下棋、聊天，一派欢乐祥和的和谐场景。巴山路地和谐广场不仅为大家提供了娱乐休闲的好去处，更拉近了村民与职工之间的感情。

热心的王庭虎还一直惦记着巴山老乡们的生活。2024年1月28日，天刚麻麻亮，王庭虎和工区的几个工友们就赶到了巴山农贸市场。他们利用休息时间到农贸市场了解询问农产品信息，建立农产品档案，利用网络销售等途径，更好地为老乡脱贫致富提供切实的帮助。

和谐的路地关系让当地老百姓和巴山职工建立了深厚的友情，他们也时时刻刻心系铁路安全畅通，在襄渝线发生危险的时候，当地百姓也会义无反顾，主动参与到铁路抢险工作中来。

2000年7月13日,巴山地区遭遇洪水,毛坝关至松树坡的两个区间内险象环生,其中K420处塌方2000立方米,K423处塌方500立方米,线路被掩埋40多米,另有10多处塌方和泥石流。在抢险现场不只有身穿黄色工作服的铁路职工,更有闻讯赶来主动参加抢险的当地村民。

那一刻,瓢泼大雨中,没有人退缩,所有人都手忙脚乱地处置灾情,清理线路。他们顾不上自己家里随时可能出现的险情,第一时间赶到了抢险现场。等处置好线路上的险情,看着列车安全通过,他们才放心地离开。他们说:"巴山路地是一家,我们要尽自己所能,帮着工区职工一起守护铁路的安全。只有铁路安全了,我们的日子才会越过越好。"

村民们参与抢险的故事每年都有,这是巴山人的大爱情怀,也是当地老乡对巴山职工的真情回馈。

巴山职工长年身处大山,职工文化生活异常贫乏。王庭虎说,从前下了班,可干的事情很少。要么躺床上听收音机,没几个台,只能收到短波信号,呲呲啦啦响。要么就看报纸,过期的报纸,翻来翻去看好几遍。车厢里捡人家阅后的报纸杂志,捡老乡包鸡蛋、垫梨筐的报纸,宝贝似的装进包里,一点一点看,慢慢悠悠读。

最热闹的就是去看人。下班都跑上巴山的站台,去看一趟在这里只停留3分钟的绿皮客车,透过车窗看形形色色的人,看穿着连衣裙的女人。女职工看得细,说看人家的脚指头也涂着红指甲油呢!男职工不信,她们就绘声绘色地描述,再不信,就争论、起哄、吵闹。

还有就是喝酒,敲脸盆,学狗叫。喝完蒙头睡大觉,昏天黑地的，整个人萎靡不振的。还有酒后打架闹事的……

要么就声嘶力竭地喊叫，站在山坡上向着苍茫中的崇山峻岭，向着不舍昼夜的黑水河，喊，大喊，撕破了嗓子喊："让我加班——我要加班……"

这就是最初的业余生活，都是为了消遣心头的无聊和苦闷。怨他们吗？不能怨。谁在这里都是如此。这样下去，终究不是事儿。要让大家伙儿有事情干，动起来，做有意思的事。把大家伙儿的心填满，让大家伙精神起来。

老巴山人有办法，办夜校，搞运动会，想方设法拴心留人。巴山家风代代传，王庭虎又带领着大家伙儿在工区开垦了小菜园，按人头数每人分了一块地，大家想种啥就种啥，丰收了大家伙儿就加个菜，还把每一块地都命了名字，大家伙都笑着说："没想到跑到山沟沟里，有滋有味当起了'农民'……"

如今的巴山日新月异，文化生活更是丰富多彩。

为了更好地帮助山里老乡售卖农产品，借助每年一次的巴山路地群众运动会时机，他们主动为老乡增加山货买卖途径，增加收入，更有不少工友利用自己的朋友圈、微博、抖音等网络平台，大力宣传这些无公害、纯天然的绿色巴山农产品，搭建产品销售渠道。

每年的四五月份，巴山都将迎来最热闹最隆重的巴山路地运动会，这是一场已经持续了 43 年的体育盛会。

王庭虎说："巴山路地群众运动会从 1981 年开始，如今已成功举办 43 届。自从参加工作以来，我没有一次缺席过巴山路地群众运动会。"

王庭虎所说的巴山路地群众运动会，它从最初简单的娱乐活动，一步步成为铁路职工和当地群众心目中的"小奥运"，成为巴山人的狂欢节，被誉为全国群众体育运动的典范。巴山路地群众运动会，锻炼的是体魄，培养的是精神，承载的是责任。它不仅仅是巴山铁路人"在一天就要干一天，干一天就要干好一天"的朴素价值追求的体现，更是巴山人在长期的艰苦实践中形成的以艰苦奋斗、无私奉献、务实创新为基本内涵的"巴山精神"的具体体现。

　　2023 年的巴山运动会，受疫情影响，没有放在四五月份，而是放在了 10 月 17 日。即便时节已入秋，可一大早，巴山站区已是人群涌动，彩旗飘扬，洋溢着一派欢乐喜庆的氛围。站区职工和地方代表及队员欢聚一堂，喜迎第 42 届巴山路地群众运动会的隆重开幕。

● 王庭虎检查线路高低

当宣布第 42 届路地群众运动会开幕时，伴随着运动员进行曲，各方代表迈着矫健的步伐陆续进入会场。一时间，响亮的口号和欢呼声响彻在大山深处。老乡们男女老少，有的三三两两，有的全家出动，纷纷奔向巴山工务车间的篮球场。有老乡头一天下山就住到了附近亲戚家里，有的走上两三个小时的山路，带着干粮、小板凳前来观看。沿着操场左边的创业三路上去，山坡上坐满了老人、孩子、抱着娃儿的妇女，他们拥挤着或站或坐，居高临下，整个比赛场地一览无余。

一年一度的巴山路地群众运动会，不仅是巴山职工群众期待的全民运动盛会，更是连接巴山路地职工群众情感的一座桥梁。本着友谊第一、比赛第二的原则，从最初简单的娱乐活动，一步步成为大家心目中的"巴山小奥运"，更是被誉为全国群众体育运动的典范。

襄渝铁路穿过大巴山，人民爱铁路，铁路更爱人民。

巴山的一名贫困学生李仁惠，家里条件不好，父亲长年在外打工，奶奶因外出卖菜时发生车祸瘫痪在床，家里还有两个年幼的妹妹，只能依靠没有收入来源的母亲照顾一大家子。李仁惠在巴山小学读六年级，学习成绩一直很好。

一次，在"路外安全进校园"宣讲铁路知识时，从校长口中得知李仁惠想要辍学帮助家里减轻经济负担的情况，王庭虎触动很大。想到花一般年纪的孩子早早辍学，王庭虎便主动提出长期资助李仁惠，无论如何也要让娃娃继续接受教育。并表示如果孩子能考上大学，他就资助到孩子大学毕业。

每逢开学时，他都要提前给李仁惠送去新书包、书籍文具等学习用品。此后的时间里，王庭虎多次带领工区职工定期为李仁惠家中送去米、面、油等生活物资，鼓励她积极向前，生活一定会好起来的。也就是在王庭虎他们的关心关爱下，差点辍学的李仁惠继续拿起书本，回到学校读书，在知识的海洋里追寻自己的梦想。

在王庭虎的带动下，巴山线路工区还设立了爱心基金。巴山工区的职工们除日常的爱心捐助外，还会额外把每年获得先进奖励的奖金自觉地拿出一部分，充实到爱心基金里。王庭虎每年还会定期与学校联系，争取车间、段上的支持，先后为巴山希望小学捐赠电脑、课桌、书籍等学习用品及各类物资，捐资助学让20多名贫困学子走出大山。

巴山镇上，王庭虎的熟人最多。走一路招呼一路，特别是孩子们"王伯伯、王伯伯"的一路叫个不停。

王庭虎骄傲地说："别看巴山希望小学地处秦巴，四面环山，但是学校配备并不差，在整个镇巴县都是一流的。"这份自豪骄傲里，深深蕴含着巴山铁路人对巴山乡亲质朴的情怀和纯粹的情感。或许，这就是巴山工务人用心用情执着书写的巴山情缘吧！

我的根在巴山

山河不语，岁月无声。

巴山的草木绿了又黄，黄了又绿；巴山工务车间的职工来了又走，走了又来。不经意间，很多年过去，曾经那个意气风发的少年，鬓角也已悄然爬上了白发。一切似乎在变，一切似乎又没有变，山还是那座山，王庭虎依然还是王庭虎，工作没变，初心没变，守护安全的赤子之心没有变……

青春在巴山，奋斗在巴山，王庭虎早已和巴山融为一体。

他已经记不清身边换了多少拨人，和他一道走上巴山的工友早已调离，后来的年轻人也一个个离开了，但他依然还坚守在这里。

难道他从来没有离开大巴山的机会？有，不仅有，还有好多次。第一次，车间主任找到他："虎子，车间考虑，想把你调到离安康近一点的车间，你愿意不愿意？"

王庭虎一愣，毫不犹豫地说道："感谢领导的关心，我身体还行，我想再干几年，把这里的线路质量整好了再走。"

听到这话，车间主任没有再说什么，只是轻轻地拍了拍王庭虎的肩膀。

王庭虎至今还记得许多年前师父解和平第一次带他去巴山烈士陵园的情形。夕阳下的余晖里，师父带着他沿着山间的那条小路，朝着烈士陵园的方向前行。烈士墓碑正对着他们日常养护的襄渝铁路线。多年后的大巴山依然沉默无言，黑水河静静流淌，襄渝铁路穿山越岭，蜿蜒伸向远方。

王庭虎说，烈士们正看着我们呢，怎么能走呢？想到修建襄渝铁路牺牲的战士，想到长眠在烈士陵园的32名先烈，他的心里就会涌起一种神圣的使命感与责任感。

"前人修路，后人守路。"既然来到了巴山，既然成了铁路人，就一定要养好这段筑路烈士用鲜血和生命架起的钢铁大动脉。这不仅是铁路人的职责与使命，更是养路人的荣耀与担当。

每年的清明节，王庭虎都会和工友们一起，来到巴山烈士陵园，为筑路烈士扫墓、拔草、勾描碑文。在烈士陵园看到为修建襄渝铁路而牺牲的先烈们的墓碑，王庭虎心中的那股神圣庄严的使命感，就会越发强烈。

他说："这是一条先烈们用生命修筑的铁路线，是一条英雄的铁路。作为养路人，我要像钉子一样钉在巴山，要用一生的坚守去守护好这一条铁路，这既是一份工作，更是一份坚守的责任。"

可能又过了5年还是6年吧，有一次，王庭虎扭伤了腰，车间领导找到他，对他说："工务是个重体力活，你的身体不太好，考不考虑换个地方？"王庭虎微笑地摇了摇头。

那是师父退休前，解和平紧紧地握着他的手，不放心地说道："徒弟呀，咱巴山的设备基础还是很差，安全可不敢有一丝松劲和麻痹，我现在退休了，你们啊，一定要把这条铁路养护好，让列车安全驶过大巴山！"

师父的教诲，王庭虎从不敢忘。作为第一代巴山人，师傅们在长期的艰苦实践中，孕育形成了以艰苦奋斗、无私奉献、务实创新为内涵的"巴山精神"。而王庭虎，又在"巴山精神"的耳濡目染下，从一名养路新人逐渐成长为巴山线路车间最年轻的工班长，再到后来的全国劳动模范。艰苦的环境中，他如山中的野菊，又如那棵"安全树"，耐得住山野寂寞，守得住人生信仰，以实际行动诠释着"巴山精神"，守护襄渝线，守护大巴山。

工作37年来，王庭虎日复一日、年复一年，坚守大巴山，带领着一茬茬的工友们战天斗地、迎风冒雪，守护着襄渝线最难养护的一段线路，硬是把地质条件复杂、基础薄弱、病害严重的"担心线"养护成了"安全线""放心线"，用心用情，用无悔的人生书写着新中国铁路建设的壮美诗篇。

转眼到了 2009 年，襄渝二线修通，王庭虎已在巴山待了 21 个年头，车间考虑到他待的时间实在太长了，给他做工作劝他调离巴山。可是王庭虎说，我这一辈子只能待在巴山了，组织给了我这么多的关怀和关爱，我离开了巴山，怎么对得起组织给予我的这些荣誉呢！

车间干部没话说了。是啊，"火车头奖章"、全国五一劳动奖章、"感动陕西十大人物"、"感动西铁十大领军人物"……一切荣耀的背后，是王庭虎几十年来的忘我付出，默默奉献。他把职业的根深深扎进巴山这片红色土壤。而对于这些成绩，王庭虎却认为自己只是数十年如一日做了一件很普通的事。是巴山让他找到了生命的价值，是巴山让他懂得了坚守、奉献、付出、传承的意义。

2021 年 7 月 1 日，王庭虎作为全国劳模代表，参加庆祝中国共产党成立 100 周年大会。站在天安门前，内心的骄傲和自豪无以言表。那一刻，王庭虎内心澎湃，万分激动，他深知这份荣誉来之不易，它属于巴山人、西铁人，更属于全体铁路人。新时代新征程上，巴山养路人一定要养好路、守好桥，让列车在大巴山安全平稳驶过，以实际行动助力中华民族伟大复兴的中国梦顺利实现！

王庭虎的妻子身体一直不好，孩子也不在身边，家里一直是母亲和妻子一起生活。2021 年，母亲去世后，车间想让他们夫妻团聚，想把他调到离家近点的地方，让他的妻子也劝劝他。

那一天，王庭虎休假探亲回家，妻子特意做了满满一桌菜，还给他倒了一杯酒，笑着说："你呀，也在巴山待了这么多年了，就调到离家近一点的地方吧。"

王庭虎举起酒杯，抿了一口，望着妻子，充满了歉意："这些年，真是辛苦你了，侍奉送走了老妈，儿子长大了，也该享受了，我也确实应该回来陪陪你了。"

妻子笑了，连连点头。只听王庭虎又说："这么多年，我在巴山待出感情了。猛然要走，还真是有点舍不得。要不，咱们再坚持几年吧，过几年退休我就回来了，一直陪着你。"

从襄渝铁路通车至今，48年过去，巴山的职工调离了多少，没有人知道，像他这样不想离开巴山的职工，大家却知道是第一个。每一个要求调离的职工对领导说了些什么理由，没有人知道。但大家都知道他拒绝调离巴山的理由："我的青春在巴山，我的奋斗在巴山，我早已和巴山融为一体。我想在这里干到退休！"

2021年，那是王庭虎最后一次拒绝调离，他执意要在巴山落下职业生涯的帷幕。

望着巴山运动场上嬉戏的孩童，王庭虎真诚地对我们说："不是我不愿意离开，只是山里待久了，就与大山有了感情。我喜欢大山，这些年在巴山，我心里很踏实。"

大音希声，大爱无言。木讷的王庭虎是一个有情怀的人，他不善言谈，内心却对巴山有着炽热的情怀；他没说扎根，但一待就是37年。他有着铁路人最朴素的情感，忠诚奉献，无怨无悔，长年坚守在大山深处，与钢轨为伍，与桥隧相伴。

巴山电梯打开，一群年轻的职工们扛着机具收工归来。返程的时间到了，三月的微风中，我们和王庭虎依依告别。夕阳照耀下，一层耀眼的金黄色余晖洒在王庭虎的身上。那身影，和岿然矗立的大桥桥墩完美重叠，托举着飞驰的列车，托举着中国铁路的发展，瞬时为我们树立起了一尊巴山赤子的硬汉形象。

创作手记

人的一生，总有一些东西值得坚守，爱情、事业、信仰、追求……当然，还有心中始终不变的情怀。王庭虎就是一个为了情怀而执着坚守的人。

王庭虎是巴山工务车间的老先进，巴山工务车间是全路的老先进。从进铁路的那天起，就知道了"巴山精神"，后来又知道了王庭虎。接触的越多，越能感受到王庭虎的质朴，巴山铁路人的质朴。王庭虎面对采访不知所措，一上工地却生龙活虎；王庭虎没有说扎根，但一待就是37年。他像道钉，身有五寸长，绝不钉进四寸九；又像钢轨，紧贴大地，向着列车前进的方向，尽力延展着自己的身躯。

采访王庭虎、采访巴山，我们时时被一种精神感动。写作的过程，是学习的过程，更是精神洗礼的过程。我们骄傲，中国铁路因为有千千万万个王庭虎，才能够让复兴号奔驰在祖国广袤的大地上；我们自豪，我们也是几百万中国铁路人中的一员，正在服务和支撑中国式现代化的新征程上勠力同心，飞奔前行。

▶ 张 华

神奇调试师

——记中国铁路上海局集团有限公司上海动车段列调一班工长张华

沈 燕 徐 晨 蒋雨鸥

子夜苍穹，灯桥闪烁。浓夜笼罩下的上海动车段动车检修基地华光交错，犹如一幅陆天相接的璀璨画卷，铺设出天地一色、宇宙无声的壮美浩瀚。

这个亚洲首屈一指的动车检修基地，每天晚上停泊着上百列动车组，它们收敛了白日风驰电掣的速度与激情，如多条银色小溪汇聚成华东大地上最灿烂的银河。星辉交映中，一趟趟动车组静谧缓慢地向库内移动，数百名检修工人在库内迎候着，很快忙碌起来，为它们轻装洗尘。

2023年4月17日子夜，检修基地皎皎河汉中，一抹耀眼的中国红——这列代表着我国动车组最高技术标准的智能复兴号缓缓驶入基地，今天它由张华团队进行首次调试检修。

张华是动车检修基地列调一班调试工长。这时，他带着徒弟王超巡视到了2号车厢，车厢里静悄悄的，厚重的车体钢板和降噪装置，将噪声一概拒于车外。突然，张华停下脚步，轻轻踩了踩地板，对徒弟说："底下这个部位是牵引电机冷却风机，现在已经通了高压电，设备怎么没一丝震动、没一点声音，去查一查，肯定有问题。"

徒弟钻到车底，发现牵引电机冷却风机果然没有工作。他翻身上车，兴奋地对张华说："师父，你真神了！"

张华的神奇，源于他 15 年的修炼。2009 年，长三角地区第一位动车组检修调试人，就是张华。岁月匆匆，弹指一挥间，他先后检修过 13 种车型，调试动车组 700 余列，都做到了"零差错"。如今的张华，对动车组的故障特别敏感，就像熟悉自己的身体一样，一列动车组近 50 万个零部件、上万条电路，几乎都装在他的心里。他能快速甄别出极纤细的裂纹，甚至比检测仪器都精准。他能在一分钟内，确认数十种零部件的状态是否良好，任何细微变化、任何异常动静，都逃不过他的眼力和直觉。

他是自带"光芒"的国内第一代动车组机械师，全国动车组检修领军人物。他以高超的检修技术和精湛的判断力、感知力，书写了他人生的传奇篇章。他先后获得全国劳动模范、五一劳动奖章、全国交通技术能手和"最美铁路人"等光荣称号。

自制玩具的小男孩

万里长江奔腾翻涌，穿峡谷、汇百川，浩浩汤汤一路向东，在上海市宝山县与黄浦江交汇融通。厚重的长江文明与千年传统文化，在此地蕴蓄涵养，生生不息，浸润了一代又一代宝山人。1977 年 12 月 16 日，张华就出生于这片人杰地灵的热土。

张　华

年幼时的张华，远远不是如今稳重谨慎的状态。他像大部分小男孩一样淘气顽皮，喜欢玩耍打闹，夏天河里捉鱼虾，秋天爬树摘桑葚。那个年代远没有如今种类繁多的儿童玩具，机灵的小张华自己"创造"了很多玩耍方式：树枝可以在地上堆出小鸟、堆出房子甚至堆出他想象中的卫星；用过的作业簿可以撕下来，叠成手枪、飞机、轮船，叠成他最最心爱的大火车……

邻家小朋友进了趟城，回来时腰上多了支铁丝制作的小手枪，锃光发亮，把村里的孩子们馋得不行，跟在他后面软磨硬泡想玩一下。那孩子非常得意："那你们谁想玩，就得听我的！"说罢举着小手枪，号令一众小朋友"唯他马首是瞻"。小张华很不服气："不就是把小手枪吗？你得意什么呀。"邻家小伙伴头一昂，臂一抬，晃了晃手中的宝贝："我就得意了，你有吗？"

"会有的，你等着。"张华一赌气，扭头回家了。

回到家的张华辗转难眠，那把铁丝小手枪在他的小脑瓜儿里挥之不去。他爬起来，找出作业簿，凭着记忆在纸上画出了小手枪的形状。"图纸"画好了，可是没有材料怎么造？那个年代，想在乡下找出些铁丝做玩具，可不是件容易的事。次日，张华找到村头修车铺，央求修车大叔给自己两根自行车钢丝条。修车大叔十分不解，但还是满足了小张华的要求。张华高兴地一蹦三尺，握着两根钢丝条飞快地跑回家中，拿出自己的"图纸"对照比画，绞尽脑汁地琢磨。经过不懈努力，手都磨出了水疱，终于做成了一把锃亮的钢丝小手枪。欣喜之余，张华发觉自己十分享受这个动手制作的过程。

张华自己制造的小手枪，吸引了众多小伙伴羡慕的目光，纷纷对他竖起大拇指，央求张华也给自己做一把。骄傲的他一一应允，没多久，村里的孩子们纷纷拥有了心爱的钢丝小手枪。

聪明的张华，在校成绩一直名列前茅，老师们都十分喜欢这个机灵的孩子。初中毕业会考时，张华的成绩足够进入县城最好的高中，进而圆他的大学梦。但当时城乡差距较大，父母之爱子，总是"为之计深远"，建议张华报考可以包分配的中专，不仅户口可以"农转非"变成城市户口，还能提前好几年上班拿工资。

正当犹豫不决时，前两年考取了苏州铁路机械学校的远房表哥来张华家玩，听到表弟的选择苦恼，马上"抬出"自己的母校：不仅学费便宜，还有奖学金拿，学校毕业以后还能分配到铁路上工作呢！这可把张华说动心了，他在报考志愿书上郑重写下了苏州铁路机械学校。

拿到录取通知书，张华父母喜笑颜开，在家里摆了8桌酒席，请来亲戚好友一起庆祝。看着父母忧心操劳、密布皱纹的面庞，张华暗下决心，一定要好好学习，帮父母分忧解难。

1993年9月1日，张华背上行囊，平生第一次离开家乡，出门远行，坐汽车来到了苏州铁路机械学校。报到后才知道，自己被分到了空调与制冷专业。在他的印象里，铁路应该是开火车的，没想到还有这么多工种专业。在那个年代，空调绝对是个奢侈品，火车上居然能装空调？从没坐过火车的张华既震惊又兴奋，迫不及待地一头扎进学业中。

国庆节学校放假时，张华跟同学一起坐火车回家，这是他人生中第一次坐火车。张华以前只在画册里看到过火车，如今第一次在站台上，近距离观察这个黑色的庞然大物，白烟滚滚，吭哧作响，车轮缓动，雷霆乍惊……他被深深地震撼了。那一刻，他畅想着自己未来的铁路生涯，心底油然而生一股骄傲和自豪。

有梦想，更有干劲。张华很快适应了新环境，融入到大集体中。他喜欢学校，喜欢老师和同学们，尽情享受着美好的校园生活。志存高远兼之聪明勤奋的他，连年荣获奖学金。放暑假回到家，懂事的张华依然帮着父母亲下地干农活。

中专学习的第三年，上海突发甲型肝炎，张华不幸被感染，住进了宝山区传染病医院。张华躺在病床上，心里特别着急，他让父亲帮忙去了趟苏州，到学校领教材送到医院，供自己在病床上自学，常常是一手打着点滴，一手捧着课本。两个多月后，张华出院回到学校，紧接着迎来期中考试，病房自修的他胸有成竹，从容应试，居然考出了全班第七名的好成绩。大家觉得很奇怪，纷纷咨询他休学在家服用了什么"灵丹妙药"，能考得那么好。张华不好意思地挠了挠头：就是多看书、多练习、多总结嘛。他是这么说的，也真是这么做的——只要自己用心学习，认真做事，就能获取成功的回报。一分耕耘，一分收获，这是少年张华的真挚感悟，让他受益终身。

有心的修车人

1997年8月，盛夏骄阳打在"上海车辆段"5个金色大字上，显得格外耀眼。以优异成绩从苏州铁路机械学校毕业的张华，静立在上海车辆段门口，深情注视着将与他休戚与共的这方天地。彼时沉浸的他，并没有想到日后的艰辛与荣光，心中的激动化为暗下决心，做一名自豪而优秀的铁路职工。那金字折射出的阳光，一路照进张华的青春梦想，激发了他对未来事业的蓬勃热切。

　　分配到车电车间空调班组后，张华跟着经验丰富的老师傅开始学习检修。第一次拿起检修锤，张华才真正触摸到火车，这个庞然大物如同孩子般乖巧地停在那里，任由他学着师父的样子仔细地看、一点点地敲，对火车上上下下细致地检查。

　　普速客车主电路分线箱是他们检修的重点。分线箱位置在车厢连接处的下部，需要钻到车底蹲着作业。张华主动请缨："师父，让我来吧。"师父愣了一下，微笑点头，把手中工具递给他。

　　张华没犹豫，接过扳手，钻进了列车底部，找到分线箱检修口位置时，感到一阵恶臭扑鼻而来。原来，上面就是列车公共卫生间，下水口直排铁道，列车开行时，从上面落下的污秽，直接在分线箱板上覆盖了厚厚一层。若要检修分线箱，就必须把头顶上的盖板取下来，盖板经污秽腐蚀已经锈死，想取下来可不是件容易的事。

● 张华（中）在讲解动车组电路图知识（摄影　魏晨光）

张　华

　　钻在车底的张华手握工具，憋住呼吸，弓着身子，侧头仰面，使劲去拧螺丝，锈死的螺丝纹丝不动。张华只好拿起榔头和凿子，一点点地去敲。隔着手套，虎口震得生疼，盖板上厚厚的污物，纷纷落入衣领，汗水也开始大颗大颗地滴落。逐梦青春、意气风发的张华，怎么也想不到，实际工作比他想象的还要累还要脏。

　　既然做了，就要做好。张华咬着牙给自己鼓劲，一下、两下……好不容易打开了盖板，完成了检修。事后他的手臂肿疼了好几天，端碗吃饭都费劲。张华想起母亲常对自己说的谚语：看人挑担不吃力，自己挑担压断脊。果真如此，平日里看师父做得轻松简单，自己上手却千阻万难。

　　怎么办？张华决定当个勤学苦练的有心人，白天跟着师父边学边看，晚上研究图纸熟知理论。一番努力下来，进步很快，没过多久就可以独立完成检修任务了。老师傅们纷纷夸赞：这个小伙子既勤快又爱钻研，有手有心。

　　第一次领工资后，张华给家人买了礼物。母亲脸上笑开了花，逢人就说儿子是修火车的技术能手。她不知道，修火车的背后，是儿子从不言及的艰辛，肿痛的手臂、污秽的熏炱、满身的油泥、寒冬凌雪巡检、盛夏80摄氏度高温的"车皮"……这都难不倒张华，唯一让他有些困扰的，是长年与机油打交道导致满手洗不掉的油污，连皲裂的伤疤里都是黑乎乎的，无论用汽油"烧"、还是用钢丝球"蹭"，都难以清除——不是怕影响形象，而是担心自己下班坐公交车时，影响到别人。

　　凭着一股子坚定信念和不服输的干劲儿，没过几年，他就从一名初出校门的小白，成长为电加热小组长，专门负责客车的电气检修。普速车厢的电加热装置在车厢地角线的位置，拆卸和检修时人都要趴在地上。夏天车厢像蒸笼，汗水粘连着地板上的灰尘；冬天地板冰凉，全身冻得直哆嗦，可张华没叫过一声苦累，反倒练就了一手好本领，单手趴着就能把螺丝打得又快又牢，松紧得当。

有一年，张华看见单位大门口支起了招聘展位，走近一看，原来是地铁在招工，听说有同事跳槽去地铁了。面对高薪诱惑，张华没有动摇。他发觉自己已经爱上了列车检修，喜欢排除疑点，喜欢清除故障后的激动与喜悦，喜欢那份共同分享的成就感。

一次在检修客车时，一节车厢绝缘不良，出现了接地现象。按照惯例，组员们把车上几路绝缘分开检测、逐项排除，最终确定是电加热器绝缘出现了问题。令大家感到奇怪的是，车厢里几十个电加热器全部仔细检查一遍，所有的电加热器都是好的。重新检测，依然没有找到故障点。大家伙儿开始着急了，因为电加热器没问题，那就要排查整个车厢线路。一节车厢里有上百条电路，埋设在车厢体和地板下面，要撬开来一段段检测，工程量十分巨大，事倍功半。大家都把目光看向了张华，只见他一声不吭，在车厢里来回走了两圈，突然停下来，指着车厢茶水柜边的一块地板说道："先把这里打开看看，检测一下。"

大家一看，这是个车厢里放茶水柜的位置，因为地板塌陷，重新更换了一块崭新的胶皮地板。大家七手八脚把这块地板撬开，赫然露出几颗钉子。张华不慌不忙地拿出兆欧表，一支表笔接车厢体，一支表笔对着每个钉子"点"了下去。

一颗、两颗、三颗……当他"点"到第五颗钉子时，兆欧表发出清脆的"嘀嘀"声。故障点找到了。原来是换地板的师傅把钉子钉在了连接电热器的线路上，造成了绝缘不良。重新更换线路后，故障马上排除了。在场的同事都连竖大拇指，七嘴八舌地问：你怎么知道是这块地板下出了问题？张华微微一笑，有条不紊地分析道："我的检修经验是，新动过的地方最容易出问题，这节车厢只有这块地板颜色最新，从那里下手，应该是没错。"

大家恍然大悟，由衷地赞叹道："张工，神了。"

当上主操作手

2004年1月，国务院常务会议讨论并原则通过了历史上第一个《中长期铁路网规划》，以宏大气魄绘就了超过1.2万公里的"四纵四横"快速客运专线网。此后数年间，我国高速铁路迅速发展，遍布神州大地。

随着铁路发展的日新月异，新设备新技术广泛应用，铁路工人肩负的工作使命，也在不断迭代超越。2009年，上海动车客车段为了更好地展开动车组深度检修工作，筹建了动车组高级修基地，并在全段范围内选拔优秀技术骨干，为高级修基地提供人才保障，第一批进入动车电气化调试班组的技术骨干中，张华首当其冲。望着缓缓驶入新基地的动车组，张华深深感受到时代浪潮奔涌而来，新的机遇和挑战拉开了帷幕。

万事开头难。中国高铁从无到有，动车检修也是从零起步。普速客车的段修与动车高级修，有着天壤之别。为了迅速适应发展变化，张华被派往中车青岛四方动车制造主机厂，从动车组检修ABC

学起。当他走进主机厂时，被眼前的场面震撼了，一列列白色的和谐号列车整齐地排列着，如同一条条整装待发的白色钢铁巨龙，流线型的车体，整齐划一的生产线，气势恢宏，振奋人心。

"高大上"的和谐号动车组无论从技术设备还是检修理念，都是领先世界的水准，这与传统客车检修截然不同。张华在大开眼界的同时，也隐约感到了肩上的压力。他深知，全新的知识和领域，一切都要从零开始，所有的过往荣耀，都已经划归这扇崭新大门的槛外。

普速列车的检修，几张图纸足够。而动车组是高度复杂、对安全性要求极高的机电一体化产品。一列动车组数十万个零部件，上千张写满了英文、日文等专业术语的说明书，摞起来几尺厚、"天书"般的电路图。一开始，张华也深感迷茫，但是责任心战胜了迷茫。作为第一代动车组机械师，他心里清楚地知道，自己必须在主机厂努力学好动车构造和工作原理，哪怕历尽千辛万苦，也要做一个技术上的明白人。

张华白天登车顶、钻车底、进车厢，晚上继续翻图纸、查资料、琢磨控制原理，不放过任何一个学习的机会。动车调试，不是内容单一的技术岗位，而是需要对动车组全部电路和通信线路了如指掌。电路图加配线图上千张，像蜘蛛网一样密密麻麻、错综复杂，手指沿线路走着走着就串了行。为了方便看图纸，张华买来了放大镜和直尺，一边比画一边用四五种不同颜色的笔做标注，一点点地捋顺整车电路逻辑。时间久了，张华发现自己的视力越来越模糊，但动车组一条条电路，却在他脑海中越来越清晰，动车组的整体构造一步步了然于心。

张　华

　　除了研读动车调试的相关资料，张华抓住一切机会，跟在厂方专家们的身后学习实操。专家师傅的每一个操作，他都铭记在心，不懂的地方，马上紧盯细问，直至解惑。厂方专家都被他打破砂锅问到底的劲儿给感动了，连声赞叹：小伙子，好样的，想干好中国动车，就需要你这样的狠劲儿！

　　学了没几天后，张华就开始对自己不满意了。动车组电气设备的精密和复杂，使他面对设备时，总是要卡顿"想一下"——在脑子里将抽象图纸转化为具象实物才能做出判断。这显然不是他想要的状态，他的理想状态，是将每一处设备构造都刻进脑海深处，本能判断，"秒杀"故障。

　　苦思冥想的他，有一天看着高铁架修台的梯子，突然灵机一动，如果用实践去印证图纸，会不会更容易记忆？正好，他的带教师父在司机室准备操作一个调试项目，当他看到师父按下开关时，自己火速跑出司机室，顺着梯子跑到车顶，果然看到了车顶某个部件瞬间的响应。他兴奋不已，爬下来回到司机室，一看师父下一个调试动作是与走行部相关的，又赶快顺着梯子往车底下钻，实地看一看这个部件到底是怎么关联的。

　　张华再次回到司机室，想继续试验他的新办法时，带教师父却有点生气了："小张，你不好好跟着我看，进进出出的折腾什么？"他连忙告诉师父自己在开展"实践记忆法"，师父点头说道："这个办法虽然有效，但是你这一天上中下 3 层，要跑百十个来回，能受得了这份苦？"张华肯定地点点头。一周后，张华正爬着梯子，底下路过的老师傅扫一眼就笑了："小张啊，你脚板不凉吗？鞋底都蹬断啦！"

不到一周，张华的脚上起满了水疱，踩坏了一双绝缘鞋，本来不戴眼镜的他也架起眼镜。他几乎把所有空闲时间都放在了钻研技术上，熟知CRH2型车近千张电气图和配线图纸，掌握所有电气部件的位置、功能、状态。就这样，在实战中一点点捋顺了整个电路逻辑，他自己也养成了独特的反应能力，往常需要细想的地方，现在一下就形成了条件反射。经过一段时间的刻苦学习，张华第一批过关，顺利通过厂方考核。

2010年6月，张华与同事们一起前往西南交通大学学习，考取动车组机械师资格证，他随身带着图纸，走到哪里看到哪里，厚厚的图纸都卷起了毛边，技术也越来越娴熟。张华正式拿到闪着金光的资格证书，兴奋之余，他越发觉得肩上多了份责任和担当。

2010年7月的一天，上海动车段高级修基地彩旗飞扬，锣鼓喧天，热闹非凡，检修线两边挤满了人，多家媒体记者早早守在检修库门口。沪宁城际CRH2型动车缓缓驶入基地检测线，这是长三角铁路动车组的第一次自主三级修，也是中国高铁发展的历史性时刻。张华担任首列动车调试的主操作手，负责整车电气检修调试，这也是长三角铁路动车高级修调试的第一位主操作手。

养兵千日，用兵一时。接到"军令状"的张华感到前所未有的压力，在众目睽睽的关注下，在规定的时间限制内，要完成整列动车所有的高级修调试项目。只见他有条不紊地指挥着所有组员，十几名机械师配合默契地调试，上下忙碌着。80多个项目，400多个数据和指标，不能出现任何闪失，极大地考验着调试人员的整体综合素质、心理素质和团队成员配合默契程度。

张华作为主操作手，是整个团队的主心骨，必须认真细致地指挥调试，对照拟定的操作工艺流程，每一步检修做到细致精确，每一项性能调到最佳状态，每一步作业进行反复确认。动车组配件紧俏，价值不菲，每一个部件都很"金贵"，除了认真作业，还要小心翼翼防止损坏，杜绝浪费。

就这样经过 10 多天的团队作业，所有调试数据准确无误，所有指标优良通过！张华和队友们终于圆满地完成了自主调试任务，他们的专业水准和吃苦奉献精神，得到上级领导和主机厂专家的一致好评。

动车组轻快的身影驶出了高级修检修库，飞驰奔向远方。初升的旭日下，张华和队友们一扫疲惫，脸上绽露着舒心的笑容，骄傲感油然而生。

金牌机械师

2013 年 5 月中旬，张华正在统计着上半月故障信息，把所有调试中的故障认真记录下来。这是他坚持多年的工作习惯，已经积攒了厚厚一大摞笔记本，记录着上千个大小不同的故障处置方法，谁现场碰上任何的"疑难杂症"，都想着找张华，从这些"检修秘籍"中获取灵感。

忽然，电话铃响了，是分管高级修的张段长请张华到办公室去。张华有些纳闷，自己的班组每月都是保质保量完成生产任务，张段长专门找自己，能有什么事呢？

见到张段长才知道，原来他准备让张华参加当年的动车组机械师职业技能竞赛。张华觉得很奇怪：动车组机械师职业技能竞赛？

● 张华（右）在排查动车组故障（摄影　朱顺志）

以前都是运用部门去参加的，我们高级修人员可从来没参加过呀。

张段长笑着说："集训比武是一次拉练，我们高级修已经干了3年多，这两个名额是我们好不容易争取来的，就是要让高级修人员接受历练，目前能代表我们高级修进入赛场的，你是第一人选。"

张华陷入了深思，马上进入暑运，检修任务重，封闭式集训一去就是小半年。最重要的是，自己已经35岁了，比赛很多时候考验的是快速反应能力，自己要跟年轻选手比，无论是年龄还是身体素质，都不占优势。

张段长明白张华的迟疑，拍了拍他的肩膀说："竞赛比武，技术占优，我们相信你的技术实力，更相信你是一个无惧困难和挑战的勇士。"

张 华

面对如此信任，张华欣然允诺。因为他觉得，正是因为自己年龄大，挑战自我的机会不多，更应该接受这次严峻的挑战，哪怕是铩羽而归，此间的经历，也是一种锻炼和财富。

全封闭训练一开始，如同炙热的天气般，一下进入了白热化。除了吃饭睡觉，就是背题和训练。所有选手中年龄最大的是张华，他全身心地投入"专业集训"，用刻苦努力来弥补年龄上的差距。

动车组机械师职业技能竞赛分理论考试和实作考试。理论考试是考查对动车组技术标准、规章制度基础业务的掌握，上千道的题目要滚瓜烂熟，了然于心。实作考试分为考查动车组电路逻辑掌握程度的有电故障排查，以及专门考查动车组机械部件熟悉程度的单车检查。

实作环节的单车检查，是张华的薄弱项点。因为他所在的调试组负责整车调试，主要工作是在电气性能和通信电路上。而单车检查主要是对车下和车侧机械部件状态的检查，在日常工作中属于运用班组的工作范畴，张华接触甚少。

单车检查考试内容规定，必须在20分钟内检查完两节车厢，一节动车和一节拖车，找出设置的10个机械部件故障。机械师们从里到外，从上到下，保证一个点都不能放过。比赛时间争分夺秒，所有的检查排查必须准确到位，不仅要高度专注，而且手眼身法步要密切配合，这样才能提高检查效率，取得优异竞赛成绩。

第一次单车检查训练演习时，集训选手们一个个冲下地沟，却发现20分钟的时间根本不够用。时间到了，大多数人只能报出七八个故障点，仅有个别选手可以在规定时间内找到10个故障点。轮到张华时，他居然不到10分钟就从地沟走了出来，不是效率高，而是不熟悉。甚至不知道要看哪些部位，车底下的部件，有些名称都叫不全，10个故障点，也仅仅看到了两三个。

张华第一次尝试到了失败的滋味，同时激起了他那永不服输的倔强。看到了差距，至少有了努力的方向。张华开始虚心请教，利用休息时间加倍训练，吃饭时都在琢磨部件和故障点可能，有一次拖着疲惫的身体回到宿舍，发现自己手臂上多了几道血痕，什么时候刮破的，他居然一点都不知道。

这年的夏季，上海出现了百年罕见的高温天气，室外温度直逼40摄氏度。当队友们都待在舒适凉快的空调房内进行理论学习时，张华却一个人到现场去钻车底，认真练习。上电后的车体空调和电气设备，在车底下排着热浪，近50摄氏度的高温炙烤着皮肤，汗水模糊了双眼，衣服湿透又被热浪烘干，白花花的汗斑布满厚厚的工作服……张华全然不顾，专心致志地研究着每一个部件的故障可能。

集训刚开始的半个月，张华一下就瘦了十几斤，随着他反复地练习，不断地总结，练就了排查车辆电路、机械隐患的绝技，成绩开始突飞猛进。一轮轮的淘汰赛过去，他越战越勇，状态越来越好，双目如雷达般精准，任何比头发丝更细的裂纹、比A4纸更薄的间隙都难以逃脱他的"法眼"。每次轮到他上场，大家一边围观他行云流水的动作，一边七嘴八舌地讨论他如有神助的判断。

"华哥自然有底气，那心理素质是杠杠的，他不第一谁第一？"

"那是当然的，人家可是长三角动车调试的第一主操作手。"

张华听了淡然一笑。他深知，自己的底气，源自永不服输的动力，源自魔鬼式的训练，源自初心和梦想。

赛前一周的早上，张华忽然接到妻子打来的电话。家里人在张华封闭集训期间，怕他分心，从不打电话给他。听到妻子电话里的哽咽，张华的心顿时提到了嗓子眼。

原来是岳父脊椎骨结核，正在长海医院动手术。集训前的半个月，岳母刚刚出院回家，妻子为了支持自己好好比赛，身为独生女的她一个人扛起了家里家外所有事务。而这一次，站在手术室外的妻子，实在是惶恐无助，这才给张华打来电话。

张华既心疼又着急，匆匆请假赶到医院。此时岳父手术已经顺利完成，在重症 ICU 监护。妻子望着气喘吁吁赶来的张华，顿时又变得坚强起来，说道："医生说手术很成功，这里有我，你还是回去好好训练，安心比赛吧。"张华紧紧抓住妻子的手，心疼与愧疚让这个一向坚强的男人，顿时红了眼眶。

2013 年 10 月 25 日，全路各局选送的动车组机械师云集上海，参加动车组机械师技术比武大赛。经过 4 天紧张的比赛，张华不负众望，以理论实作总成绩 95.1 分的绝对优势，从全国铁路 96 名参赛选手中脱颖而出，取得了全路第一的成绩。一举夺魁后，他第一时间给家里打去电话，把好消息告诉了妻子，感谢背后一直默默支持自己的家人："这是我的'军功章'，有你的一半！"

神奇调试法

张华负责的动车组调试，是对动车组进行全方位功能验证，发现、排查、诊断、处理各类问题，使动车组性能指标保持最优状态，是动车组高级修的重要组成部分，既是第一道诊断关，更是最后一道质量关。

随着高铁的快速发展，越来越多的动车组列车进入了高级修修程，只有修得越快越好，才能开得越来越多，这就意味着动车检修效率必须提高。然而，繁重的检修任务让既有检修体系逐渐暴露弊端，无法跟上新时代发展步伐。

高级修中最频繁的修程是"三级修"，有两种传统检修方式，要么是"整列修"，需要200—400米的轨道，也就是场地要足够大；要么是"拆开修"，场地要求降下来了，但费时又费力。两种方式各有优势，但缺点也很明显，检修产能渐渐难以满足"市场"需求。如何通过技术创新，在现有场地基础上，把车修得又好又快呢？这个问题困扰了张华很长时间，督促着他在实际工作中不断摸索探究，要是能发明一种灵活高效的检修方式，既能充分利用现有场地和资源，又能把动车修得又好又快，就完美了！

张华找来了国内外动车组检修的相关文献和技术资料，自己摸索着开展技术创新。即使是周末在家，也整天扎进成堆的资料里。妻子心疼，想让他调整一下状态，就故意让他陪自己去逛街。进了商场，张华看见几个孩子正在儿童区玩弄小火车。孩子们把一节节车厢拆分、组合，火车一会儿变成4节，一会儿变成5节，想拼几节拼几节……突然，一个想法在张华脑海里跳了出来。动车组的调试检修是不是也可以通过灵活拼接，想调试几节就调试几节？这样的话，就可以最大限度地释放检修产能了。张华生怕脑子里的想法稍纵即逝，街都没逛完，匆匆安慰了一下诧异中的妻子，急忙赶回单位，把自己的想法记录罗列出来。

那段时间，动车组总是以3D形态，在张华的脑海中不停地拆分组合，各种技术瓶颈和难点不停地浮现在他眼前：动车组每一节

张　华

车厢配套设备不同，作用也不同，几节车厢组合效果最为理想？如何将各节车厢内的供电和通信环路重新打通？脱离"列车大脑"，怎么才能控制电气设备工作？

为了破解这些难题，张华先后设计出 3 套方案，经过团队反复研究、论证，最终从动车组整体构造出发，确定了"按一个变压器负责 4 节车厢作为一个动力单元"的方案。

然而，要实现动车组这个庞然大物的重新组合，谈何容易。首先是打通 4 节车厢的供电和通信，张华携手团队扎进成百上千的复杂电路和数据协议中测试验证，解析相关逻辑，一条一条捋出来并通过技术手段打通。同时，他凭借丰富的调试检修经验，开展新的作业流程制订、工艺标准完善、相关作业指导书优化。

攻关路上，艰难险阻，总有意想不到的困难和磨难。比如，动车组在三级修期间，部分设备需拆除独立检修，意味着动车组在架车机上整体结构不完整，无法通过列车本身的大脑激活，这就需要开发外部大脑——动车指令模拟控制器。面对诸如此类的难题，张华带领他的团队，平心静气，逐一攻关。为了不影响白天的日常检修，许多攻关项目，他都是带着团队深夜加班完成的。有时在外面吃夜宵，大家还在热烈地讨论着，引来小吃店老板的啧啧赞叹：你们这些"小蓝人"，做的事可真不简单呢！

攻关的前前后后，熬了大半年的夜，这期间电脑盯久了，张华的眼睛又酸又胀，眼药水始终不离身。经过上千次试验，仅采集的数据就有近百 G，团队终于打通了以 4 节车厢为一个独立单位的通信环路，开发出了动车指令控制器，技术瓶颈终于被突破，实现了对"列车大脑"的任意接管。

2018年，国内首个以动力单元为对象的调试检修新技术横空出世，16节编组的动车组，被拆分成4组，同时交由4组人员作业，解决了动车组在架车机上无法同步开展有电和无电作业的检修难题，让动车组高级修变得更加灵活高效，检修周期直接缩短近4天，整体检修效率提升13%。调试效率成倍增长，突破了高速动车组原先只能整列车或单节车调试检修的两种固有方法，让动车组高级修变得更加灵活高效。这项技术，荣获了全国职工优秀技术创新成果奖、上海市优秀发明选拔赛金奖。

2019年，随着首列CR400BF复兴号动车组进入三级修周期，接到调试任务的张华团队把"单元级"调试技术进行扩展，应用在复兴号动车组上，进一步助力了动车检修效率提升。他提炼总结的"望、闻、问、切、慎、畅、核、闭"调试法等5项工作法，荣获省部级先进操作法。"张华高速列车调试技术"入选长三角工匠绝活，让动车组"体检"与"健康维护"，变得更加高效智能。

不仅发明了"神奇调试法"，张华还带领团队先后优化调试工艺57项，研制新型工具装备28种，开发检测平台12套，其中2项获国家QC质量成果、27项获省部级及以上技术成果、43项获国家专利。他们在创新创效的科技之路上，不断地披荆斩棘、砥砺前行。

啃下"硬骨头"

动车组运行初期，部分部件的检修技术，长期被国外生产商垄断。一方面导致运营维修成本居高不下，另一方面相关部件供应不及时，甚至影响到整列车无法开行。这是张华所面临的又一严峻问题，也是中国高铁维修领域曾经面临的严峻考验。

2018年年底，和谐号动车组上某型号温度监控部件连续发生问题，亟须采购新件，然而这个型号的部件在国外已经停止了日常生产。张华经多方联系，终于找到了主机厂，希望对方能及时供货，可对方却回复说正处于圣诞节假期，需要两个月以后才能发货。张华觉得很憋屈，一个巴掌大的部件，就能让一整列动车"趴窝"。他暗下决心，必须破除技术壁垒，一定要啃下这块"硬骨头"，决不能受制于人。

没有技术资料支持，想要破除技术壁垒，谈何容易？张华想起刚参加工作时，检修普铁绿皮车时，师傅们为了节约成本，会找来原本旧的零件进行拆解替换。他灵机一动，找来了几十个损坏的温度监控部件，一一拆解，逐个分析故障现象，仔细查找原因。为了

● 张华在司机室调试操作（摄影　朱顺志）

模拟试验，他就自己搭建仿真平台，反复进行测试诊断。

张华得知主机厂为解决部件问题，加装防电磁干扰的保护装置，可这样只能是改善，治标不治本。他苦思冥想，要从根本上解决零部件维修问题，就要真正搞懂技术原理。当时最大的困难是国外技术保密，没有现成的技术资料，更没有电路图纸，想搞清楚原理难上加难。

永不服输的张华，采取了愚公移山的笨办法，一个部件一个部件地全方位比对，一个点一个点地测试试验。部件内部的印刷电路板上有几百个电子元件，他都一一确认，测试表单上密密麻麻地记了几大张。通过这种愚公移山式的"硬啃"，终于锁定了问题所在，找出了性能衰减需要更换的元器件。张华通过自身的不懈努力，终于彻底弄清了此类部件的构造原理和元器件的特性，掌握了自主检修技术，在全路率先开展了这类部件的自主检测维修，从此，再也不用看国外生产商的脸色了。

工作起来的张华全神贯注，经常忘记下班时间，白天处理工作的事，晚上加班做研究，有时候一抬头，天已经亮了，才发现又是一个通宵泡在了工作室里。

张华经常说，修车不能只会"换"，更要会"修"，只有这样才能把检修技术牢牢攥在自己手中。别人不屑的旧部件，到了张华这里就成了宝贝，以物尽其用、料尽其能，自主维修、创新增效为理念，在单位的支持下，他组建了电力电子部件检测维修间，把已维修和待维修的部件整齐排列开来，根据现场应用需求，有计划地提供动车部件，保障现场质量和周期。

留心处处皆学问。张华的可贵，在于他的处处留心。为了更换

张　华

电子板卡上的部件，张华需要用刀片小心翼翼地刮掉板卡上的保护层，可是一张密密麻麻的电子元件板，稍不留神，刀片就会损伤其他部件，用什么样的技术能靠谱地去掉保护层呢？为此，张华特意到电器维护店，盯着维修人员作业"偷艺"，他站得脚都麻了，终于发现可以用超声波清洗剂，去除电子板卡上的保护层。电子板卡制作精密，容不得灰尘、杂质和静电，为了提升维护品质，保障部件的整体性能，张华就专门在维修操作间里设置了无尘室，所有人进出必须去除静电，确保维修质量。

印刷电路板的维修，是个堪比绣花的技能。板卡只有巴掌大小，上面却有成百上千个电子元件和芯片，一些芯片针脚间距只有 0.254 毫米，稍有偏差，都将造成整块板卡报废，前功尽弃。维修前，需要将板卡放置在工业放大镜下，调整好焦距，让比针孔还细密的电路，在电脑屏幕前清晰显现。维修中，最重要的是眼手默契配合，手拿热风枪，目不转睛地盯着电脑屏幕，一个焊点一个焊点地屏气凝神、小心操作，大气都不敢喘上一口。

就这样以愚公移山的精神，张华带领团队攻关掌握动车组人机交互系统、辅助供电系统、旅客信息系统等 40 余项动车组高精尖部件的自主修技术，填补了行业空白，逐步构建起具备自主知识产权的动车组电力电子部件检测维修体系，实现了长三角地区动车组电力电子部件自主检测维修批量化。仅 2023 年就节约检修成本 6100 余万元，按国铁车辆部部署，相关技术接下来将面向全路开展技术服务。

张华持续引领班组实干担当，从第一代动车组检修人，逐步锻炼成长为动车组高级修领军人才。

一些企业看中了张华团队的技术，竞相抛来橄榄枝。有民企老总亲自登门造访，高薪聘请，有的甚至愿意提供上千万元的项目经费及30%的企业股份，均被张华婉言拒绝。他由衷地说道："个人的成绩离不开行业的发展、企业的培养和团队的支持，相信铁路会越来越好，只有身处铁路，我才能更好地实现个人价值，今后将继续带领团队攻关掌握更多核心技术，培养更多专业技术人才，为交通强国、铁路先行作出更大贡献。"

传奇"零差错"

风驰电掣的中国高铁，是中国速度与中国技术的实力彰显。这实力彰显的背后，是无数和张华一样的铁路人躬耕毫厘的专注与敬业、殚精竭虑、精益求精的艰辛探索。

如果说，技术革新和发明创造，成就了张华养修工作的一座座高峰，那么托起这一座座高峰的坚实地基，正是他百战不殆的专业精神和夙夜在公的大国匠心。

大国匠心，不仅仅体现在他攻坚克难的技能与勇气上，而且体现在他日常工作的一丝不苟和尽职尽责上，这才是张华"零差错"优质调试高速动车组的独家秘诀。

"零差错"，看似轻描淡写、平平无奇的3个字，背后却浸透了奋斗的汗水、专业的执着和超乎常人的拼搏付出。

2017年年底的一天，张华走在下班回家的路上，忽然接到同事电话："华哥你能不能回来一趟，需要救场！"张华二话不说赶回现场，发现大家正围在一列动车组旁焦虑不安，给他打电话的同

张 华

事一把拉住他说:"华哥你看,这台车动态调试时连续报出故障代码,辅助电源装置停止工作,导致一个单元动力丢失。但是我们已经排查两个多小时了,就是找不到故障原因!距离交车还剩一个多小时,置换都来不及,只能搬你这个救兵了!"

不能按时交车,意味着这组动车无法上线运行,势必影响整体运输计划,已经购票、将要登乘的旅客,可能要换乘其他车型,甚至造成车厢与座号的混乱,不仅给乘客带来不良旅行体验,而且在自媒体时代,会迅速放大事件效应,带来一系列不良社会影响。

张华来不及多想,马上跑回更衣室,换上工作服,拿起工具箱,一头钻进司机室,开始依据他的经验判断,分析故障代码,下载相关运行数据,查看电压、频率等检测波形。

狭小的司机室,站满了同事。大家按捺着焦急的心情,敛声屏息盯着张华手中的仪器,空气仿佛凝结一般。就这样过去了半个多小时,只见张华两道纠结的浓眉重新舒展,轻轻松了一口气,转头对大家说:"找到了,问题肯定出在电压互感器上,抓紧换!"

大家来不及答话,涌出司机室,争抢着更换电压互感器。换好的那一刻,列车再次上电,大家屏气凝神,只听司机室传来激动的声音:"主断闭合正常,变压器工作正常……辅助电源装置工作正常!"故障果然消失了!

现场响起了热烈的掌声和欢呼声,刚刚打电话的同事,给了张华一个大大的"熊抱":"我就知道你行!华哥技术,手到病除!"

"华哥技术,手到病除!"现场齐声赞叹。

手到病除,源于勤学苦练,源于绝不放过任何细节的强烈责任感。

班组里的同事们都知道，张工长有几句常年挂在嘴边的口头禅："修车人要想着坐车人。""确保每一列动车运行万无一失，是我们的职责所在。""故障原因不清楚、问题不解决、原理没搞懂，都不能轻易放过。"……他是这么想、这么说的，更是这么做的。

2019年春运前的一个晚上，一列动车组即将交付，列调一班当班人员正在进行最后的调试，检查发现主回路绝缘接近临界值。接近临界值，并不代表有故障，也符合规章上的交付运行条件。但张华总觉得难保万无一失，多年检修经验告诉他，当天天气湿度不大，主回路绝缘接近临界值，可能是存在隐患的。如果列车上线运行绝缘继续下降，就会造成动力丢失，列车晚点。

但是，如果扣车排查耽误了时间，会直接导致这台车无法上线，不仅干扰运输秩序、影响旅客出行，而且检修人员将成为直接责任者。

是按照规章直接交车万事大吉？还是冒着承担责任的风险，继续扣车排查？张华在脑海里进行了迅速而激烈的权衡。最终，"零差错"的大局观说服了自己——动车组的检修运行，没有"事不关己、高高挂起"。

为了保证排查不影响交付，张华毅然决定：延长下班时间，连夜排查。紧接着他与同事们成立应急小组，彻查牵引传动系统每根配线、每个部件。然而，一个多小时过去了，大家仔细排查了一遍，却什么收获也没有。有同事动摇了："是不是确实没有问题？要么咱们交车吧？"

张华也有点疑惑，莫非真的是自己过于敏感了？眨了眨通红的眼睛，张华摇摇头，还是坚定自己的判断：这种干燥环境、晴朗天

张 华

气，绝缘值临界必然是反常的，必须查到原因！

看着疲惫的同事们，张华再次拿起了测量仪器："大家歇会，我再查一遍！"大家你看看我、我看看你，不约而同地都站了起来："一起查！"

3个小时后，终于在一根牵引动力线连接器极为隐蔽的位置上，发现了一处灼伤，这正是绝缘下降的原因！终于找到了！

所有人都兴奋地忘记了疲劳。近身的，随着张华钻进高度不足一米的设备舱里，半跪着更换连接器；外围的，有心无力挤不进去，着急等待着，不时给里面递送零件和工具，以加快维修进度。大伙齐心协力，一直忙到凌晨4点多，问题终于解决了，绝缘值恢复了正常！

从设备舱里爬出来，张华关节僵硬、头晕眼花，好一会站不起来，只能扶着身边同事，缓缓回到休息室。

那日黎明，又是晴好。隆冬的检修库大门外，呈现一片日出前的祥和。整夜未眠的张华和同事们，在库内目送这台车顺利交出，驶出检修基地大门，驶向光芒万丈的朝阳。远处地平线上，一轮红日喷薄欲出，红霞满天，仿佛是为了渲染这又一次的"零差错"交付。

"零差错"，是技术与责任心的"兜底"。"零差错"，是国之大者的大匠情怀。

智在于治大，慎在于畏小。漫长的职业生涯中，张华深刻诠释了致广大、尽精微的胸襟格局与务实担当。动车安全无小事，身为动车组机械师的他，从没有丝毫马虎懈怠，始终以专业、专注、精细、精益的工匠精神，检修调试好每一列车。

从 2010 年圆满完成了长三角地区首列动车组高级修的自主调试任务开始，张华"零差错"调试动车组 700 余列，以自身的专业技能和高度责任心，让每一列动车组都以最健康的体魄上线运行，保障了万千旅客的平安出行。

张华工作室的能量

上海动车段 2 号检修库里有一扇小门，门前挂着"张华动车技术劳模工匠创新工作室"与"张华动车组机械师技能大师工作室"的牌子。沿楼梯拾级而上，走廊两侧是工作室创新文化和发展历程。多年来，张华秉持传承工匠精神、执着本职工作、掌握核心技术、争当创新先锋的建设理念，紧密围绕行业发展需求，从钻研检测维修技术、研制新型工具装备、优化生产检修工艺、培养行业技能人才等维度开展工作，致力于解决高速动车组运维一线的各类难题，不断在安全质量、经济效益、作业效率等多个方面发挥实效。

2015 年，张华工作室挂牌成立。一个人，一间 40 平方米的房子，房间里仅有一些办公用品，却没有他想要的维修设备。满腔热情的张华，打了份报告提出申请，想要购置仪器设备和两张操作台。可得到的回复是暂时没有工作室采购计划，让他先到库里找一点旧的替代设备，临时顶用一下。甚至有人开玩笑地对他说，工作室不就是摆摆样子的嘛，这么认真干吗？

张华的倔劲上来了，他暗下决心，一定要干出成绩来，打造一个名副其实的工作室。

张 华

● 张华在检测动车组车底电气设备（摄影　魏晨光）

　　从那以后，张华一有空就往工作室里钻，工余时间都花在了这里。同事们要找他，别的地方不用去，他一准都在自己的工作室里。忙什么？拆分研究他的宝贝零件。那些从动车组上换下来的零部件，别人都丢在一边，张华却把它们当作宝贝，一一收集起来，拿到临时工作台上进行拆分、对照、思考。

　　有同事好奇，过来审视一圈儿，打趣道：这么简陋的地方，有什么好东西，值得你一待一天啊。张华淡然一笑，不置可否。这个小小的工作室，已然成为他的神奇王国，他要在这里创作一个又一个传奇故事。

　　上海动车段一年一度的职工代表大会隆重召开，会场就在张华工作室旁边。中午休会时，段领导提出到张华工作室看看。张华却不好意思了，支支吾吾地说道："领导还是别去了，里面连个坐的地方都没有，您换个地方休息吧。"

段领导笑着解释："我不是要找休息的地方，我就是要看看你的大师工作室，还需要段上给予什么样的支持。"

打开门，40平方米的房间，摆满了大大小小的动车部件，工作台上还有正在拆解的部件。别说坐了，站都容不下两三个人。张华指着这一片那一堆的零部件，如数家珍般地解说："这边排好的是我已经修好的，那是正在修理的，刚拆了一半，还缺最后一步，再找到匹配的零件就可以使用了……"

段领导一边听一边点头，指着那堆已经修好的部件，好奇地问张华："这个是干什么用的？在动车组上有什么功能？"张华如数家珍地说开了。

"这个部件是动车上的语音广播系统，厂家修复要大几万块钱，我这边只要十几块钱就能搞定。"

"这个工器具可以提高30%的工作效率，能够为职工现场作业真正减负。"

"那张板卡是动车组车厢服务器的主板，单价就3万元，修好它花了我一天半的时间。"

……

段领导连连赞叹，并亲切地对张华说："你的作为，真是无愧于工作室称号啊！还需要添置什么工具设备？技术科和办公室都在，我们可以现场办公……人够不够？场地够不够？你有没有信心继续把工作室做大做强？"

张华的脸上，逐渐露出笑容。他感到，在这个春天召开的职代会，给他钟爱的工作室，带来了浓郁春风。

从一个人到一群人，从个人努力到领导支持，工作室逐年壮

张　华

大，团队成员拧成一股绳，围绕现场实际需求，研制新型工具装备，开发自主检修技术，攻克专项现场难题，不断提升动车检修作业的标准化、信息化、智能化水平和效率效益，进而降低动车检修成本，并形成自主维护和升级改造能力。

春运前的一天晚上，张华正在为保障春运用车加班。他在调试过程中发现，检测车组的弓网接触力和车辆制动压力试验均存在问题，如果不能及时妥善解决，带着隐患上线运行，随时可能导致在途停车，造成大面积晚点，在春运繁忙的节点上，影响旅客返乡过年和家庭团圆。本着小问题也不放过的原则，张华立刻进行问题处理。

以前出现类似问题，排查和解决非常费时费力，往往需要加班到深夜，还不能保证解决问题，交付使用。如今他们却没有了这样的担心，因为动车技术创新工作室通过自主研发，发明了两样"神器"——动车制动压力精密调节仪和受电弓静态接触力自动检测装置。

这两样"神器"，可以智能化标准化检测受电弓升降全程的拉力曲线，精密调节动车制动气路压力，并将相应数据实时回传至手持终端，调试人员可依据设备获得的相关数据，进行问题诊断，并快速完成故障处置。尤其是在繁忙春运、运力紧张的情况下，类似问题能得到快速妥善解决，确保动车组以绝对零故障状态按时出库，驶向繁忙的春运一线。

这样自主研发的新型工具装备，只是张华工作室众多成果运用的一个缩影。自成立以来，张华工作室一直秉持着科技保障安全，创新提升效率的理念，将科技创新融入动车组检修现场，自主研制了动车组重联适配器等设备；开发了部件离线检测装置等平台；研究掌握了众多动车高精尖部件的自主检修技术；更是在业内开启了动车组单元级调试检修的先河，填补了行业空白。

张华和他的团队，通过科技创新，助力动车组一线检修水平稳步提升，为高速动车组安全舒适运行，发挥了保驾护航的作用。

此外，张华还兼任上海工匠学院的导师，并在工作室设立众创基地。初衷是解决痛点，破解难题，随着工作室不断加强的交流与合作，采取"请进来""走出去"的方式，与地铁、汽车等行业建立联系，把单个的、封闭的劳模创新工作室，整合到互联互通、开放的平台上，推动工作室跨企业、跨行业、跨区域开展技术合作和人才培养。

从一个人到一群人，从一间房到一层楼，从一名尖子到一批能手，从光荣一阵子到贡献一辈子，从一个人作贡献到一群人作贡献……张华凭借着对高铁事业的热爱，以匠心钻研、攻坚克难的精神，努力发展成为企业一线创新的引擎。张华的工作室，更有效地发挥了劳模工匠的示范引领作用，以他名字命名的"张华动车技术劳模工匠创新工作室"，被授予火车头劳模工匠人才创新工作室和首批中国长三角地区劳模工匠创新工作室称号。

工班长"华哥"

每年8月初，是铁路新入职员工的报到时间。新鲜的"血液"，青春洋溢的面庞，经受过一系列岗前培训和安全教育后，他们许多人都想申请去列调一班，因为他们听说了"华哥"，还有"华哥"

张　华

的种种传奇。

2013年8月，张华担任列调一班工长，被大家亲热地称为"华哥"。他自觉身上的担子更重了，专门买来管理和心理学方面的书籍学习，稍微有点时间，人就一头埋进了书海。妻子心疼他的身体，经常叮嘱让他注意休息，他笑笑说道："带人就是带心，只有大家心往一处想，才能劲儿往一处使，我得多学习相关知识，及时了解大家的心理状态。"

妻子陈莉是个开朗外向的人，她说自己刚认识张华的时候，他就是个"闷葫芦"，跟同事却像有讲不完的话，拿起电话一打就是半天。有时是单位同事打电话来向张华请教技术难题的；有时是班组里新分来的大学生打电话找张华谈心的；每当天气不好的时候，张华都要给班组身体不好的那几位同事打电话，关心他们的身体状况，叮嘱他们要记得吃药；班组里有个年轻人打球时摔伤了腿，张华那段时间就天天开车接送他上下班……班组定期的"家属日"，在段里的支持下，张华请班组职工家属来参观大家工作的地方，不仅增进了家庭成员之间的理解与尊重，更增强了团队的凝聚力。

既要交心，更要教学。周一下午的班组学习日，学习室座无虚席，一块小白板上记满了用蓝、红、黑笔标注的数据和电路图。图书角里各种动车检修方面的专业书籍，最高处几本已经被翻旧的书籍格外显眼，这是"华哥"主持编写的《动车组调试作业法》《动车组部件维修技术》《动车组故障排查指南》，公认的检修作业"秘籍"。"华哥"把作业指导书逐项拆解，化繁为易，编制了64份简明扼要、便于携带的"岗位揭示卡"和8个形象生动、通俗易懂的作业"一口清"，方便班组对标作业。

作业间隙,"华哥"还会组织大家在检修现场,开展启发式教学,故障就在现场,教案就在"华哥"脑袋里。"华哥"通常指明关键处,并启发大家独立思考,解决问题。讨论式的学习氛围,激发了班组学技术的积极性,大家谁都不想落后,一有空都会捧着图纸或教材,一起交流现场工作难点,直至学懂弄通,在这种"以身作则+现场教学+结对帮带"的模式下,调试一班的职工技能素质快速提高,检修效率大幅提升,技术技能人才竞相涌现。

"华哥"有两个高徒,陈骏亚和王超。"华哥"因材施教,对他们分别采取不同的培养方案。

陈骏亚是西南交通大学电气工程毕业的研究生,专业理论知识扎实,聪明机灵,电路图一点就通。一次处理故障时,陈骏亚快速在图纸上找到了故障点,可张华只是笑笑,让他继续再查,陈骏亚很是不解,指着图纸不服气地说:"这上面明明标着就是这个点,怎么可能不是这里的问题呢?"张华笑着说:"你对电路逻辑一点就通是你的长处,但不同电路设计理念不尽相同,你看现在这条问题电路有两副触点,这是为了保证列车牵引功能的冗余设计,但旁边这条是制动刹车系统的安全回路,设计理念正相反,是以旅客安全至上的设计理念,环路中任何一个点断开都会先触发刹车功能,确保安全。动车组出现的故障现象不能单一去判断,必须理论联系实际,融会贯通,才能准确找到问题本质所在。"一席话说得陈骏亚心服口服,连连点头,从此以后他更加用心,迅速成长为CRH2型的诊断工程师。

张华见陈骏亚对动车组足够了解后,就鼓励他发挥自身专业优势开展技术创新。动车组的中低压都来自辅助变流器,它相当于

张　华

动车组的小心脏，保护好心脏，才能让动车组跑得又快又稳。张华带着陈骏亚梳理各型动车组辅助变流器的结构、厂家和近3年来全路的故障数据，然后针对不同厂家的不同结构，分门别类地进行分析，总结出了动车组辅助变流器的故障种类和规律。为了实现自主检测，张华想着让陈骏亚发挥专业优势，动手搭建辅助变流器地面工作系统，很快在电脑上建好了仿真模型，但要把模型变为实物并非易事。在开发过程中他们发现，市场上根本没有现成的滤波器来匹配。陈骏亚研究生专业就是牵引传动方向的，他主动请缨设计匹配的滤波器，可当陈骏亚把设计好的滤波器装上时，只要一上负载变流器就报故障，停止工作。陈骏亚检查了半天，没有发现问题。张华笑着鼓励道："所谓创新，是原本没有的事和物，我们把它研究出来，在这个过程中，失误是难免的，只要我们考虑全面些，工作再细一些，肯定会成功。"

● 张华在检测动车组配件电路板（摄影　朱顺志）

不仅有理论上的鼓励，更有实践上的帮促。张华帮着徒弟认真地进行故障排查，一步一步地分析数据。经过师徒两人的不懈努力，终于设计出了参数最佳的滤波器，他们研发的"动车组辅助变流器检测技术及平台"项目，经国铁集团科研项目结题，取得专业最高 A 类评价，获得上海局集团公司科技进步奖一等奖，并取得 4 项国家专利，每年节省约 1000 万元的委外检测维修费用。

陈骏亚被授予上海市五一劳动奖章、"最美上铁人"等称号，成长为上海市青年联合会委员，全国铁道团委常委、虹桥动车运用所党总支副书记。

另一名高徒王超，动手能力特别强，做事认真，肯吃苦，"华哥"看中这个好苗子，让他先从车底检修练起，再到车内调试，一步步把他培养成主操作手，熟悉所有现场检修作业。为了多锻炼王超，"华哥"现场检修动车时，总把他带在身边，不断地引导鼓励王超通过现场检修实践，勤学苦练，积累丰富经验。

"华哥"两次推荐王超参加全路机械师技术比武，对他进行理论和实作的辅导训练，并传授自己的竞赛心得，提醒王超高手间的较量，差距在毫厘之间，专业理论的考试，甚至连标点符号都要丝毫不差。在"华哥"的悉心传授下，王超在 2020 年终于以精湛的技能夺得全路动车组维修师技术比武第一名，被授予火车头奖章、全路技术能手等光荣称号。这是继"华哥"夺取全路全能冠军 10 年后，高徒再度折桂，师徒两人先后取得全路技能比赛最高荣誉，一时成为行业佳话。

徒弟们频传捷报，自家儿子也不甘落后。张华的儿子从小就看着父亲一头扎进电气图纸的海洋，那种执着和痴迷深深感染了他，让他心生崇敬。高考成绩一出来，儿子就毫不犹豫地报了大连交通大学相关专业，他也想成为父亲那样的人。

奶奶心疼孙子，担忧地对张华说道："我们家里就一个孩子，去那么远的地方上大学，咱们当家长的怎么能放心！"

张华笑了笑："好男儿志在四方，年轻人就要出去多闯闯。人生的路是要靠他自己一步一个脚印走出来的，无论坦途或坎坷，都是宝贵经历。"

春风化雨，桃李争妍。张华每年开展培训动车组机械师技术骨干百余人次，开展授课300余课时。在他的精心指导和言传身教下，培养了数百名动车组运维领域的高技能人才，其中获各级各类技术能手20余人次，带教的徒弟8人获得全国铁路技术能手、全国铁路青年岗位能手、火车头奖章、上海市五一劳动奖章等荣誉。打造了首个具备CRH2、CRH3以及CR400BF等多车型高级修调试兼容能力的班组，带出了一支精通高铁列车调试领域的队伍。列调一班先后获得上海市质量信得过班组、中国铁路总公司火车头奖杯、全国工人先锋号等荣誉。

入路二十七载，弦歌不辍；扎根检修一线，薪火相传。

张华对动车组矢志不渝的守护，让翻得过崇山、跨得过江海、载得动乡愁的大国重器，在中华大地上恣意驰骋，让中国高铁运维技术的前景无限光明。

2024新年伊始，张华就已经为工作室定下新年目标："动车组数字化调试平台"即将开发，同时争取攻关掌握更多动车组电力电子部件的检测维修技术，继续用技能和智慧擦亮高铁"国家名片"，让"中国速度"跑得更快、行得更稳！

镀年华以品质，灼岁月以丰碑。一路走来，张华的职业生涯既是中国高铁发展史的鲜明映照，又凸显着中国高铁的繁荣兴盛、伟大时代的壮阔波澜。翻开新的年华，张华将饱蘸技能与挚爱的浓墨，继续在运维技术领域挥笔擘画，为中国高铁事业锦上添花。

创作手记

"零差错"，是偶然的传奇，还是必然的因果？

听着他的传奇，带着这样的疑问，笔者走进张华的日常工作。偌大的检修基地，连动车组都显得渺小，穿着工装、个头不高、戴着眼镜的张华在其中并不引人注目，但不一会儿，各处呼叫"华哥"之声此起彼伏。

"零差错"，是技术与责任心在兜底。"零差错"，是国之大者的匠心情怀。大国匠心，不仅仅体现在攻坚克难的技能与勇气上，而且体现在日常工作的一丝不苟和尽职尽责上，这才是张华"零差错"优质调试高速动车组的秘诀。

智在于治大，慎在于畏小。漫长的职业生涯中，张华深刻诠释了致广大、尽精微的胸襟格局与务实担当。动车安全无小事，身为动车组机械师的他，从没有丝毫马虎懈怠，始终以专业、专注、精细、精益的工匠精神，检修调试好每一列车。

李 军

红土情深

——记南昌局集团公司南昌车站客运车间客运值班员李军

彭文斌

2022年10月16日，首都北京天蓝云白，天安门广场上鲜花怒放，处处洋溢着节日的喜庆气氛。举世瞩目的中国共产党第二十次全国代表大会正在召开。

12时许，大会开幕式结束后，来自南昌车站的代表李军步出人民大会堂。她依然沉浸在习近平总书记的报告中："时代呼唤着我们，人民期待着我们，唯有矢志不渝、笃行不怠，方能不负时代、不负人民。"此刻，李军联想到自己工作的"红土情"服务台，应该怎样不忘初心、服务旅客，为人民群众的出行提供有温度的服务？

突然，她发现不远处站着一位身穿铁路制服的中年女子，那不是大连站客运车间值班站长刘晓云吗？

李军高兴地走了过去，主动打起了招呼："晓云姐你好，我叫李军，在南昌站工作。"

刘晓云亲热地握住李军的手，笑着说："我知道你，京九线上有名的服务明星。"

两个人一见如故，掏出手机互相加了微信。随后，她们亲切地交谈起来。

"晓云姐，我学习过你的'六用'服务法，很受启发。"李军迟疑了一下，还是打开手机，有点羞涩地说，"我这儿也有个'七心'工作法，发到你微信里，帮我瞧瞧。不过，感觉没有你的好。"

刘晓云立即低下头，认真地阅读起来。读完，她轻轻捶了李军一拳，打趣道："可以呀，李军，长江后浪推前浪，你这个'后浪'比我更强，多了一招。"

姐妹俩的兴奋与欣喜，被人民日报社记者捕捉到了镜头里。次日，这张照片刊载在《人民日报》"党的二十大特别报道"专版上，照片中的刘晓云和李军亲如姐妹，笑靥犹似灿烂的映山红。

"成功的花，人们只惊羡她现时的明艳！然而当初她的芽儿，浸透了奋斗的泪泉，洒遍了牺牲的血雨。"有谁知道，李军，这个总是满脸挂着微笑的女子，在南昌车站客运车间"红土情"服务台的岗位上，用15年的坚守，与同事们服务重点旅客36.6万多人次，收到表扬信1800多封、锦旗400多面。她先后获得全国职业道德建设先进个人、全国铁路劳动模范、全国志愿助残阳光使者、火车头奖章等荣誉称号。2024年1月，李军被中共中央宣传部、中国国家铁路集团有限公司评为2023年"最美铁路人"。

阁楼上的铁路梦

在李军的印象中，她第一次坐火车，是在小学二年级的寒假，

李　军

去赣西小城新余市的亲戚家拜年。

那是一列绿皮火车，车厢里严重超员。由于没有买到座位票，一家人只能挤在过道上，李军和妹妹李文一左一右，紧紧攥着父亲李炳生的衣角。眸子间，晃动着人影；耳朵中，塞满各种方言。李军踮起脚尖，好奇地盯着车窗外。火车的速度很慢，一幅幅画面在车窗玻璃上不断更替，人们好像置身于一座移动的画廊之中。

李炳生的脸上露着一抹浅浅的微笑。李军发现，从见到火车的那一刻开始，父亲就显得特别兴奋，不时跟旁边的旅客交流火车的话题。

李炳生讲述了一个故事，当年自己作为知青下放到一个小县时，生了一场急病，由于当地的医疗条件有限，得转院回省城南昌救治。李炳生和两位陪护者辗转赶到火车站时，错过了最后一趟旅客列车。车站工作人员得知情况后，热情地伸出双手，帮助他们搭乘上了一列开往南昌的货物列车，使李炳生得到及时治疗，转危为安。

李军听不懂"知青"是一个什么职业。她只记得，充满感激之情的父亲，反反复复说着铁路的种种好。不知不觉，她倚靠着李炳生打起盹来。

迷迷糊糊中，李军被父亲轻轻拍醒。她惊讶地发现，不知何时起，父亲的手中多了一张折叠凳。

"是列车员阿姨给的。"李炳生一边说，一边弯腰将折叠凳打开。旁边的旅客主动让出一个小小的空间。于是，李军和李文便轮流坐着这张小凳，摇摇晃晃到了新余站。

次日，回到南昌家中，李炳生向妻子李梅花谈起了这次坐火车的遭遇。他感慨地说："我说得没错吧，铁路人真好。要是我们两个姑娘哪天能到铁路工作,我这辈子就心满意足了。"

李军还是不太明白父亲怎么那样喜欢铁路。一旁的李文扯扯她的袖子:"姐姐,我们放鞭炮去。"

李家位于南昌市六眼井的棚户区,是李军祖父买的一套二手房,不到20平方米。空间虽然狭小,却被隔出两间卧室、一间厨房。一家六口挤在陋室,日子贫寒,倒也和和睦睦,自得其乐。

门前,那条叫兴隆巷的巷弄弯弯曲曲,像一道快乐的波浪线。地面上,撒满红彤彤的鞭炮屑。20世纪80年代末期的南昌城还没有禁放鞭炮,正月里放鞭炮是孩子们的一大乐趣。李军和李文像两只欢快的雀儿,在一阵阵清脆的鞭炮声中发出银铃般的笑声。

"姐姐,咱们以后能去当列车员吗?"李文忽然侧过身,扑闪着一双大眼睛看着李军。

李文是李军的孪生妹妹,两个人朝夕相处,一起成长,一起上学。

李军把头摇得像拨浪鼓:"不知道。我们还要读书呢。"

"反正,我觉得列车员挺不错,那个给我们凳子坐的阿姨可好了。"李文说着,点燃了一个鞭炮。

兴隆巷里,鞭炮声此起彼伏,地上仿佛卧着一片片落红。

千不怕万不怕,李军和妹妹最怕下雨。南昌是一座爱下雨的城市。每到这时,屋外下大雨,屋里下小雨,母亲李梅花只好把家里的脸盆、脚盆、铁桶挨个派上用场,滴滴答答的声音一直响进李军、李文的梦里。

1999年,李炳生、李梅花两口子下决心对老屋进行改造。最令小姐妹开心的是,父亲特意搭建了一座小阁楼,铺上地板,垫上

李　军

被褥，建了一个温馨的小窝。趴在阁楼上，李军、李文似乎永远有说不完的悄悄话。

那天，李文翻看着一本铁路画册，托着下巴说："姐，咱们可能要让老爸失望了。"

李军没吱声，她自然明白妹妹的意思，父亲一直希望她们能到铁路工作，可是现在自己和李文入读了南昌女子职业学校，一个学旅游管理，一个学公关文秘，与铁路八竿子打不着。这也是没办法的事，眼瞅着家里经济拮据，她们一门心思盼着早点参加工作。

铁路的话题变得敏感起来。有时，李军推开阁楼上的那扇小窗，呆呆地看着天穹。巷子里，一根电线杆突兀地站立在老屋前，扭麻花一般的电线截断了画面。她的脑海里驰骋着一列绿皮火车，闪现着一张可爱的折叠凳。

只有父亲依然喜欢有一句没一句地唠叨铁路的话题。李炳生和妻子李梅花都经历过"上山下乡"，回城后，李炳生被分配到了南昌食品三厂，李梅花则在百事可乐饮料公司工作。随着单位的经济效益日益滑坡，李炳生的眉头上成天好像挂着一把锁。

屋漏偏遭连夜雨，李炳生中风了，家里的笑声渐渐少了。

生病的李炳生行动艰难，寡言少语，每天像一具表情呆滞的雕像。李军看在眼里，疼在心里。有时候，她胡乱想，假如自己和妹妹能够去铁路工作，笑容是否能够回到爸爸的脸上？

理想很丰满，现实很骨感。这对姐妹花的铁路梦似乎渐行渐远。从学校毕业后，李军入职中国网通南昌分公司，成为东湖营业厅的一名营业员，而李文则去了银监局。

2008年夏天，蝉鸣如雨，高温炙烤着兴隆巷。李炳生无意间得到一个消息，南昌火车站公开招聘客运员，用工性质是劳务派遣。他趔趔趄趄地回到家，兴奋得脸上发光，久违的笑容像钻出云层的阳光。

"工资只有600元？可小军和小文现在的收入比这高多了。"看完招聘简章，李梅花为难地说。此时，李军每月能拿到1000多元，而李文的收入更高。

"你呀你！"李炳生斜靠在床头，话是说给妻子听的，目光却瞟向两个女儿，"铁路多好呀，铁饭碗，还可以帮助别人，积德积福。有的东西，是钱能比的吗？！"

这夜，注定难眠。阁楼上的姐妹俩又悄悄嘀咕心事了。

"姐，咋办呀？"李文摇着蒲扇，两眼盯着天花板。

其实，李军的心里又何尝不是沸水翻滚？她的脑海里，快速叠加着各种情景，一会儿是舒适惬意的网通营业大厅，一会儿是犹如

● 李军在服务台为旅客指引检票地点（摄影 刘慕）

李 军

沙丁鱼罐头的绿皮车厢，一会儿是父亲满是期待的眼神，一会儿是一条可爱的折叠凳……

李军暗暗下定决心：一定要满足父亲的心愿。她也想明白了一个道理，父亲说得不错，有的东西，不是用钱可以衡量的。

"我是姐，就让我试一试吧。"幽暗的夜色里，李军轻轻拍了拍妹妹的肩膀。

幸运的是，李军没有辜负父亲的期望，她从几十名报名者中脱颖而出，成为唯一的被录取者。或许，这就是缘分。

2008年7月16日，李军成为南昌站的一名劳务工客运员。

与客运人结缘

客运员这岗位，貌似平凡无奇，实则内有乾坤。

那时，"红土情"服务台的名字叫"杨秀珍软席服务台"，是以南昌站全国五一劳动奖章获得者杨秀珍的名字命名的。李军被分在服务台日勤组，刚一入职，耳朵里便灌满了杨秀珍的传奇故事。

这时，杨秀珍担任着南昌站客运车间党总支书记。在给职工上关于服务旅客的培训课时，杨秀珍问道："如果倒在地上的是你的亲人，生命危在旦夕，你会坐视不管吗？不会！请记住，待旅客如亲人，它不是一句空话，它有温度、有情感。"

一位职工对李军悄悄讲述了一件往事，曾经有位老年旅客突然昏厥，生命危在旦夕，杨秀珍毫不犹豫地跪地吸痰，挽救了老人的生命，在路内外传为佳话。

李军震撼了。原来，客运人不简单。

"遇到同样的情况，我能做到吗？"私下里，她不止一次扪心自问。

站在那块宣传栏前，她默默地品味着杨秀珍的"五个一"亲情工作法："进门问声好、落座一杯茶、剪票一声请、进站一路引、出门道平安。"工作法简单明了，却饱含深情。李军开始悄悄地实践了，每当看到旅客回以微笑，听到旅客致谢的话语时，她开心极了。

杨秀珍也在默默地关注着这位瘦弱、文静的女孩。她叮嘱李军："在旅客着急的时候，你的微笑就是镇静剂，旅客看到你的笑容便也平静下来，这样就能更好地解决问题。"

是的，要微笑，对旅客，也对生活。每天上岗前，李军都要对着镜子练习微笑，微笑使她放松，微笑也让她自信。

杨秀珍常说："一个人红不算红，万紫千红才算红。"她希望整个客运车间都行动起来，人人用真情去服务旅客。这句话，仿佛一粒种子播撒在李军的心里，悄悄发芽。

李军的第一位师父，名叫周玲，是一个典型的江南女子。周玲说话温温柔柔，做人低调谦虚。不过，要是说道起业务技术来，她立马就像变了一个人似的，眉飞色舞，口若悬河，浑身迸发着无穷的活力。

作为客运车间的业务尖子、兼职教师、工人技师，周玲总是有足够的耐心，为李军深入浅出地辅导客运业务知识，一次不行，再重复一遍，不达目的不罢休。

李军最怵计算票价，常常为此发蒙。周玲也不急，待李军平复情绪后，才逐个步骤引导她解题。周玲的声音像山间的淙淙溪流，

李　军

滋润着李军的心田。

帮旅客找遗失物品，是服务台的一项日常功课。旅客来自天南地北，性格各异，问题层出不穷。

"如果我一直没有来领取遗失物品，你们会怎么处理？"

"如果我发现自己的物品不全，该怎么办？"

周玲总是耐心细致、沉着冷静地处理，对答如流。

李军感觉到，师父的身上好像藏着一个诸葛亮的锦囊，里面装着无数"妙计"。要做，就做师父这样的客运人。

2009年下半年，李军转到软席动候班组，班组的负责人叫曾传红，一位中国青年五四奖章获得者。她成为李军的第二位师父。俗话说，名师出高徒。接触没多久，李军便由衷喜欢上了这位秀外慧中的服务明星。

曾传红是一个内敛的人，从不喜欢跟别人谈论自己的什么先进事迹。一次，李军无意中说到这个话题，曾传红淡淡地道："那都是老黄历了，没啥闪光点，小军你将来肯定比我强。"

向优秀的人学习，可以少走弯路。李军随身带着一个小本子，看曾传红如何做、听曾传红如何说，点点滴滴，她都如实记录下来，反复揣摩，用心消化。

"工作要有责任心，对待旅客要真心，工作要认真细心，解答问题、处理问题要耐心。"曾传红说，服务是一种文化，得从嘈杂和浮躁里找到一种温度。

有一次，李军急着去办事，毛毛躁躁地敷衍旅客的咨询，正好给师父撞上了。曾传红严肃地批评了她。

李军觉得有点委屈，噘起了嘴巴。

曾传红告诫道："无论遇到什么情况，标准一定要高一点，微笑一定要多一点，遇事一定要忍一点，借口一定要少一点。"

日子一久，李军还是"探"到了师父的一个服务故事。

那是 2008 年 1 月 28 日下午，小雪点缀着南昌城。满脸笑容的曾传红穿梭在动车候车室中，不时低头给旅客解答着什么。忽然，对讲机里传来一个消息，顿时，她愣住了：由于雨雪冰冻天气造成大面积停电，由南昌开往长沙的 D205 次动车推迟到 23 时始发。

曾传红抬头看看黑压压的人群，心中一紧，这儿可是有 1000 多名旅客呀。

理了理情绪，曾传红当即召集同事们开碰头会，制订预案，落实责任。很快，轻音乐响起，冒着热气的水杯和方便面递到了旅客的手中。入夜后，旅客还是骚动起来，不断质问工作人员。曾传红憋红着脸，吞下所有的委屈，默默地脱下自己的大衣盖在一位老奶奶的身上。有谁知道，为了春运，她把 4 岁的孩子丢到了母亲家，已经半个月没有相见。

更令人始料不及的是，D205 次动车一晚再晚，过去七八个小时了，竟然还是没有动静。午夜 1 点钟，车站广播通知：开车时间推迟到 5 点钟。然而，3 个小时过后，广播里却传出一个不好的消息：D205 次动车停运……

一刹那间，整个候车室如同引爆了一般，旅客们的情绪"破防"了。一些人将曾传红和其他工作人员围起来讨说法，质问、指责、谩骂声不绝于耳。几位从未见过如此场面的年轻客运员忍不住哭了。曾传红赶紧挡在同事的前面，突然大喊一声："请大家安静！我保证大家都能回家！"

李　军

候车室里陡然安静下来，大家纷纷盯着曾传红的脸，神情各异，有期盼，也有怀疑。曾传红镇定地站在那儿，一字一顿地说："请大家放心，现在我们的工作人员正在全力调集列车，一定让大家平安回去过年！"

1月29日下午两点，1000多名旅客终于登上了临时增开的动车。此时，曾传红和同事们已经连续工作了33个小时，未曾合过眼。

听完这个故事，李军感觉惊心动魄，她悄悄地问曾传红："师父，当时你是怎么熬过来的呀？"

面对徒弟的疑问，曾传红淡然一笑，送给她一句话："服务不仅仅要一心一意，更要全心全意。"

这就是铁路客运人，像一棵小草，没有花香，也没有树高。李军从来没有想过，一个客运员的背后，竟然隐藏着这么多的酸甜苦

● 2024年1月27日，南昌站开展"书香南铁　文明相伴"系列活动，李军正在给儿童旅客讲解文明出行公约倡议书（摄影　刘慕）

辣，竟然需要这么多的服务技巧。

阁楼上，她咬着妹妹的耳朵讲述着自己的所见所闻，李文的眼睛瞪大了："姐，你能行吗？"

一转身，妹妹忍不住向父亲"告密"了。

几天后的一个早晨，李军一下阁楼，发现父亲正疼爱地看着自己。李炳生轻声道："军儿，你受委屈了。"

李军摇摇头，乐呵呵地说出自己的一个新发现："老爸你看呀，把军字拆开，下面是个车，上面是个屋顶，这说明我这辈子跟火车和候车室就是有缘分。"

临出门时，李炳生在后面追问了一句："你真的不后悔？"

李军扯了扯制服，回过头，朝着父亲灿烂一笑："没事，老爸，我准备好了，一定不会让你失望！"

是的，李军准备好了，要做，就做一个优秀的客运人。

"活地图"和"百宝箱"

俗话说得好：没有金刚钻，别揽瓷器活。对于铁路客运员来说，这金刚钻就是业务技术。

刚刚拿到那本《铁路客运员》时，李军随手翻了翻，心说：凭着自己的好记忆，啃下这本书，不过是小菜一碟。

不过，很快，她就发现自己错了。

那是2008年10月的一天，一位旅客气喘吁吁地跑到服务台，一边擦汗一边说："我记错时间了，没赶上火车，请问还有别的车能去成都吗？"

李 军

李军明确告诉他："今天已经没有往那个方向的直达列车了。"

旅客急了，不断擦着手，眼巴巴地看着李军，说："怎么办啊，跟人家约好了的，这生意不能黄了，全厂员工等着米下锅呢。小姑娘，拜托你，能不能帮忙给出一个能够最快抵达的中转乘车方案？"

李军的心里"咯噔"了一下，被难住了，因为服务台没有改签查询系统。无奈之下，她和同事一边翻站车运行图，一边核对列车时刻表，好一阵手忙脚乱。偏偏那位旅客是位急性子，在旁边左催右问，更是让李军方寸大乱。

折腾了半晌，李军好不容易寻觅到了合适的换乘车次。待旅客改签完车票，距离开车的时间已经很近了。如遇大赦的李军这才发现，自己的手心里全是汗水。

吃一堑，长一智。李军再也不敢偷懒，她给自己制订了一个学习计划，心中暗暗说："加油，李军，你一定要赶快提升业务技能，成为旅客出行的好参谋、好助手。"

成长从来无捷径。那段日子，反复默画铁路运行图，背列车时刻表，熟悉途经列车的线路和停靠站，成了李军空余时间干得最多的事。对南昌站到各地有哪些车次，李军背得滚瓜烂熟。遇到"焉耆站"这类含有生僻字的站名，她就翻字典查读音，一遍遍地抄写，直到烂熟于心，这才罢手。最难的，莫过于每次铁路运行图调整后，需要全面更新大脑里的"数据库"。

那时没有12306，解决问题得靠客运人员自身的硬功夫。李军实地走遍了南昌站，对哪儿要上坡、坡道有多长，如何使重点旅客的行走线路更为便捷，了然于胸。为了能在第一时间准确解答旅客的问询，她特意花了几天时间，把车站附近的公交、地铁乘车点和餐馆、药店、宾馆转了个遍，一一铭记下来。她特别留意到，天佑路的餐馆、宾馆普遍是连锁店，旅客在那边吃住，既便捷又实惠。

情况摸熟了，李军开始悄悄干一件匪夷所思的事——用手工绘作"地图"。这张"地图"，一边是南昌车站示意图，上面标注出了售票处、候车室、检票口、出站口；另一边则是南昌城市示意图，这座城市的景点位置、美食攻略、交通信息、酒店住宿、医院药店被详细列出。同事们戏称这是"军姐地图"。

2010年12月1日下午，东北旅客郭淼来南昌办完事，准备乘深夜的火车回家，一看时间还早，就想利用这几个小时出去转转。于是，他来到服务台找李军咨询。

"你可以去新城区的秋水广场欣赏亚洲最大的音乐喷泉群，第一场是19时开始，第二场是20时开始，每场时长15分钟。返回南昌火车站附近后，你可以去铁路三村尝一尝'胖子水煮'，保准让你忘不了。"李军脱口而出，给出了建议。说着，她亮出那张"军姐地图"，用手指在上面比画，告诉郭淼去秋水广场的乘车路线。

盯着这张"地图"，郭淼的嘴张成了大大的"O"形。他好奇地问道："这是你画的？"

未等李军回答，郭淼已经迫不及待地掏出手机，将"地图"拍摄了下来。他连声说："有意思，有意思，太有意思了。"

按照李军的建议，郭淼大饱了眼福、口福。临上车时，他对李军说："我对你就说8个字：心服口服，非常感谢。"

采访中，李军感慨道："以前没有导航软件，给旅客指路的时候，这张'地图'可帮了大忙！"

李　军

在导航软件普及的今天，李军仍然保持着"探路"的习惯，为的是给旅客提供实实在在的帮助。她下载了"大众点评"App，专门"补习"江西各地旅游景区和美食小吃的"打卡"攻略，为外地游客提供建议。

熟悉李军的同事都知道，她的口袋里常年备着一把糖果，用于给低血糖病人救急，也为了哄候车室里的那些小朋友。

哄孩子是门学问。在人流密集的南昌火车站，"小候鸟"与家长走散的情况时有发生。如何照看这些走散的孩子，挑战着还没成家的李军。起初，她不懂得怎么哄孩子，遇到对方一哭，就手忙脚乱，而李军越是手忙脚乱，小朋友便哭得更加厉害。

李军并不气馁，她虚心地向身边的亲戚、朋友、同事请教照顾孩子的方法和技巧，工作中仔细观察带娃旅客的神情和动作，慢慢地积累起经验。业余时间，她上网搜索孩子们喜欢的动画片、童话故事，学会了折纸飞机，练就了跟小朋友打交道的"三十六计"。她还准备了饼干、棒棒糖、小玩具等法宝。很快，李军拥有了一个特殊的身份：军妈妈。

2009年，重新命名的南昌车站"红土情"服务台闪亮登场。

人们常说，把最简单的事情做好就是最不简单。李军开始在腾讯微博和新浪微博写"小军日记"，专门为旅客释疑解惑、排忧解难，深受"铁粉"们欢迎。短短4年间，李军为200多名走失儿童找到亲人，帮助上万名旅客解决出行难题，赢得了"活地图""问不倒"的美誉。粉丝们甚至乐于接受她的"派单"，热情地帮助残疾旅客买票，接孕妇、孩子和老人出站、上车。

涓滴不拒，可成河流。

"问不倒"的李军已经将自己与铁路融为一体。她越来越觉得自己有两个家，一个在兴隆巷，一个在南昌车站。

"红土情"服务台位于候车室中间位置，每天面对着络绎不绝的旅客。细心的李军经过多次现场调查，发现到售票厅需要步行大约1000米，距离进站口长度近300米，虽然服务台24小时都有人在岗，但候车室面积大，万一遇到突发紧急情况，很难确保每一件事情都在第一时间得到及时处置。于是，她和同事们自备了一个"百宝箱"。

这是一个半透明的小箱，上面印着"红土情"字样。小箱看着不大，但麻雀虽小，五脏俱全，里面有30多件"宝贝"。

2015年2月18日中午，一名男旅客急急走向正在候车室内巡视的李军，问道："我的手被易拉罐划伤了，请问你有创可贴吗？"

"有！"话音刚落，李军立即从随身携带的小箱子里拿出酒精、棉签、红药水和创可贴，一边熟练地给对方的伤口消毒，一边提醒道，"这个伤口有点深，今天最好别碰水了，为保险起见，还是要打个破伤风疫苗，家里有宠物的话也尽量别接触！"

男旅客注意到，小箱子里琳琅满目，有速效救心丸、放大镜、应急充电宝、数据线、针线包，甚至还有专门为小朋友准备的糖果、小零食。

"百宝箱"的诞生，缘于一次偶遇。

那天早晨，李军从站台返回候车室，路过扶梯时，遇见一名学生模样的女旅客，对方将手臂勾着扶手，缓缓跌坐在了地上。李军急忙跪在地面，把女生扶到自己腿上。女生嘴唇发白，浑身无力，小臂轻微颤抖。得知对方没有吃早饭，李军断定她十有八九是低血

李　军

糖犯了。站台上没有小卖铺，偏偏那天李军正巧没随身带糖果，正焦急间，一位热心的大叔送来巧克力，终于让女生的症状得到了缓解。

通过这件事，李军意识到，由于车站服务台位置固定，一旦发生突发情况或者旅客有特殊需求，服务台往往难以在第一时间提供帮助。于是，她向客运车间提出了一个合理化建议，把一些在服务台常用的物品装在小箱子里随身携带，将旅客候车的各个位置作为解决问题和提供服务的第一现场，化被动服务为主动服务，节约旅客往返服务台的时间，也大大方便了那些老年人和残疾人。

"百宝箱"是李军和同事们的得意之作。它仿佛一个魔法口袋，又像是一个行走的服务台，让服务重点旅客和应对突发情况实现了"加速度"。他们根据季节和时代的变化调整其中物品。比如，换手机卡的顶针是小箱子里的新成员。

2018年春节后的一天，一位老奶奶的手提袋拉链由于老化而崩开了，她来到"红土情"服务台求助。

李军二话没说，立刻从"百宝箱"里拿出针线包，娴熟地飞针走线。一时之间，引来不少围观者。

待李军缝好，老奶奶试了试，拉链恢复如初，她竖起大拇指说："现在会做针线活儿的不多见了，姑娘，你真能干！"

轮椅之爱

"我宣布，从今天开始，我要吃胖一点。"2009年7月的一天，李军向服务台的姐妹们丢了一颗重磅"炸弹"。

大伙面面相觑，不知所以，可一瞅李军满脸郑重其事的样子，不像是在开玩笑。

还是知情者解开了这个谜。

那天，李军从南昌站2站台接完重点旅客，推着轮椅回服务台，与一名背着老人的中年男子不期而遇。但见那位男子斜挎着背包，左手提着X光片，右手反过来托着老人，满脸涨得通红。旁边还有一位拎着大包小包的女子，也是跌跌撞撞。或许是因为力不从心，老人正从男子的背上一点一点地往下滑。

危险！李军一个箭步冲上前，一把托住老人，与男子一起小心地将老人扶上轮椅。她轻声对男子说道："你们这也太不小心了，老人家要是摔下来，多危险啊。"

男子抬起袖子擦了一把汗，不好意思地解释道："天气太热了，浑身都是汗，胳膊也没力气了，没有注意到，幸亏有你帮忙。"

这位男子名叫刘勇，一边的女子是他的姐姐。他们一起带着父亲来南昌治病，遗憾的是，多日后，老人的治疗效果不佳。万般无奈之下，他们只能又带父亲回吉安老家。

眼看刘勇一家乘坐的列车快要进站了，李军赶紧推着轮椅往站台走。她提醒刘勇说："以后你们带老人坐火车如果需要帮助，就打'红土情'服务台电话，我们可以帮助接送。我的名字叫李军！"

刘勇姐姐的眼圈瞬间红了，她附在李军的耳边小声说："医生说我爸爸剩下的时间不多了，他可能是最后一次坐火车……"

顿时，李军的心变得沉甸甸的，看着那头白发，一双手情不自禁攥紧了轮椅。

李 军

● 李军在候车大厅向儿童旅客送上祝福（摄影 刘慕）

当时，南昌站还没有重点旅客绿色通道和升降电梯，去往站台要走一段近200米的下坡路。为了防止老人前倾滑出轮椅导致摔伤，李军便将轮椅反过来拉住，慢慢往后倒退着行走，确保老人安安稳稳地坐在轮椅上。可是，这样一来，重心就压在李军这边。由于那时的轮椅握把上没有刹车装置，老人又属于"重量级"，那种泰山压顶般的感觉可想而知。

李军想不了那么多，她小心翼翼地慢慢挪动着脚步，浅蓝色的制服很快就被汗水浸透。老人看不到李军，只听到轮椅的吱呀声和李军的喘息声。不到200米的坡道，变得如此漫长，李军觉得时间似乎停滞不前。她不知道，那双凹陷的眼睛里，似乎有浑浊的液体在滑动。

终于到达了站台，整个过程竟然花了20多分钟。瘦弱的李军大汗淋漓，手酸腿麻。刘勇过意不去，连声道谢。李军说："没啥，一件小事而已，力气用了还会长。"

跟列车长办理好交接后，李军正要转身离开，一直沉默不语的老人突然伸出右手拽住了她的衣角，嘴巴嚅动着，却说不出话来。

这时，工作人员吹响了口笛。李军说："老人家，车很快要开了，上车回家吧！"

谁知，老人不仅没有松开的意思，还缓缓伸出左手拽住了车门的扶手，浑浊的眼睛紧紧盯着李军。

刘勇姐姐似乎明白了什么，低声问道："爸爸，您是不是要感谢这位铁路小姑娘啊？"

老人吃力地点点头，两行热泪从深陷的眼眶里滑了出来。

李军赶紧俯下身子，贴近老人的耳朵，柔声说："爷爷，这是我的分内事，您千万别客气！"

老人依然没有松手。

开车的铃声响起。这时，刘勇也红着眼眶道："爸，您放心，今后我们也会像这位铁路小姑娘一样对你好的！"

终于，老人松开了手……

火车渐行渐远，消失于拐弯处。李军定定地站在原地，发了好一会儿呆。

有了这次经历，李军忽然觉得还是要胖一点好，因为，那样才有足够的力气推轮椅。

好在随着国家对残疾人群体越来越关心，南昌站服务重点旅客的举措也持续完善优化，设置了重点旅客绿色通道和升降电梯，"红土情"服务台配上了多功能轮椅、担架和拐杖等用品，李军和姐妹们服务重点旅客越来越方便了。

李 军

2018年5月19日，李军巡视候车室时，发现了腿脚蹒跚、正准备排队检票的吕春云老人，她赶紧推着轮椅上前。没想到，老人毫不犹豫地拒绝了帮助，说："我是一名军人，当年和战友们一起出生入死，现在如果因为我的身份享受特殊照顾，我愧对那些牺牲的战友啊！"

陪护的家人向李军介绍了老人的情况。70多年前，吕春云参加过上党战役、襄樊战役，为我国的解放事业立下了汗马功劳。他也曾冒着枪林弹雨在江西湖口、鄱阳、余干等地进行战斗，与这片红土地结下了不解之缘。自1990年退休以后，每年5月19日，吕春云都会从江西弋阳赶到南昌火车站中转回河南安阳老家，在那边小住一段时日，30多年来雷打不动，年年如此。这几年，吕春云的腿脚越发不便，但是他从未找过铁路工作人员寻求帮助和照顾。

尽管李军春风化雨一般，可老人依然很执拗，说："姑娘，你去为别的旅客服务吧，还有比我更需要帮助的人。"

李军也执拗起来。她动情地说："爷爷，您是革命战士，保家卫国是您的使命；我是铁路职工，为旅客服务就是我的责任。虽然职责不同，但我们都是为人民服务。"这一番入情入理的话，让老人泪花闪动。

在李军的劝慰下，吕春云的情绪逐渐平复。一老一少俨然一对忘年交，在候车室里一聊就是两个小时。吕老娓娓动听地讲述着革命故事，深情地回忆峥嵘岁月；李军细声细语地谈起这些年的服务故事和心得体会，其情切切，令吕春云动容。

黄昏之际，吕春云终于不再执拗，微笑着坐上了轮椅。李军小心翼翼地推着车，一路介绍着南昌站的情况。绚丽的霞光洒落在T168次列车车厢上，是那么的柔和、温暖。

触景生情，吕春云脱口吟道："莫道桑榆晚，为霞尚满天。"

李军俏皮地接了一句："老夫喜作黄昏颂，满目青山夕照明。"

吕老哈哈大笑，引来一些旅客好奇的目光。

与列车长办理好交接手续后，李军跟老人约定："爷爷，欢迎下次再来乘车，我会在车站等您。"

这一约定，就是几个春秋。

2022年5月19日，92岁的吕春云坐在轮椅上，颤颤巍巍地将一封感谢信和500元现金递给李军，表达他对"红土情"服务台的深深感激。

"国家已经给了我很好的待遇，我有福不能重享，这500块钱是我的一点心意，感谢你们的服务。"吕春云道出了自己的肺腑之言。

李军感动极了，笑盈盈地说："爷爷，感谢信我收下了，这钱坚决不能收。"

老人似乎不甘心："不收啊？那我心里过意不去。这些年我坐过好多次轮椅，500块钱就算轮椅费行不行？"

李军一边把钱装回老人的挎包里拉好拉链，一边笑着说："轮椅对有需要的旅客都是免费的，当然也不能收您的钱。"

这一次，吕春云不肯先去卧铺车厢里，而是坚持守在车门口，等到列车缓缓开动，才摇手与李军依依道别。

回到"红土情"服务台，李军阅读着吕春云老人用毛笔一笔一画写下的感谢信："每年5月19日回河南安阳老家，在此乘车

李 军

32次，麻烦事从未发生，谢谢铁路！"在信中，老人再次提到一句话：有福不能重享。

其实，李军多么想跟吕春云说："爷爷，看到你们这些老人，我就会想起去世的爸爸。"

没有血缘的"兄妹情"

2012年，江西德安人徐秋云在云南曲靖遭遇车祸，被下了3次病危通知书，生意泡了汤，欠下100多万元的债务，婚姻也拉响了警报。

这年8月，徐秋云从曲靖乘坐K1235次列车抵达南昌，准备接受后续治疗。李军和同事提前拎着简易担架来到站台等待。

一进卧铺车厢，李军被眼前的徐秋云吓了一跳。这个中年男子皮肤如枯树，脸色煞白，胡子拉碴，嘴唇黑紫，下巴瘦削得只剩下皮包骨。

李军小心翼翼地将双手穿过徐秋云的腋下，用力将对方从铺位上慢慢扶起来，然后，与同事一点一点将他挪动到担架上。下车时，由于担心徐秋云滑落，李军铆足劲儿，尽量将担架抬高。三伏天的南昌，犹如一座火炉。细密的汗珠顺着李军的脸颊往下淌，被打湿的头发一绺一绺贴在她的额头上。

由于列车晚点，救护车出动的时间受到影响，没能提前抵达1号站台。李军和同事决定把徐秋云抬到出站口去，这段路程有好几百米。走在最前面的李军不时回头看看躺在担架上的徐秋云，确认他是否安全。待把徐秋云抬到目的地，李军顾不上喘口气，甩一甩酸疼的胳膊，又小跑着返回站台，把徐秋云的行李大包小包地背在肩上、抓在手里，快步奔向出站口。

时隔多年后，徐秋云对当时的场景依然记忆犹新："我躺在担架上，看着那个陌生的女孩抬着我、挎着包，走得很快。她的后背逐渐被汗水打湿，面积越来越大，衣服都粘在背上……"

2013年春运前夕，徐秋云拄着拐杖，踏上了前往曲靖"讨说法"的旅途。当他独自来到南昌站时，发现帮助自己的依旧是上次那个叫李军的女孩。

这一次，徐秋云倾诉了自己的坎坷经历。发生车祸后，他的整个生活面目全非。因为行动不便，需要拄着拐杖才能缓慢行走，徐秋云时常被出租车拒载、被路人嘲笑。事业、家庭、身体遭遇一连串打击，再加上被歧视、看不到希望，让徐秋云万念俱灰，甚至一度有了轻生的念头。他痛苦地告诉李军："当医生宣布我髋关节坏死时，我的世界从此只有黑洞。"

"因为淋过雨，所以想要替别人撑伞。"李军的声音忽然变得有点哽咽，说，"我爸爸也是出车祸去世的，那种无助的日子，我感同身受。"

李军一点点安慰、开导对方："想开一点，从那么远的地方回来了，那么难的日子也挺过来了，以后肯定会越来越好的。人到了最低谷，每往上走一步都是逆袭。"

她提醒徐秋云，一定要收集好相关证据，特别是要请一个好律师，这对维权能否成功相当重要，千万别舍不得花钱。李军说："这是我的经验。"

"不管怎么样，都要想开、看开，把自己照顾好。"李军一遍

李 军

遍叮嘱、开导，就像对自己的家人。徐秋云一次次点头、致谢，在其心中，已经把这个比他还小4岁的铁路客运员当成了自己的妹妹。

候车室内，人流涌动。李军像一只辛勤的小蜜蜂，热心地为南来北往的旅客提供服务。利用空档时间，她帮徐秋云买好车票、带来盒饭，还时不时过来关切地问："徐哥你冷不冷，要不要喝水？"担忧徐秋云尴尬，李军还特意让候车室里的男同事陪同对方上卫生间。

一枝一叶总关情。李军和"红土情"服务台姐妹们的热情帮助，一点点融化着徐秋云心中的坚冰。他感受到了久违的温暖，在自己人生最低谷的时候，一个没有血缘关系的人尚且如此善待他，他没有理由辜负大家，再苦再难都要活下去。

送车时，李军向列车长介绍了徐秋云的情况，特别叮嘱说：

● 李军帮助旅客使用自动取票机（摄影　刘慕）

"路程这么远，20多个小时，最好让男乘务员照顾他一下。"

这一场兄妹情的接力赛，一跑就是10多年。

4000多个日夜里，徐秋云一次次往返南昌和曲靖之间，每次见面，他都要向李军介绍维权的进展情况，而李军像个邻家小妹，耐心倾听，冷静地给出合理化建议。最终，徐秋云打赢了医疗纠纷的官司，获得了100多万元赔偿，经济压力得以大大缓解，整个人的精神状态也越来越好。

徐秋云决定卷土重来，再度进入商海。始料不及的是，他挨了当头一棒，投资以失败告终。李军帮他分析原因："你就是太着急了，急着想多挣钱、挣快钱。可是，凡事一口吃不成个胖子。你得学一学跑步运动员，先熟悉赛道，再慢慢来，稳扎稳打。"听君一席话，胜读十年书，浮躁的徐秋云开始调整心态，吸取教训，他的生意渐渐有了起色。

2024年春运前夕，徐秋云拍了一段小视频发到微信里，兴奋地道："妹妹你看，我现在已经能自己走了，不用拐杖了！"

那一刻，李军露出了欣慰的笑容，灿若一朵鲜红的杜鹃花。

徐秋云提出，这次他从云南回江西，很想请李军吃顿饭："如果没有你这个妹妹10多年来的开导、帮助，我真不一定能熬过来。"

李军婉言谢绝了："只要徐哥你好好的，我比吃什么大餐都更开心。"

"时光流水，总是无言，你若安好，便是晴天。"李军对这句话有着自己的解读：看到旅客们都能平安出行，拥抱诗与远方、与家人幸福团聚，她就很开心，所有的辛苦和付出都值了。

李　军

特殊的礼物

在李军的记忆里，自己曾经破天荒收过一次旅客的礼物。

2009年11月初的一天，值班的李军去南昌站候车室外面的食堂取快餐，返回时，她看到一名五六十岁模样的女人正蹲在进站口附近掩面哭泣。

在李军看来，一个表情、一个动作、一个眼神都是旅客传递出的重要信号。她能做的，就是用心去发现，用爱去回应。

李军主动上前，轻声问道："这位阿姨，有什么可以帮助你的吗？"

"我的钱包被偷了，没办法回家了！"

"您家在哪儿？先别哭，咱们一起想办法。"

女人慢慢站起身，接过李军递过来的纸巾擦拭眼睛。待情绪稍微平复后，她叹息着讲述了自己的遭遇。前两天，这位蔡女士从景德镇来南昌办事，今天准备回家，万万没想到的是，赶到火车站后，她发现衣服口袋被划了个大口子，钱包和手机不翼而飞了。蔡女士在省城举目无亲，又联系不到家人，不知该如何是好。急火攻心之下，她便情不自禁哭了起来。

蔡女士不好意思地说："小妹妹，让你见笑了。"

"您等我几分钟！"李军不由分说，将盒饭往蔡女士手中一塞，转身就往售票厅跑。

正当蔡女士狐疑间，李军风风火火地回来了。她笑嘻嘻地将一张车票放到对方的手心，说："大姐，不用担忧了，你可以回家了。"

蔡女士吃惊地看着这位素昧平生的姑娘，连忙推辞道："这怎么使得啊，心意我领了，可这票，我哪里能收啊。"

"这怎么使不得？大姐，赶紧回家吧，别让家人着急。"

"要不这样，我给你写张借条。"

"写啥借条啊，又没几块钱。"

在李军的好说歹说下，蔡女士一步三回头地检票进站了。她忽然想起什么，掉头喊住李军："哎，姑娘，我还没问你叫啥名字呢。"

李军摆摆手，俏皮地道："我的名字叫雷锋！"

时间过得很快，转眼，就到了年底。寒风一吹，站前广场周围的树木仿佛在跳舞。一到单位，李军把手放在嘴边呵了呵，习惯性地站在镜子前整理仪容仪表，然后去服务台接班。

"李军，你终于来了，这儿有人等你好久了，说是你亲戚，景德镇的。"一见面，同事就告诉她。

李军一下子没反应过来：我家没有景德镇的亲戚啊。

这时，一位女子从旁边的座椅上站起来，说："姑娘，是我啊。"

李军定睛一看，竟然是蔡女士。

蔡女士说，她一大早就赶过来想表达谢意，由于上次没顾得上打听李军的名字，就只好跟其他客运员比画李军的模样，这才对号入座。

说话间，蔡女士小心地从背包里掏出一个包装盒，放到服务台上："姑娘，一点小心意，还希望你不要嫌弃。"

李　军

　　李军赶紧推辞道："阿姨，千万使不得，我不能收礼物，这样影响多不好。"

　　蔡女士说："我当然明白你们的工作纪律，不过，这件瓷器，是我亲手制作的，手艺不怎么样，值不了多少钱。"

　　原来，蔡女士是景德镇一家瓷厂的退休职工。回到景德镇后，她念念不忘李军的善举，逢人便说铁路的好。丈夫调侃道："真是太阳打西边升起来了，你以前可是最喜欢吐槽铁路的种种问题啊。"

　　蔡女士白了丈夫一眼，道："别哪壶不开提哪壶，此一时彼一时嘛，是那个姑娘改变了我的看法。可惜的是，我还不知道人家的芳名呢。"

　　越是说铁路的好，蔡女士越是觉得应该做点什么。左思右想之下，她决定亲手制作一个茶杯，送给那位善良的铁路客运员。

　　可是，画什么好呢？蔡女士一时没有找到感觉，愁眉不展。还是丈夫一句话让她醍醐灌顶：那位姑娘是南昌站的，就画铁路呗。

　　青花、粉彩、玲珑、颜色釉是景德镇的四大名瓷，蔡女士决定选青花瓷。这两年，周杰伦的那首《青花瓷》正风靡一时，那歌词多唯美："你眼带笑意，色白花青的锦鲤跃然于碗底。"想来，那位姑娘应该喜欢。

　　蔡女士提起笔，饱含着感情，画了写意山水，画了驰骋的火车，也画了一位瓷厂女工对铁路的感情。只要一想起李军那张笑脸，她便似乎看到了自己那个在外工作的女儿。

　　家里没有电瓷窑，蔡女士特意找朋友帮忙。谁知，经过一番苦苦的等待后，瓷杯出现裂纹，告以失败。

失败是陶瓷人常有的遭遇，蔡女士并不气馁，擦擦手，重新再来。不过，这次她吸取教训，一口气在坯体上画了两幅。

功夫不负有心人。蔡女士终于烧制出了一只称心如意的青花瓷茶杯。

这天一大早，蔡女士背着这只亲手制作的茶杯，专程从景德镇赶过来。临行前，她对丈夫说："我一定要亲手交给那个可爱的姑娘。"

如愿寻找到了李军，蔡女士甭提有多高兴。她坚持把茶杯塞到李军手里，心疼地道："看你每天要说那么多话，一定要多喝热水，多注意休息。"

于是，服务台前，如同上演着一幕情景剧，一个执意要表达心意，一个坚持不肯违反纪律，青花瓷杯在蔡女士和李军之间推来推去。

最后还是南昌站领导替李军解了围：收下吧，这只青花瓷茶杯不是一般的礼物，它是"人民铁路为人民"的见证和结晶。

如今，那只青花瓷茶杯已经 14 岁了。每次拿在手上，李军情不自禁地抚摸着那幅青花画面，心头泛起阵阵涟漪。她感觉蔡女士似乎就站在面前，看着自己，笑靥里藏着春风，就像妈妈李梅花一样，满眼都是疼爱。

志愿者里的"微笑使者"

2009 年春运期间，南昌大学第四附属医院医疗服务部主任、第 44 届南丁格尔奖获得者邹德凤带领服务团队来到南昌站开展健

李 军

康志愿服务活动。

时年 53 岁的邹德凤很细心，不时帮老年旅客修剪指甲，给小女孩整理长发。跟在旁边的李军一边看，一边学，打心眼里钦佩。事后，她主动申请加入了邹德凤志愿服务队。

小善举，大温暖。爱笑的李军，很快成为志愿者队伍里的"微笑使者"。

南昌的春天乍暖还寒。铁路四村的巷子里，几树玉兰花悄然绽放。李军和伙伴们在居委会工作人员的陪同下，敲开了独居老人孙奶奶的家门。

90 多岁的孙奶奶是一个性格孤僻者。早年，丈夫撒手人寰，她独自含辛茹苦地把养子拉扯大，并送到美国一所名校深造。谁知道，养子毕业留在国外后，便"黄鹤一去不复返"，从此再无音讯。孙奶奶变得越来越沉默寡言，状态越来越差。

李军凑近孙奶奶的耳朵，柔声说："奶奶，您的指甲有点长，我给您修剪修剪哈。"

孙奶奶面无表情，任凭李军摆弄。

"小时候，我奶奶喜欢坐在兴隆巷那间老屋前给我和妹妹剪指甲，我感觉特别温馨。可惜的是，当我长大了，想给奶奶剪指甲时，她老人家却不在了。"李军说，"您跟我奶奶的年纪差不多，我就是您的孙女，以后就由我来给您修剪指甲，好不好？"

孙奶奶的脸色亮了。

李军拿过电子血压计，开始给老人测血压。

"姑娘，你是哪个医院的护士？"终于，孙奶奶缓缓打开了话匣。

李军笑嘻嘻地说:"我是火车站的客运员,不过,考了红十字会救护员证。奶奶放心好了。"

孙奶奶没再吭声。待李军测完血压,老人侧身时,发出一声轻微的呻吟。

"奶奶,您哪儿不舒服?"李军捕捉到了这个细节。

孙奶奶摆摆手:"颈椎,老毛病,不碍事。"

李军二话不说,当即给老人按摩起来。凝视着那头苍苍白发,她的心被触动了记忆的机关,往事蜂拥而至。李军给孙奶奶讲述起自己的父亲,讲述起"红土情"服务台的一个个服务故事。

"多奉献,少索取,人生就快乐。"孙奶奶反复念叨着这句话,目光变得明亮起来。她说:"姑娘,你爸爸说得真好。"

2016年的秋天,南昌县蒋巷镇的田野里稻浪起伏,一派丰收景象。可坐在汽车上的李军心情却不轻松,此行,她是和南昌站的几位志愿者前去"太阳村"看望一群"特殊"的孩子。

十几个孩子默默等候在院子里。李军和同事把书本、文具分发到他们的手上。她能感觉到,孩子们的目光里充满惶惑、迷茫,也有警惕。李军的心一紧,涌起一种疼痛感。要知道,他们的父亲母亲都是服刑人员,家中老人无力抚养,是爱心人士筹资建起了这个"太阳村"。

李军和同事们一商量,决定举办一场露天知识竞赛,题目来自孩子们的课本,奖品是练习册和文具。

"军妈妈"的"三十六计"派上了用场。李军用微笑感染着在场的孩子,大伙开始踊跃抢答。

眼尖的李军注意到,后排有个女孩目光躲闪,一直没有参与活

李　军

动。"太阳村"的一位工作人员悄悄告诉她，这个女孩的妈妈因吸毒铤而走险，在贩毒时被抓。

李军直接点名了："那位小朋友，你说说看，葫芦娃总共有几个？"

小女孩满脸紧张地站起来，两手绞着衣角，小声地说："7个。"

李军笑了，带头鼓起掌来："真乖！阿姨奖励你一根草莓味的棒棒糖！"

接过棒棒糖的一刹那间，小女孩的眼睛湿润了。

善于讲故事的李军成了孩子们最欢迎的"微笑使者"。平常，李军为了给候车室那些小旅客带去欢乐，可没少看《黑猫警长》《小猪佩奇》《猫和老鼠》《变形金刚》等动画片。没想到，塞满脑海的动漫故事，今天在"太阳村"也派上了用场。小院里，不时传出银铃般的笑声。

● 李军安排特殊重点旅客候车（摄影　刘慕）

临别时，李军和同事给孩子们唱了一首《让世界充满爱》："无论你我可曾相识，无论在眼前在天边，真心地为你祝愿，祝愿你幸福平安……"

寒来暑往，李军深爱着这座城市的一草一木，也喜欢生活在这座城市朴实无华的市民。

那天，她和几位志愿者走进铁路三村，为居民们开展健康志愿服务。

闻讯而至的老人们自觉地排起了长队。人群中，有不少熟悉的面孔，李军笑盈盈地跟大家打着招呼。

志愿者按照预先的分工各就各位，有的人负责量血压，有的人负责发健康知识宣传册，有的人负责修剪指甲。李军则技法娴熟地帮老人按摩。别小看了按摩，其手法有推、擦、拿、按、揉、摩、摇、抹、捏、拍、抖等多种，道道挺多，学问不小。为了掌握按摩的基本技法，李军这些年没少下功夫。

等待按摩的人不少。一个多小时忙下来，李军满头大汗。

忽然，一位老人缓缓摇着轮椅过来，他递上一块崭新的毛巾："姑娘，歇歇气，擦把汗。"原来，这位老人近段日子腰椎不舒服，本来也想请李军按摩，可是见她忙不过来，于心不忍，便去附近的小店买了一块毛巾。

李军的心中一暖。

老人跷起大拇指说："我知道你，火车站的地道里有你的照片。'红土情'服务台好样的，小姑娘好样的。"

一朵红晕飞上李军的脸颊。她说："叔叔您稍微等一等，我一定给您按摩。"

老人爽朗大笑道:"不了,不了,我还是找你的小伙伴剪指甲去。"说着,他摇起轮椅,往旁边走去。

凝视着那个背影,不知为何,李军感觉是那样的熟悉、那样的亲切。是的,他多么像自己的父亲啊!

温暖的家

目睹李军成长的点点滴滴,没有谁比李炳生更为欣慰。女儿真的在铁路扎下了根,使得他夙愿得偿,哪个做父亲的不打心眼里甜蜜?

更令李炳生感到温暖的是,南昌站客运车间党支部书记探望他来了。

那次,中风的李炳生病情加重,不得不再次住进南昌市第三医院。书记无意间得知这一消息后,便买了水果和营养品,也没有跟李军打招呼,悄悄地走进了李炳生的病房。

接过书记递过来的慰问金,李炳生的眼睛湿润了。要知道,女儿还是一个劳务派遣工啊。一瞬间,他不知该说什么好,喃喃地道:"感谢,感谢,我承受不起呀。"

"李军很棒,是一位优秀的姑娘。"书记诚恳地说,"我应该感谢您,培养了一个好女儿。"

从书记那儿,李炳生知道了李军的不少服务故事。他的心里充满了喜悦,那个阁楼上的军儿,已经茁壮成长为服务旅客的贴心人。

待书记告辞后,同一个病房的人啧啧羡慕道:"李军有福啊,遇到这么好的单位……"

心潮难平的李炳生向李军转述了这一切。他百感交集地对女儿说:"军儿,领导把咱当亲人,咱就把旅客当亲人,踏踏实实、尽心尽责。力气用了还会长出来,可别辜负领导的关心啊!"

出院后的李炳生状态不错,甚至能够独立行走。谁知,正在全家人为此额手称庆之际,意外发生了。2010年夏天的一个清晨,在兴隆巷附近做康复运动的李炳生被一辆皮卡车撞倒,压到了车下。噩耗传来,正准备上班的李军发足狂奔,冲向事故现场。

遗憾的是,经过一段时间治疗之后,李炳生最终还是抱憾走了。他留给李军的最后一句话是:"军儿,多奉献,少索取,人生就快乐。"

南昌站的客运值班员金芸代表车间前来吊唁。当她走进兴隆巷,亲眼看到那套不到20平方米的房子时,泪水夺眶而出。原来,同事和旅客眼中那个满面春风的"军姐",家境竟然如此清贫。

南昌站党委书记带着车站领导班子成员赶过来了。他们被眼前的情景震惊了:逼仄的砖瓦平房里,唯一值钱的黑白电视机像一个豁嘴的老太,屏幕上布满雪花点和跳跃的杠杠;卧室里的床缺了"腿",垫了一块砖头;那个电饭煲明显落伍,蒸出来的米饭常常夹生;一把小木梯架在幽暗的阁楼边;一台歪歪斜斜的电风扇发出嗡嗡嗡的噪声……大伙的脑海里不约而同蹦出4个字:家徒四壁。

一场爱心活动在南昌站拉开了帷幕。

崭新的大电饭煲搬进了李军家的厨房。一床床新被子送到了兴隆巷。主管客运的副站长更干脆,把自己家里的大电视机直接抱了过来。一帮同事相约跑过来,将房子里里外外拾掇了一遍。大伙还特意给李梅花买了一个泡脚桶。临走时，一位同事拍着李军的肩膀说："以后房子再漏雨，就招呼一声，大家都来帮你加固，有困难别一个人扛着了，千万说一声。"

一道道暖流漫过李梅花的心田。她说："军儿，还是你爸选择对了，到铁路工作，是你的福气。"

2013年9月15日，李军光荣地加入中国共产党。从此，那件制服的左胸口位置，有了一枚熠熠生辉的党徽。也是在这一年，李军被评为南昌铁路局十大平凡之星。

颁奖的那个晚上，李梅花、李文一起被请到了南昌铁路文化宫。座无虚席的剧场里，传来主持人充满激情的声音："她是旅客们心目中的'问不倒'，她是数百名走失儿童的'军妈妈'，她是感动中国的'最美客运员'。她的名字叫李军！"

掌声如雷。李梅花情不自禁地站了起来，一边鼓掌，一边泪流满面地凝视着舞台上的军儿。

军儿带给母亲的惊喜远远不止这一个。

2014年3月，李军被江西省团委授予"雷锋姐"称号。

2016年1月，李军入选"江西好人"。同年7月，荣获火车头奖章。

2017年1月，李军由劳务派遣工转为合同制职工。

2023年8月，李军成为南昌车站客运车间客运值班员。

妹妹李文在为姐姐的成功欢欣鼓舞的同时，也有了自己的想法。她向李军打开了自己的心扉："姐，我也想到铁路工作。"

自然，这只是李文的一个美好愿望，她最终没能实现这一梦想。偶然的一个机会，李文跳槽去了东方航空公司江西分公司，跟李军扳起了"手腕",说:"咱姐妹两个,一个在铁路、一个在航空,我们要比一比,看谁的服务质量更过硬。"

李梅花乐得合不拢嘴:"你们姐妹两个呀,还是像小时候那样淘气。"

2022年10月,李军光荣地出席了中国共产党第二十次全国代表大会。李梅花成为邻居们的羡慕对象,他们动辄说:"又看到你女儿了,上中央电视台了。"可李梅花不会使用回放功能,只能向李文求助:"快点回来,我得看看你姐。"

秋夜宁静。李梅花戴上老花镜,搬了个凳子,坐到离电视机只有两三米的地方,像个认真听讲的小学生。随着镜头回放,李军的身影出现在屏幕上。

"再放一遍。"李梅花似乎觉得意犹未尽。

李文便又将镜头切换回去。

连续看了3遍,李梅花这才摘下老花镜,用纸巾一边擦着眼睛,一边说:"要是你爸还在,该有多好。"

从北京回来后,李军特意回兴隆巷去转了一圈。几年前,南昌市对棚户区进行改造,那套记载着贫穷和快乐时光的平房不复存在,李军和母亲也搬迁到了上窑湾的一个小区。能够让母亲住上三居室的房子安享晚年,李军打心眼里高兴。

童年的鞭炮声、老屋里的烟火气息、巷弄间的嬉闹声似乎就在昨天,眼前,取而代之的是高楼大厦。李军努力地打捞着记忆碎片,判断着老屋的大概方位。

她总是觉得,那座阁楼还在,就像父亲李炳生的叮嘱,一直留存在内心的深处:"军儿,多奉献,少索取,人生就快乐。"这句话，多么简单，又多么富有生活的哲理。

2024年2月9日，又是一年除夕。南昌火车站人流如织。李军站在"红土情"服务台里，热情地为旅客释疑解惑，那张笑靥仿佛一朵美丽的杜鹃花。

这时，车站工作人员陪护着一位30多岁的女盲人旅客穿过人群，出现在服务台前。听到李军那熟悉的声音，女子激动道："终于又'见'到你了，最美的党代表！"

这位女子是新干县人，在南昌从事盲人按摩工作，是李军多次服务过的一位重点旅客。自从得知李军是党的二十大代表后，她便改称李军为"党代表"。今天，她准备乘火车回故乡过年，特意想"见"李军一面。

爱是一种双向奔赴。李军再一次感悟到，她和姐妹们的平凡作为温暖了旅客，而旅客也一次次温暖着她们。

又一列火车进站了。李军整了整仪容，推着轮椅出发。耳际，传来南昌站的站歌——

你的乳名叫牛行，

见证八一起义高擎信仰的火炬。

你是京九的明珠，

照亮英雄城大气开放的新征程。

厚德、至善、笃行、奋进，

是你的筋骨和品质，

传递着红土情深，赓续着红色基因。

不管时间如何流逝，

我们分别又重逢，彼此偎依，

梦里是故园声声。

创作手记

采访李军，十分轻松愉悦。她分明就是一位永远的邻家女孩。她爱笑，是那种纯自然的笑，像乡野里的一朵花；她真实，是那种归来依然是少年的真实。不施粉黛，更显尊贵。

李军说："我很平凡，只是幸运而已。"春风十里，不如她。

爱笑的李军，在一个平凡的岗位上坚守了15年，用真情服务无数南来北往的旅客。透过"红土情"服务台这个窗口，人们看到了中国铁路的大美。

真实的李军，把名利看得如此风淡云轻。她让我惭愧。我认识到，越是来自一线、来自基层的劳动者，越是值得我去讴歌。他们是真正的文学"富矿"，他们是真正的高峰和河流。

采访创作的过程，是一次灵魂的洗礼。为"最美铁路人"立传，是一种光荣，更是一种幸福。

王笑冰

明亮的"眼睛"

——记中国铁路广州局集团有限公司海口综合维修段信号工高级技师王笑冰

万蕊新　彭西娜

2013年11月10日,海南全境拉响了"海燕"台风预警。海口是受影响最严重的地区之一,暴雨笼罩着整座城市,如瓢泼般倾泻在环岛高铁上。

琼州海峡全面停航,环岛高铁全线停运。

深夜,王笑冰接到故障报警电话:海口站9-27DG道岔区段轨道电压异常波动,情况紧急。王笑冰火速带着工友来到故障现场排查。

时间一分一秒地过去,暴雨越下越大,顶风冒雨排查的王笑冰带着工友与时间赛跑。

"小李,注意看电压曲线,随时报数值给我。"王笑冰一边与信号楼内监测分析员核实数据,一边用榔头柄敲击杆件模拟道岔震动。

雨水模糊了视线,王笑冰整个人趴伏在铁道上,脸贴着轨面,当检查到北侧咽喉区9号道岔时,万用表电压数值出现了来回跳变，这一异常现象立马引起了王笑冰的注意。他赶忙对道岔连杆下方连接情况进行排查，在道岔转换过程中，发现连接销晃动带动开口销与轨底碰触，造成9-27DG道岔区段电压异常波动，"就是这里短路了！"终于找到隐蔽的故障点，王笑冰迅速更换了开口销，设备恢复正常。

从事信号工作30年，王笑冰参加大、中修及站场改造等施工百余次，消除了各种设备隐患，解决了各类故障难题。参与研发的智慧无人机平台能够代替人工对高铁信号中继站、基站，铁塔等铁路基础设备进行自动检查和巡视。正是凭借着精湛的技术及勇于创新的钻研精神，他成了广州局集团有限公司首席技师。

扎根海南环岛高铁工作13年，王笑冰做到了零故障、零事故，一步步成长为技能大师、铁路工匠、全国劳模，并获得多项发明专利。

风里来，雨里去，万里铁道镌刻了王笑冰不懈奋斗的印记，擦亮了环岛高铁安全的"眼睛"。一个个无眠的深夜、一条条无尽的钢轨、一架架无声的信号机，见证着王笑冰前行路上说不完的故事与感动。

爱火车的湘西娃

湘西，地处云贵东缘，武陵腹地。

湘西永顺的十万大山，群山绵延，若海浪般此起彼伏，壮观不已。1976年，王笑冰就出生在这片大山里。

山，是湘西人的筋骨。王笑冰这位从小生长在筋骨上的湘西娃，天生就有土家族热血男儿的硬气与不服输的骨气。"咱湘西人，个个腰杆子都要像山一样挺得笔直。"当地人最爱说的这句老话，成为他学习、工作的人生信条。

那时家乡还没通火车，每当在电视上，看到一趟趟宛若巨龙贴着轨面飞翔的火车，听着一声声风笛响彻山峦，王笑冰心中便对铁路充满了向往。

年幼的王笑冰爱涂鸦，甚至屋子角落里也画满了火车、轨道，画工虽谈不上好，却画得有模有样。

父亲每次出差，总想着法子给儿子带回有关铁路的画册。王笑冰一捧起来就舍不得放下，脑海里不停思考："轨道究竟有多长？""火车要开到哪儿去啊？"有的问题得不到答案，就盼望着自己快快长大，能去外面的世界，了解更多铁路知识。

日月如梭，初二的一个冬夜，王笑冰跟着录音机学英语。记忆中，父亲规定他每天背完20个单词。刚开始，王笑冰听了无数次，怎么也记不住课本上学的单词，大半夜人乏困，眼皮跟着打起架来，王笑冰索性在本子上画起火车，这一下可来精神了，再画上两条钢轨，一画起铁路，他整个人就像打了鸡血，全身有着使不完的劲儿。

眼见天色晚了，王笑冰准备偷个懒。还没等他起身，父亲已站在了身后，着实将他吓一跳。

王笑冰赶忙打开录音机，跟读起来，不停地在纸上边读边默写，反反复复，直到记住为止。灯光下，父亲望着他努力学习的身影，会心地笑了。

屋外的雪依然飘洒，父亲搭在他肩膀的双手却是那么厚实而温暖。

从那以后，王笑冰的英语成绩也慢慢上去了，当同学们问及他学习的窍门时，王笑冰总会打趣地说道："累了困了，我就画火车提神醒脑，这是我的独家秘诀。"

当年，父亲在劳动局上班，时常深夜加班写稿。印象中，父亲做事容不得丝毫差错，一行行俊秀的钢笔字，跃然于纸上，一盏灯常常亮到了天边泛起鱼肚白。在父亲的耳濡目染下，王笑冰比同龄人多了能吃苦、不服输的干劲。

中考报名那年，心中怀着铁路梦的王笑冰，走进了铁路校园。

信号专业第一堂课，老师生动地向大家讲解铁路信号基础知识，台下的王笑冰托起腮帮，听得津津有味。

"铁道线是纵横万里的钢筋铁骨，而铁路信号工是钢筋铁骨的神经专科医生，平时对信号设备进行'听诊把脉'，从而点亮信号灯，指引着列车前行的方向，当设备出现故障，要及时精准地查出'病因''开好处方'，保证列车的安全运行……"一串串清脆的下课铃声响起，王笑冰听得意犹未尽。

课堂上，王笑冰如饥似渴地吸吮着铁路信号知识的甘霖，信号专业包罗万象，要具备一定的机械、电子、电工、计算机等方面的知识，远没有自己想象中那么简单，他成了学校里最刻苦的学生。

学习到6502电气集中电路，需要过15条网络线这一关。刚开始接触信号电路图时，图纸上密集的图形及符号，形同走迷宫，王笑冰不知从何下手。

湘西娃不服输、硬骨气的性子，让王笑冰相信只要坚持，就一定能打败这只"拦路虎"。那段时日，放学后，他就带着图纸和课本，钻进实训室。数米长的电路图纸，来来回回地看了又看，翻的次数多了，页面变得毛糙而模糊了，他用钢笔一一做好标记。校园的小路上，时常会看到一位边走边看图纸的男孩子。

每天放学后，王笑冰常常第一个赶到实训室练业务，功夫不负有心人，他对着图纸熟练地排列一条条进路，继电器发出有节奏的声响，宛若跃动信号的音符。

暮色中，学校的练功场点亮了信号绿灯，沿着轨道，辉映着铁路梦想的征程。

历经 3 年学习生涯，王笑冰接受了铁路信号专业理论知识与技能相关领域的系统学习，全方位的实操训练，加上自身的勤学苦练、爱钻研的他，为今后走上铁路信号岗位打下了坚实的基础。

苦练基本功

1994 年，年满 18 岁的王笑冰从学校毕业，被分配到张家界电务段信号检修车间，正式成为一名信号工。

"精检细修，安全第一。"入职第一天，单位墙上挂着醒目的标语，让走上铁路岗位的王笑冰，感受到信号专业的责任重大。

没过多久，一天，王笑冰休班回到家中，家里洋溢着喜庆的氛围，亲戚们挤满了原本不大的屋子，将父亲围在中间。

"笑冰，快来，你老爸被评上省劳模了。"母亲高兴地招呼着王笑冰。刚参加工作的王笑冰，将父亲荣获的奖章，紧紧捧在手中，心中满是崇拜。一枚金灿灿的奖章，承载着父亲奋斗的岁月，王笑冰高兴地握着老父亲的手，向他表示祝贺，父亲的眼神里，更多是充满了对儿子的期盼。

从此以后，王笑冰牢记父亲教导，在平凡的铁路信号岗位上，立志成为像父亲一样发光发热的人。

进入班组后，王笑冰跟随师父老余对信号器材进行检测与维护。走进材料房，他望着面前琳琅满目的器材，整齐有序地码在材料架上，曾经书上看到的信号设备，终于见到庐山真面目。王笑冰拿起一个阻容盒端详许久，舍不得放下，师父夸他是"不折不扣的信号迷"。

制作线环，是信号检修人员的一项基本功。王笑冰接触的第一项工作，就遇到了制作线环的难题。

只见老余拿起一根阻燃软线，用剥线钳剥开线皮后，抽了一根铜线，均匀地缠绕在一根末端去皮的铜丝导线上，缠绕了规定的圈数后，不一会儿工夫，就将其扭成一个精致匀称的圆弧，令王笑冰新奇不已。

师父鼓励王笑冰学着做，可谁知铜线到了他手中，却不听使唤，线环不是太松就是太紧，根本不像师父做得那般玲珑有致。他蹙紧了眉头，难不成师父有啥诀窍？

余师父看穿了王笑冰的心事，他耐心地向王笑冰讲解着，做线环看上去简单，里面却藏着不少学问。并带着他来练功场看实物，线环用在信号机、转辙机端子处，尺寸的大小要做到恰到好处，若接触不良，则会造成不良后果，严重的话，还会造成事故。

王笑冰记住了余师父说的话："扎线环，就如女孩子扎辫子一样，要用巧劲。"

接下来的日子，余师父手把手地示范着，制作中，时不时向他讲解要领。为了练好扎线环的基本功，下班后，王笑冰常独自在检

王笑冰

修房练习，稍有一丝不匀称，他就推倒重来，线环越扎越精致，美观大方且稳固耐用。余师父望着徒弟专注的模样，宛如看到了一抹绿意，在铁道的沃土里生根发芽。

余师父说，王笑冰的倔劲儿像极了年轻时候的自己，也认准了王笑冰是个干信号的好苗子。

有一次，王笑冰与工友们刚检测完一批道口控制器，正准备入库，余师父对身旁的王笑冰问道："笑冰，给你一个星期的时间，能默写出信号道口控制器的电路图吗？""师父，没问题，我两三天就能背出来。"王笑冰信心十足地回应着师父。

王笑冰看了下图纸，心想着信号道口控制器电路图，没有想象中的那么难，哪用得上一个星期。过了两三天，当师父问及他器材厂家及保险管容量时，他却哑口无言。余师父说："我们信号工不仅要看电路图，还要弄明白背后的数据原理，干信号专业这行，越

● 王笑冰深夜进行道岔检修作业（摄影　符祥陆）

是细节上的事情，越要做到心里有底。"

想到自己与老信号工之间的差距，王笑冰再也不敢心高气傲，开始用心地钻研业务，无论走到哪里，都会带本业务书"啃"。

师父检修器材时，他专注地观察着每个流程的细节与关键点，用心地记录在本子上。深夜，他仍在检修房练习检修器材的要领，为了更加了解信号设备的原理，他将每个阻容盒，来回拆分组装，直到能做到不看图纸，亦能分装自如。

慢慢地，王笑冰也能像周边的师傅一样，娴熟地精检细修各种信号设备，出色地完成每次检修任务。从设备的入所至检修，别人能做的，他做得更好，检修得更加精细。

想到今后手中检修的设备将要投入现场使用，他心中有着说不出的骄傲，下决心要走好信号专业这条路。

苦练基本功的王笑冰明白，凡事无捷径，经过日积月累与千锤百炼，才能立足本职岗位、贡献青春力量。

再一次出发

一年后，王笑冰调入信号中修车间。这位精于"听诊把脉"的检修工人，来到了现场，成了行车一线岗位的信号工。

信号中修人员的工作，主要进行设备周期轮换及缺点克服。小至打跳线、外观整治、设备油饰、基础涂料；大至一架信号机的整体更换与调试……工作细微而庞杂。

最初，王笑冰只会干一些拧螺丝、涂油等基础活，心里产生不少落差。他心想，提高自己技能水平，得下番苦功夫，不仅要熟练

王笑冰

地拆除既有线把，还要利索地移至新信号机电缆盒。

为尽快让自己掌握信号中修这门新技术，王笑冰借来相关专业书，挤出碎片时间一点一点学，一项一项练。

深夜里，在线路上干活时，他与工友去调整各项参数，进行道岔安装调试，配线绑扎工作。他常想，多走一步、多看一眼、多测一下。久而久之，王笑冰能娴熟地调试、安装道岔，配线做到又快又准，逐渐成为班组的主力。

1997年，新安站开通，王笑冰主动请缨参加任务，负责楼外设备电缆铺设工作。信号电缆，类似人体复杂而有序的神经脉络，一旦其中一根芯线接错或失效，将导致信号设备故障，甚至联锁失效，信号灯将会显示错误灯光。

新安站地处常德地区一个偏远小站，当年，他们住在离车站很近的一个工棚。作为电缆铺设负责人，王笑冰白天干活，晚上回到工棚里，只有个小小风扇吱呀吱呀地转个不停，吹来的都是热风，灯光下，常常能看到他伏案忙碌的身影。

夜深了，工棚成为王笑冰的工作室，他根据站场平面图、施工配线图，细心地画好路径，信号机、道岔标记，密集的字行里充满了他对铁路的挚爱。

清晨5点，天刚蒙蒙亮，王笑冰就与工友扛着几百米的电缆出发了。从车站到线路上，距离虽不远，但电缆笨重，大伙儿每隔十几分钟，就要歇停下来，再继续前行。左边的肩膀背破皮了，换右边背，右边的肩膀背破皮了，换左边背，一个个就像蚂蚁搬家一样，汗如雨下的他们，每一步都挪得艰难，每一步却都坚定而执着。

湖南夏日如同火炉，沿着轨道铺信号电缆，人行走在60多摄氏度的轨面上，湿透的衣服紧贴在身上，热浪翻滚，王笑冰索性将裤管扎进来，大伙儿纷纷学样，防止热气侵入。

电缆施工，常与配线打交道。王笑冰不仅技术过硬，还有着"妙手生花"的本领，可以将配线活拿捏得炉火纯青，一团乱麻样的线缆，一到王笑冰的手中，就能变换成形态各异的花状。

"快看，笑冰的手艺这么好，线扎得如花儿一样。"王笑冰配线手艺好，他干活时，大伙儿总会忍不住去观摩学习。

"配线时，要细心，慢工出细活。"新安小站的清晨，线路上，电缆铺设工作，有条不紊地进行中，时不时传来王笑冰叮嘱的声音。新安站电缆铺设点多，对于这项技术含量高的"绣花"活，他总会思索新方法，去提高施工工艺。

电缆硬粗，用手握拐角时，弯度达不到预期效果，每次施工前，他都提前带着小伙伴，用扳手将其拐角定型，省力又快捷。捋线是项繁琐的细节，忙中又容易出错，他则将线头一端用线扎固定，散开的线头就能集中至点进行配置，用了小妙招，省时省力，工时也得以大幅度缩短。

王笑冰在工作中爱思考，常为单位处理疑难杂症。

一次，王笑冰正与工友一起做室外道岔导通试验。6/8# 道岔出现了表示不正常的问题。起初，大伙儿从室内查找到室外，压根儿查不到原因，王笑冰仔细地拿着万用表对道岔电路进行了一番测量，当他查到终端电缆盒配线正常后，他果断地判断出是道岔 X2、X3 混线，处理好故障后，王笑冰听着道岔清脆的转换音，电台里传来"车站控制台显示道岔恢复正常"。王笑冰心中有着说不出的高兴。

那段时日，王笑冰几乎每天泡在施工一线，每天重复着电缆敷设、配线、导通的工作，经过几个月的努力，新安站迎来了顺利开通的喜讯。

新安站的小试牛刀，王笑冰着实感受到干好信号这行，需要的不仅仅是细心与恒心，更需要的是迎难而上的拼搏精神，人就要像磨刀一样打磨自己。

工区领头雁

现场的磨砺，加上自身的勤学苦练，技术精湛的王笑冰脱颖而出，25岁时，他开始担任张家界中修信号工区工长，成为电务段最年轻的工长之一。

中修工作点多线长，信号设备遍布湘西每个车站、区间。不管是蚊虫肆虐的夏日，还是寒风凛冽的寒冬，王笑冰带着工友常年驻扎沿线各小站。

到小站干中修工作，周边租不到民房，住处成了一大难题。王笑冰与工友索性将信号楼当成了家，夏天蚊子多，即使点着蚊香，将毯子裹住全身，只留两个鼻孔在外，蚊子在屋内肆意飞舞，嗡嗡声依然让人难以入睡。

"有时大半个月都得带着大家在线路上忙碌，时间长了，会有与家隔绝的感觉。"王笑冰笑着回忆道。对于一些刚入路、离家又远的年轻人，第一次面临中修环境与劳动强度，往往还没有做好思想准备，他们很容易产生不稳定情绪，王笑冰将这一切默默看在眼里。

等阶段中修工作结束后，王笑冰常会带着年轻人上家里，一起包饺子，与他们交心谈心，分享自己的成长经历，"人生路上，每个人都要有梦，干信号这行也一样，要有迎难而上的精神。"在王笑冰的帮助下，他们变得格外珍惜工作，跟着王笑冰一起干好信号中修的工作。

平日，幽默风趣的王笑冰，与工友打成一片，不是亲兄弟胜似亲兄弟，但熟不是放松的理由，落实作业标准时，一点也不能差，差一点也不行。

王笑冰不仅工作严谨，并且对待工友的"严格"在工区也是出了名的。

一次，张家界站进行夜间更换一台转辙机时，一位工友在干活时，发现自己少带了一个工具，正急得不知所措。王笑冰见状，赶忙走了过去，将工具递给了他，接过的一刹那，想着自己的疏忽，差点就误了大事，工友瞬间脸红了，望着手中的工具，顿时明白了一切。原来王笑冰在出发前早已发现这个问题，为了让工友长记性，他默默地将工具带了出来。这份感动一直记在了工友的心底。

大伙儿一起捋直道岔配线，穿入蛇管进行配线安装，按照分工，转辙机更换、配线、机械调整工作紧张有序、一气呵成，转辙机更换工作顺利完成。

工作结束后，王笑冰与工友走在路肩上，"更换转辙机，好比一场'心脏搭桥'手术，手术工具要齐全，设备也一样，施工中少了一样工具，活干到一半都得停下来，相应工作无法正常进行。"

王笑冰的用心良苦，如一盏信号灯，点亮着信号工前行的道路，大伙儿在工作中也养成了"多检查"的习惯。这份精细的工作，让所有人感受到了肩上沉甸甸的责任，注重工作中的细节，如对待生命一样，呵护着每个信号设备。

王笑冰对待信号工作，甘做"拼命三郎"。一年冬天，室外温度零下5摄氏度，大龙村站道岔安装施工有条不紊进行中。那一天，王笑冰因肠胃不适正在医院输液，望着窗外的雪花，想着大龙村中修道岔施工的事情，他心急如焚。

他寻思着，入冬以来，随着气温下降，钢轨热胀冷缩变化趋势会更加明显，调试过程中，道岔尖轨密贴变化，缺口若出现毫米的误差，都会造成道岔失去表示，导致信号不能开放。

一想到这儿，他立马拔掉针头，就往现场跑去。与工友一起投入到道岔安装调试工作中，"我们的工作，可容不得丝毫马虎。"王笑冰一边调试一边嘱咐着，当大伙儿望着寒风中带病坚持工作的王笑冰，不禁对他的坚韧感到万分佩服。

王笑冰在信号中修制胜的法宝，离不开一个"细"字。在一次更换扼流变压器施工后，发生了轨道电压正常，而轨道区段却显示红光带的异常情况，王笑冰立即对所更换设备进行仔细检查，发现扼流变压器两根电缆的颜色与更换前相反，调整电缆顺序后设备恢复正常，原来王笑冰在扼流变压器更换前，已记下了各配线端子上电缆颜色，当发生异常情况时，很快就发现了问题所在。

王笑冰的眼里，信号工作容不得半点差错，正是由于这份严谨、细致，自他担任工长以来，他所管辖的信号设备，屡次在单位设备评比中名列前茅，并获得了怀化铁路总公司第一名。王笑冰在一线中，淬炼着激情与坚守，用心呵护着每个信号设备。

● 王笑冰在维修仪表（摄影　张嘉豪）

秉承着对信号专业的这份挚爱与执着，王笑冰有了更高的梦想与追求，他不断给自己的人生加码。

挑战新高度

2002年9月，王笑冰报名参加广铁集团公司技师考试，堪比众人过独木桥，难度可想而知。

当年，王笑冰所在站段，管辖的设备是6502电气集中联锁、JZXC-480轨道电路、64D半自动闭塞，还是比较老旧的一套信号设备。其他站段选手早已在计算机联锁领域里，摸爬滚打了好几年，面对强悍的对手，他并未退却。

培训期间，老师讲到计算机联锁原理时，台下的王笑冰如同听天书，考试只剩下两个月，时间成了海绵，他成了培训班里最勤奋的学员。

"培训期间,我巴不得一天能掰成两半用,将所有时间都放在业务上,一门心思就想将不会的知识点弄明白。"王笑冰连做梦都梦到 6502 电路图。

每天 5 点,王笑冰就起床背书,琢磨着计算机联锁设备系统结构、工作原理,一字不差地牢记在心,逐渐深入学习。

为加深复习印象,王笑冰与大伙儿常在吃早餐前,互考互背,学得入了迷,连早餐都忘了吃,就匆匆忙忙赶到教室上课。

"你们这么努力的样子,只有高考才见过这样的情景,除此没有见过这么努力的学员。"望着王笑冰带着大伙儿学习的刻苦劲儿,老师感叹道。

那年国庆,差不多两个月未回家的王笑冰,为了能顺利通过考试,他直接回到张家界电务段训练实作。一本专业书上,每一页都布满他勾画的痕迹,任何一种单元电路图,只要没有背到滚瓜烂熟,他就绝不放过。王笑冰给自己立了个铁规矩,查故障不允许看图,一个一个单元电路图练,练到了盲打程度,直到练会为止。

"我经常能看到凌晨 3 点的月亮。"这是王笑冰挂在嘴边的一句话。

功夫不负有心人。2002 年,王笑冰顺利通过技师考试,成为单位最年轻的技师。钻研信号的道路上,王笑冰充满信心,愈战愈勇,2003 年张家界电务段工长技术比武,他获得全能第三名,屡屡参赛,屡屡获奖,汗水播洒在通往成功、铺满鲜花的道路上。

2008 年 8 月,王笑冰开始向高级技师发起挑战。干完活后,他把所有的时间都用来钻研业务,同事们有时会问:"你都是技师了，还那么拼命学？"

"铁路在发展，我学习的脚步就不能停。"王笑冰斩钉截铁地回应道。

当年，理论考的是高铁知识，他从未接触过 ZPW-2000A 相关设备，第一次高技考试，以失败告终。王笑冰并未气馁，不服输的他，对新的领域开启新一轮挑战。

王笑冰将所有时间泡在练功房里，从单个电路模块至整体，每一个电路细节都不放过。为搞清电路原理，组合架上的设备有时被他拆得面目全非。累了席地而睡，醒了就继续练。再次挑战，他终于以优异的成绩通过了高级技师考试。

敢于吃别人不愿吃的苦，乐于花别人不愿花的时间，勤于下别人不愿下的功夫，不断挑战自己，超越自己，这是王笑冰成功的秘诀。

15 年的青春岁月，王笑冰用自己的坚韧与执着、拼搏与奉献，从一名普通的信号工成长为一名高级技师。

迎战环岛高铁

银龙舞琼州，高铁驰碧海。

2010 年 5 月，王笑冰到海南出差，赶上环岛高铁东环建设正如火如荼地展开。走进海口站信号机械室，清一色的数字化信号设备，尤其是高铁才有的列控机柜面板上，密密麻麻闪烁不已的指示灯，让他感受到了新技术的召唤与高铁时代的挑战。那一刻，环岛高铁就深深地吸引住了他那颗爱钻研的心。

王笑冰

2010 年 12 月 30 日，海南环岛东环高铁开通，标志着海南正式迈进了高铁时代。机会总是会留给有准备的人。随着海南环岛高铁东段的开通，西环段建设亦在紧锣密鼓筹建之中，世界首条环岛高铁呼之欲出，正急需信号专业人才。得知此消息后，王笑冰主动请缨由湘西来到了海南，成为粤海公司一名信号工。

从美丽湘西到海南，环岛高铁线路上，投入了全新的高铁技术装备，与普铁截然不同，王笑冰再一次从"零"开始，从"新"学习。普速到高铁的华丽转身，对于王笑冰来说，不仅是工作机遇，更是挑战自我、实现梦想的人生舞台。

"中国高铁发展如此迅猛，我学习的脚步也定要快马加鞭地跟上去。"王笑冰全身心地投入高铁系统知识学习，收集了有关高铁的业务书籍，再一次埋头学了起来。

随着深入学习，心中的疑团亦逐渐解开。原来高铁信号设备如此神奇，以前列车运行，信号灯是列车的通行证，而如今，列控系统成了列车的"超级大脑"，更加自动化、信息化，计算机通过计算区间列车占用情况，给列车发送行车指令，就能实现列车运行控制。

当年的同事打趣地说道："王笑冰来海南时，学业务的劲头简直到了走火入魔的地步。"除了研读资料与图纸，利用夜间高铁停开时段，他自学高铁信号设备维护，列控、调度集中系统等高铁技术。

兴趣是最好的老师。随着时间的推进，王笑冰对高铁信号产生了浓厚兴趣。他半夜从线路上干完活回来，就将自己关在机械室研究电路，对着实物，深入研究高铁线路上主轨与小轨的关系，高铁轨道电路原理，琢磨得入迷，时常天亮了却浑然不知。

初学高铁技术，王笑冰遇到一个临时限速服务器的难题。打开专业书籍，抽象的术语、复杂的电路困惑着他。

从书本上得知，在高铁线路上，当遇到自然灾害、特殊情况时，就得通过 CTC 下达命令给临时限速服务器，有源应答器通过接收限速报文信息，将限速信息及时地传达给列车，从而以规定速度通过相应区段。"有这么强大的功能？"爱钻研的王笑冰，总爱带着问题去看书。

为了彻底弄明白临时限速服务器原理，很长一段时间，他总爱待在机械室，细心地观察各种高铁系统板卡指示灯及配线的走向，每当列车经过时，留意着临时限速服务器的变化。在线路上作业，他弯着腰记录有源应答器的工作状态，捋清一条条电路通道，娴熟地操作拟定、验证、校核及拆分等流程。

短短几个月，王笑冰如雄鹰般翱翔在环岛高铁技术领域，攻破一个又一个难关。

2013 年 4 月，八一站 2 号道岔无表示故障。对于上班一年多的小杨，由于处理故障经验不足，到达线路后，他打开转辙机盖，按照传统的故障排除法，沿着转辙机电路一点点查找，迟迟找不到原因。

凌晨 2 点，眼见时间一分一秒地过去，小杨急得像热锅上的蚂蚁。小杨试着拨通王笑冰的电话，电话很快接通了，一听说现场出了故障，王笑冰二话不说，挂了电话，马不停蹄地赶到了现场。

王笑冰通过电台，让室内来回操纵道岔，并用手中的万用表对故障转辙机进行测量。可不能小瞧这块只比巴掌大的测量表，它可是王笑冰随身携带的"听诊器",两支表笔能通过测试的不同数值,为信号设备"望闻问切"。

正常情况下,道岔表示电路 X1 与 X2 之间,道岔直流一般是 20 多伏,交流 60 多伏,当他测试到只有五六伏时,他果断地判断出该道岔电容出现了问题。经更换后,电台传来了楼内道岔恢复表示的消息,听着道岔在来回转换过程中,发出一声声清脆的运作声,他会心地笑了。

作为一名资深信号高级技师,王笑冰练就了一双"火眼金睛"。总能在第一时间找到设备故障根源。无论多么复杂的信号问题,只要王笑冰在,很快就能迎刃而解。作为环岛高铁安全守护者,他就像一颗定心丸,让大家安心。

对朝夕相处的信号设备,王笑冰就如对待自己的孩子一样,去细心呵护。信号维护工作中,他摸索出"一查二细三精通"检修法,这三步法看似简单,但要真正做到融会贯通,却需要下足功夫。

"查",王笑冰会利用微机监测对设备进行全面了解与观察,记录下数值,对数值有变化的设备进行重点检测。"细",他会细检、细修,不放过任何蛛丝马迹。"精通",他对所有设备的性能及技术指标,心中做到了如指掌。

信号工日常维护道岔,主要包括油润、各部分数据测试调整,是一项十分精细的工作。深夜,戴着头灯检修道岔时,王笑冰常会与"毫米"较真。

"失之毫厘,谬以千里",王笑冰对道岔密贴松紧的火候拿捏得恰到好处。他的绝招在于一听二看,听声音动作一致,接点到位发出声音同步，然后用 2/4 毫米试验锤进行测试，确保万无一失。

从暮色渐深至晨曦初露，王笑冰与工友穿梭在线路上，道岔转换音、电台的联络语、数字万用表诊断设备的嘀嗒声，似一曲交响乐，轻纱般的阳光轻洒在整装待发的信号设备上，回荡在环岛高铁线路上。

2015 年，海南环岛高铁西段建设中，海口站将面临多次改造施工，难度大且情况复杂。王笑冰与工友凭借扎实的技术功底，毅然加入海南西环高铁介入小组，参与海口站改造施工和联调联试，负责联锁对位试验、软件模拟试验、道岔精调、轨道电路调试等重要工作。

无数个不眠之夜，王笑冰一头扎进施工现场，一边查阅站场资料，学习施工标准，一边加强施工现场盯控，把好信号验收质量关。

面对数千件专业设备、数万个测试项点验收信号设备，每一个焊点是否饱满，施工工艺、技术标准、特性参数都容不得半点马虎，是一项堪比绣花还精细的技术活。

为了保证信号设备验收工作顺利开展，王笑冰确认每一颗螺丝是否紧固、每一条线路是否导通，施工工艺、技术标准、特性参数每一个都不能马虎。在紧张的工期中做到设备状态零故障。每天施工结束后，王笑冰总会独自一个人留下来，对着实物学习业务，一学就学到了天亮。

兴许是第一次接触高铁联锁验收新任务，很多知识点对王笑冰来说，都是新挑战。在大家的心目中，爱钻研的王笑冰，是单位出了名的"厚脸皮"。

为了摸清这套新设备的"脾气"，王笑冰就成了厂家的"跟屁虫"，琢磨着对方如何安装调试，并做好笔记，对不懂的地方，就及时请教，刨根问底，直到自己弄懂为止。

遇到电路原理"卡壳"时，倔强的王笑冰，隔三岔五地去找厂家人员要电路图，取"真经"，厂家人员被这位好学的小伙子深深地打动了，不厌其烦地为其讲解。

列控系统升级施工中，不同系统间的通信原理一直困扰着王笑冰，他找遍了相关的图纸及专业书，却依然不能理解其工作原理。厂家技术人员也深深地被王笑冰那股钻研精神打动，"天窗"结束后，厂家人员顾不上休息，用心花费了1个小时，为王笑冰手绘了一张原理图，王笑冰听完后茅塞顿开，"你真是一个最'难缠'，也是一个最好学的人。"厂家人说道。

东方刚破晓，王笑冰继续专注地研究图纸，整个机械室只听得见唰唰的笔响声，与设备的运作声交织在一起。

2019年5月，海口站站内改造施工中，出现了一架信号机灯泡断丝报警两秒的情况，当所有人一筹莫展之时，细心的王笑冰发现继电器处于吸起状态，王笑冰当即找来新旧图纸，带着工友们一条一条捋清线路，最终锁定了故障点，发现新安装的计算机采集电路采集不良，导致计算机显示的状态与继电器实际状态不符，找到问题的根源后，王笑冰利用"天窗"点消除了故障。

查找故障信号机灯泡断丝中，王笑冰深受启发，提出了"采集地线上组合端子"的施工建议。这个建议被施工单位采纳，不仅解决了问题，还优化了信号灯故障的处理流程。

不羁于循规蹈矩、不满于浅尝辄止。多年的勤学苦练，王笑冰以海南选手的身份，斩获广州局职业技能竞赛车站与区间信号项

● 王笑冰在更换继电器（摄影　符祥陆）

目全能第一，并被广州、湖南两所高速铁路职业技术学院聘为客座教授。

环岛高铁各项施工任务中，王笑冰充分发挥所学，完善施工方案，参加高铁列控系统改造、海口南站计算机监测施工等中修、大修、站场改造施工百余次，以精湛的技术保证施工质量工艺，海南高铁从无到有，连点成线，连线成环，每一次施工中，对信号设备的精准把脉，王笑冰既是见证者也是参与者。

王笑冰工作法

高铁信号设备种类繁多，检修精度高，应急处置时间短。对设备电路故障进行快速处理，一直是王笑冰想要突破的难题。他勤于思考，擅长在工作过程中，提炼专业知识，日积月累中，形成了一套独特的"王笑冰工作法"。

高铁道岔启动故障电机感应"小电压法"、高铁道岔混线故障"五步法"等技巧、检修作业流程单"流程清"、故障处理"一手清"等工作法，附带图解的检修、故障查找流程的作业指导书，这套组合拳让更多的信号工作者以规范流程进行作业，提高检修质量。

信号设备检修流程繁琐，稍不留意，易造成漏检漏修，将导致联锁关系失效，造成信号错误开放，后果不堪设想。

信号维修工作中，提速道岔作为列车平稳运行的"方向盘"，驰骋在钢轨上的列车，依靠神奇的方向盘，操纵着转辙机电路，由此改变道岔的开通方向，使多股轨道按运行方向进行汇合与分开，确保火车能根据指令，进入正确的轨道，让列车按指定的方向前行。

王笑冰有一双雷达般的耳朵。道岔从一个位置转换至另一个位置，声音连贯流畅且无杂音，则是运作正常的旋律，稍带点不同的音质，回声闷且短，则是道岔有故障的苗头。在检修中，他总以"防微杜渐"的状态，去呵护着环岛高铁的每个信号设备。

高铁时代，信号集中监测如同 X 光，能提前发现设备隐患。

王笑冰擅长借助信号集中监测，检测各个信号设备的运作状态。浏览道岔动作功率、缺口曲线，就是一项重要指标，若功率曲线波动较大，通过分析曲线波动时间，则能判定是道岔在哪个环节有异常；在浏览道岔缺口曲线过程中，道岔缺口哪怕出现了 0.5 毫米的波动都逃不过王笑冰的眼睛。

星空下，他像道岔外科大夫一样，用白纱布将一排排接点擦拭得透亮，用鹰一般的眼睛，检查着动作杆销孔旷动量不大于 0.5 毫米，动作杆销孔旷动量不大于 1 毫米，比发丝还精细的数值。每日面对成百上千次，看似重复而简单的检修工作，王笑冰不断总结、在实践中不断尝试突破。

平日里，王笑冰思索最多的是设备如何能不出故障，出了故障如何能最快处理，他分门别类地对道岔、轨道、信号机的检修作业、日常维护要领，进行系统分析，再制订出相应的流线型故障应急处理流程图。

道岔混线故障，亦是信号工种的"拦路虎"。王笑冰时常在琢磨用一个简易又实用的方法去解决这一难题。经过观察，当出现混线故障时，一般信号工都会盲目地往室外跑去，具备多年信号维护经验的王笑冰，常会提醒工友，这是最耗费时间的查找方法，万一故障在室内，将错过最佳的故障处理时机。

勤于钻研的他，擅长通过电流表的摆动范围、继电器的动作时间和分线盘的数据测量来缩小故障范围，他将这些经验倾囊相授给身边的小伙伴。

"只有不停地钻研新技术，才不会被高铁时代淘汰；只有将技术学精，才能在工作中确保安全。"王笑冰一句朴实的话语，道出了他铁路人生奋斗的真谛。

同事在唠嗑时，常会对王笑冰说："有了道岔启动故障电机感应'小电压法'及混线故障'五步法'，遇到故障时，我再也不会手忙脚乱了。"

"我用'王笑冰工作法'，又解决了信号专业中的一个难题。"

每当听到工友说这样的话语，王笑冰总会笑得特别开心，对于他来说，这就是最幸福的时刻。

始于初心，臻于匠心。"王笑冰工作法"大力缩短了故障处理时间，既提高了作业效率，又安全可靠，在环岛高铁线路上，得到了广泛推行与使用。当工友夸他技术能力强，工作方法独特实用，他总会谦虚地说道："我只是比你们认真了点，细心了点而已。"

严师出高徒

多年来，王笑冰逐渐成长为环岛高铁信号技术专业的行家里手。2019年，业务精湛的他，从一线来到了三尺讲台，成为一名故障处理与检修作业的指导老师，负责信号专业人员脱产轮训工作。

如今，走进海口综合维修电务实训基地，6502大站电气集中设备老控制台映入眼帘，透过室外钢轨两侧，道岔、高柱进站信号机、25HZ轨道电路，整齐地排列在线路两侧，笔直的轨道上，穿梭着时光的记忆。

2019年，王笑冰刚来实训基地时，简陋的实训场内只有6502设备，回到宿舍后，他彻底失眠了，回想起自身的成长经历，他深知练功场作为培养信号专业人才"孵化器"的重要性。让青工有一个可以随时上手操练的实训场，是他心中的奋斗目标。

自2019年2月起，王笑冰便带着5个刚入路的大学生对实训室进行改造与重建，利用休息日，他奔波广州电务段、江村站、广北到发场等地，他从下道的旧设备中"淘"，想方设法对实训基地进行升级改造。

尽管拆旧回来的电码化、提速道岔图纸不齐全。但具备扎实业务功底的王笑冰，对设计、图纸校核、具体施工、设备调试等工作，心里都有本设计蓝图的明账。

那段时日，王笑冰起早贪黑地带着学员，在炎热的实训室一干就是十几个小时，一天下来，衣服湿了无数遍，又干了无数遍，渗出一片片白色的汗碱。

从室内到室外，他们一根根地铺设信号电缆，整理原理图，配线、校线、焊线、布线，为了节约时间，晚上都睡在了实训室。从施工到交付使用，原本4个月的工期足足提前了1个多月完成。

深夜，望着青工在实训室执着苦练的背影，王笑冰会心地笑了，他仿佛看到了年轻时的自己……

然而，新的问题接踵而来。海南东环计算机联锁设备为EI32-JD联锁系统，由于管内无配套的实训系统，职工无法进行控制台实操培训，这也成了职工培训的一块短板。

正当王笑冰犯愁时，海南东环计算机联锁大修换下来一套工控机，望着眼前的设备，简直就是为培训基地量身定做，他心中欢喜不已。王笑冰连夜带着工友将3台工控机组装成联锁操作练习平台，经过反复试验与调试，旧的工控机焕然一新，在他的巧手下变废为宝，系统能实现排列接发车及调车进路、模拟列车运行、模拟区间改方、按钮操作记录等功能，100%实现了在线设备使用状态。这一波技术改造下来，着实为单位节约了200余万元成本。

拆旧回来的工控机实现成功改造后，学员来到实训场，随时可以开展联锁控制台操作演练，从源头上解决了现场信号工及新工对联锁控显软件操作培训的短板问题。有了新的联锁操作平台，青工的学习劲头更足了，工作之余，纷纷来到培训基地进行实训，日复一日，他们也能熟练地操作这套设备，王笑冰心中有着说不出的欢喜。

海南铁路管内共 10 个综合维修车间，为了解决沿线职工的培训问题，王笑冰带着工友，继续建立车间实训室，然而新的"拦路虎"又出现了。

王笑冰在实地考察中发现，沿线车间实训室的道岔外部没有连接钢轨，缺少外部杆件。道岔操纵时，由于表示杆没有连接外部杆件，无法正常反映出缺口变化，需要甩开内表示杆才能沟通道岔表示。这样会导致在日常道岔调缺口的岗位练兵中，无法模拟出道岔缺口变化及卡缺口故障，培训效果将大打折扣。

一次，王笑冰在检修道岔时，动作杆带动着表示杆连动的过程让他想到倘若能设计一套表示杆的联动装置，模拟出外带杆件，这样下来，能通过模拟反映出道岔的缺口，让学员在模拟装置操作中，掌握道岔缺口的调整，形象直观地学懂学透其缺口的形成原理。

道岔模拟装置的设计，首先考虑的是材质。王笑冰从修配所找来 ZD6 废旧角钢及长条形螺杆，将动作杆与表示杆相连，从而使动作杆带动表示杆的连动，初步设计时，由于只能简单地带动动作，操纵道岔时未能将缺口表示出来，依然不能解决缺口调整的问题。

第一套设计方案不尽如人意，王笑冰并未气馁，继续不断尝试与试验，在研发过程中，王笑冰发现在表示杆与角钢连接装置之间，采用长型的螺杆与螺帽，通过调整螺帽的位置，来固定表示杆的动程，限制它的动作位置，可以达到模拟杆缺口的条件。

王笑冰在不断摸索中前进，道岔模拟装置的设计愈加完美实用。考虑到道岔有正装与反装，表示杆连接装置，倘若重新增加反装的安装孔后，就可达到通用的效果，且能精准地让学员们利用模拟装置查看，学员在实训地，通过模拟装置，可以熟练地掌握道岔设备维护的技巧与方法。

"道岔模拟装置使用起来跟现场检修道岔时操作的过程一模一样，我用模拟装置学了半个月，在王老师的指点下，很快就学会了调缺口，我们新入路青工，都能独立检修道岔了。"学员小赵说道，以前学习道岔要花好长一段时间，如今有了练功场，大伙儿可以随时随地学习。

"一花独放不是春，百花齐放春满园。"

平日里，王笑冰最喜欢的事情，就是与工友一起探讨业务上的问题，望着一双双渴望求知的眼神，他巴不得将干信号工作的毕生绝活，通通传授给身边的同事。

每年，海口综合维修段都会来一批新入路的青工，他们分批次来培训基地学习。对这群刚刚从校园里走出来的孩子，王笑冰爱与他们交朋友，常与他们促膝谈心，谈理想、谈工作，让青工在信号岗位上成长成才，为他们系好入路后的第一颗纽扣。在学员的心中，王笑冰既是严师又是慈父。

"如果每个工人都有一手绝活，铁路的安全就会更加牢靠。"王笑冰是实训基地上出了名的严师，业务上爱较真，尤其是对于新员工，哪怕是出了半点差错，都休想从他的手上过关。

2022年8月，王笑冰接到培训25名大学生参加集团技术比武集训的任务。近两个月的时间里，学员在他的带领下，每日三点一线，集训室、食堂、宿舍，从早 8 点至晚 10 点，强度堪比高三冲刺班。甚至深夜零点了，他准备离开，发现几个学员依旧在实训室练习白天讲过的电路，望着年轻人刻苦的背影，他心中欣慰不已。

王笑冰心思缜密，培训过程中，他会留意每名青工的性格特点、作业习惯，有的青工作业时粗心大意，检修转辙机时总忘擦拭自动开闭器接点；有的青工理论扎实，但不能做到灵活运用；有的青工动手能力强，但心理素质不过关，一到考试就紧张……王笑冰对每名青工的薄弱点如数家珍，为他们量身定做培养方案，手把手地带着青工们在实训基地练习查故障。

教学员学习处理转辙机电路故障时，他对着实物，讲解着如何数继电器接点，继电器动作顺序，根据操作道岔时控制台显示来判断故障大致位置，测量正常设备电压与故障电压对比并做好记录，让青工在学习中，掌握了大量能快速且精准处理故障的方法与技巧。每当看着青工们查出一个个疑难故障，王笑冰的心里比吃了蜜还甜。

2019 年 11 月，在一次晚间的实训课结束后，王笑冰一如既往地检查着每个箱盒。

当他打开一个转辙机盖子，发现由于学员疏忽，将一枚垫片遗落在内。他二话不说，跑到宿舍，让准备入睡的小峰，立刻返回实训基地。

半路上，王笑冰脸色铁青，头也不回地走着，小峰见状，连气都不敢大喘，来到实训基地，王笑冰让他将整个实训场清理一遍，

● 王笑冰在培训中为学员解答疑惑（摄影　黄凯芝）

对转辙机挨个开盖检查，当小峰发现了那枚因自己失误而留在箱盒的垫片，他的脸一下子红到了耳根。

"小峰，别小看这枚垫片，若不及时发现，掉入接点内，道岔不能正常运作，后果将不堪设想。"

"咱信号工干起活来，时刻都不能忘了'细心'两字。"

不知何时起，天已亮了，一轮旭日从不远处的山峦升起来，晨风徐徐，聆听着如父子般的对话，亲切而温暖，王笑冰的眼里充满了期盼。

自打那以后，小峰像变了个人似的，干起活来比谁都认真，生活不如意时，也常会找王笑冰谈心，师徒间成了无话不说的知己。

在王笑冰的帮助下，小峰成长得很快，他先后斩获2021年广州局集团公司大学生技术比武理论冠军、2022年海口综合维修段大学生技术比武全能冠军、2023年海口综合维修段职业技能竞赛全能冠军，荣获广铁青年岗位能手称号，并成功应聘为单位的专业技术人员。得知徒弟佳讯频传，王笑冰比自己得了奖还开心。

如何做一名好老师，如何将自己的经验分享给他人，是王笑冰考虑最多的问题。以前遇到问题，只要自己想明白就好，如今还要让学员们听懂学会，能将学到的知识运用到工作中去。

王笑冰擅长用喜闻乐见的授课方式，让学员在轻松的氛围中对信号技能越来越有兴趣。提及王笑冰的"潮"课堂，学生们个个会对王笑冰的教学赞不绝口。

细心的王笑冰发现，新学员初次接触道岔控制电路图时，由于电路复杂枯燥，在没有理解的情况下，年轻人多半靠死记硬背，忘得快，采用传统的授课方法，教学效果也不好。

针对年轻人的性格特点，为了让课堂生动起来，王笑冰翻出繁杂的电路图纸一点一点寻找规律，以顺口溜的方式，编写出"广场舞版"四线制道岔控制电路图，他带着学员们在课堂上一起念着"画好眉毛、戴好口罩，一二三四五六动起来，七八九十转个身……"，王笑冰这种寓教于乐的教学模式，让学员在念口诀中，轻轻松松就能记住电路图要领，一年四季，偏安一隅的实训基地时常能听到朗朗笑声飘出窗外。

为了活跃课堂氛围，王笑冰针对学员特点，设计了短视频版的铁路信号常见故障排除法课程和直播卖货版的现场实操故障排除讲解，这些有趣的课程内容圈粉了不少年轻学员，青工们对信号专业产生了浓厚的学习兴趣，并将它们灵活地运用到现场工作中。学员们每天在这种欢快轻松的氛围下学习，记得又牢又快。在王笑冰的教导下，越来越多的青工快速成长起来。

桃李芬芳满天下。近年来，王笑冰培训的学员在技能鉴定和实作考试中合格率达到 100%。他培养了全国技术能手 1 名、全路技术能手 13 名、高级技师 12 名、技师 33 名。

王笑冰深情表示，实现铁路现代化需要一代代铁路人的共同努力。他将继续用心守护环岛高铁的信号设备安全，发扬劳模精神、劳动精神和工匠精神，立足本职岗位，努力开拓创新，研发更多的创新成果，培养出更多热爱铁路、技术好、懂创新、能担当、讲奉献的信号人，为服务和支撑中国式现代化贡献力量。

"我还希望，多带出几名业务精湛的徒弟，让他们在职业技能竞赛中，闯出自己的人生，做好铁路现代化建设的火车头，践行铁路安全守望者的初心与使命。"王笑冰语重心长地说道。

团队创新的活力

2017 年，以王笑冰名字命名的"王笑冰劳模和工匠人才创新工作室"成立。从初出茅庐到独当一面，王笑冰一直在维修信号设备、开展技术攻关之路上逐梦前行，用奋斗实干守护着高铁安全稳定运行。

成立工作室以后，王笑冰潜心琢磨如何运用科技手段来维护铁路安全，带领团队进行科技攻关、技术革新、发明创新工作。

首先破解的难题是电缆盒容易受潮进水的问题。环岛高铁常年受台风侵袭，会造成电缆综合绝缘下降，严重时会导致信号设备故障。每次台风暴雨天气过后，信号维护人员需要对几百个箱盒逐个开盖排查，费时且费力。

2022年5月，王笑冰开始带领团队联合厂家进行科技攻关。开发一个集无线传输和自供电功能于一体的监测模块，它的作用是，当箱盒湿度超过一定指标，有进水漏水等情况时，利用内部泄漏感应线，采集箱盒内的温度、湿度，手机App端会接收到自动报警信息。

然而，创新之路从不是一帆风顺的。电池续航不足的问题，如同一道天堑，横亘在王笑冰的面前，但他从未退缩。深夜，创新工作室亮如白昼，王笑冰如同一位孤独的航海者，寻找着破晓的灯塔。

经过无数次的尝试与改进，他终于找到了解决方案，利用手持终端随时唤醒箱盒模块，设备平时处于休眠状态，让监测工装的续航得到了保障。研讨会上，王笑冰的设计方案得到了大家的一致认可。

2023年12月26日，第一代产品在实训基地试用成功，当大伙儿模拟电缆进水时，信号箱盒浸水监测工装立马发出报警声响，投入现场使用后，电缆盒参数异常时，作业人员能及时发现并处理，测试范围可以达到直径1公里。

"天窗"点内干活时，信号人员在对设备检修及整治过程中，有时会涉及更换部件及拆卸部件的工作，时间紧迫。在更换转辙机自动开闭器等作业过程中，螺丝、螺帽等部件掉落进入设备内部时有发生，转辙机内部结构复杂，狭小空间内不容易看见，用传统的工具不容易取出。一旦不及时取出，会造成机械卡阻，影响设备正常使用，给安全生产造成隐患，由此，团队研发设计出一套内窥镜组合工具。

回想起研制过程的一个小插曲，王笑冰至今记忆犹新。

曾记得一年冬夜，海口信号工区"天窗"检修工作正有条不紊地进行着，王笑冰带着工友对道岔进行日常维护。夜间的"天窗"，是对运行了一天的信号设备进行全面"体检"，每分每秒皆至关重要。王笑冰与大伙儿在线路上忙碌着，不知不觉中，"天窗"进入了尾声，时钟指向凌晨 3：30，电台里也传来了"请提前做好设备试验恢复工作"。

"哎呀！螺帽掉进转辙机了。"正在做 9# 道岔转换试验的小赵，突然发出了急促的声音。王笑冰与大伙儿闻声赶了过去，只见小赵用头灯照着整个转辙机，螺帽却不见踪影，临近半个钟头就要消点了，意味着所有的设备即将交付使用，即使是冬天，依稀可见小赵急得额头上渗满了汗珠。

王笑冰见状，弯下腰来，用头灯仔细地探照着转辙机内部，不放过每个角落。经过深入查找，终于在自动开闭器的内部找到了螺

● 王笑冰在进行道岔检修作业（摄影　符祥陆）

帽，用尽了各种工具都无法取出，空间狭小，要想在几毫米的缝隙中取出来并不是件容易的事情，原本就体胖的他，身体几乎贴着地面，只见他小心翼翼地用钳子慢慢将其取出，那一刻，全场人都屏住呼吸，生怕螺帽再次掉进去，直到螺帽安全从中取出，大家才松了一口气，"天窗"时间还剩下 5 分钟，设备试验正常，心中的石头终于落了地。

这件事情令王笑冰深受触动，他回想起曾经在一本书上看到介绍人的胃窥镜的相关报道，心想若设计一套同样原理的内窥镜组合工具，可以检查道岔隐蔽部位设备状态，取出设备内部视角死角的异物，便能提高设备巡检质量。

历经一年的时间，王笑冰带着团队成员，多次在现场进行采集与分析，联合厂家运用工业内窥组合镜 0.4 毫米高清镜头原理设计出道岔内窥镜组合工具，可以直观地探视设备内部异物的位置，检修人员根据精确的定位，用取样钳快速取出信号设备内部异物，对设备的一些视角盲区，箱盒内部的防水、防潮情况，内窥镜皆能一览无余，环岛高铁的信号工们带着内窥镜组合工具，上道进行检修作业，多了个贴心的检修"法宝"，干起活来，大伙儿愈加从容淡定，细心地呵护着每个信号设备。

海口综合维修段管内普速线由于经常有水泥车通过，道岔锁钩与锁闭杆凸台间易积累水泥灰。王笑冰留意到下雨后，水泥灰板结在锁钩与锁闭杆凸台间极易导致道岔转换卡阻。

爱钻研的王笑冰与团队成员唐敏、杨志龙一起，无数次在实地勘察与测量，王笑冰与团队成员们设计了一套防沙罩方案，能防护锁钩凸台，这套方案巧妙地将防沙罩设置成自由伸缩模式，完美地解决了道岔卡阻的问题。

然而在研制过程中，难就难在固定。道岔运作时，伴着尖轨转动，防沙罩随之转动，经过反复试验，王笑冰将其设计成圆筒、套筒式，套在锁闭铁的钩型螺杆上，在不改变原有外锁装置安装方式的基础上，巧妙地在道岔外锁装置锁闭框的固定钩型螺杆上，安装可自由伸缩的防沙罩，这样能起到固定作用，不会左右横向偏移，由此实现纵向自由伸缩。

2021年2月，王笑冰带领团队联合厂家研制了一种新型一体式防沙罩，经在澄迈站4#道岔试装成功，自2021年5月起已在段管内全面推广。一组组安装了防沙罩的道岔，风雨中平稳地运作在笔直的轨道上。

王笑冰在创新道路上，不断超越自我，星光不负赶路人，创新成果捷报频传。2022年，王笑冰铁路技能大师工作室被评为国铁集团技能大师工作室，天道酬勤，2023年该工作室被海南省总工会授予海南省劳模与工匠人才创新工作室称号。

多年来，王笑冰带领团队开发了轨距精改专用工具、ZPW2000轨道电路简易上电测试工装等成果，这些创新成果均已运用到实际工作中，已申请国家专利4项、软件著作权1项，为企业创效上百万元。

在海南的这片热土上，王笑冰带着团队，一步一个脚印，为环岛安全保驾护航，为人民的幸福生活添砖加瓦。这就是王笑冰，一个普通的铁路工作者，一个不断超越自我的创新者。

王笑冰的奋斗人生，像一本读不完的书，每一页写满了对铁路的深情厚谊。用余生守护环岛高铁，成为万里铁道线上一双明亮的

"眼睛",这就是王笑冰心中最大的骄傲与幸福。

创作手记

十三年如一日,王笑冰风雨无阻地守护全球首条环岛高铁信号设备安全。他以坚守书写责任,以奉献诠释担当。他拼搏的铁路人生,是万千铁路人的缩影。

作为环岛高铁守护者,面对朝夕相处的信号机、转辙机、轨道电路,王笑冰如同对待自己的孩子一样去呵护,专注的眼神里沁满了对铁路的挚爱之心。高铁安全运行的背后,离不开披星戴月的"幕后英雄"默默守护。爱钻研的他,一步一个脚印,坚定而执着,微光如炬,平而不凡,温暖着万里铁道。

王笑冰像一盏信号灯,激励着更多铁路人奋勇前行。

米尔班·艾依提

幸福的金火车

——记中国铁路乌鲁木齐局集团有限公司库尔勒客运段和田一队列车长米尔班·艾依提

王彦州　于清淼

2023年冬天，首都第一场瑞雪降临。北京二七剧场内座无虚席，掌声不断。

以乌鲁木齐开往和田的"民族团结一家亲号"旅客列车热情服务旅客，促进民族团结的故事为素材，创作编排的舞台剧《幸福的金火车》正在精彩上演。

"张红梅女士，今天是你的生日，我们'民族团结一家亲号'列车全体乘务人员祝您生日快乐，生活幸福！"主人公列车长米尔班·艾依提（以下简称"米尔班"或"小米"）面带笑容款步向前，将一张特别的生日贺卡送到张女士手上，当面向她祝福问好。

列车员热依莎端来了长寿面，歌曲《生日快乐》的美好旋律在全场响起，张女士脸上洋溢着幸福的笑容，不停地拱手说着谢谢，谢谢！台上台下跟着"米车长"的节拍，齐声唱起生日祝福歌，一场别开生面的列车庆生，把剧场的气氛推向新的高潮。

近期，《幸福的金火车》火热上演，从北京二七剧场巡演至乌鲁木齐。金火车的故事成为微信朋友圈里分享转发的热点话题，大家追剧、评剧的氛围如同春潮一般，米尔班和她的同伴从幕后走到了台前。

飞驰的火车穿越边疆大地。一个个熟悉的人物，一句句滚烫的话语，一幕幕感人的故事，把米尔班和过去24年的值乘岁月紧紧缠绕在一起，往返3962公里的漫漫长路，缩短加深爬上了米尔班的眼角，成为一道道皱纹。

寒冬腊月，我们采访组乘坐在暖意融融的"民族团结一家亲号"列车里，倾听同事们讲述她们的列车长米尔班动真情、用真心服务各族旅客的感人故事。此刻，广袤的新疆大地，瑞雪飘飞，大地一片洁白。一声声汽笛划破长空、穿越天山，列车像可爱的信使，沿着塔克拉玛干北缘一路向前飞驰，把人间的温暖送到边疆。

有故事的人生是厚重的。值乘中，米尔班身着蓝色铁路制服，帽檐端正、臂章醒目，神情坚毅有光、背影俊俏挺拔，她和列车服务的故事从舞台回到了和她融为一体的列车。

火车跑得真快

莎车，南疆喀什地区的一个古老县城，距离首府乌鲁木齐约1500公里。

莎车，是米尔班的故乡。幼年听爸爸讲小时候的生活，听妈妈讲过去的故事，都是从莎车讲起的。

记忆当中，父母每年都要赶回千里路远的莎车看望爷爷奶奶。

回去时背上新买的衣服、点心、糖果，装上平日里节省下的铁路劳保鞋、手套、肥皂，满满的行李两大包。回来时满载而归，带回爷爷他们种的红石榴、巴旦木、无花果。

每次回家探亲，父母都要认真准备一番，这种特有仪式感的回老家，在孩子们的心里留下了深刻的印象。3个孩子都有一个愿望，就是跟着父母回老家。

5岁那年春节前夕，父亲决定带着米尔班一起回，圆了孩子一个梦想，也满足爷爷奶奶一个心愿。听父母这么一说，米尔班当时开心地跳了起来，比过年还要高兴，心里天天想着、盼着，就是到莎车去看爷爷奶奶，看石榴花开的春天。

大巴汽车开动了，米尔班打开窗户，伸出娇小的手臂，向妈妈、姐姐微笑着告别。汽车在城市的街道上走走停停、沿途上车的旅客接续不断，待到汽车走出市区，窄小的车厢里旅客、行李挤得严严实实。

汽车刚刚驶上省道101，米尔班感觉有一丝头晕恶心，伴随着几次剧烈的颠簸，"哇"的一声，她吐了一地。后面两天一夜的漫漫长路上，又经历了3次转车，米尔班如同病猫一样，趴在父亲的腿上不吃不喝，凌乱的头发覆在脸上，憔悴不堪。

一路颠簸、昼夜劳顿，吃不好、睡不好，漫长的旅途让人望而生畏，回老家看亲人、看石榴花开成了一种美好的奢望，在年幼的米尔班内心深处留下了一道恐惧的阴影。

盼望火车开到家乡，成为爸爸妈妈嘴上常常念叨的话题，也成为米尔班姐弟3人童年的一个梦想。

时光的脚步向前走了一年，米尔班背上书包进入了小学的大门。小时候的她活泼开朗、兴趣很多，有几分舞蹈特长，经常参加一些学校组织的文艺演出。

有一次，学校组织她们到克拉玛依市参加少儿舞蹈大赛，米尔班既兴奋又紧张。复杂的心情当中，掺杂着对长途坐车的害怕，内心的苦恼写在她的脸上。母亲安慰她不要担心，说这次乘坐的是火车，坐火车要比坐汽车好玩很多。但是她的忧虑直到踏上火车的那一刻才真正消除。

宽敞明亮的车厢像一个巨大的乐园，眼前的一切在孩子们眼里都是新奇的。她们仿佛回到了"托马斯"小火车的童话世界里，伴随着一声汽笛的长鸣，她们告别车站，向着快乐出发。

一路上，她和小伙伴们跳舞唱歌、做游戏、讲故事，一起分享美食，一起趴在窗边看美丽的风景，旅途生活很开心，列车长的威武神气也吸引着她们。火车带给她的美好体验，像一粒种子在她的心里生根发芽。

在铁道边玩着长大，在铁路学校念书学习，米尔班的少年往事似乎都与铁路有关。在她的眼睛里，身着蓝色制服的铁路客运员，年轻美丽、端庄大方，既有女军人的飒爽英姿，也不乏邻家大姐姐的温婉柔美，就像一朵盛开的石榴花，有一种天然的吸引力。

上学时，无论是课堂上，还是在父母身边，若谈问理想，米尔班的回答都是：长大以后当列车员，而且要当一名列车长。

采访当中，小米的母亲拿出了很多收藏品。其中一篇关于理想的演讲稿，是她10岁时的六一儿童节写的，清晰记录着米尔班童年的人生梦想：

火车是我梦想的港湾。我要和爸爸妈妈一样在铁路上工作，我要成为像姑姑一样美丽的列车员，走遍祖国大江南北、看遍四季风景，用天使般的微笑为大家服务，带给大家快乐。

早期的乌鲁木齐北站是一个货运编组站。小米的父辈大多数也都在北站工作和生活，孩子们的生活园地当然就安放在北站的巷陌街道。小米说，记忆当中，父辈们工作比较忙，虽然平日里陪孩子们的时间很少，但是他们爱路如家的情感很真实，为铁路工作的干劲很投入。

每逢年底，局里和段上都要举办隆重的表彰大会。北站地区的叔叔阿姨们总有不少人能够获奖。领奖归来，一个个身披绶带、胸戴大红花、手捧奖牌的神气模样，大人小孩见后都很羡慕，作为北站的一分子，大家脸上很有光。

崇尚荣誉、渴望荣誉、争取荣誉，为荣誉而努力的言传身教，从小就在孩子们的心里扎下了根，也成为米尔班一个真实的梦想。

人生目标确定了，米尔班早早就开始准备。小米告诉我们，记忆最深的就是刻苦学习汉语。父母懂孩子的心思，专门送她到汉语言学校上学，平日里的生活交流也尽量多说普通话。到了学校，米尔班每堂课都是认真听、认真记，回答问题都很积极。课余生活中，她细心观察、做一个学习的有心人。遇到不明白的问题她都会记下来，及时向同学老师请教。班级里，数米尔班的普通话说得最好，语言上的优势带给她由内及外的自信，这为她的铁路客运职业生涯打下了良好的基础。

米尔班聪明伶俐、阳光俊俏、好学上进，属外向型性格，老师同学都很喜欢她。1997年中学毕业填报志愿，她毫不犹豫选择了铁路院校，填报专业就是铁路客运服务。

种下石榴树、春风送香来。小米拥抱火车的梦想实现了。父母和亲戚朋友，都为她的人生选择感到高兴。

时光的脚步昼夜不停，米尔班的中专时光，每天也都过得很充实，每门课程她都学得很认真。米尔班的集体荣誉感特强，栽树种草、捡拾垃圾这些学雷锋志愿活动，平日里学校组织开展的文化活动她都积极参与，为了集体荣誉不遗余力。

转眼之间，3年中专院校的学习到了毕业季，米尔班的人生即将开启新的一页。

2000年8月13日，乌鲁木齐的蓝天碧空如洗，白色的信鸽在城市上空盘旋飞绕，嘹亮的鸽哨划破长空，传遍千家万户。米尔班的心情如同这蔚蓝色的天空，清新透明、天高云淡。

中午时分，小米接到了一个陌生的电话，电话是邮递员打来的。米尔班快步跑到楼下去接信件。

● 米尔班·艾依提与车站客运人员联控组织旅客有序乘降（摄影　关拥军）

"你是米尔班吗，这是你的来信。"邮递员叔叔笑着把信件递给了她。

信封是白色的，比普通的信件显得大了一些。右下角印有"乌鲁木齐铁路局人才交流站"一行醒目的红色字体。米尔班感知到了期盼已久的幸福，开心地跑回家报告喜讯。

一家人紧紧地围坐在一起，带着紧张和兴奋的心情，一起见证这个特殊的时刻。米尔班慢慢地剪开信封，不出意外，是一封乌鲁木齐铁路局的招工录用通知书。米尔班被招录到了乌鲁木齐客运段。

小米高兴地跳了起来，父母也像孩子一样高兴地拥抱在一起。此时此刻，每个人都掩藏不住内心的喜悦，有说有笑，开心写在家人的脸上，幸福的味道真实而浓烈。

米尔班在和学生时代挥手告别的同时，梦想的镜头自然转切到了铁路、聚焦到了火车，道具就是那套蓝色的铁路制服。

接到通知书后没过几天，她就去单位报到了。当穿上铁路制服，拿到铁路工作证的那一刻，她觉得自己很神气也很漂亮。一个人在镜子面前正面照了侧身照，对自己的状态不仅满意，还略有几分自我欣赏的心思在里边。

曾经的梦想、现实的情景、未来的人生，此时调和在一起，小米有一种梦幻的感觉，石榴花开的芬芳吐露在眉梢之间。

换装一新的米尔班像只可爱的小鸟，也仿佛回到了童年，一路蹦跳着回家。小区的街坊邻居见到"铁路版"的米尔班，纷纷向她表示祝贺，夸赞她有志气，鼓励她一定好好干，将来一定会有出息。母亲慈爱幸福的眼神，是怎么看都觉得看不够，一边抚摸打量、一边叮嘱她努力干好工作。父亲也为女儿高兴，亲自下厨做了一大桌好吃的，一家人热热闹闹庆贺了一番。

小米长得白皙干净、形象气质好，黑葡萄似的眼睛里透露出几分灵气。工作当中会说一口标准的普通话，做事干工作也有几分成熟和稳重。她是领导眼里的可塑之才，同事们很喜欢和她交往，自然也就被单位列为重点培养对象。岗前学习培训结束后，她被分配到了北京队。

这是一个老字号品牌车队，30多年"红旗列车"评比从未失手，各项管理走在全局乃至全路的前列，是乌鲁木齐铁路局客运工作的一张亮丽名片。

当好列车长

现实与理想总是有那么一段距离。她对客运工作的初步体验也不像当初想象得那么美好。

米尔班踏上了列车，开始独立值乘作业。可惜工作没多久，她干活的兴致就低落下来，人生丰满的理想第一次遇到残酷现实的碰撞。

原来铁路客运工作远不是她想得那样轻松、充满乐趣。上百条的客运规章要学懂背会、熟记于心。长长的列车要清扫保持得干干净净，成百上千的旅客都要热忱服务到位，长达数十个小时的昼夜劳顿让人有点吃不消……

一下子感觉压力山大，一下子感觉疲惫不堪，一下子感觉迷失了方向。

一时间，她很难适应，经常跟车长和身边的工友耍性子，习惯性被动消极干工作，时不时就会惹出麻烦、给车班添乱……时间长了，同事对她有了看法和抱怨，不愿意和她一起搭对班，也不愿意和她一起交往。

像一只落单掉队的大雁，小米情绪低落、脸色憔悴，人生第一次走到了低谷……

在北京队干了一年，米尔班的表现很一般，她铁路客运人生的第一步暗淡无光。

2001年，单位调整了她的工作，从北京队来到了上海队，同样是一个老字号品牌车队，继续干客运列车员岗位。

新的起点，新的开始，她再次有了把工作干好的想法。但是，眼前的变化，只是工作环境，工作内容和从前一样。她该怎么办？父母关切着米尔班的状态。前方的路如何走下去，她还没有找到方向。

她尝试着调整自己的情绪和心态，也在提醒说服自己努力把工作干好。可就在一次值乘当中，她精神和心理的堤坝崩溃了。

2003年2月14日，乌鲁木齐发往上海的T54次列车开车不久，米尔班正在做开车后的卫生清扫。10号车厢15号下铺的大叔摆出一副吵架的姿势，先是找她向她反映列车温度太高。她放下手头的工作，及时向车长汇报了情况。当她找车辆机械师把空调温度调下来，还没等喘口气，这位大叔又有事找她。这次向她反映邻铺的小孩太闹太吵，要求调换座位，她好说歹说，好不容易做通了一位年轻旅客的工作，答应和他调换一下铺位，可他又提出要换新的床单和被套……反映问题一大堆，抱怨牢骚一连串，总之看她就是不顺眼。

气氛变得有点紧张，局面向失控方向发展。当她善意提醒这位大叔打电话声音小一些，避免影响他人休息时，她遭到了无理的指责和厉声训斥。此刻，她的情绪再也控制不住了，她双手捂脸，跑到乘务间放声哭了起来。同事劝了好半天，她的情绪才缓和下来。车厢内留下的矛盾和问题，车长张咏梅一手揽了下来。

此事过后，张咏梅找米尔班谈心。两个人相互谈得很深很透，悉心倾听了对方的内心世界，张车长决心帮她一把。平日里，看到米尔班做得好了就及时表扬，遇到米尔班不明白的地方就耐心讲解。下班休息时间，谈论多半也是工作。张车长给她讲述北京队、上海队奋斗创业的感人故事，讲述铁路客运工作的性质和特点，讲述干好客运工作的秘诀，其中"细节决定成败""干就一定要干好"她牢牢记在了心里，成为指导她干好工作的座右铭。

米尔班从张车长的言传身教中感受到了温暖，收获了自信，重新看到了希望，状态开始一天变得比一天好。

2005年3月26日，陇东的黄土高原，远远望去已有几分浅绿色的春意。T54次旅客列车汽笛长鸣，不停地穿梭在天水通往宝鸡间连绵的隧道里，这次米尔班值乘的是7号车厢。

车内有一位77岁的兵团老战士，是一位和蔼可亲的老奶奶。孩子们忙工作不能陪她，这次她孤身一个人回上海，是需要重点照顾的旅客，发车时列车长张咏梅就有过重点交代。

米尔班把张车长的话记在心里，一路上端茶倒水，嘘寒问暖从未间断，一有空闲时间就坐在老人家的铺位边上陪她聊聊天、说说话，漫长的旅途中她们彼此都收获了几分特有的温暖。

"小米，我这胸闷得慌，这是咋的啦！"老奶奶捂着胸口，艰难地向米尔班说着她的身体反应。

"奶奶，您别担心，这里隧道多。隧道内气压低，很多中老年人过隧道都会有种胸腔压迫感。"

"那隧道啥时候能过完呀！"

"奶奶，您别紧张，前面还有2个隧道，很快就过去了，您喝点水，放松一下心情，就会好一些。"

老人家抓着米尔班的手，小米依偎在她的跟前没有离开。半个小时过后，窗外的阳光照进了车内，老人家的心情舒缓了，米尔班的脸上也露出了笑容。

老人家回到上海见到亲人，向他们讲述了米尔班一路上细心照顾的点点滴滴。家人们很感激，专门写了一封感谢信，信中这样写道：

小米，你的微笑就像一朵盛开的石榴花，特别美丽。上次你对我悉心的照顾，我和我的家人都很感谢！你们的真善美能够带给更多人幸福。祝平安！

一次班组点名会上，车长张咏梅当着大家面深情地念了这封信的内容，米尔班害羞地低着头，脸上泛着一丝红晕，可内心无比温暖。

得到旅客认可，受到了大家的表扬，收获了奋斗的幸福，米尔班干劲更足了。刷厕所、擦板壁、抠死角、扫地拖地、整理卧具、摆放行李……20多项工作内容，50多项工作细节，她无声地与自己较劲。

真心的服务也会换来真实的幸福。米尔班对她的工作有了新的理解，内心多了几分执着和坚定。她决心拜张咏梅为师，努力向她学习，争取早日考上列车长，好为更多的人服务。

在客运岗位上干工作，作为列车长天天都会遇到乘务当中的应急难题，经常会碰到安全方面的头疼问题，时刻要为旅客答疑解惑，班组的大事小情也要及时妥善处理。一句话，工作要达到让旅客满意、让单位放心、让职工认可，自身没有几把刷子是玩不转的。

学习之路是一段漫长且辛苦的人生旅途。方向一旦明确，浑身就会充满力量。表面温顺、骨子里倔强的米尔班，决定把全部精力投入到学习当中，整个人仿佛一下子进入了"走火入魔"的忘我境界。

夜深人静，列车飞驰，车窗外漆黑一片，偶尔闪过一些星星点点的灯火。凌晨两点，值乘的米尔班拿着各种复习资料，心里默默背诵。从验票、换票、补票的每一个流程标准，她都要熟记在心。忘了，她就轻轻地打开看一眼，接着背。困劲儿上来了，她就掐自己一把。

每趟车背会 10 道题，下趟车再背 10 道题的基础上再巩固上 10 道题。

走车太忙，顾不上，米尔班就利用休班的时间学业务。

"米尔班，该吃饭了。"

"好的，我背完这道题。"

"米尔班，该睡觉了。"

"我马上看完这一页规章。"

"米尔班，你怎么这么早就起来了？"

"早起记忆力好，趁着头脑清醒，再多看会儿书。"

为了多学点儿东西，段上和车队组织的实训演练、专业培训米

米尔班·艾依提

● 2019年9月20日,"民族团结一家亲号"列车和谐共建志愿行活动。图为米尔班与班组乘务员和驻村工作队贫困小学生合影

尔班从不缺席,从头到尾认真听、仔细记。出乘时,她就对照着规章上说到的地方,主动找车长、找有经验的师傅请教。为了方便学习,她把客运规章分门别类制作成卡片带在身上,有空就拿出来一边写一边记。退乘后把自己关在屋子里大门不出、二门不迈,一个劲地学业务、背题库。

距考试不到一个月的时间,米尔班把规章时刻带在身上、放在床头,休班背规、走车对照实际工作破解规章。走着、躺着、坐着甚至睡着了,米尔班想的最多的就是背规,除了背规还是背规。时间一长,枯燥的规章被她翻看得卷了边儿、破了角。

一年多的时间,同事和家人都戏称她为"书痴",5章126条技术规章、数十个管理办法都被她攻破了,关键环节她都熟记于心,干起活来更是运用自如。

翻看她的工作日志,有这样一句话,多少反映了她当时的内心世界：征服困难还是被困难征服？别人能做到的我为什么做不到，做不好？

俗话说，功夫不负有心人，技多不压身。米尔班凤凰涅槃般地修炼锻造，让她在岗位上变得游刃有余。这时身边的朋友又送她两个新外号——"问不倒""难不住"。她听后会心一笑不以为然，继续奔忙在客运第一线，手中的对讲机呼唤应答、随车奔走。

在车长张咏梅和身边工友的帮助下，米尔班迎来了属于自己的春天。就像大家说的那样，小米好像变了一个人，方方面面走在了班组检查评比的前几名。张咏梅干工作认真负责、善于抓管理，两个人彼此信任、有默契，10多年过去了，她们因工作结缘，成为一生的良师益友。

在上海车队工作期间，米尔班干得一天比一天好。9年刻苦钻研、摸爬滚打，2009年9月，米尔班以优异成绩通过严格的列车长竞聘考试，如愿成为一名列车长，身份和角色发生了新的变化。

此刻，大家再看米尔班，已不再是那个干活怕辛苦、沟通怕羞涩、批评受不了的小女生，而是车队里的一位业务骨干。在迎来送往的列车里、在千万旅客的视野里，她就像一朵娇艳的石榴花，把流动的车厢映衬得特别美丽。

后来，她被选调到喀什车队担任列车长。再次面对新环境的挑战，她自信满满地说道："干就一定能干好。"

民族团结车

2011年6月28日，全长488.27公里的喀和铁路通车，5826/7

次首趟旅客列车正式上线运营。从这一天开始，南疆和田地区 300 多万名各族群众乘坐火车出行的梦想成为现实。

这趟列车一头连着新疆首府乌鲁木齐，一头连着和田玉的故乡，列车被命名为"和田玉龙号"。米尔班也被选调到这趟车担任列车长。这是通向家乡的列车，米尔班和同伴们真情付出、用心服务，火车越来越走近老百姓的生活，被沿途的老百姓和人民日报社誉为幸福路上的"金火车"。

2014 年 9 月 28 日，中央民族工作会议暨国务院第六次全国民族团结进步表彰大会在北京召开。"和田玉龙号"被授予全国民族团结进步创建模范集体荣誉称号。车队队长艾尔肯·肉孜代表车队领奖，受到了习近平总书记接见，走进人民大会堂做了事迹巡回报告。作为车队的一分子，米尔班的心情和大家一样，倍感荣幸、深受鼓舞，也更加坚定了走向更高的信心，仿佛找到了做好客运工作的成功密码。

有一次添乘检查，艾队长碰到了值乘当中的米尔班。有心的小米没有放过这次近距离请教学习的机会。工作检查指导完毕，她给队长沏了一杯清茶，向他讨教成功的秘诀。

艾队长耐心听完米尔班有备而来的所有提问，没有急着作答。而是笑眯眯地向米尔班反问了几个问题：

"小米，你渴望成功吗？你对我们客运工作的成功是怎么理解的？你如何看待客运服务与民族团结之间的关系？你愿意为成功付出多大的努力甚至牺牲？"

5 个多小时的促膝交谈，米尔班对边疆铁路的社会责任，对民族团结和旅客服务的关系都有了新的认识和理解，也对事业的成功有了新的体会,她从队长的身上感受到满满的正能量。

此刻,火车驶过莎车县,望着窗外石榴花开的田野,米尔班拿出手机,给远方的父亲发了一条信息:"火车从家门口驶过,爷爷的老屋还在、白色的羊群还在,可回家的路已不再遥远!故乡是我梦想起航的地方,也是我人生努力的方向!"

接下来的日子里,米尔班暗下决心,要像艾队长一样尽职尽责把工作干好,把班组带好,争取在平凡的岗位上,也能干出不凡的业绩,为自己的人生添彩,为单位和车队争得荣誉。

2015年9月,经过党组织多年考察培养,米尔班·艾依提光荣地加入了中国共产党。当她举起右拳面向党旗宣誓的那一刻,她的内心无比坚定,双眼炯炯有神。

之后的日子里,在繁忙的工作岗位上见到米尔班,除了洋溢在脸上的灿烂笑容,还有闪耀在胸前的那枚红色党徽,总能给人一种特有的温暖和力量。

时光就像疾驰的列车,昼夜往复、风雨无阻,载着千千万万的追梦人,在中华大地上书写起新时代的精彩画卷。

党的十八大召开后,党中央提出了新的治疆方略。新疆数万名干部走进南疆与当地老百姓开展结对认亲,"手拉手"帮助各族百姓走出贫困过上好日子。

一时间,大家齐心为实现新疆社会稳定和长治久安总目标加油使劲、拼搏奋斗!

新疆铁路也积极响应党的号召,2017年3月,组织开行由乌鲁木齐发往和田的T9526/7次首趟快速列车,这趟车就被命名为"民族团结一家亲号"。后经组织层层选拔,米尔班有幸加入了这个崭新团队，成为首发列车长。

这是组织的认可，也是一份职业荣光。虽然挑战很大、困难很多，但是米尔班没有退缩、时刻努力准备着。

为了精彩圆满完成首发任务，前期筹备的一个月里，米尔班既紧张，又兴奋，每天早出晚归忙个不停。白天在服务礼仪老师的指导下，组织班组人员练走路、练坐姿、学习文明礼仪和各种民族语言。晚上组织大家学习作业标准、学习各类应急预案，熟悉掌握沿途地形地貌和风土人情，基本功不过关就坚决不休息。

列车首发开行的前一周，米尔班更是摆出一副"孙二娘夜攻二郎山"的架势，带着大伙清扫车体卫生、布置装点车内文化环境、编排演练文化节目、开展各类应急演练……如山一样的工作压在肩上足有千斤重，可她还是撑住了、顶住了，每一项工作都按照计划向前推进。

2017年3月25日，首府乌鲁木齐站好像迎接一个盛大的节日，一大早铁路工作人员都在分头忙碌着。今天要在这里举行"民族团结一家亲号"列车的首发仪式。各路媒体记者也都早早赶到现场，一边忙着拍摄、一边跟踪采访，都在为见证一个重要的历史时刻而分头准备着。

太阳升起来了，窗明几净的"民族团结一家亲号"列车精神抖擞停靠在站台的正前方，红色的窗花在灯光的映照下显得特别喜庆。列车中部印有"民族团结一家亲号"的区间牌，被一朵扎有大红花的红绸布遮盖着，好像一位远嫁的新娘有几分喜庆和神秘。每节车厢门口立岗迎宾的列车员英姿飒爽、一字排开，满面春风踏上了一段崭新的旅程。

10点30分，伴随着一声铿锵有力的"发车"，列车唱着欢快的歌儿，在一片欢庆和鼓舞声中缓缓驶出了乌鲁木齐站，向着玉都和田奔驰而去。

"民族团结一家亲号"列车特有明星范儿，首发开行人气很旺，气质非凡。列车每到一个车站，当地老百姓敲锣打鼓、载歌载舞夹道欢迎。车厢内窗花映照、拉花点缀，各族旅客互动表演接续进行，气氛很好。大家或自拍，或合影，互致问候，歌声、笑声传遍每一节车厢。

然而，米尔班灵动忙碌的身影一刻也没有停歇，她就像一个盛大宴会的主人，喜笑颜开、热情招待，辛苦着自己、温暖了朋友，忙得不亦乐乎，一直到深夜。

在当天的日记里，米尔班这样写道：今天我走上了新的工作岗位，前方的路很长很长，我相信只要迈开双脚、一步一步向前走，目标总能到达。

7年过去，小米带领班组同事根据旅客需求、结合线路特点，不断总结和优化制定了具有地域特色的贴心、舒心、暖心、细心、放心的"五心"服务法，为各民族旅客以及自治区开展结亲走访活动，提供了和谐温馨的旅途环境。"民族团结一家亲号"就像品牌标识寓意的那样，各族旅客像石榴籽一样紧紧抱在一起。旅途当中，各族旅客讲述家乡的发展变化、展望美好幸福新生活、交流脱贫致富新经验，一路上有说有笑、亲如一家。

1966公里的漫漫长路，大家享受着"五心"服务，感受着"生日直通车、母爱一平方、流动充电站、旅行保健操、温馨导航服务"的旅途温馨，每个人心里都有一种回家的感觉。

2024年1月26日，春运第一天我们现场感受到文化列车的精彩魅力，亲身体验了各族旅客血浓于水的热辣滚烫。

"旅客朋友们，大家旅途辛苦了！天山雪水清又清，民族团结根连根，我们的列车'民族团结故事会'开讲了！今天的故事讲述人是我们的老朋友、名誉列车长，自治区党校的陈宏教授，大家欢迎！"

列车广播里传来故事会主持人米尔班甜美悦耳的声音，车内各族旅客一起鼓掌欢迎，每个人脸上都洋溢着安静祥和的笑容。

今天故事的主人公是50多年养育19名不同民族孤儿的"中国母亲"阿尼帕·阿力马洪和"当代雷锋"庄仕华医生30多年从医救助草原牧民的故事。

45分钟的列车故事会，陈宏教授讲得很生动，大家听得很入神，讲到动情处陈教授有点哽咽，大家眼角闪烁着泪花，中华民族血浓于水的亲情温润着人们的心田，流动的爱随着火车一路奔跑。

故事讲完了，接下来便是大家喜欢的文化旅游和经济科普类节目。小小的列车广播，深入浅出的讲解，大家听得津津有味，不知不觉2个多小时的旅途生活过去了。

德来提·卡德尔和吐尔逊·玉素甫是米尔班班组的名誉广播员。这些年他们坐火车开阔了视野，从列车广播中学到了技术、结交了专家朋友，找到了勤劳致富的新路子，办起了农业合作社，成为当地有名的致富带头人。

吃水不忘挖井人。铁路改变了他们的生活，他们也想通过列车广播带着大家一起改变。这些年他们和米尔班一起，把自己走出去看到的、在外面学到的、回到家乡做到的创业经历和生活体验创作成小故事，用生动活泼的语言与大家一起分享交流。就这样一传十、十传百，几年下来，大家在列车广播带动下，彼此走近成了朋友，"列车故事会"的朋友圈越来越大。

邵国安是新疆医科大学第五附属医院的一位主任医师，这些年他的医疗团队与"民族团结一家亲号"开展党支部联创共建，定期在列车上开展面向边疆百姓的义务诊疗救治，每年帮助数以千计的患者走出病痛。"列车诊疗室"成为"民族团结一家亲号"新的名片。

依孜江·苏里坦受慢性胃病困扰很多年，没有找到好的治疗方法，生活质量很低，一家人都很犯愁。

2023年春节，在外打工的他坐火车回家过年。看到"列车诊疗室"前人头攒动、络绎不绝的情景，也有点心动。他把病情和想法告诉了米尔班，小米二话不说，带着他来到的邵国安的诊疗桌前。

"阿达西（朋友），你哪里不舒服呀！"

"这样的感觉有几年了？"

"每顿饭能吃多少，睡眠咋样？"

邵大夫一边仔细了解病情，一边用血压仪、听诊器检测依孜江的健康状况。

依孜江汉语说得不好，米尔班一句一句帮着翻译，也不时为他加油鼓劲，眼神中流露着亲人般的期许和关切。

邵大夫长达一个小时的问询诊疗，基本摸清了依孜江的病因，也给了依孜江和米尔班坚定的信心。

后来依孜江坐上火车，跟着米尔班找邵大夫入院治疗，身体一天一天康复变好，美好生活从此开始了！

这些年，邵大夫、米尔班他们播洒人间大爱的善举一直在火车上延续，"民族团结一家亲号"给边疆老百姓带来了健康的福音，成为各族百姓争相赶坐的"幸福车"。

列车的优质服务被认可、经验在推广，从中央到地方，各种媒体资源齐聚向它汇拢。先后被授予全国民族团结进步先进集体、全国工人先锋号、全国青年文明号、全国三八红旗集体等10多项崇高荣誉。"民族团结一家亲号"一时成为社会关注的"网红"，受到老百姓的点赞好评，客座率长期保持在98%以上。

一切为了平安

每当踏上出乘的旅途、走进归途的列车，每当走近旅客身边，米尔班的心里只有一件事，用心做好服务，保证列车安全。

米尔班曾经对我说，她的安全感来自现场，只有和旅客走近，她的心才是最踏实的，这或许是铁路客运人本能的职业习惯。

2020年1月，湖北武汉暴发了新冠疫情，大地在寒冬的笼罩下沉睡了。"生命重于泰山。疫情就是命令，防控就是责任。"党中央发出疫情防控总的动员令。

春节、疫情、健康、国家、亲人、党员、组织……这些足够搅动人内心的词汇，在米尔班的心里不止一次地汇聚一种复杂的情绪。

窗外，漫天飞舞的雪花无声地荡落在天地之间，熟睡的孩子脸上挂着一丝甜甜的微笑，米尔班坐在沙发上，安静地翻看着微信群里的每一条信息。

米尔班拿起笔，找了一页红色的纸条，给熟睡的孩子写下了庚子年的新春祝福：

孩子，春节快乐！我们国家遇到了疫情，妈妈要离家工作一段时间，这个春节我不能陪你过年，这是我们共同的遗憾。待我们把疫情打败，我就带你去放烟花。

爱你的妈妈

2020年农历除夕

米尔班穿上深蓝色的大衣，给父母二老每人一个深情的拥抱，拉开家门，头也不回地奔向了车站。

她第一个向党组织递交了请战书。在最后的34趟连续值乘的日子里，米尔班和工友们越战越勇，信息核验、测温登记、卫生消毒、应急处置、重点人员交站，每一项工作都做得仔细认真，实现

● 米尔班巡视车厢，与乘车旅客亲切交谈

了疫情防控和春运工作的两战双胜。她们的战绩是安全运送旅客11.2万人，实现了旅客和乘务人员"零感染"。

这次疫情防控的逆行出征，她感觉自己对共产党人的初心和使命理解得更深了、体会得更具体了。

随后，新疆局部出现了5次疫情，每一次的出行出征，米尔班和她的班组都未曾缺席，党支部成为坚强的战斗堡垒。这一年，她被评为自治区道德模范，荣登10月全国好人榜。

走近米尔班，总能感受到她身上的阳光，也能被她满满的正能量感染。

安全是铁路的生命线，守护旅客平安米尔班看得比什么都重。

2022年3月17日，南疆铁路百里风区狂风肆虐、黄沙弥漫，火车被剧烈的大风吹得摇摇晃晃，铁路部门和旅客心里都有一种强烈的压迫感。

"T9528次列车长，接局最新调度命令，受百里风区大风影响，本次列车需在鱼儿沟站停轮避风，请做好车内旅客安抚和应急准备。"

"T9528次列车长米尔班收到，请您放心，保证完成任务！"

接到停轮避风的调度命令，米尔班有意让自己安静了片刻，平复了一会心情，接着按照程序向上级报告列车运行情况。

接下来，摆在她面前最重要的任务就是安抚好旅客的情绪，照顾好旅客的生活。这种情况虽然经常遇见，但是她做好了面对困难、接受挑战的准备。

短暂地与副班车长辛积玲和几名业务骨干商讨了应对方案，米尔班坚定有力地走进列车广播室。

"旅客朋友们，我是本趟列车的列车长，我叫米尔班，由于受前方大风影响，我们的列车需要停靠本站避风，给您的旅途带来不便，我代表乘务组全体人员向您表示深深的歉意。列车滞留期间，我们会竭诚为大家做好服务，感谢大家的理解和配合。"

"现在是临时停车，请各车厢列车员坚守岗位，做好各项服务。"

此刻，列车广播传递着最权威的声音。米尔班耐心细致安抚着旅客的情绪，一项一项向全列车厢做好工作提示。

从一开始的安静一片，到随之即来的旅客情绪激动、吵吵嚷嚷，场面开始出现一点混乱。年轻乘务员一时找不到应对的办法，有点慌了神。

危急关头米尔班成了大家伙的主心骨，她循环往复走进每一节车厢做旅客的思想工作，告诉大家不要慌乱，安全第一，眼前的困难很多，铁路部门一定会想办法解决，列车乘务组人员会竭尽全力守护好大家的平安，请大家积极配合，一起渡过难关。

联系车站值班员请求协助解决生活用水和食品供应问题，叮嘱客车检修人员做好车内供电、供暖，走到重点旅客身边安慰情绪、协调解决生活难题，指导各车厢做好旅客车票退改签工作……米尔班带领大家紧张有序开展工作。

车外的狂风像魔鬼一样发出恐惧的吼叫，沙尘笼罩下的茫茫四野暗无天日，列车就像一位钢铁战士坚定地挺立着。

长长的列车里，纷繁嘈杂的气氛安静了，各项生活秩序恢复了正常。大家在米尔班严谨有序的组织协调下，自觉节约用水，一起分享食物，相互鼓励打气，共同抱团取暖，一时间爱的热流在各族旅客的心里流淌。

3月18日凌晨，大风降低了等级，T9528次旅客列车接到了继续开行的调度命令，抖落满身的沙尘向着乌鲁木齐进发。此次大风滞留，大家有惊无险，旅途生活得到了很好的照料，可米尔班乘务组整夜一眼未合，连续工作了27个小时。

米尔班不是一名普通党员，她是班组党支部书记，平日里，支部创岗建区、立功竞赛、创新攻关、义务奉献、困难帮扶等活动开展得有声有色，她本人也曾荣获了自治区优秀共产党员和全国优秀党务工作者称号。

2021年7月1日，天安门广场彩旗飘飘。米尔班应邀参加庆祝中国共产党成立100周年大会。在《歌唱祖国》激昂的乐曲声中，在"请党放心，强国有我"的整齐呼号声中，自豪与光荣的浪花在心里起伏波动，观众席上的米尔班热泪盈眶。

列车不舍昼夜奔跑在千里铁道线上，车外车内各种复杂的情况都可能遇到，但守护旅客平安始终是米尔班坚定的信念。

就在前些日子上车采访当中，我们目睹米尔班乘务组鏖战风雪夜的一幕。

当时，南疆大地风雪交加、寒冷刺骨，疾驰的列车裹挟着大风卷起的雪粒，嗖嗖地从列车的门缝吹进了车内，车门口积雪覆盖、冰冷湿滑，旅客安全出行受到了威胁。

"各车厢列车员请注意，今天我们的列车遇到了风吹雪，大家要每隔半小时清扫一次车门口和通过台的积雪，用热抹布擦抹门檐防止车门冻住。列车安全无小事，大家一定要标准作业。"喀什发车后，米尔班认真部署着车内的重点工作。

风雪就像凶残的敌人，一波接一波地来回侵扰。米尔班就像镇守阵地的英勇战士，顽强击退了敌人一波又一波的凶残进攻，从入夜时分打到了第二天的晌午时分。

采访中米尔班反复说："我是党员，就是要比别人多干一些，我要走在大家的前面。"米尔班入党时间并不长，但党在她心里的地位很高，党的事业在她肩上的分量很重。

温暖的车厢

在客运工作岗位上工作了 24 年，旅途是米尔班最熟悉的环境，旅客成了她最深的牵挂。

我也曾经问过米尔班，你在客运工作岗位上曾经帮过多少人？她的回答是："不记得了，也没记过，天天都会碰到，时时刻刻需要做好，这是我的工作。"

但是翻阅米尔班的手机通讯录，里面保留着 600 多名旅客通信信息，有 200 多人还经常保持联系。在他们眼里，米尔班是可信可交的、是一位可以做朋友的"铁路人"。

张美艺就是其中的一位，她和米尔班萍水相逢在火车上，5 年的光阴交替，她们的友谊也因火车的奔跑而不断延伸。

2018 年 1 月 2 日，辞旧迎新的美好写在了人们的脸上。米尔班在出乘当中迎来了新年。

T9527 次旅客列车到达阿克苏站，天上飘起了零零星星的雪花。

200 多位旅客在列车员的引导和提示下已陆续入座。大家接水泡茶、分享美味，很快就相互熟悉了，一起有说有笑，向着首府乌鲁木齐快乐进发。

8号车厢11号、12号下的两位旅客安静地坐在铺位上,望着窗外一言不发,眼神里带有几分苦涩。

"大娘、小妹,新年好!我是本次列车的列车长,我叫米尔班,旅途当中有需要帮助的事,您就给我说。"米尔班做完自我介绍,开始了她的列车巡视检查。

半个小时后,当她巡视返回到8号车厢时,看到12号下的那位年轻女士一个人站在车厢门口,一边哭泣一边打着电话,内心的伤感和痛苦写在脸上、落在泪中,看上去有几分无助和可怜。

直觉告诉米尔班,她们母女遇到了困难。待女士情绪平稳后,米尔班带着善意相助的想法,了解了她们的处境。

这位小妹叫张美艺,是一位年轻的美术老师,父母早期离异,是家里的独生女。母亲张桂芝58岁,前不久被医院诊断患了恶性肝部肿瘤,需要到乌鲁木齐转院复诊治疗。

噩耗降临、未来不可预知,张美艺和她的母亲遇到了人生最大的困难。

同情和善良牵引着米尔班走向了她们母女的生活。旅途当中,她嘘寒问暖、端茶倒水、寻医问药、细心安慰,尽其所能给予关心和照顾。

临下车前,米尔班主动加了张美艺的微信,提示以后看病坐车有困难就找她。

后来的日子里,每次的定期检查治疗,张美艺总是算好行程,赶乘米尔班的车去看病。除了列车上关心照顾,退乘后她还帮着张美艺一起照顾母亲,困难当中搭把手帮她渡过难关。

6年过去了,老人带着不舍离开了人世,米尔班成为张美艺在

● 米尔班·艾依提作为乘务党支部书记，带领大家面向党旗宣誓

这个世界上的一位亲人。

依明提江曾经是米尔班服务帮助过的一位旅客，也是一位阳光开朗的帅小伙。3年前，他和米尔班乘务组之间，有过一次感恩一生的生命接力。

2021年3月5日，夜幕降临，T9527次列车驶过轮台站，向前方站库车疾驰前行。

"报告车长，情况危急，我们车厢一名旅客面色发青，手指颤抖，情况危急，请您帮助。"对讲机里传来7号车厢列车员古丽沙紧张求援的声音。

"不要慌乱，我马上过来。"米尔班坚定地说道。

"广播员，抓紧广播联系找医生，7号车厢有位重病旅客需要救治。"米尔班边走边向广播员安排布置工作。

米尔班到场看完情况后，直觉判断可能是心脏病发作了。她提醒周边的旅客保持安静，其他人回到各自的铺位上，给患者腾出一个相对宽松的空间。

递上一杯温热的开水，掏出几粒速效救心丸，米尔班用简短的语言和坚定的眼神鼓励依明提江一定要挺住。

不一会，车内一名热心的医生旅客赶到了，通过一番简单的专业治疗，患者的病情稳住了。米尔班和所有的好心人不间断地陪在他的身边，送去亲人般的关心和温暖。

此刻的依明提江半躺在床铺上，一言不发，眼角间含满了泪水。

米尔班紧张的心情平静了一些，接下来她与前方库车站做好工作对接，帮助依明提江联系好医院、准备好轮椅、提前约好 120 救护车，护送依明提江入院治疗。

一场 2 个小时的生命救助，寻医找药、紧急抢救、转送医院，每一个关键环节米尔班都在用秒计算。由于得到及时治疗，旅客依明提江病情稳住了。后来，依明提江到首府乌鲁木齐的大医院做了手术，他的先天性心脏病被彻底治愈了。

再一次乘坐"民族团结一家亲号"的旅途当中，依明提江在旅客留言簿动情地写道："这是一列有爱、有温度的火车，在这里能够感受到社会的温暖、人性的善良、团结的力量和新疆的美丽。唯愿石榴花开，永不凋零！" 3 年过去了，这次难忘的经历、这段温暖的话语，成为依明提江留存心底的一段美好记忆。

从死亡边上重新走回阳光灿烂的生活，依明提江从未忘记铁路的恩情，始终把米尔班乘务组当作自己的亲人。大学毕业后他报名参加了新疆铁路用工招聘，成为一名铁路客运工作者，做了米尔班的同事。

流动的车厢，偶然的相遇。人与人之间更多的只是一面之缘。然而，"民族团结一家亲号"上的真情相助，让苏晓娣收获了"欣辰"这个好听的网名，从火车上走出了人生的"新程"。

2019年2月26日，米尔班值乘的T9527次列车刚刚驶过和硕站，正在巡视车厢的米尔班接到列车民警的电话，请她到餐车一起商量点事。

常规的经验告诉她情况可能不太好，她放下手中的工作急忙向餐车走去。

"米车长，我们刚才接到车站派出所打来的电话，说是有一个13岁的小姑娘可能乘坐我们的列车离家出走了，家长找人心切，请求我们协助找人。"

米尔班悬着的心稍微放松了一些，她向民警认真了解完女孩的相貌，记录下女孩的身份信息，抓紧开始安排布置，全列开始身份核验。

通过初步的信息确认，女孩就在本次列车上，可她并未对号入座。长长的18节车厢，43%的列车超员，要想快速找到并非易事。

为了防止过多的惊扰产生，米尔班安排休班的乘务员两人1组，组成4个组，自己带着1个组，按照分工逐个车厢开始找人。

30多分钟过去了，依然没有消息。前方到站是客运大站库尔勒，上下车的旅客很多，万一小女孩混下车厢，就更不好找了。

万千思绪纷扰，急切的眼神搜寻着每一个角落，米尔班额头上挂满了汗珠。

9号车厢来回2次检查，厕所门一直处于内锁状态，米尔班敏锐地感知到了一些异常。

"咚咚咚，咚咚"米尔班敲起了9号车厢的列车门，连续敲了10多下，无人应答，也无人开门。

"打开看看。"米尔班向旁边的乘务员说道。

车门打开后，一位身体娇小的女孩蜷缩在地上，用一个指头粗细的绳子正在勒紧她的脖子，脸色通红，一脸茫然。

米尔班冲上去一把抓住她的手，慢慢地松开绳子。看着小姑娘脖子上勒出的一道道深红色的血痕，米尔班心疼地掉下了眼泪，一把把她紧紧搂在怀里。经过一番语重心长的情绪安抚，小女孩放弃了轻生的念头，米尔班牵着她的小手走向了宿营车。

米尔班给小女孩倒了一杯水，像姐姐一样轻轻地抚摸着她柔弱的后背。安静的环境里，小女孩紧紧地依偎在米尔班的身边，像只受伤落单的小鸟，一言不发。

静默了一段时间，小女孩慢慢地向米尔班说出她离家出走的缘由。

原来，她叫苏晓娣，今年13岁，上初二。由于父亲痴迷赌博把家里输得一干二净，母亲天天吵着闹着要离婚，家里不是"火山爆发"，就是"冰如南极"，她对人生产生了绝望，有了离家出走和轻生的念头。

米尔班非常同情可怜她的处境，经过一番开导，苏晓娣答应她回到家里，重返校园。

分别时，她们加了微信。米尔班送她一个网名"欣辰"，希望她的人生走过所有弯路，从此便是"新程"。

后来，她们经常保持联系，把彼此当作亲人。"欣辰"的父母接受了这次惊心动魄的教训决定痛改前非，她们的小家回归了从前的温暖，"欣辰"重新找回了阳光快乐的校园生活。

爱在旅途的牵挂，不是一张绚丽的彩页，而是一本素装的绘本，故事取材于石榴花开的列车，生动演绎着人世间的真善美。

扶贫在路上

在"民族团结一家亲号"列车上，去南疆四地州驻村、结亲、对口支援的干部、工商企业家是登车入座的常客。

这几年，旅途当中大家谈话聊天、交流最多的话题就是脱贫攻坚、乡村振兴，就是希望南疆的老百姓过上好日子，希望南疆大地越来越美，这是所有人的心愿。

2019年七一前夕，米尔班带着班组12名党员，到铁路系统对口支援和田县的驻村扶贫点参加义务劳动和主题党日活动。

看到铁路部门为当地老百姓脱贫致富奔小康建起了学校，办起了农产品加工厂，成立了农业合作社，建起了铁路主题文化广场，火车头暑夏夜市、铁路职业技能培训中心等各项扶贫产业蓬勃发展，一幅欣欣向荣的喜人景象，米尔班也很想加入其中，努力为脱贫攻坚和乡村振兴作一些贡献。

活动结束后，米尔班悄悄走到驻村副领队，也是她曾经的队长艾尔肯·肉孜身边，汇报她的想法和打算。

"艾队，脱贫攻坚是全国的大事，我们也想为国家和当地老百姓做点事！"

"这是好事呀，非常欢迎。"艾队长表明了自己的态度。

我们可以在火车开展农副特产宣传推介，还可以举办列车流动

"巴扎"，搞列车直播带货应该很不错，列车展销会也可以尝试尝试……大家围坐一起，你一言我一语，说得津津有味，美好的愿望逐渐变成了清晰的思路。

说干就干，休班时间，米尔班就带着班组的小年轻做起了义务"推销员"，她们带上样品请旅客品尝，挨个车厢做起农副特产推销员、非物质文化宣传员。核桃、大枣、石榴、巴旦木一单一单发往了全国各地。她们推出的"扶贫信息板"前也是人头攒动，南来北往的旅客把爱心通过火车传递到和田地区的千家万户。

一年下来，她们车班就能帮助200多个贫困家庭销售干果1万多公斤、水果700多箱、馕饼1万多个。

谢光明是一位搞农产品深加工的投资商，经常坐火车考察市场、了解货源、采购原料，时间长了米尔班就和他熟悉了。

旅途当中，谢老板和乘务组人员一起分析市场、讨论销售，一起展望南疆的发展前景，大家真诚交流、彼此信任，慢慢地就围绕着产和销的生意往来谈到了一起。

"谢总，我有一个想法不知当说不当说？"有一次交谈当中，米尔班不假掩饰问起一个藏在心底的话题。

"你说，有啥需要帮助的我也乐意尽力。"豪爽的谢老板回答也很爽快。

"我们了解的和田县罕艾日克村30多户农民种的核桃大枣卖不出去，农户很犯愁，想请您实地考察看一下。"

谢老板读懂了米尔班话里的特殊意味，米尔班她们也愿意帮着谢老板多做一些品牌宣传和线上带货，互利双赢，一项长期合作的意向就这样达成了。

原来列车旅途生活也可以这样度过，火车的商务功能还可做强做大。为了父老乡亲过上好日子，米尔班愿意尝试一切可能。

每当一些旅游团上车，她就发挥自己本地熟客的优势，耐心细致把南疆的风土人情介绍一遍，吃的喝的、玩的看的，一本完整的旅游攻略装在心里、挂在嘴边。大家听得认真、玩得开心，纷纷为这位"火车旅游形象大使"点赞、送上好评。

"小康路上，一个也不能少。""共同富裕路上，一个也不能掉队。"米尔班把习近平总书记的话牢牢记在心间。这些年，她努力把工作边界向社会延展。

卡依木·马斯米和妻子吐尼萨汗·买买提明是米尔班在和田县结下的"亲戚"。一家五口人靠种地过日子，家里光景有点捉襟见肘，是徘徊在扶贫线上的困难户。这些年米尔班一有时间就到"亲

● "民族团结一家亲号"列车首发，列车工作人员与车上重点旅客结亲，旅途做好重点服务工作，填写结亲卡合影留念

戚"家做客，给他们带去衣服和生活用品，鼓励引导夫妻俩农闲时节走出家门去打工，多找一些收入来源。

吐尼萨汗性格内向胆子小，不敢与人交往沟通，在米尔班耐心细致的引导下，她的性格慢慢变得开朗，后经米尔班牵线搭桥，她在铁路驻村工作队的地毯厂找到了工作，月收入2000多元，吐尼萨汗干得很认真，心情好了很多。

卡依木·马斯米在米尔班的引导下，在自家果园搞起了农家乐。他的餐饮取材全部是自己养的、亲手种的，他靠勤劳和诚信创业，餐桌上的大盘鸡、抓饭、烤肉味美量足，好口碑越传越远。米尔班看到"亲戚"家的日子越过越好，打心眼里为他们感到高兴。后来，米尔班在列车上帮助他们做宣传、做推介，他们的农家乐成为当地旅游的一处网红打卡地。

米尔班是一个热心肠的人。2019年9月，一次出乘务路上她认识了阿依古丽一家。

阿依古丽长得白皙干净，在乌鲁木齐职业院校读高职。一家人想着盼着她能找份好工作，帮助家里分担一些经济压力。年轻懂事的阿依古丽也有负担，她也时常为找工作犯愁。

"阿依古丽，铁路工作你感兴趣不？"米尔班试着问道。

"我可以来铁路工作吗？"阿依古丽眉梢之间露出几分惊喜。

"你的专业符合招聘条件，你可以关注中国铁路人才网，报名尝试一下，说不定会成功的。"

2020年7月，阿依古丽和20多个同学报名参加了新疆铁路招聘，她成了像米尔班一样的铁路客运乘务员，有了稳定的工作，找到了人生的理想，全家人都沉浸在崭新的幸福当中。

幸福的车班

米尔班说，我是幸福的，因为我生活在一个温暖的集体里。

党组织给了她很高的荣誉，她说荣誉属于大家并非她个人，因为这是一个团队共同努力的结果。

米尔班做人低调，光鲜亮丽的场合她去过很多次，可她从不发朋友圈，她说工友们还在辛苦的工作岗位上，她得到的已经足够多了。

近两年，"民族团结一家亲号"享誉全社会，米尔班也是众人皆知的明星人物。车队6个班组你追我赶，暗地里较劲比拼，10名劳务工人员先后转正、19人考上了列车长，车队上下争先进、当先进的氛围很好。

李福贤是在米尔班乘务组当中个头最高、年纪最小的一位，2019年2月，从别的乘务组转岗到米尔班班组。平日里戴一副细长的眼镜，特立独行，很少与人交往，有一种看淡一切的"老练"。

值乘当中他干工作米尔班总是不放心，月度抽考也是勉强过关。平日里对他的提醒、批评，李福贤从来不反驳也不争论，左耳朵进右耳朵出，一副满不在乎的样子。

一次车班开展车内卫生专项整治，米尔班在班前特意把卫生盲区给大家做了提醒。当她回头检查时，发现其他人的工作都做到位了，只有李福贤的车厢卫生状况毫无改观。他站在通过台处，手拿着一块抹布，一会对着板壁轻轻划拉一下，一会对着窗户向外张望，一副敷衍了事的样子。

"阿福，干得咋样了？"

"我在擦呀！"

"哎，哎，我就不说你了！"米尔班有点着急，拿着抹布做起了示范，不一会，眼前的板壁被她擦得铮亮。

李福贤站在旁边看了一会，有点不好意思了，咧开嘴微笑着、挠着头，做出一副看懂了、学会了的样子。

"阿福，工作是门脸，是自己的不是别人的。"米尔班微笑着对李福贤说道。

后来的日子里，李福贤好像悟到了工作的真谛，状态一天一天变好。大家都为他点赞，向他送去尊重和欣赏的目光。

为了让李福贤能够快速得到提升，米尔班专门为他定制了"实训套餐"。出乘前讲解提问、值乘中手把手教、退乘后给他"开小灶"。

"米车对我们很严格，车门自互检、旅客乘降组织、行李架调整、厕所清洗消毒、每名重点旅客的情况，我们都要铭记于心，容不得半点马虎。"李福贤深有体会地说。

今天的客运作业流程是什么？重点旅客如何照顾？旅客烫伤如何紧急处理？每次出乘，米尔班对李福贤就开启了"轰炸"模式，时不时地追踪提问，逼得李福贤无处可躲。

2023年4季度的职工技能考试就在眼前。为了让乘务组成绩再上一档，米尔班根据乘务组每个人的薄弱环节，查漏补缺、针对性辅导。

考试成绩公布后，李福贤迫不及待地找到米尔班。"米车你知道吗？你都把我的考试逼到了90多分，从及格档提升到优秀档，这对我来说，简直是质的飞跃啊！"李福贤说这话时，语气里满是自豪和感谢。

在深入现场、深入生活采风当中，在和班组、列车的同志们采访聊天当中，我们仿佛也找到了"民族团结一家亲号"成功的密码。

访谈当中，每当问起"民族团结一家亲号"为啥能够成功、靠什么长久保持一流，大家谈了很多，但有一个共同的答案就是团结。

正如大家所谈的那样，"民族团结一家亲号"因团结而生，也因团结而兴，团结就是这个车队鲜明的标签，也是米尔班班组最为珍视的精神财富。

辛积玲和米尔班搭对班，也是一组的副班车长。工作中俩人是搭档、更像姐妹，相互关心、相互补位。近两年，米尔班受邀参加活动比较多，班组管理辛积玲就相应要多操心，可小辛没有丝毫怨言，相反还很支持。2022年她通过自身努力，实现了劳务工的身份转正，成为一名正式的铁路职工。

王继雯、于清淼、解小婷是近年来分配的大学生，每个人也都是预备列车长，年轻人阳光向上，干工作积极主动，各自特长发挥得都很好，在很多工作上能独当一面，是米尔班的得力助手。

高莉莉、热依莎，还有从班组走出的张艳、杨萧，她们的业务能力都很强，每次技能比武和业务考试，都能拿上好名次，给班组争了光、添了彩，给年轻人树立了好榜样，是这个团队的未来之星，也是米尔班的骄傲和自豪。

达尼尔、李福贤虽然工作上让人有点不省心，但是生活中乐于助人、讲革命友谊，遇到突发紧要关头，他们总能站出来顶得上。

达尼尔歌唱得好，李福贤脾气性格好，两人集体荣誉感都很强，属于班组的黏合剂，大家谁也离不开谁。

采访期间，聊起工作之余的幸福往事，大家七嘴八舌奉送了一桌快乐"大餐"。大年除夕包饺子、剪窗花贴春联，买上蛋糕上车过生日，退乘后结伴看电影、逛商场，到郊外南山野炊烧烤……每个人都心存一份美好。

大家在一起，开心大于烦恼，友谊多于分歧，但有一个共同的愿望就是希望"民族团结一家亲号"越来越好。

米尔班所在的"和特一组"现有31名职工，10人家住库尔勒，乌鲁木齐退乘后还要转乘回家休息，500公里的路途很辛苦也很不方便，车队有意为她们调整一下班组，可大家同声说道："我们就要在一起！"米尔班和大家说起这些，眼角挂着泪水。

2024年元旦，米尔班告别家人踏上乘务旅程。临行前，12岁的儿子比力送她一个新年礼物。忙完一天的工作，米尔班打开儿子送她的珍贵礼物，礼物是一本关于妈妈的相册和写给妈妈的新年问候。相册记录着青春的奋斗足迹，问候温暖着妈妈的心田。

音乐轻放、时光悠闲，坐在"民族团结一家亲号"列车上欣赏窗外的美景。阳光明媚、春风吹拂，千万株石榴花吐露着红色的芬芳，在南疆铁路两边的千里沃野上盛然绽放，米尔班和生活在这片土地上的人们，喜笑颜开、意气风发，奔忙在新时代的征程上。

创作手记

两次全程跟车体验生活，七八次与她的家人、同事开展座谈交流，10多次面对面采访，我们对米尔班有了新的认识，她的形象也更加清晰起来。米尔班热爱铁路、刻苦学习、争先创优、守护安全、用心服务、维护民族团结的故事很精彩、很感人。走近米尔班，总能感受到她身上的阳光，也能被她满满的正能量感染。

她是一名金牌列车长，干工作积极主动、标准很高、责任心很强。她所获荣誉很多，但她很低调，总说荣誉属于集体，成绩是大家干出来的。米尔班是一位党支部书记，她对党的感情很深，心里装着各族旅客，做客运服务用心用情，是南疆千里铁道线上一朵鲜艳的"最美石榴花"。

斯朗旺扎

天路开来"复兴号"

——记青藏集团公司格尔木机务段运用一车间指导司机斯朗旺扎

王 华

2021年6月25日，举世瞩目的拉林铁路开通运营，彻底结束了藏东南地区不通火车的历史，标志着我国首次实现了复兴号对31个省区市的全覆盖，"坐上动车去林芝"成为现实。

10点30分，被大家亲切地称为"高原绿巨人"的D2021次复兴号整装待发。明亮的司机室里，身着整洁制服、戴着大盖帽的首发司机斯朗旺扎努力平复着激动的心情，正有条不紊地做着发车前的各种准备工作，他大声呼唤道："司机室门窗锁闭。出站信号双绿灯，拉萨南方向出站信号好了。"

这时，车载电话里传来车站的发车通知，他立即回答道："D2021次列车，拉萨站1道对拉萨南方向出站信号好了。司机明白。"

斯朗旺扎是青藏集团公司格尔木机务段运用一车间的指导司机，和许多人一样，这个激动人心的时刻，他期待了很久。只见他全神贯注地紧盯前方，熟练而稳健地提起了手柄，复兴号在万众瞩目中，缓缓驶出站台。

此时，拉萨站已经完全沉浸在一片欢乐的海洋里，当地群众身着节日盛装，载歌载舞，用发自内心的动听的歌声和优美的舞姿祝福祖国繁荣昌盛，祝福中国速度不断创造新的辉煌。

此刻的斯朗旺扎禁不住心潮澎湃，眼眶潮湿。身为西藏第一条电气化铁路上第一代藏族火车司机，为追寻多年前那个深藏在心中的火车梦，这期间，他不知道克服了多少不易和困难，付出了多少努力和汗水。

工作 16 年来，他先后在青藏线、拉日线、拉林线上担当机车乘务工作，驾驶过东风型、和谐型等多种车型，分别获得了青藏集团公司雪域先锋司机、青海省青年岗位技术能手和国铁集团授予的全路技术能手等荣誉称号。截至 2024 年 6 月底，他已经实现了安全总走行 721082 公里，安全行车 3001 趟的好成绩。

作为一个从西藏农牧区走出的藏家孩子，如今，能在自己家乡开着我国自主创新研制的高原内电双源动车组"绿巨人"驰骋，这既是他职业生涯里的高光时刻，也是人生中最大的荣耀。

放牧少年的铁路梦

1987 年 5 月，斯朗旺扎出生在西藏昌都市洛隆县马利镇布许村。

这是一个经济比较落后、相对封闭的藏族村落，平均海拔 3900 多米，村子里的人主要是以种植青稞和放牧牛羊为生，识字的人没有几个，而斯朗旺扎的父亲就是其中一个。

父亲常年带着一本藏历日历，经常有人请他帮忙看哪天适合

斯朗旺扎

动土、耕种和嫁娶。他为人和蔼，正直善良，在村民中有很高的威望，谁家兄弟闹矛盾，或者两家为了什么事情吵架、打架，都喜欢找他评判是非道理。

在斯朗旺扎的心里，他一直想成为父亲那样的人。

小时候他最喜欢那本父亲随身携带的藏历日历。听说去学校就可以和父亲一样看懂上面的那些藏文，不到上学年龄的他，便经常跟着村里大一点的孩子去学校上学，作为一个"编外"学生，他听课非常认真，有模有样的。

让斯朗旺扎记忆深刻的是，在他正式上学的第一天，父亲郑重其事地对他说，进了学校你就是一名小学生了，坐在教室里一定要好好读书，争取以后走出大山。

小小的斯朗旺扎点点头，把父亲的这句话记在了心里。

当时，村里的小学只有一、二、三年级，学生上到四年级时，就要去乡里的小学，小学毕业再到县里去上初中。在学校里，斯朗旺扎一直特别自律，早上不用人叫就能早早起床，天气再冷，也阻挡不了他上学的热情。

他发现上学是一件非常有意思的事情。从藏文的30个字母到组词造句，从藏文数学的一二三四到加减乘除，他都特别感兴趣，学得也非常认真。

他喜欢学校，恨不得一天24小时都待在学校。冬天，如果碰到下雪，就算已经放学或者放假，他也一定会叫上小伙伴去学校扫雪，后来，父亲还专门给他做了一个木头推子，让他拿去校园除雪。

13岁上初中那年，一个偶然的机会，他在老师的办公室里看到了一张藏文报纸，那上面是关于修建青藏铁路格拉段的消息，和这条消息在一起的，是一列火车在原野上奔驰的图片。

这是他第一次将学过的"火车"这个名词和具体的实物联系起来。老师告诉他："西藏也要通火车啦，到那时候，我们就可以坐着火车去好多好远的地方。"

周末回到家里，他高兴地把这个消息告诉了在外打零工刚回到家的父亲。

父亲说："我也听那些开大卡车的汽车司机说了。你知道吗？他们有人见过铁路呢。听说这火车不但比汽车要大很多，还跑得特别特别快，鸣一下，像闪电一样，我问了，说是10个汽车加在一起也比不过一个火车。"

斯朗旺扎说："阿爸，我长大后想开大大的那个火车，然后拉着你和阿妈快快地远远地跑。"

父亲说："那你得好好学习，要不然你这就是一句空话。"

心中有了这个遥远而美好的梦想，斯朗旺扎学习劲头更大了。

到县里上中学的时候，由于距离遥远，必须要住校，一两周才能回一次家。学生宿舍由一个大仓库改建，是大通铺，被褥都是自己从家里带，里面一般住着三四十个学生。

到县里读书后，斯朗旺扎才发现，尽管之前自己一直成绩优异，可是和从小在县城上学的同学相比，还是有很大差距。这个发现，让少年的斯朗旺扎感到非常难过，他感觉自己要实现那个美丽梦想的心愿变得十分渺茫了。

可好强的他不愿意轻易服输，他比以前更加努力了。没想到，一学期下来，成绩根本没有提上去，在班里的排名也还处在中下游。

斯朗旺扎

回到家里,父亲问他的成绩,他难为情地哭了。

父亲说:"这一点点事情就让你灰心了吗?一次不行,两次啊,两次不行,还有很多次嘛。你要记住,我可不愿意要一个轻易就认输的儿子。"

假期,他赶着家里的牛羊去放牧,学习上的挫败感,让他在放牧的时候也有点心不在焉,结果有一天傍晚回到家,才发现家里的羊丢了几只。想到为了一家而整天辛苦奔忙的父母,斯朗旺扎非常惭愧,急得差点哭了。

他决定骑马出去找回那几只丢失的羊。

母亲看天色已晚,说等明天再去吧。

父亲却很支持他,说:"既然是你弄丢的,那就得你去找。"

就这样,斯朗旺扎连晚饭也没有吃,只是在怀里揣了几个糌粑,便乘着月色出发了。

第二天上午,当他拖着满身疲惫赶着那几只丢失的羊回来时,家里人才知道,为了把自家羊从别人家的羊群中赶出来,斯朗旺扎摔到了路边的水沟,导致锁骨骨折。

尽管很疼,可是羊找回来了,斯朗旺扎还是非常高兴的。

这件事也让斯朗旺扎意识到,一件事,要么不做,要做就得做好。

新学期伊始,斯朗旺扎像换了一个人一样,干什么都是书不离手,就算是有人嘲笑他"装",他也毫不在乎。

在宿舍,因为那么多人住在一起,晚上就算是想看书也根本安静不下来,宿舍永远都是乱哄哄的。他就闹中取静,一个人默默坐在铺上回想白天学过的内容。早上,在大家都还睡觉的时候,他已经拿着书跑到学校外面的河边，在潺潺的河水声和清脆的鸟鸣声中开始了大声诵读。

一个学期下来，他的学习成绩进步了不少；第二个学期下来，他竟然考了全班第一。这个成绩让老师和同学们对这个山里来的学生刮目相看。

学习成绩好了，斯朗旺扎也自信了不少，终于有一天，他鼓起勇气问班主任老师："老师，我以后想开火车，考什么样的学校才能上铁路呢？"老师告诉他，可以报考铁路学校。

就这样，在中考时，他毫不犹豫地填了铁路学校。当中专录取通知书送到村子里的时候，斯朗旺扎正好在舅舅家，父亲第一时间托村里的人骑马去接他。听说自己被兰州铁路机械学校热力机车专业录取的那一刻，一直担心自己考不上的斯朗旺扎终于开心地笑了，天生有一副好歌喉的他禁不住唱起了欢乐的歌儿。

● 斯朗旺扎在列车司机室内确认运行区段线路信息（摄影　周悦翔）

斯朗旺扎

这个消息也让整个村子都沸腾了。

谁也没有想到,这个看上去平平无奇的少年竟然凭借自身勤奋和努力,成了第一个走出这片大山、要出去见世面的孩子,这可是祖祖辈辈生活在这里的人们从来没有见过的事情。

2003年9月,怀揣着录取通知书,16岁的斯朗旺扎第一次走出了家乡,求学的路漫长而充满希望。他从村里出发,先是骑马到镇上,再从镇上搭汽车到拉萨,然后又坐长途班车一路颠簸到了格尔木,在这里,他登上了去兰州的列车,等终于到了位于兰州的学校时,已经是第六天了。

第一次坐上火车,斯朗旺扎感觉跟梦境一样。原来火车真的是像父亲说的那样,比汽车大很多,也比汽车快很多,更重要的是,火车一点也不像汽车那么颠,它很稳,稳得可以让人们在车厢里走来走去。

在学校报到后,这个土生土长在藏区的少年才真正感觉到,自己做了那么久的铁路梦,终于变得清晰而真实起来了。

跨越语言障碍

来到兰州,对一直在藏语环境中出生、成长和学习的斯朗旺扎来说,摆在他面前最大的障碍就是语言关。

小学三年级前,斯朗旺扎从没有接触过汉文学习,去乡里上小学四年级时,学校才有了汉语。对母语是藏语的斯朗旺扎来说,学习汉语的难度还是非常大的。没有从家乡考出来之前,汉语学习仅限于在学校的课堂上,日常交流也没有相应的语言环境。当然,对汉语的掌握是否熟练和学习的好坏也看不出有什么明显的关系来。可上中专后，对只在学校学习了6年汉语的斯朗旺扎来说，无论是学习课本上的知识，还是在校园里生活，汉语都成了他最大的"拦路虎"。

所有的课本都是汉语书写，身边的人都是汉语交流，突然置身于这样一个全新而陌生的环境，让斯朗旺扎感到非常茫然而不知所措。

尤其是在宿舍里，听到其他人说说笑笑，而自己除了能听懂一些词语外，他们说的什么事情他根本听不明白，想到不知该怎么跨越这语言的难关、该如何拿下这4年的课程，他躲在被窝里默默地哭了。

初来乍到，又水土不服，他连续十几天都在拉肚子。身体的不舒服，交流的障碍，让这个藏族少年感到了从未有过的挫败感，他在心里暗暗打起了退堂鼓，他要告诉父亲自己打算退学的决定。

他用IC电话卡打通了村里的公用电话，被叫来接电话的父亲听到他的想法后，说："不懂？不会？那就慢慢学啊，你给我记住，我可不愿意要一个轻易就认输的儿子。"

斯朗旺扎听了，知道这件事情再也没有商量的余地。父亲生硬和态度坚决的话，让他蓦地想起了刚上初中时的情景，骨子里那股不愿意服输的劲头被父亲再次激发了出来。

对于一个出身农牧家庭的孩子来说，能在大城市上学，而且学的就是自己一直心心念念的铁路专业，这该是多么幸运的事情，自己怎么能被眼前这困难吓住呢？

想通了这个道理，性格有些内向的斯朗旺扎开始有意识地和同学主动交流，说不明白时，就写在纸上，然后认真地让人家教他怎么说。

对于这个来自西藏的同学，其他的学生也是充满了好奇，课间或者休息的时候总喜欢向他问这问那。每当这个时候，斯朗旺扎都会把这当作一种学习的机会，认真而耐心地连说带比画地解答。慢慢地，他已经可以用比较流利的汉语和大家进行日常对话交流。

最难的还是学习上的。随着时间的推进，学业的专业性越来越强，那些方块字组成的专业名词和专业知识，于斯朗旺扎而言，难度简直不亚于登天。死记硬背可以，可要是理解和学懂弄通，他需要下更大的功夫。

于是，他把弄不明白的概念和知识点写在笔记本上，问老师，问同学，4年时间里，他成了有名的"问题"学生。每天早上，他几乎都是第一个冲进教室，晚自习，他一次也没有耽误过，总是最后一个离开教室。他要记住和要弄明白的东西实在是太多了，他要抓住在学校的每分每秒，如饥似渴、废寝忘食地学习。

为了在学习上不掉队，迎头赶上，不做那个父亲不认可、轻易认输的孩子，4年中专学习，他只回过一次家，是班里公认的最用功的学生。假期里，除了吃饭、睡觉、踢足球、打篮球外，他把时间差不多全部用在了学习上。

就这样，好学而自律的他经过努力，不但突破了生活和学习上的语言障碍，成绩也飞速提升，很快便名列前茅。

毕业后，他被分到了西宁机务段运用车间。多少次在梦里梦到的场景变成了现实。当他看着段内那些轰隆隆进出的巨大的机车时，内心充满了激动。

然而真正作为学员，跟着师父张银刚走进机车时，他才发现，4年在中专学的理论专业与实际还有很大的差别，光是机车上那些他根本叫不上名字的零部件，就足够让他眼花缭乱、应接不暇，更不要说接下来要面临的新挑战和考验——《技规》《行规》等各种规章制度了。他也才知道，上了班，干上了机车乘务员，要学的还有很多。

从学员到副司机，再到司机，他有很长的一段路要走。

每次出乘，检查机车，张银刚总是会带着他认识那些零部件，途中，会告诉他一些在实际操作中的专业知识和注意事项，退勤时，每次都不忘给他布置一些"家庭作业"，比如《技规》里多少条是什么。到下次出勤，便会让他背一下，背完，还要问他是什么意思，背得好，也不说什么，要是背得结结巴巴，他就会板着脸说，年轻人，这样可不行。

刚开始，斯朗旺扎觉得这个师父真是太严厉了，心里有点不以为然，但又害怕被说，虽然心里很有意见，却不得不按照师父布置的作业认真去背诵。有时候他也会有情绪，尤其是前一天很晚才下班回来，第二天又叫班了，根本没有休息过来，还要惦记着师父布置的作业。他就觉得好累，但张银刚可不管这些，只要走车，就会雷打不动地抽考他。

这让斯朗旺扎很是郁闷，直到上班半年后，一次车间规章考试，在众多的学员当中，斯朗旺扎考了第一。尝到甜头的斯朗旺扎对师父充满了感激，从此不再在心里抗拒师父的这种教授方式了。

就这样，即使后来和师父不在一个车上，他也养成了良好的学习习惯，没事就会拿出规章制度，默默地在心里记诵。从学员到副司机的几年时间，在车间组织的各种笔答考试中，每次他都会取得好成绩。

就在他自以为开火车指日可待的时候，有人却给他泼了冷水："别看你回回在纸上考得好，我敢说你肯定考不上司机。"

他不服气，也觉得很没面子，便问："凭啥啊？"

人家说："你在实作考试中能说利索？"

他不信。

但事实证明，人家没有说错。

想要成为一名合格的机车司机，就必须要在理论考试和实操考试中过关。理论考试的内容包括规章和机车专业知识，规章指的就是《技规》《行规》《操规》《事规》《运规》，满分为100分，90分才算及格，机车专业知识考试满分100分，80分以上才算通过。

凭借在中专打下的坚实的学习基础，斯朗旺扎顺利通过了理论考试。可在实操考试的检查和试验环节，他却败下阵来。果真如同事所说，他败在了"说不利索"的环节。

实操考试要求考生在规定的时间内，按规定的检查部位、线路及试验项目，检查预先在机车有关部位假设的故障。考试中，要求考生必须要做到边用检点锤敲，边检查事先预设的故障，同时还要用嘴立刻说出来。这就要求考生不仅要了解机车重要部件的工作原理，还要熟练掌握突发故障应急处置方法，不仅如此，还要快速准确地表达出来。

上中专的时候，斯朗旺扎的汉语水平已经相当不错了，可是，司机的实操考试对他来说，还是一件很困难的事情。此时的他，虽然在之前的学习和理论考试中，凭借聪明的脑瓜和不错的记忆力，已经将要用到的许多专业名词和专业术语牢牢记在心里。可实作考试考验的就是考生的现场快速反应能力，这恰恰是斯朗旺扎的弱项和短板，尤其是在规定的检查部位，看着那些部件，他脑子马上就能知道，但要从嘴里用汉语飞速表达出来却很费劲。

第一次司机考试就这样败北了。这件事对斯朗旺扎可谓打击不小。他仔细一想，自己之前学习专业知识，总是在听、写、看上下功夫，并没有太重视说。

当然，他不是不知道考司机时的实操要求，也不是没有练过，可是，嘴巴总是跟不上脑袋转的速度，尤其是藏语习惯倒装句，每次在组织不是母语的汉语词汇时，他总是要有个短暂的时间想汉语怎么念、怎么说。明明那个词汇就在眼前，可是却不能马上从嘴里说出来。这让他非常苦恼，不知该如何克服这个困难，好长一段时间里，他吃不好，睡不好，不知该从什么地方下手，整个人都瘦了一圈。

有一回，他下班回宿舍，在公交车上，看见几个小学生拿着一本《新华字典》争论着一个词的意思。看到《新华字典》的那一刻，他不禁眼前一亮。

他想，尽管自己的汉语水平有很大差距，但他会汉语拼音，会用偏旁部首查字典啊。下车后，他直奔书店买了一本《新华字典》，之后，《新华字典》便成了他最亲密的伙伴。

无论是上班时在外公寓休息，还是下班回宿舍，他总是把这本《新华字典》带在身边，除了记住上面更多的汉字和组词，查那些专业名词到底表达的是什么意思，一有空，他就会旁若无人地拿出来随便翻一页大声朗诵，为的就是锻炼自己随机说话和表达的能力。那段时间,他就跟着了魔一样,走到哪里都是嘴里念念有词,搞得不知道的人还以为他"神经"了。

就这样,经过几个月的刻苦练习,他的嘴变得能"说"了,终于做到了眼到、心到、口到,在第二次的司机实作考试中,他顺利通过。2013年,斯朗旺扎顺利地拿到了电力机车司机证。

看着几个月前口语表达专业知识时语速慢、时不时结巴的斯朗旺扎顺利考上司机,运转车间的许多同事不由得翘起了大拇指,说:"这个藏族小伙,真行!"

斯朗旺扎高兴地打电话向父母报告这个好消息,没想到,父亲却只是淡淡地对他说:"日子还长着呢,这才是个开头,你得静下心来好好干才行。"

他明白,父亲这是怕他骄傲。

苦练技术本领

2014年,斯朗旺扎主动申请到条件艰苦的青藏铁路格拉段去跑车。

对他来说,真正的考验才正式开始。

在机务段运用车间,光拿上司机证还不算本事,只能证明你有了开车的资格,可是要想把车开好,那还得苦练硬功。斯朗旺扎深知,作为一名机车司机,除了要有极强的责任心和使命感外,还要有非常丰富的专业知识和很强的业务技能,不折不扣落实标准化作业,才能安全正点地驾驶好每一趟机车。

当时,他最羡慕车间里那些有经验的"大车"们,听着他们在车间学习会上分享值乘途中遇到故障如何快速处理时，他总是在想，什么时候我也能像他们那样。他明白，自己从小山村到铁路工作，这一路走来非常不容易，尽管现在已经如少年时期所愿，开上了火车，但这些还远远不够，他现在的水平也只是会开，并没有做到开好。

为此，他告诫自己不要满足于现状，要继续学习业务技术，并暗暗给自己制订了一个详细而严苛的学习计划，就是每天无论多忙，都要抽一定的时间看专业书籍、各种规章制度和应急故障处理办法。

格拉段的机型是 NJ2 机车，之前，在西宁开了一年多东风 4B 型和东风 8B 型内燃机车的他，为了能开好 NJ2 型机车，他从机车的构造、操纵标准入手，对相关业务知识进行认真学习。

第一次上车，他自信满满，没想到，车开出去没多久，一旁添乘的指导司机丁锡伯就看出了他操作上不规范的端倪，当场就给他指了出来。可没过多久，斯朗旺扎的操作又出现了同样的问题。

丁锡伯马上沉下脸，提高了嗓门，严厉而毫不留情地说道："不是已经给你说过了吗？怎么还记不住？你让开，我来，看好了！"

让开座位的斯朗旺扎不由得面红耳赤，脸红一阵白一阵，说真的，从小到大，天资聪颖的他还从没有这样被人严厉地"训"过。

虽然很是尴尬，但马上，他就被丁锡伯那一个个教科书式的操作给吸引了。

车到哪个区段了，是坡道还是隧道，多大坡道，多长隧道，提手柄提到什么位置合适，什么时候该回手柄……

斯朗旺扎

●斯朗旺扎正在进行库内机车检查（摄影 吴道洁）

丁锡伯说得头头是道，做得规范而标准，令斯朗旺扎打心眼里佩服，心里的不自在也一扫而光。

丁锡伯说："我们干行车的，比不得别的职业，不要小看这小小的闸把子，这可是千斤重万斤重的，你得心里有数才行。作为司机，一定要把标准作业落实到位，一点点变形都可能会埋下安全隐患。"

随后，他又很耐心地给斯朗旺扎讲自己走车时的一些经验，以及发生机车故障时该怎么应急处理。当时运用的是ITCS列车控制系统，许多显示都是英文，丁锡伯就一一告诉他那些是什么意思，遇到什么状况该怎么处理，信息汇报的流程是什么样的。

丁锡伯讲得非常详细，尤其是关于行车中，如何让车钩始终处于伸张状态、以避免造成"列车冲动"的示范和教授，让斯朗旺扎佩服得五体投地。

他没有想到，一个人竟然能把业务技术弄得如此熟练和精通。他深感自己与优秀司机之间的差距，明白自己绝不能满足于现状，不能走一趟算一趟，他得像父亲说的那样，好好干，这个干不是随大溜干，而是要动脑筋、往好上加好地干。

其实，早在斯朗旺扎到格拉段之前，丁锡伯就听说了这个好学的藏族小伙子，知道他是个好苗子。哪里想到没过多久，斯朗旺扎竟然来到了他所在的车间，而且恰恰还在他包保的范围内。

俗话说，玉不琢不成器，正是因为特别看好斯朗旺扎，丁锡伯便对他比对别人更加严厉和苛刻，时不时地就敲打敲打他。

世上无难事，只怕有心人。从那次被丁锡伯"训"了以后，斯朗旺扎就在心中暗暗地把丁锡伯当作学习的榜样，每次走车，包里都要装不少的业务书籍，一有空就拿出来翻看。学习熟练掌握行车方法、车型的操纵技能和应急故障处理办法，不明白的地方就拉着车间的"大车"们请教。

大家都开玩笑说斯朗旺扎工作生活傻傻分不清。他却甘愿沉迷于这种工作和生活分不清的状态。休班时，大家一起聊天，他就是那种"不能好好聊天"的人，总是大家伙在热烈地讨论一个话题时，一直不说话的他却会突然问起关于行车中想不明白的问题，而且是一副不问明白不罢休的样子，他的生活仿佛只剩下了钻研业务。

有时哪怕只是弄懂一个问题，他也会高兴得手舞足蹈，天生有一副好嗓音的他时常还会情不自禁地哼一曲藏族歌儿。有时候就有人逗他说："想让我给你讲，你得先给我唱个歌儿。"为了搞明白问题，他还真唱。甚至在公寓吃饭时，他脑子里转的也是工作上的事情，动不动就拿出来和其他司机们一起探讨。

休息时和朋友家人相聚，他也总会习惯性地拿出手机。在他的手机里，除了家人的照片，相册里存得最多的就是他拍的关于各种难记的业务知识，只要有空，他就翻开背诵。他说，这些难记的知识只有反复记，才会记得住，记得牢。

同时，他还充分利用车间开展的常态化岗位技术练兵活动，对每次学习的故障处理办法，不仅认真地记下来，回去还要仔细琢磨，直到弄明白为止。

对于机车司机来说，最重要的技能就是平稳操纵、精准对标，内行人都知道，这是一门手艺活儿，靠的就是艺高人胆大。由于普速列车是完全靠人为地对列车启动、运行、调速、停车等过程进行控制，而平稳操纵的标准就是：起步稳、区间调速稳、停车稳。要练好平稳操纵可不容易。

为了最大限度地在启动和停车时避免产生"列车冲动"，平稳操纵，对标停车，斯朗旺扎根据手头现有的学习资料，认真熟悉机车操纵要点，挤时间记熟沿途站点、线路、曲线、坡道、桥梁、隧道。他知道，只有对值乘区段的线路状况和地理特点了然于心，才能做到在途中调速、进站、起车时心中有数。

在这期间，他养成了一个好习惯，就是每趟走完车，都要下功夫思考总结自己在这趟值乘中还有哪些做得不到位的地方，哪些地方值得继续保持，尤其是担当的区段，哪些地方提手柄早了，哪些地方回手柄晚了，然后对照现场作业指导书、操纵示意图等，反复熟悉、揣摩、默记。

在下一趟走车途中，他对照上一次的不足进行调整，并结合线路纵断面，认真仔细地记下每次提手柄回手柄的操作时机、摆闸位置、制动初速度，同时考虑天气影响、牵引吨数等，在起车、调速、站内调速等事关平稳操纵关键作业点和长大坡道、隧道等处，不断分析，多次试验，积累了十分丰富的平稳操纵经验。

也是在具体操作中，他锻炼出了良好的"手感"，在指尖之间准确地感受制动力大小，做到了摆一把闸就能停到位置上，误差不超过 20 厘米。

风雪格拉段

格拉段全程长 1142 公里，平均海拔在 4000 米以上，自然条件恶劣，高寒缺氧，含氧量仅为平原地区的 50%，昼夜温差大，年平均气温只有零下 5 摄氏度，最低气温能达到零下 40 摄氏度。

在这段铁路上开车，必须要借助吸氧才能正常作业，因为只有这样，才能避免因缺氧而导致的注意力不集中、反应慢等情况出现。

斯朗旺扎主动申请到格尔木至拉萨段开车，其实还是源自心中那个从小就种下的火车梦。他是土生土长的藏区人，从初中毕业考上中专到参加工作，他的心中一直有个愿望，就是希望自己能开着火车到拉萨。现在这个梦想咫尺之遥，他怎么能放过呢？

已经在西宁至格尔木间开了一年多车的斯朗旺扎到格拉段后，才发现尽管对线路状况和纵断面已经了然于胸，也掌握了在这段铁路上行车平稳操纵的办法，但是，他要克服的困难还有很多。

在格拉段，他担当的牵引任务大多是客运列车，时间基本上都

斯朗旺扎

是在夜晚。从格尔木到拉萨,机车上有两班司机,途中分别在五道梁、布强格、那曲换班,每个班值乘的时间平均在 3 个小时左右。间休的时间要马上睡着,保证充分的休息,才能保持足够的精气神去担当下一段。

刚到格拉段担当值乘任务,轮到他间休时,就算一直闭着眼睛,却一点睡意也没有。列车现在走到哪里,哪里该提速,哪里该减速了,都在脑子里,清清楚楚的,跟电影画面一样,弄得他差点儿习惯性地手比口呼了。

为了能在短时间内睡着,斯朗旺扎想了不少办法,如冥想、闭着眼睛将注意力一直集中在鼻子尖、快速清空脑子中所有的想法。结果没想到,还真是有效,没多久,他就养成了倒头就睡的习惯。有时候睡着了,吸氧管会脱落下来,因为缺氧,便会憋得难受而醒来。

不过就算休息时能眯着,可是在后半夜开车,还是会有来自生理上无法抵挡的困意。为了时刻保持清醒,不间断瞭望,全神贯注开车,斯朗旺扎想尽了办法。

要么打开窗户放进刺骨的寒风,要么使劲用巴掌拍疼自己的脸。后来,不爱吃辣的他就带泡椒凤爪,有困意的时候就吃一个,也带过运动饮料、咖啡,更喝过浓茶。不过一圈试验下来,他发现最有效的还是吃辣的或者开窗户吹风,因为喝了浓茶或者运动饮料,到下一段该休息时想睡着就十分困难。

探亲回家,斯朗旺扎偶尔也会和家人讲起这些,母亲就特别不理解,说:"人家都是白天上班,你怎么是晚上上班呢?天是黑的,到处都是黑的,火车能看见路吗?"每当这个时候,他都耐心地给母亲解释，但就算这样，母亲还是不理解自己的儿子为什么要在晚上上班。

作为机车司机，作息时间不规律，吃饭时间也不固定，常常不能按点吃饭。有时候到了饭点，却正好在当班，要么等着站停会让时匆匆吃几口，要么就等着间休换班时吃。

"一般情况下，自己当班时，对班都是在休息，就算是到了饭点，我们也不忍心去打扰他们。谁都知道，睡着太不容易了。不过也没有什么，反正也习惯了。"对于吃饭这件事，斯朗旺扎这样解释道。

正因为职业养成的习惯，休假或者平时和朋友聚会的时候，斯朗旺扎吃饭速度也会不由自主地加快，搞得大家都打趣他说："哥，别急，我们不和你抢，你慢慢吃，咱吃完还有。"

格拉段一年中绝大部分时间都处于冬季气候，风沙大，天气常常突变，一日四季，早上还是晴空万里，到中午就可能下冰雹，冰雹停了没多久，或许又是一场无法预料的暴风雪。每年的3月至7月，在内地，正是花红柳绿的春夏季，在格拉段，却是从不"爽约"的风雪季。

在这条线上走车，比其他地方要求更高更严，碰上风雪天气，能见度低，给瞭望带来极大的困扰，这就更加考验司机。遇到这样的天气，斯朗旺扎就特别小心，尤其是在站停或者会让列车时下车例行检查，他总是比平常更加仔细。

在机车检查中，已经有了不少行车经验的他，总结出了一套"看、听、摸、闻"四字工作法，看，就是用眼睛认真观察各种仪表和开关是否在正常的位置；听，是在静态试验时听有无异响；

摸，是看油水管路是否有渗漏；闻，就是闻电器线路有无烧损的异味。

在斯朗旺扎的包里，常年装着的，除了《技规》《操规》之类的规章制度、LKJ（机车监控设备）手册、司机手账、非正常情况下的应急处置办法外，还有手电、饭盒、抗缺氧药、吸氧管、常用药和大棉袄。在这条线上，最怕的就是感冒，一旦感冒，就很难痊愈。为了防止感冒，大棉袄必不可少。

担当这一段的旅客列车牵引任务是在夜间，温度经常特别低，碰到恶劣天气时，夏季气温都能达到零下20摄氏度左右，到了冬季，会更低，滴水成冰毫不夸张。下车围着机车把走行部检查一圈，常常会冻得手脚不听使唤。

有一回，从格尔木出来时天气还没有什么异常，但在半路上却突然下起了鹅毛大雪，纷纷扬扬的雪花在机车前灯的映照下，显得神秘而浪漫，在黑夜中前行的机车，仿佛正步入一个美丽的童话世界。越是这样的时候，斯朗旺扎的心就总是提到嗓子眼，神经高度紧张，他紧握闸把，双目瞪大紧盯着前方瞭望，生怕一眨眼就会中断瞭望。

在雨雪天气，最怕的就是发生机车空转或者滑行，产生危及行车安全的隐患。每到这时，斯朗旺扎总是能提前做好预想和预判，加强瞭望，提前撒砂，根据情况适当降低牵引力，以确保安全万无一失。他把每一次出乘都当作第一次，始终心怀敬畏之心，坚决不让自己产生一丝一毫的懈怠。

在唐古拉会让列车时，他和平常一样穿上大棉袄，拿着检点锤下车。

雪早就停了，风却又冷又硬，尖刀一样裹挟着渗骨的寒气扑面而来。地上落了厚厚一层，机车走行部的一些部件上也堆积了雪，有的已经结成了冰块。

他一边细心检查，一边伸手把能够着的雪拨拉掉，借着手电认真检查是否有异常，大半圈走下来，耳朵和脸已经冻得僵硬异常，寒风似乎越刮越大，直往人的脖子里钻，检查完机车部位，才发觉手和脚已经冻得失去了知觉，但想到保证了列车安全，他的心又暖暖的。

在格拉段跑车，常有人问斯朗旺扎苦不苦，他笑言："没怎么觉得，反正也习惯了。因为跑客车比较多，别人睡觉的时候，我们就在路上，四周一片黑漆漆的，只有车灯是亮的，星星和月亮是亮的，心里也不想什么，就是单纯想着把工作干好。不过每次到拉萨，天都亮了，在机车上往站台上看，看见有那么多人下车往出站口走，我心里就特别自豪，真的，你看，那么多、那么多的人都是我拉来的！"

成为动车迷

2021年，斯朗旺扎光荣地加入中国共产党，他深知自己肩上的担子更重了。

不久，拉林铁路即将通车运营，这条铁路将迎来高铁时代。

听到这个消息后，已经有了丰富行车经验的斯朗旺扎激动异常，他马上向车间和段上提出了申请。经过一番严格的筛选，斯朗旺扎和其他10余名司机脱颖而出。

斯朗旺扎

当年 5 月，在开通运营前的一个多月，斯朗旺扎和同事们踏上了去西安接车的旅程。从西宁到西安，他们坐的是动车。那是开了多年火车的斯朗旺扎第一次坐动车。

动车舒适宽敞的空间、完善的配套服务、高速平稳的运行让他难以抑制内心的激动，短短几个小时的旅程他就像一个活泼的孩子，好奇地打量着眼前的这一切。

想到自己马上就要开动车，一路上，他都难掩笑意，他不停地在心里告诉自己，一定要好好学习技术，当好动车司机。

拉林铁路采用的是适合高海拔地区特点的、我国自主研发的复兴号高原内电双源动力集中动车组，列车最显著的特点就是采用了内燃和电力双源动力。该车配备的柴油机是世界范围内运用海拔最高、功率最大的高原机组，能够满足海拔跨度 5100 米以内的运用要求，同时针对高原运用环境和提高旅客舒适体验感进行了独特设计。

● 斯朗旺扎正与车站值班员进行联控（摄影　其美多吉）

在开上高原之前，动车组在陇海线西安—宝鸡—元龙站间进行线路试验。当时，斯朗旺扎就在车上随车学习。上车前，他们仅有几页向兄弟路局要的一些有限的学习资料，因为高原内电双源动车组是专为拉林铁路量身打造，并没有现成的经验可以借鉴。

在试验动车上，有西安局开动车经验丰富老道的专业技术人员，斯朗旺扎拿着本一路记着这些"带道"专业技术人员的指导，休息的时候跟在他们后面认真请教，他还主动和人家加微信，不分昼夜，有问题就问。行驶途中，他眼睛不眨地盯着司机的每一招每一式，见缝插针地熟悉各种按键，努力把这些都记在脑子里。

几天后，动车组开进拉萨，在拉林铁路上开始了联调联试，也就是在正式运行前的一段时间要进行的不载客的试验。新车、新线路，什么都是新的，可查的资料十分有限。在这种情况下，斯朗旺扎把全部精力都投入到了学习上。

斯朗旺扎明白，学习没有任何捷径可走，要想开好动车也没有什么缝隙可钻，都得是硬碰硬的技术才行。想实现在自己家乡开动车的梦想，技术必须过硬。作为一名党员，他更要冲在前面。

白天，开车的时候，他用心在手指间通过手柄来感受列车速度的细微变化。没有现成的操纵示意图，只有根据LKJ显示的线路状况——坡道、桥梁、隧道来决定减速或者加速，进站对标时在什么地方制动合适——他把这些都一一记录在本子上。一次次，一遍遍，力求在最短的时间里熟悉线路状况，在不断的重复中找出那个恰到好处的操纵办法。

晚上回到公寓，吃完饭他更是开启了狂热的学习模式，不是学习动车组的机械构造、电气原理，背诵站名、运行里程，就是找厂

斯朗旺扎

家技术人员请教。整个人跟着了魔一样，逮着人就讨论、就问。一个人走路的时候也是一边说一边比画，是大家眼中"无可救药"的学习迷。

有一次去公寓食堂吃饭，他一边走一边默背知识，竟然忘记自己是来吃饭的，进去转了一圈就往外走，要不是和他同来的副司机打断了他的思路，那一顿饭他就算耽误了。

还有一次，因为一个技术上的问题，他愣是把已经刚刚进入梦乡的同事叫醒，和他讨论自己想不明白的地方，也不管人家脑子是否能反应过来。他就是这样，一个问题想不透彻，绝不留到第二天，只有想透了，想清楚了，他才能安心睡觉。

从试验到开通运营，他没有回过家，几乎每天早上五六点就出去上车试验，晚上很晚才回来。可是，再晚、再累，他都要把当天的试验进行认真总结。没过多久，他就熟悉了线路状况，摸索出了一套适合拉林铁路的操纵方法。而就是因为这套操纵办法，他也成为段编写拉林铁路作业指导书和操纵示意图的主力。

几年前，回家探亲时，斯朗旺扎告诉父亲拉林铁路要开工建设的消息，并说雪域高原将来会开行动车。对于从来没有坐过火车的父亲来说，根本不理解普速和动车的区别。父亲说，现在的火车不是已经和闪电一样快了吗？

斯朗旺扎说，普速比最快的汽车要快好多，动车比普速还要快，和真正的闪电一样快。

看着依然一时半会理解不了的父亲，斯朗旺扎承诺，等以后拉林铁路通车，他一定会让父亲坐上自己开的动车，让他亲身体验一下闪电的感觉。听到斯朗旺扎这样说，父亲开心地笑了。

2019年,突如其来的病魔击垮了斯朗旺扎的父亲,没等到这条铁路修通,他的父亲便去世了。

父亲的病逝,在斯朗旺扎心中留下了永久的巨大的遗憾。做一名优秀的雪域高原动车司机,成了斯朗旺扎告慰父亲在天之灵的最好方式。在动车学习中,他尽可能地做到更好,他不能掉队,不能有任何懈怠,他要以百般的努力,去实现和父亲的约定。

天路夫妻情

斯朗旺扎的妻子拥吉是拉萨基础设施段的探伤工。2017年,她从西藏职业技术学院毕业后,被分到了格尔木工务段格尔木探伤车间。

2018年年底的一天,在参加一次朋友聚会时,斯朗旺扎第一次见到了美丽而文静的藏族姑娘拥吉。

当时,他们几个来自西藏的又同在铁路上工作的老乡坐在一起嗑瓜子、喝茶、聊天,拥吉话不多,偶尔说几句,然后就是在一边帮着大家烧水、倒水、切水果。

斯朗旺扎对勤快腼腆的拥吉姑娘一见钟情,他倾慕的目光不时地落在这个漂亮女孩的身影上。然而,由于害羞,这次聚会,他竟然和拥吉没有说一句话,也没有留下她的联系方式。之后,他的脑海里总是不由自主地浮现出拥吉温柔的笑容。

被相思折磨了几天的斯朗旺扎,终于鼓足勇气向朋友要来了拥吉的联系方式,在朋友的撮合下,他们互相加了微信。后来斯朗旺扎才了解到,那次见面,听到斯朗旺扎给大家介绍自己的乘务生活和如何克服语言难关学习业务后，拥吉对斯朗旺扎也留下了深刻的印象。

就这样，两颗互相爱慕的心越走越近，2019 年，他们决定组成一个新的家庭。

斯朗旺扎本来打算给妻子一个像样的婚礼，可就在他们刚领结婚证没多久，斯朗旺扎的父亲却查出患了重病，斯朗旺扎和弟弟陪着父亲去成都治病，婚礼就这样被耽误了。当时，体贴的拥吉很理解斯朗旺扎的心情和他对父亲的感情，她什么也没有说，从公公查出病到去世，她始终坚定而温暖地站在斯朗旺扎的身边，默默地支持他。

"直到现在，我们也没有举行婚礼，说真的，挺亏欠她的。"说起这件事，斯朗旺扎这样说道。

2021 年，拉萨基础设施段成立，拥吉申请来到拉萨基础设施段，成为一名常年奔走在拉林铁路上、为线路"诊病"的探伤"医生"。

真正成为机车乘务员的家属，拥吉才知道有多么不容易。司机的作息时间不固定，没有什么朝九晚五，别人在周末、节假日可以拥有花前月下的浪漫，而等待她的，就常常是斯朗旺扎的"空头许愿"，明明答应好的下班后出去吃顿好的，却总是因为不能按说好的点回来而落空，总是说好的在五一、十一等假期陪着去什么地方玩一趟的许诺，也常常不能兑现。

拥吉嗔怪丈夫说话不算数，老是"骗"她，而斯朗旺扎也总觉得对不起妻子。尤其是在短短几年时间里，他们有了女儿和儿子后，这样的承诺更是难以实现。家中孩子年幼，斯朗旺扎的母亲由于早年在放牧的时候胯骨骨折过，行走不方便，没法给他们帮忙。夫妻俩只好请来了拥吉的父母照料孩子。

在拉林线上工作，拥吉一离开家就是40天，这40天里，她无法回家，工作时间基本都在夜间，每个点停留作业一般都得五六天。可即使休息在家，她和斯朗旺扎碰面的时间也比较少，特别是后来斯朗旺扎当上指导司机，每20天有10天的休息时间后，俩人也常常休息不到一起，不是她马上要奔赴工作岗位，就是斯朗旺扎又接到了工作任务。

"赶上我俩刚好同时在家，商量着带家人去短途旅游，可是往往我这边就会有临时任务，她其实挺失望的，但她怕给我增加思想负担。她知道干行车的责任非常重大，绝不能影响我的心情，每次，她都能很快调整心态，总是笑着对我说，你忙去吧，家里的事再不要管。"说到这些，斯朗旺扎满脸愧疚。

"同为铁路职工，我理解他的工作性质，我不能让他因为家里的事儿分心。再说，他又不是那种没有责任心的人，只要休息在家，他基本都不会出去，家务活儿几乎全包了，洗衣服、拖地、收拾家、做饭，没有他不会的。还有，我爸爸特别喜欢他，觉得他人好，没有什么坏习惯，两个人关系好得像好哥们。"面对别人问她会不会埋怨丈夫，拥吉这样说道。

上班的时候，因为想家、想孩子，有时候和斯朗旺扎视频时，拥吉就会忍不住哭。斯朗旺扎心里十分难受，他总是想办法安慰妻子，鼓励她安心工作。如果走车时正好碰上拥吉在动车办客站作业，他就会给妻子捎去零食和换洗衣服，再把她需要洗的衣物带回去。如果在家休息，他还会专门去妻子作业的地方给她送去各种零食和衣物。

提起拥吉，斯朗旺扎说："我是个不浪漫的人，可她从来不埋怨我。我不善于表达，但是在心里，我特别感谢她，哪怕我总是'骗'她，说话不算数，她也不生气，总是那么宽容。她人特别善良，我妈妈腿不方便，身体也不是很好，她总惦记着给我妈妈买药、买衣服，说真的，在这方面，她做得比我这个儿子都要好。我很庆幸遇到我妻子这么好的人。她不但承担了家里的大部分事情，在工作上也很负责认真。有一次我一个同事告诉我说，在某个站点见到她了，那个时候正是冬季，又是晚上，同事说，你媳妇穿得好像个宇航员。我听了特别心疼她，半夜冷，要做好防护，她肯定穿得厚呗。"

斯朗旺扎的手机里，有一张3岁多的女儿穿着他制服的照片，蓝色短袖铁路服直拖到脚脖子，小脑袋上戴着晃荡的大盖帽，举起右手一本正经学着爸爸敬礼，样子十分可爱。

斯朗旺扎和拥吉在拉萨市的家离乘务员公寓不是很远，骑电动车也就不到20分钟的时间，家里买了车后，只要拥吉在家，就会带着女儿一起送斯朗旺扎上班。

"别看我开了这么多年火车，但我连汽车驾照都没有。"斯朗旺扎笑着说道。

有时候到公寓附近，就会看见"高原绿巨人"飞驰而过，拥吉便会告诉女儿说："爸爸就开这个车。"

女儿一下就记住了，以后只要从电视里看到"绿巨人"，就会大声说："这是我爸爸的火车。"语气里充满了骄傲和自豪。

提起乖巧而可爱的女儿，斯朗旺扎满脸总是掩饰不住爱意和笑意。

好师父"扎哥"

随着技术业务的提高和精进，在短短几年中，斯朗旺扎成长为段上的"技术大拿"，大家敬佩地叫他"扎哥"。

10多年中，他带过不少的徒弟，有汉族，也有藏族。不管是谁，凡是和他搭过班，或者签订过"师带徒"协议的，无不对他心服口服。他带过的徒弟，如今都能在工作中独当一面。

作为师父，斯朗旺扎知道，要时刻注意自己的一言一行，更加严格要求自己。他带徒弟有属于自己的一套办法，针对每个人的特点和性格，他会为他们量身打造相应的培养计划。

对所有的徒弟，首当其冲的，必定是安全责任心方面的教育。他把细心整理和收集的路内外事故案例当作最生动的教材，让上班不久的徒弟们学习，并让他们说出自己的感受和体会，应该从中吸取什么样的教训。

对于这些"新手"，他总是严肃、反复地告诉他们要热爱自己所从事的职业，让他们充分意识到安全重于泰山，在工作中要时刻保持敬畏之心，绝不能有一丝马虎和懈怠。

当然，不管是谁当他的徒弟，都有一个"千年不变"的课程，那就是和自己当年的师父张银刚一样，给徒弟们布置"家庭作业"，这也是大家最"怵"他的地方。

不论是休班，还是走车，他都会突然发问。徒弟如果不下功夫，他布置的这个"家庭作业"还真是很难完成。如果没有完成，斯朗旺扎也不会黑着脸训，而是带着徒弟一遍遍复述，直到人家背熟。

斯朗旺扎

● 斯朗旺扎检查HXD1D型机车走行部（摄影 其美多吉）

徒弟当中，有个叫赵先锋的年轻人，刚跟他时，对他这种方式特别不理解，抱怨他太苛刻，说他这个人没意思。两个人同出勤、同走车、同退勤、同休息，一起待的时间比自己家人还多。就是在这样的"亲密接触"中，斯朗旺扎几乎是想起来就提问他，常常问得赵先锋措手不及。这让赵先锋觉得很是没面子，有点伤自尊，也觉得自己很倒霉，怎么偏偏会遇到这样的师父。

有一阵子，如果不是和斯朗旺扎签了"师带徒"协议，赵先锋真想找车间领导换个师父。之前，他觉得上班了就不会像学校那样总是考试了，可是自从跟了斯朗旺扎，他觉得自己面临的考试比上学时候还多，这让他觉得非常郁闷，也想不通。但他又没有办法改变现状，只好别别扭扭一边学习，一边暗自埋怨。

没想到过了一段时间，在车间的技能比赛中，赵先锋脱颖而出，取得的好成绩连他自己都没有想到。在技能比赛前，他根本没怎么复习，成绩却在同批学徒中遥遥领先。车间领导还在学习会上特意表扬了他，这让他陡然间信心倍增。

此时，他才感觉到师父的一番良苦用心，考试的名列前茅也让他对学习专业技术产生了浓厚的兴趣。

从此，在斯朗旺扎的指导下，他开始认真学习业务知识，努力提高技能水平。机车专业知识不明白的地方，斯朗旺扎会掰开了揉碎了给他讲，直到他搞明白，在考司机时，他一路过关斩将，顺利拿到了内燃机车驾驶证。

赵先锋知道，自己之所以能轻松自如地通过，完全得益于师父平常的督促和教导，而斯朗旺扎也因此成了他常常提起的"爱死的人"。现在，赵先锋也开始带徒弟了，当然，他带徒弟的方式也和斯朗旺扎如出一辙，随时随地出题，有板有眼，丝毫不走样。

在众多的弟子中，还有一位95后的来自西藏的藏族小伙子次仁。

次仁初来乍到，汉语程度和普通话也成了他职业上的一道"关卡"，这让他十分苦恼，尤其当得知以后考司机的实操要求时，这个从小就想当火车司机的小伙子的心情降到了冰点。

斯朗旺扎从次仁的身上看到了当年的自己，在"师带徒"协议上郑重签下自己名字时，他就暗暗下决心，一定要把次仁带出来。他拿出自己当年攻克语言难关、学习业务知识的经验，给次仁制订了一个他认为有效的学习计划。师父的耐心，让次仁重燃信心。

从此，公寓休班，车上车下，只要是有点空闲的时候，师徒俩的"学技练功"便开始了。一个提问，一个回答；或者，一个随时随地讨教，一个耐心细致解释。为了让次仁尽快熟练掌握业务知识，回公寓休息时，他还特意提出和次仁住一个房间，为的就是随时提问，随时给他辅导。

次仁反应快，记忆力好，规章制度、专业知识背起来毫不费力，但大多数都是死记硬背，并不能理解其中的意思，为了让次仁搞懂，斯朗旺扎常常用汉语和藏语夹杂着解释，并带着他一遍遍用普通话大声念诵。为了训练次仁的口语表达，每次提问，他总是要求次仁在背诵的基础上尽可能加快速度。有时候，他会特意找一张报纸让次仁大声朗诵。

一个肯教，一个爱学，在这种"魔鬼"训练中，次仁的汉语水平提升很快，普通话表达也变得流利起来，很快就练得"一口精，一口清"。

"喜欢学习的徒弟哪个当师父的不喜欢呢？只要徒弟们肯学，我都愿意倾囊相授。不过，我的教只是一方面，最终还是取决于次仁自己。他聪明，脑子好使，人既勤奋又勤快，操纵手柄的感觉也非常好，我们在公寓休息的时候，次仁挺刻苦的，不像别人玩这个玩那个，休息时，他都是埋头看书，记笔记，背诵，不懂就问。他那个样子，就好像还是在学校学习一样。"说起次仁，斯朗旺扎赞不绝口。

就这样，在参加工作的短短5年时间里，上进好学的次仁通过了严苛的考试，取得了内燃机车和动车驾驶证，成了在拉林铁路上开复兴号的、最年轻的藏族动车司机。

如今，斯朗旺扎的徒弟遍布在青藏铁路、格库铁路、拉日铁路、拉林铁路，是机车乘务员队伍中不可缺少的中坚力量。

斯朗旺扎说："我就希望把自己的经验分享给大家，尤其是比我更年轻的司机，希望他们少走弯路，尽快成长，早日承担重任。"

我与复兴号一起奔跑

拉林铁路的开通，再次体现了中国速度的飞速发展，这让世界都为之惊叹不已，是铁路发展史上有足够分量和浓墨重彩的一笔。

这一路风景，曾令无数人着迷和向往，但都因为路途遥远和旅途艰辛不得不放弃。如今，把汽车要走将近一天的道路压缩到了3个半小时，从美丽的雪山到蔚蓝的圣湖，距离已成为明日黄花，让那些喜欢自由放飞的心从此实现旅行的方便和快捷。

拉林铁路开通前夕，为了担当好首趟任务，斯朗旺扎一遍遍地在脑子里回想着操纵要领和呼唤用语，在镜子面前用手比画，确保自己在这个重要的日子、重要的时刻不出一点差错。

开通运营这天，在拉萨河畔，在崇山峻岭间，在雅鲁藏布江上，当复兴号一路飞驰着奔向林芝的时候，斯朗旺扎的心也跟着一起飞奔起来。

他无法形容自己激动而自豪的心情，在感叹中国速度为雪域高原带来发展和奇迹的同时，也不断告诫自己，要持续不断地再努力和再学习，全心全意开好车，要跟上复兴号奔跑的速度，把火热滚烫的青春献给中国高铁。

"绿巨人"高原动车组的闪亮登场，拉林铁路开通的消息迅速占据了各大媒体的头条，斯朗旺扎家乡、铁路的"朋友圈"一下子沸腾起来，许多人竞相转发斯朗旺扎登上中央广播电视总台、新华社、西藏电视台等媒体的新闻，一时间，他成了家乡的"传奇"。

面对蜂拥而来的鲜花和掌声，斯朗旺扎真诚而满怀感情地说：

斯朗旺扎

"能见证这历史性的一刻,对我来说,荣幸至极。拉林铁路的开通运营,是祖国的骄傲,也是铁路的骄傲,我唯有更加兢兢业业,以强烈的责任心和历史使命感朝着更高的目标努力,认认真真开好车,才对得起这份无上的荣耀!"

当初,他开上火车的事儿传到村里的时候,一些人觉得那是他家人在吹牛。他们指着电视里的火车说:"斯朗旺扎明明那么小的个子,怎么能开得动那么大的火车呢?"然而,随着网络的迅猛发展,智能手机也在村里普及,看着视频和照片上斯朗旺扎驾驶着火车、威风凛凛帅气的样子,他们彻底相信了,原来斯朗旺扎的家人没有吹牛啊,这个在小山村放过牛羊的小伙子确实出息了!

拉林铁路的开通,在当地的影响十分巨大。斯朗旺扎成了家乡的名人。尽管他家所在的村子至今没有火车,但正如那首《天路》的歌中所唱:"从此山不再高,路不再漫长,各族儿女欢聚一堂。"现在,从他家去兰州,当年他要走6天的路,现在只要两天多点就到了。

斯朗旺扎说:"如今,我们村子的人得了病,不再像从前那样只能去乡里或者县里的医院,现在都选择坐火车去成都等一些大城市。路真的变短了,交通方便,出去打工的人也多了起来,村民们的眼界也宽了,以前不太重视孩子读书的人,现在也把让孩子好好读书放在了头等重要的位置。"

当然,让他感觉火车带来明显变化的,还是许多人在孩子中考、高考后填写志愿的时候。在大家心中,渴望到铁路上就业成了不二的选择。因为他们从斯朗旺扎的身上,看到了一个农牧区少年是如何一步步蜕变成如今这样闪亮的样子。

每年的中考高考后，斯朗旺扎总能接到来自乡邻们的电话，都是让他帮着给孩子参考铁路学校，参考铁路专业。为了不误人子弟，斯朗旺扎尽自己所能找来相关资料，为他们提供有效有益的帮助。

每当这个时候，他总是心怀感恩之情。他知道，他获得的这份尊重完全来自铁路机车司机的这份职业。他没有理由不干好自己的工作！

现在，斯朗旺扎老家所在的村小学早就有了完整的学制，一年级到六年级。学校里的老师常常拿斯朗旺扎作榜样和例子，鼓励那些生在山里、长在山里的孩子好好学习，争取有一天也像斯朗旺扎那样走出大山，走到外面世界去见识更多的精彩。

从斯朗旺扎当上铁路职工开始，每次回家，他总是特意穿上铁路制服。在弟弟妹妹的眼里，哥哥穿上这身制服的样子真是又好看又帅气，要知道，哥哥一直是他们向小伙伴炫耀的资本。他们总是抢着穿哥哥的制服，有时候还会因为谁穿时间短了、谁穿时间长了吵个不停。谁也不服谁的时候，就找斯朗旺扎来评理。

斯朗旺扎的话比父母管用。他像当初父亲告诉自己那样鼓励他们好好学习，凭借自己的本事考上学校，去找一份好工作。在他的激励和带动下，妹妹考上了当地的师范学校，如今已经成为一名光荣的人民教师。而调皮的、一直梦想着像他一样成为铁路职工的小弟弟，在2022年9月通过努力被湖南益阳职业技术学院机电一体化专业录取。

成了人们心中的"铁路明星"后，再回到家乡的斯朗旺扎无论走到哪里，都会有人认出他来，不仅亲朋好友，一些不是很熟悉的

斯朗旺扎

● 斯朗旺扎检查复兴号高原双源动力集中动车组走行部（摄影　其美多吉）

村民或者邻村的人，都要利用他回家看望家人的短暂日子拉着他去家里做客，给他端上藏家最好的美食、最香的酥油茶，询问他关于铁路上的事情，问他火车是怎么开的？

他总是认真回答，仔细解释。他知道，此时此刻，他代表的不是自己，而是新时代铁路人的形象。

有时候，甚至会有人请求他帮忙买票或者拉货。他便耐心地教人家怎么用12306软件在网络上购票，怎么联系铁路相关部门询问货运的事情。还有更多的人，以认识和知道他为荣。斯朗旺扎明白，他唯有更加努力和严格要求自己，更好地干好本职工作，才对得起这份信任与期望。

2021年，斯朗旺扎成了拉林车队的指导司机。之前，作为司机，他只要干好本职工作就行，可是在这个岗位上，他还要学会管理。从走上这个岗位开始，他就用心思考如何才能带出一支好班组、好队伍，如何充分调动起大家执行标准化作业的自觉性和积极性。

斯朗旺扎所在的指导区有包括他在内的 4 名指导司机，两名指导司机一班，每名指导司机包保的司机和副司机一般都有 20 名左右。一名指导司机去添乘了，剩下一名指导司机就要在公寓管理好所有休班机车乘务员，按要求组织大家学习上级重要会议精神、文件和业务知识。

和其他指导司机不同的是，除了这些学习的"规定动作"，斯朗旺扎还要别出心裁地组织讨论，让大家一起分享、交流行车途中的心得和经验。这也是机车乘务员们最喜欢和踊跃发言的环节，因为在这里，平时遇到的问题都可以找到相应的答案。

添乘机车时，看到不规范的操作，斯朗旺扎就会立即指出，然后再耐心地进行示范和讲解。常常，他也会结合拉林铁路沿线的地理特点、线路情况，教他们怎样提前预判安全风险，让他们在出乘过程中始终能做到心中有数。

当然，他也不总是这么刻板，只要不是当班的时候，他还是比较幽默的，和大家相处，时不时还会冒出几句俏皮话，逗得大家哈哈大笑，有时候也会忍不住给大家唱一首好听的藏族歌曲。

作为指导司机，机车乘务员哪个家里有事，哪个身体不舒服，他都了如指掌。有一次，有位司机在出勤前接到家里的电话，他父亲因病被送到了 ICU，得知这个情况，斯朗旺扎二话没说，主动替这位司机走车，让他放心赶回家去。在这位司机的父亲住院期间，斯朗旺扎几次关心地打去电话，安慰他不要着急，让他安心照顾好自己的父亲。

斯朗旺扎

休班的时候，他总能和大家打成一片，打打篮球，散散步，聊聊天。就这样，谁遇到难事总愿意找他说说心里话，让他给出出主意，大家都把他当贴心人。

"斯朗旺扎责任心强，技术好，能切实发挥自己的业务特长和先锋模范作用，是大家伙信得过的指导司机。"提起斯朗旺扎，格尔木机务段主管运用工作的领导如此说道。

2024年1月，斯朗旺扎在央视发布的"2023年最美铁路人"中亮相。面对镜头，充满阳光和自信的他动情地唱起了《天路》这首歌：

黄昏我站在高高的山岗，看那铁路修到我家乡，一条条巨龙翻山越岭，为雪域高原送来安康，那是一条神奇的天路，带我们走进人间天堂……

歌声代表着他的心声，也代表着无数雪域高原人的心声。

路漫漫其修远兮。斯朗旺扎明白，对他来说，成绩和荣耀只属于过去，现在，他要以此为新的起点，重新整装出发，在拉林铁路这条最美天路上，永怀梦想，无惧荆棘丛生，无惧风雨兼程，用火热的青春和满腔的赤诚，在"高原绿巨人"复兴号上书写人生不懈努力和执着追求的绚烂诗篇！

创作手记

采访斯朗旺扎之前，我和他并不认识，只是从一些新闻报道上"见过"他，新闻报道中的他和许多我们耳熟能详的先进典型一样，看上去沉稳和成熟，自带榜样的"光环"。见面后，他给人的感觉却像是邻家大男孩，朴实中带着腼腆，偶尔露出的活泼中，又不失幽默和风趣。

采访中，印象最深的就是他提到父亲时，那满脸掩饰不住的深深遗憾。

他说："我多想让父亲看到我现在这个样子啊！我是个开火车的，可是我父亲连火车都没有坐过……"说到这里，他低着头，半天默然不语，等终于抬起头来时，他的眼中满含着强忍着的泪水。

斯朗旺扎告诉我，拉林铁路开通那天穿的铁路服，他后来一直没有舍得再穿。

他一脸自豪地说："那一天对我来说，太难忘了。我要把这身衣服好好地留着，以后给孩子看，给孩子的孩子看，让他们知道，我就是穿着这身衣服开西藏首趟高铁的。"

他让我明白了什么是热爱！

是的，是热爱。因为热爱，多年来，他在钻研业务提高技术的路上孜孜以求；因为热爱，他时刻把责任、担当镌刻在心里；因为热爱，他用实际行动尽心、尽力、尽职、尽责地践行着"在岗一分钟，履职六十秒"的不悔诺言。

正是这份持久不变、坚定的热爱，让他始终胸怀对职业的赤诚，以高度的责任感和使命感，在平凡的工作岗位上实现了自己的人生价值，在雪域高原书写了属于他自己的、绚烂的青春之歌！

马小利

工地发明家
——记中铁二十一局三公司成渝中线铁路项目钢构班班长马小利

刘清裕　周　鹏

2019年3月，陕西延安地区，雪化冰消，春回大地，一条正在建设中的国家"北煤南运"重要通道——浩吉铁路，从这里穿越，随着气温升高，工程也进入最后火热的冲刺阶段。

作为控制性工程的小南塬隧道，全长7067.2米，涌水、断岩、含沙量大，施工复杂，工期紧张，中铁二十一局的精兵强将正在全力组织攻坚。

隧道施工作业面狭窄，大型重载车辆无法掉头，混凝土罐车开进去只能倒出来。一辆满载的车开进去，卸完车，只能小心翼翼地倒出来。这一进一出不仅耽误时间，影响施工进度，还容易碰到排水沟、电缆槽，导致安全问题。等待进洞的车一辆接着一辆，每天都排成长队，让人心急。

这些天，中铁二十一局三公司职工马小利，吃不好，睡不着，一直在琢磨施工车辆如何在洞中掉头的事。作为八标二工区钢构件加工班班长，他硬是想方设法利用厂区的材料和设备，设计制作出一个车辆专用的"掉头神器"——隧道施工车辆自动掉头转盘。

于是,小南塬隧道上演了神奇的一幕:30多吨的混凝土罐车被一个巨大转盘稳稳托起,仅仅用了52秒就实现了180度旋转掉头。原来70分钟的倒车出洞时间,现在只要8分钟。难题破解了,大大加快了施工进度,小南塬隧道提前1个月完成施工任务,马小利又立了功,大家口口相传,也引得远近不少同行过来参观取经。

为隧道施工量身定制"掉头神器",这只是马小利众多发明成果中的一项。30多个工地春秋,马小利也由一名普通的农民工,成长为享誉铁路内外的工地发明家。他一身征尘,先后参建了兰渝铁路、兰新高铁、浩吉铁路等多个重点铁路工程。无论走到哪里,都能根据施工需要,不断地发明、改进施工设备,研发出多项创新成果,其中国家专利就有88项,仅在浩吉铁路项目,就申报了10余项国家专利,被大家称为"工地鲁班"。他还光荣当选中国工会十八大代表,荣获全国五一劳动奖章。

一项项荣誉背后,印刻着马小利成长奋进的脚步。

拆拖拉机的少年

也可能是天性使然,马小利爱发明、走上发明之路,与自小爱玩铁器的经历有关。

1971年,马小利出生在陕西省渭南市富平县。他的家乡是华夏文明重要发祥地之一,因取"富庶太平"之意而得名,黄帝曾铸鼎在县南荆山之巅,大禹统理天下之后,又在这里浇铸九鼎,自古

马小利

即有"关中名邑"的美誉。富平城南,渭河的支流经此处,形成石川河。这里的石头以石灰石居多,是炼制生石灰的好原料。在那个物资匮乏的年代,村民争相去河里捡石灰石,在窑里炼成生石灰,卖钱贴补家用。

马小利的父母都是老实本分的农民。父亲马宏义脑子活,爱看书,尤其是电路方面,照着书就能动手实践,慢慢成了村里的能工巧匠,小型机械的修修补补,结构、电路、钣金都不在话下。左邻右舍这家电器坏了,那家灯不亮了,都会不约而同地找马宏义帮忙。

马小利家里兄弟姐妹6个,他排行第五,也是家里的长子,特别懂事,帮着父母干活,田间地头,屋里屋外,从不喊累。放学一回到家,马小利就带着弟弟扎进石川河捡石灰石。盛夏时节,清凉的河水没过膝盖,马小利从河底捞起一块石灰石,抡起胳膊抛上河岸,在空中划出一条优美的弧线。弟弟紧跟着效仿,却把石头结结实实地砸在了马小利放在河滩的衬衣上,可能是连砸再烫,衣服上出了一个大窟窿,把马小利心疼坏了。但石灰石在高速运动和剧烈撞击后产生的"神秘力量",也让他十分好奇和着迷。

不知道是不是关中冶铁祖先的基因传承,马小利从小就爱鼓捣铁器。马宏义是马小利"玩铁"的启蒙老师,每次干活,马小利总爱蹲在身边美美地看着。有时,马宏义也会用废旧材料,给儿子做些新奇的小东西,用螺丝和爆竹黑火药做成的摔炮,是马小利常在小伙伴面前炫耀的稀罕玩具。

秋收时节,各家各户粮囤鼠害频发,马宏义就用电路和铁片丝做成捕鼠器,挨家挨户帮忙捕鼠。马小利喜欢跟在父亲身后,听着村邻对父亲"捕鼠师"的赞赏,偶尔还会得到邻居的两块糖果,因此他对父亲的敬佩油然而生。耳濡目染之间,马小利的胆子也越来越大,父亲的墨镜、家里的钟表、收音机,都被他偷偷拆装过。

20世纪70年代末,队上添置的一辆拖拉机成为全村的主要生产机械,父亲责无旁贷地成了拖拉机手和修理工。每天上工,马小利总爱抢着帮父亲上水上油递扳手。其中,摇拖拉机,是马小利最爱看的:只见父亲略微弓步弯腰,手上啐一口唾沫,将摇把抵住柴油机上的一个小豁口,手上铆足一股劲,抡起摇把快速摇上十几圈,拖拉机就吐出一团黑烟,发出"铛铛铛"的清脆声响。松开刹车、操控把手,眼前这个大铁家伙就像一头老黄牛,慢悠悠往前走,简直把马小利看呆了。

偶尔碰上"铁牛"出现故障动弹不得,父亲就像一个大夫,一通摸排检修,拖拉机又很快欢实起来。马小利对父亲敬佩极了,心想,长大了一定要当父亲这样的人。

有一天,趁着父亲外出干活,10岁的马小利和玩伴钻进停机房,像探险一样,这里摸摸,那里看看,对着拖拉机一番研究、津津有味。摸到链条时,两个人发现了端倪。

"这个链条跟其他不一样,怎么突出一节?"

"应该是链条螺栓松了,我看我爸拧过,我也会。"

说干就干,马小利和玩伴从家里找来工具,学着父亲的样子,小心翼翼卡准螺栓,拧了一阵,螺栓竟然滑了出来,原本完整的链条断开一个口子。两人这才发现方向拧反了,没修好反倒把链条拆了,怎么也装不回去。父亲回来发现后,抄起棍子就把马小利揍了一顿,自知闯祸的马小利吓得两脸通红,只能愧疚地眼巴巴看着父亲收拾残局。

消了气，马宏义转念一想：这小子爱动手，胆子大，说不定是块搞修理的料。晚上，马宏义就找来一副废链条给马小利，告诉他拆装的门道，还不忘叮嘱他，以后不能随便拆队里的东西。

自打那以后，父亲修理机械就常把他带上当助手。

上初中时，家里买了一台磨面机，马宏义也成了"磨面师"。那时候，上料只能靠桶装手拎，马小利依旧是父亲的帮手，在大量重复的手动上料后，马小利一句不经意的话，让马宏义眼前一亮。

"要是有个自动上料机就好了……"

马宏义按照儿子的提示，用铁皮做成螺旋除尘桶负责吸料，再安上锥形离心风机，实现螺旋上升送料入斗，一个简易实用的自动上料机就完成了。看着一颗颗浑圆饱满的麦子"吐出"细腻的面粉，马小利对父亲的崇拜更深了，他的手也开始悄悄"痒"了。

但真正自己动手时，却没有那么顺当。

制作一个锥形水壶，是马小利接到的第一个实验作业。在目睹父亲示范画图、放量和制作样品后，马小利动手鼓捣了四五天，真把小水壶做成了。只是，对比父亲那只严丝合缝、造型优美的水壶，马小利的这只却歪歪扭扭，到最后还有个豁口怎么也合不上。

"我是按照您说的步骤，一步一步来的，问题出在哪儿啊？"第一次动手就以失败告终，马小利百思不得其解，内心受挫，还有了一股子探究到底不服气的韧劲。

父亲见状，悉心解答了其中缘由："水壶面是弧形，它和直线不一样，你用直线的数据来做弧线放样，肯定就做不成。"弧形，直线，放样，马小利虽然听得云里雾里，但也第一次从心里认识到了学习知识的重要性。

1987年，马小利初中毕业了，因对电路感兴趣，父亲带着他找表叔倪文建拜师，到乡上农机站学电气焊。马小利暗想，要是能跟父亲一样，靠手艺吃饭，让人羡慕钦佩，那该多好啊！

电气焊的技术更复杂了，平焊、立焊、仰焊，还有气割的门道，马小利无冬历夏，勤学苦练。寒冷的冬天，马小利眯起眼睛，一只手拿面罩，一只手握焊枪在钢板上均匀焊接，犹如画家在画板上描绘风景，霎时，弧光闪烁、焊花飞溅，伴着"刺刺"声响，一道细密的焊缝勾勒而出。等马小利下班放下眼罩时，两眼早已泛红。

功夫不负有心人，不到一年，马小利就逐渐熟悉了电气焊的十八般武艺。小伙子吃苦耐劳，心灵手巧，同在农机站开车床的杜师父对他很是喜欢。在那个年代，车工手艺技术含量更高，马小利因此也对杜师父的手艺十分羡慕。时间一长，马小利又"吃着碗里看着锅里"，萌生了一个新的目标：学车工。

一听小利又长了心事，杜师父连连摆手："娃子，车床可不像电气焊那么简单，你看我满手伤疤，再说了，你表叔也没让你学啊……"

吃了闭门羹，马小利并没有打退堂鼓。一有空当，马小利就套近乎给杜师父打下手，下班空隙，就带着花生米、缠着杜师父讲学手艺的故事。架不住马小利的软磨硬泡，杜师父默认了这个徒弟，开始偷偷教他。打那以后，马小利就经常挂彩，不是手指削掉一块皮，就是铁屑飞进眼角红肿好几天，学习的热情却丝毫不减。有时趁表叔不在，索性帮着杜师父干活。

马小利

一天，农机站来了个客户，要做皮带轮内孔直径放大，言语间十分着急，恰巧杜师父请假，表叔倪文建就把活交给了马小利，说："我知道你学了一段时间，你就放心大胆试试吧。"

马小利点头答应，不慌不忙，学着杜师父平时的样子，调整刀头和轮子位置，下刀、切割，一气呵成，还把键槽位置也同步调整放大了一号，客户看后十分满意。那次之后，倪文建就让杜师父带着马小利系统学习机床，如虎添翼的马小利也学得更加卖劲了。

一年学徒期结束后，马小利的电气焊和机床都能独立操作了。

翅膀硬了的燕子自然想往远处飞。经同乡介绍，不到18岁的马小利走上了外出务工的道路，十几年间辗转西安、浙江、福建多地打零工，始终不离电气焊、机械修理的行当。有时凌晨爬上30米高的水塔做脚手架，有时半夜时分到工地修电路，马小利从不抱怨。工作之余，马小利还喜欢找来废料，做成各种工具架子。日久

● 马小利（中）在浩吉铁路8标钢构厂与工友们交流钢筋创新技术（摄影 唐志坚）

天长，踏实肯干的马小利就成了工地上的"香饽饽"，一位徐老板对马小利很是信任欣赏，一直把他带在身边，马小利也因此有机会辗转到各个工地干活，见了不少世面，长了不少本事。

好奇好学好动手

在外务工多年，马小利处理各种难题越来越游刃有余，靠的就是一股爱学习、肯钻研的劲头。敢想、敢做的性格，正是马小利改变命运、实现人生逆袭的重要法宝。

早在2001年的国道317线项目鹧鸪山隧道，马小利就曾主动给项目设计加工过两台异形衬砌台车，那可是他鼓捣出的大家伙。当时，隧道有一段18米长的喇叭形通风口，大头直径14米、小头直径7米。假如找厂家为此处专门定做衬砌台车，至少得花费60多万元，而且也只能用这一次。马小利的心里又"痒痒"了。

那段时间，他像是把自己焊在了通风口，量尺寸、想方案，做计算、画草图。他还用直径12毫米的钢筋做了模具，根据通风口直径变化，每50厘米弯出一道弧形，十八般兵器一样作出了18道。然后，他再比照钢筋弧度弯曲工字钢，将其连接起来，外弧用钢模板拼装，最终成功解决了这一技术难题。也是从那一刻起，马小利真就迷上了加工各类工程机械。

2003年，都汶高速公路开工建设，这条公路全长82公里，起于都江堰市，经映秀镇直抵汶川县城。其中，由中铁二十一局三公司建设的龙溪隧道，双洞总长7360米，Ⅱ类软弱围岩达90%以上，节理裂隙发育，地下水十分丰富，穿越F8断层，洞内瓦斯浓度高

马小利

达 18%，是一座集瓦斯、煤层断层、岩爆、大变形于一体的高瓦斯隧道，被专家称之为"川西火药桶"。龙溪隧道既是都汶高速重难点控制工程，又是中铁二十一局的"第一高风险项目"。

转眼到了 2006 年，项目工期越来越紧张，"好钢"马小利又被用到"刀刃上"。他的任务主要是负责处理各种电焊和机械修理的任务。刚到项目部时，马小利参加了各种岗前培训，本子上密密麻麻写满了笔记，每天的班前安全提示讲话，听得格外认真。因为工作责任心强、经验丰富，处理各种电焊难题游刃有余，马小利很快被留了下来，后来很快被火线提拔为钢筋加工班班长。

当上班长后，马小利依旧在车间干活，但身上的担子的确更重了，他不仅要管理班组成员，安排和汇报班组工作情况，确保作业任务按时完成，还会收到加工各种台架的任务，来了紧急的活计，马小利从不推脱，他也利用这些机会学到了不少技能。

例如，在研发无焊接开挖台车时，马小利就遇到了不会画图的难题：由于台车尺寸特殊，没有现成可用的车轮部件，需要自己画图加工制作。与往常一样，马小利用纸笔手画了一张简易版草图，找到加工厂技术员，却把对方看得一头雾水："这种手画图我看不懂，要用专业的制图软件，标出车轮的精准数据，导出三维图纸才能加工得出来。"

马小利一脸窘迫，心想，自己只是个农民工，初中学历，电脑都不会用，更别提电脑制图了……

情急之下，马小利请来项目技术员帮忙。马小利在边上说，技术员就在电脑跟前画。见技术员的手指在键盘和鼠标间来回切换，十分熟练，马小利看得眼睛放光，心里暗暗羡慕。由于未精准测量台车各部件尺寸，技术员也不清楚图纸的用途和加工技术，绘制的图纸并不理想，马小利只得在技术员和加工厂之间来回奔走沟通，反复调整修改了4次后，车轮图纸定稿才最终完成。

这次"求人"的经历对马小利触动很大，他意识到光靠以前的那些手艺，鼓捣复杂的大件是行不通了。手画图纸反复修改尺寸精度都达不到要求，干工程做大件复杂的设备，必须得会用电脑、会画图。

于是在工作之余，马小利就从最基础的电脑打字、做文档、做表格一点一点学起，一下班回到宿舍就琢磨。图纸看不懂，就经常向同事请教，一来二去慢慢学会了简单的绘图技巧。

2009年，马小利的发明成果——无焊接施工台车批量生产、推广运用效果良好，公司科技工法相关负责人找到他，鼓励一番之后，希望他申报专利。看着专利申请书的范本，马小利想到了"天书"二字，密密麻麻的文字、数字、专业绘图让他头晕目眩，但他并没有放弃。马小利决心试一下，之后的半年时间里，只要下班后有空闲时间，他就去地方图书馆查阅相关资料。

回忆起第一份专利材料编写申报，马小利神情凝重。因为经验欠缺，之前没写过文字材料，反反复复历时一年才完成第一稿。当他拿着弄好的材料准备上报时，却因为一个错别字挨了指导老师李炳辉一顿批评："这种东西错一个字都不行，甚至直接就前功尽弃了！"

经过多次打磨修改，马小利第一份专利顺利申报下来，这也进一步调动了他的学习热情。那两年，一有专利申报培训班名额，马小利总是第一个申请参加，各种高级别培训前后去了五六次，还去了清华大学继续教育学院，参加了青年技工劳模培训班。走进中国的知名学府，聆听专家教授讲课，马小利感慨万千，倍加珍惜机会，如饥似渴地学习，回到工地以后，他又结合实际学以致用，和同事们交流了很多学习体会。

后来，马小利又转战其他工程项目，跟着项目技术员和总工逐步学习了电脑制图方法。随着研发的不断深入，马小利搞发明的胃口大了，愈发意识到理论知识的重要性，他决定利用业余时间上大学，系统学好理论知识。

2017年，47岁的马小利顺利通过了西安交通大学成人高等教育考试，学习电气工程及其自动化专业。作为入学年龄最大的大学生，马小利在考试之初就引起了李教授的注意。听完马小利再深造的缘由，李教授喜欢上了这个来自工地的汉子，与他建立了深厚的友谊，并为马小利的研发提供了不少技术指导。

2020年，趁着居家办公的时间，马小利还跟着外甥周林学习了另外一款制图软件。周林白天手把手教学，马小利晚上再反复练习，有时一个操作没搞懂，就反复琢磨练习到晚上十一二点，足足下了一个月练习功夫后，马小利才学会了独立制图。

2023年7月10日，是52岁的马小利大学毕业的日子。拿着毕业证书，马小利摸了又摸，瞬间红了眼眶，往事历历在目。对于只有初中文化的马小利来说，这一切来得多不容易啊！

6年继续教育期间，马小利扎实完成了全部学习课程，专业技能和理论支撑进一步提升，专利布局的思路有效开拓。业余时间，马小利会主动听新闻、看杂志，了解时事和国家政策，从而更好地根据需求、研发出更多服务现场的创新成果。

在这期间，经过努力，马小利也光荣地成了一名共产党员。他坚持使用"学习强国"学习平台学习时政和理论知识，学习积分已达 5 万多。他坚信，知识改变命运，学习不仅提升了境界，开阔了视野，丰富了知识，更赋予了他坚定的信念力量。

尝到发明甜头

马小利的发明众多，起初虽然不起眼，却能实实在在地解决施工中的难题。对马小利来说，发现和解决问题的过程，本身就是一种快乐。

一次早班会，项目在激烈争论龙溪隧道高瓦斯施工问题。当时，隧道掘进作业进度迟迟上不去，掌子面急需一台风枪开挖台车，由于是高瓦斯隧道，洞内不允许进行电焊作业。如果在洞外组装、洞内进行二衬砌施工，超高超宽的开挖台车又无法通过，迟迟找不到突破方法。

精通电气焊的马小利把这件事记在了心里，没事就琢磨这事，在本子上圈圈画画写着几句话：不能在洞内焊接，只能焊接好运进去，太大的运不进去，只能运小的……

一次偶然的机会，马小利灵光一闪：将开挖台车的部件设计成用螺栓连接，然后运到掌子面组装起来，整台台车共用 300 多个螺丝，一天就可组装完毕，既安全又省事。初步构想成立后，马小利就开始动手加工，不会画图就找同事帮忙，不懂机械原理就一个一个部件反复试验，足足花了小半年时间，一台无焊接开挖台车才最终做了出来，进洞作业后，反馈效果很好。

马小利

那时候，由于台车功能尚不完善，项目并没有大规模推广应用。真正派上用场时，是在那场突如其来的汶川大地震之后。

2008年5月12日14时28分，四川汶川发生8.0级大地震，马小利所在的中铁二十一局集团三公司都汶项目部，位于都江堰龙池镇，距震中汶川映秀镇3.6公里。地震发生时，马小利和加工班11名工友正在制作钢拱架。突然大地摇晃，瞬间山崩地裂，工地的房屋顷刻间变成一片废墟。从惊愕中回过神来的马小利，立即组织清点人数，并和同事在废墟中挖出了负伤昏迷的总工。

地震发生后，紧接着又是狂风暴雨，同事们一时惊慌失措，支起的帐篷一次次倒下，唯独马小利支的帐篷又快又稳。他将已截成4.5米长的钢筋弯成弧形，两头插入土中，一顶帐篷用4根，再用4根2.5米长的钢筋横向绑扎，形成一个稳定的骨架，上面盖上防水布。见这个方法奏效，马小利赶忙带着其他同事又支起了20多顶帐篷，使7名重伤员、十几名轻伤员和200多名员工得到了妥善安置。

14日凌晨6时，地震已过去40个小时，伤员在呻吟，有的伤口已开始感染，而龙池通往都江堰的路全部被塌方和泥石流阻断，数十处塌方段随时可能出现大滑坡。危急之时，马小利和6名工友冒着生命危险，抬着伤员翻山越岭，裤子破了，鲜血染红了泥土也顾不上处理，他们轮流抬着伤员飞奔，3个小时跑了20多公里山路，及时将伤员送到成都救治。

地震过去不到一个月，都汶高速公路项目启动灾后重建，马小利又回到了龙溪隧道。此时，已经建成的2000多米隧道洞壁大面积破碎、开裂，隧道路面也被挤压变形，整座隧道被串珠式的大塌方拦腰断成5截，整个工程的损毁率达80%。

半个月前，这里还是另一番景象，山坡上长着密密麻麻的树，初夏时节已经是绿荫如盖，深吸一口气，就能闻到绿叶的清香。站在满目疮痍的工地上，望着灰蒙蒙的天空，马小利十分揪心。

与此同时，项目部接到通知，要在地震一周年，开通都汶高速公路。马小利心想，灾后重建比新建难度更大、时间更紧，我作为拌和站站长，必须想方设法修复被损坏的机械设备，重建拌和站，助力项目早日把隧道打通，抢出这条灾区"生命线"。

后来的几个月，马小利带着工友们不分白天黑夜，除了重建一个拌合站，还利用在废墟中找来的零星部件，新建了第二个拌合站，有效分解了新建拌和站的生产压力。

为了加快施工进度，马小利还主动找到项目领导，建议沿用无焊接开挖台车的制作方法，将各类施工台车改装成可拆卸的零部件运进洞内组装作业。得到应允后，马小利又立刻投入到台车研发制作中。两个月后，不费一点火星，只像拼乐高一样，马小利带着工友们组装出19台各类无焊接施工台车。这些台车由6000多个螺栓、3800多个构件拼成，最大的台车长6米、宽11米、高9米，重4吨多。双洞总长7360米的隧道里，上演了"螺蛳壳里做道场"的一幕，作业点辗转变化，台车也随之灵活拆解组装。这些台车操作便捷安全，施工速度提高近10倍，重点工程节点施工梗阻消除，工友们一阵高呼叫好。

2009年1月22日，仅用了6个月时间，受损极其严重的龙溪隧道就顺利打通，比计划时间提前了4个月。一位业主方的隧道专家说："我与隧道打了30多年交道，还是第一次见到不用焊接的开挖台车。"

"平时不起眼，关键时刻起大作用。"大灾大难前，看到自己改良的工装，让项目有了实质性的推动，马小利很开心，干劲也更足了，他下定决心扎根一线发明创造。此后，马小利本着"项目缺什么设备就造什么设备、设备不好用就改造优化"的理念，自己画图、自己设计、自己加工制作。

● 马小利受邀到湘潭铁路职业技术学院，与学院学生们交流（摄影　孙辉）

根据现场情况，马小利将制作开挖台车的槽钢、角钢全部设计成螺栓连接，然后运到掌子面组装，解决了困扰隧道施工的难题。这一发明的问世，填补了我国隧道二衬混凝土养护、除尘专业设备的空白。

20世纪90年代中期，隧道二衬广泛使用防水塑料板，隧道内渗水与二衬混凝土隔绝，起不到降温和自然养护的作用。如果采用高压水枪喷射，初凝的混凝土表面会受到损伤，且大量的水流到地面，既浪费水资源，又会导致地面泥泞不堪。研制一台既能除尘又能养护的隧道施工专用设备，是马小利瞄准的又一个努力方向。

考虑到隧道内有通风管、衬砌台车，养护除尘施工台车既不能影响其他工序，又要行走自如，马小利进行了缜密构思和精心设计。他根据隧道断面轮廓，设计安装了 40 个喷头，喷头内设置了两条水道，高速旋转的水柱喷水角度为 120 度，水呈扇形喷出；为了防止高压水对混凝土表面造成损伤，达到完美养护和除尘效果，他设计了雾化喷头，经过反复试验，水压达到 10 兆帕时，雾化效果最佳。

操作工人试用后十分高兴，因为只要轻轻一按遥控，整机 1.2 吨重的铁家伙就能行走，且设计了防腐防漏电装置、集成配电箱，充分考虑了潮湿环境作业安全，操作十分简便。

掌子面喷锚，一次需用混凝土 50 立方米，人工供料前后需要 5 个小时；5 名工人不停地用铁铲铲砂石料，累得气喘吁吁，拉料的却只能站着干等。加工一台自动配料机，成为马小利又一个创新课题。只用了两天，马小利就拿出了设计草图。自动配料机长 7 米、宽 2 米、高 2.7 米，由料斗、漏斗、皮带输送 3 个部分组成，料斗一分为二，一边装沙子，一边装石子，一次能装 25 立方米，拌合一次喷锚混凝土，只需用装载机上两次料即可。

接下来就是制作设备。马小利找来钢板、角钢、槽钢的边角余料加工，再配一台 4000 瓦电机、一个主动轮、37 个空心小支撑轮、一条输送带。这里头，有马小利许多的设计精巧和精密：两个漏斗下端各有一个插板，可任意调节沙石下滑速度。沙子的漏斗设计得稍陡，这样可以让沙子比石子下落的速度慢一些。

机械投入使用后，整个供料系统由过去的 5 人减为 2 人，效率提高了一倍。保障部领导说："像这种二料合一的配料机，如果在市场上买，价格在 10 万元以上，关键目前市场上还没有，而马小利制作的成本价只有 1.7 万元，省钱又好用！"

短短一年间，马小利与工友们共同克服了地震破坏大、施工条件差、机械设备少等不利因素，设计加工了 10 余种、30 多台（套）设备用于隧道施工，降低成本 300 多万元，创造效益上千万元，取得了 14 项创新发明成果。其中，无焊接开挖台车、二合一喷锚混凝土自动配料机、H 型钢弯曲机、多功能吊装设备等实用施工技术成果被身边的同事们称为"四大发明"，受到广泛赞誉。

小发明的铁路情

成为一名铁路建设者后，马小利的劲头更足了，南北转战，发明成果如雨后春笋般涌现，在服务重点铁路工程建设中，马小利感到真正实现了自己的人生价值。

基于马小利在地震抢险中作出的突出贡献，2009 年，中铁二十一局党委决定，将马小利吸纳为正式员工。5 月 6 日，马小利与公司正式签订新合同，成为中国铁建第一位由农民工转正的员工。那一天，马小利高兴极了，他脸颊泛红，手指微颤，小心翼翼地摸着新发的工作服，感觉像是做梦一样。更感到自己通过多年努力，没有让父亲和杜师父失望。

因为环境条件不同，每一条铁路建设都会遇到不同的难题。尤其在攻克世界级难题面前，整个工程建设就像一条流水线，任何一个工序环节卡壳，都将影响工期、质量，需要一个又一个像马小利这样的小创新小发明，来打通施工生产的难点、痛点和堵点。

马小利就像一只驰骋工地的小马驹，马不停蹄，先后辗转兰渝铁路、兰新高铁、浩吉铁路等重点铁路工程建设项目，在解决一个个具体问题中，一项项发明成果层出不穷。

兰渝铁路是我国地质条件最复杂的山区长大干线铁路，穿越区域性大断裂10条、大断层87条，施工难度极大、风险极高。其中，马小利参与修建的桃树坪隧道是兰渝铁路最复杂、施工难度最大的极高风险隧道之一，有"国内罕见，世界难题"之称。

冬季施工，拌和机启动很困难，为防止砂石冻结，一般会先给拌和站搭保温棚，再往拌和机里加热水拌和混凝土，但热水供应不及时，温度始终不稳定，而且水泵、管道和出料口很容易冻住。马小利心想：家家户户都用暖气，能不能给我们拌和站也加装上暖气？

于是，在设计修建拌和站时，马小利增加了一个可以持续供应热水的炉子，这样可以有效利用热水箱和烟道的热量，提高搅拌机室内温度，如此一来，搅拌机的出料口、水泵和管道再也不会受冻，工作效率提高了3倍多。

转战兰新高铁建设一线，马小利又接连创造了多项发明成果。该线控制性工程二线小峡湟水河特大桥，全长1135.05米，设计为双线桥梁，共24跨，桥面至地面高度达50米，大桥分别跨越109国道、湟水河、京藏高速公路及兰青铁路上、下行线。按设计，要在大桥的纵向安装左、中、右3个排水系统。安装中间的排水系统，工人可以从连续梁的预留孔里进入，但安装左右两侧的排水系统时，却遇到了很大的麻烦。由于桥墩高达数十米，桥址地势陡峭，吊车难以靠近，致使排水管无法安装。项目经理将破解施工难题的重任交给了马小利。

来到现场，马小利发现排水系统设计在箱梁的翼缘板处。从大桥边垂直向下，要往里凹进去2米才是翼缘板，而每根PVC排水管重量近50公斤，在几十米的高空中作业安全隐患极大。经过构思设计，马小利制作了一台既操作简便，又能确保施工安全的"悬臂平台"来解决难题。在设计制作时，既要考虑悬臂平台不能影响900吨运梁车通行，还要考虑到桥的边缘有两条宽度分别为40厘米、60厘米的电缆槽和1米高的挡砟墙，还有每隔约30米就有一个接触网基座等因素。马小利说："悬臂平台的形状要根据现场情况来设计，真正做到量身定制。"

2012年，兰新铁路工期吃紧。为了应对西宁寒冷的冬季气候，确保拌和站冬季正常施工，马小利请缨设计加工拌和站循环加热系统。这个系统简洁实用，分为蓄水、加热和循环3部分。加热箱体位于两台配料机之间，可以利用箱体的热量为配料机供暖加热，使砂石料保持足够的温度。为有效利用热能，在为水箱加热的同时，用无缝钢管制作的炉条与水管连接，形成循环加热。同时，马小利别出心裁地将排烟系统直接从箱体内穿过，使得热能再次得到充分利用。

试用成功后，原来冬季6立方米的锅炉每次只能拌和30多立方米混凝土，有了这个循环加热系统，每次可以加热42立方米水，至少可以拌240立方米混凝土，如果算上27立方米储水箱的热水，还可以再拌130立方米混凝土，大大提高了冬季混凝土供应量，满足施工需要。

此外，马小利还挑战传统施工方法，历时一个月，创新开发出适合特殊条件下运输的无砟轨道运输吊装车特种设备，提高施工效率2.5倍以上，在高铁无砟轨道施工中掀起了一场技术性革命。

高铁无砟轨道施工材料运输是制约工程进度的瓶颈。无砟轨道分为左右两股道，在无砟轨道浇筑了一面混凝土后，施工另一面时，受地形限制，施工材料只能靠龙门吊运输。但龙门吊每分钟只能行走20米，且稳定性差，吊运重量有限，需要3个人配合操作，施工效率较低。传统的无砟轨道施工弊病，触发了马小利创新的灵感。马小利创新设计的特种设备集运输、自动装卸于一体，运行速度比龙门吊快2.5倍，一次可载重12吨，是龙门吊的10倍，无砟轨道施工的各种材料都可以运载，运输安全平稳，只需要1个人操作，完全实现了机械化作业。

"多拉快跑"是人们对交通工具的恒久期望。如果说风驰电掣的高铁让中国铁路进入"高铁时代"，那么，在蒙西至华中绵延千里的江河山川中驭风而来的浩吉铁路，则以一次载货万吨的"洪荒之力"，带领中国铁路货运事业向着"重载时代"迈上一个新的高度。

2015年，马小利来到浩吉铁路项目。

浩吉铁路线路全长1837公里，是中国境内一条连接内蒙古浩勒报吉与江西吉安的国铁Ⅰ级电气化铁路，是中国"北煤南运"战略运输通道。作为中国跨越省份最多的货运铁路，浩吉铁路地域跨度广，跨越一次长江、两次黄河，由北向南先后穿越了毛乌素沙漠、陕北黄土高原、吕梁山脉、中条山脉、秦岭山脉、江汉平原、洞庭湖平原和赣西丘陵等地域，跨越7省13市28县。铁路全线建设大中桥770座、隧道229座，5公里以上的特大桥有10座，隧道穿越岩溶、瓦斯、膨胀岩土及黄土等复杂地质地貌，施工极为困难。

全线控制性工程小南塬隧道和君子隧道累计长达16公里，围岩绝大多数为IV级、V级，原设计用型钢拱架支护。由于地质复杂、围岩差，需要加工"8字筋"88万个，注浆小导管15万根，累计加工钢材1.1万吨，马小利临危受命担任项目钢构加工厂厂长，他从提升产品质量、提高生产效率着手，构思研发创新设备，浩吉铁路上场施工仅3个月，马小利就以高超的技艺赢得了业主、监理的认可，他的产品不仅免检，而且被定为全线的"标准"，创新研制的各种机械设备，共为项目部节省设备采购费用300多万元，各兄弟单位为了取得加工产品质量上的突破，争相前来参观取经。

事非经过不知难。在生产"8字筋"过程中，马小利啃下了不少硬骨头。当时，市场上的小导管冲孔机由于机械冲孔是瞬间发力，钢管不是被压弯就是被挤扁，产品没一件合格。"8字筋"冲压机经试用，该机冲压的"8字筋"直线段只有4厘米长，而且直线段还呈弧形，焊缝短，与设计要求的7—8厘米差距太大，不符合设计要求。

眼看隧道即将展开施工，钢构加工却陷入困境。马小利向项目负责人主动请缨，召集创新团队核心成员初雷、罗岁平、王小文、卫强等一班干将对零部件进行精加工，一次次试验，终于在半个月后成功研制了小导管组合钻床、"8字筋"冲压机。钻床9个钻头呈一字排列，一次同时钻9个孔，一根导管4个方向钻孔36个，只需30秒，比单台钻孔机提高功效数倍且降低了成本，产品完全符合设计标准，业主、设计院、监理看了产品赞不绝口，并对钢构厂产品实行免检。

项目建设期间，马小利开动脑筋研发加工制作了"8字筋"弯曲机、"8字筋"冲压机、隧道开挖折叠台车等13种，25台套机械设备，让长期困扰的施工难题迎刃而解，在施工中发挥了巨大作用，极大降低了施工成本，提升了工程质量，使该标段成为全线创新的示范单位。

长期在一线摸爬滚打，马小利非常理解现场劳动者的不易，也清楚地知道在施工过程中，一些设备存在重复利用率低、环保性能差的问题。他研制的二合一喷锚混凝土自动配料机、H型钢弯曲机、多功能吊装设备等多数用废旧钢材加工的施工设备，成本十分低廉，但在施工中却非常实用，大大降低了工人的劳动强度，工友们

● 马小利在调试电机刹车（摄影　尹登明）

都称他为"土专家"。

2019年9月28日,世界上一次性建成并开通运营里程最长的重载铁路——浩勒报吉至吉安铁路正式开通运营。一列列煤龙驰骋南北、奔腾不息,"两湖一江"动能澎湃、势如潮涌。

车轮滚滚,千里浩吉犹如一条巨龙盘踞在河津大地上,穿长江、越洞庭,形成一道美丽的风景线,为能源运输提供了可靠的保障,守护了万家灯火,满足了广大人民群众对美好生活的向往。看着这条家门口的铁路开通运营,马小利十分激动,他清晰地感知着,脚下这条铁路上,成千上万根"8字筋"都曾是他一一抚摸过的"孩子",它们化身为战士,稳稳守护着这条铁路的安全。

马小利与他的团队

随着铁路建设规模不断扩大,工地现场需要更多的技能人才。马小利意识到,个人单打独斗力量有限,必须吸引更多的年轻人参与进来,充分凝聚和发挥团队的力量。

2015年,中铁二十一局集团成立了以马小利名字命名的"马小利劳模创新工作室"。各类核心研发人员、技术工人、机械设备加工能手相继加入,一批批年轻的大学生也纷纷慕名而来。马小利也有了新的身份——工作室带头人,除了练好自身过硬本事,还要带动和发挥出团队力量。

工作室的成员结构多元,需要结合他们的特点因材而用。大学生理论基础扎实、功底好,加工手实践经验多,工程师系统思维能力强,马小利就是一个连接纽带。他经常会请教大学生画图和理论知识，也会把自己和加工手们实践中的经验分享给大学生们，还会鼓励加工能手主动学习新知识，与团队一起攻克技术难关，在交流碰撞中，研发出更多的成果运用于施工现场。

大船航行靠舵手。创新的道路并不平坦，一项创新成果从提出构想到成果落地，也并非一蹴而就，需要团队大量试验和探索，甚至会遭受各种质疑。马小利就是团队里的主心骨，他就像一根插进混凝土的钢筋，踏实、稳固，能够带领团队屏蔽外界的杂音，结出喜人硕果。

浩吉铁路项目上场不久后，钢构厂购置了一台40万元的自动成型设备，能够高效作业。试用一段时间后，马小利发现了端倪：因为基础值设定较大，每加工一根钢筋，就会产生1.5米多的废料，而这一节废料正好又能做一个"8字筋"。马小利决定，做一个弯钢筋的设备，把废料利用上，这一想法却遭到了很多人的质疑。

"人家专门做设备的大公司都做不出来，咱们能弄出来吗？"

"材料加工有废料是正常的，没必要在这花心思。"

马小利却不为所动，他认为，这种新设备，刚出来有个完善周期，制造设备的厂家也不清楚客户的需求，要是自己做成了，可以减少浪费，为项目、公司创效，说不定还能刺激厂家对设备优化升级。

历时半年，马小利带领工作室成员，通过电路反复试验的方法，更换四五十种配件，最终将8字钢筋剩料弯曲设备造了出来，成功实现了废料的二次利用，累计为项目节约格栅拱架成本200多万元。

在研发过程中，马小利意识到，光靠原来测量、手算的土办法太慢，要学编程、数字化集成电脑控制这种新技术，于是便有意识地安排工作室王小文几人学习。经过一段时间的学习摸索，工作室的自动化控制水平逐步提升，已经熟悉掌握了无人操作弹绳器的自动化控制技术。

青年骨干是工作室的主力军，王小文、薛彬和初雷就是其中的优秀代表。

"第一眼见，你根本分不清他是干什么的，说他是技术员，拆拆装装浑身油污，像有使不完的力气。说他是工人，又能说会道滔滔不绝，感觉很厉害的样子。"

"转正的临时工"，是徒弟王小文对师父马小利的第一印象。

2015年，王小文到浩吉铁路项目钢构厂任副厂长，给厂长马小利当助手。起初，长期专职从事物资管理的王小文对研发并不"感冒"，甚至认为自己不是这块料。马小利每次研发都把他带在身边，鼓励他在工作中发现选题，大胆尝试，王小文只得跟在师父旁边打下手。

时间一长，马小利听到一个这样的声音："王小文你一个大学生，天天跟人后面打下手，也没自己的成果……"

眼看马小利的成果层出不穷，其他工作室成员也陆续传来好消息，王小文不好意思了，师父马小利更坐不住了。一天去工地转悠，马小利把王小文叫上，边走边问："你最近在忙啥？有啥思路没有？"见内敛的王小文抓耳挠腮默不作声，马小利声音越说越大。

"你还这么年轻，要多思考多动手！"

"你就没想过，自己搞个专利？"

王小文点头答应，但苦于不是搞技术的科班出身，一时没有思路，像极了老虎吃天无处下爪子。马小利对王小文语重心长地说了一句话："我们搞研发，不能脱离现场，现场遇到问题就解决，问题解决了成果也就出来了。你得多去现场多看、多听。"王小文听后很是触动，他决心做出点成绩让师父看看。

但从参与到独立完成一项研发，并没有想象中那么容易。

2019年，王小文转战炎黄高速项目。隧道施工中，水沟电缆槽盖板重达四五十公斤，作业结束后，工人移动极为吃力，发明一个操作机器，成为王小文的第一个研发课题。兴致勃勃动手开干一周后，王小文遇到了瓶颈，电动机齿轮连接卡壳问题久久不能解决。

马小利看出了徒弟的心结，现场演示一遍后，给他解释电动机、齿轮和链条的工作原理，鼓励他大胆放心弄，不要害怕，得空恶补点电动原理知识。最终，王小文顺利研发出隧道内施工沟槽自行铺设装置，并成功申报了发明专利。此后，王小文状态渐佳，和师父马小利一样，也爱上了搞研发。

总工薛彬，是马小利创新工作室的资深骨干，他与马小利同样相识于浩吉铁路项目。当时，薛彬在八标二工区担任第一架子队隧道技术主管。隧道施工要加快施工进度，采取全断面仰拱一次爆破开挖，需要一台高8米、宽6米的巨型开挖台车，薛彬把图纸画好，便交给马小利负责加工，一来二去，两人建立了频繁联系，并在业务上实现了互补。薛彬是科班出身，画得一手好图纸，马小利动手能力强，薛彬会向马小利请教设备工作改进的点子，马小利也会向薛彬和其他技术人员请教图纸画法，二人合力牵头研发的隧道车辆自动掉头转盘系统、隧道二衬拱顶预警系统等也取得了实实在在的好效果。

转战张南高速项目任安全总监后,薛彬在思考提高项目安全标准化管理、确保安全施工的法子时,首先想到找马小利。马小利当即提出了一个思路,并在第二天手绘出一张桥梁防撞墙自动行走台车草图。不久,台车顺利生产出来,不仅解决了桥梁桥面系防撞墙高空作业支模及施工混凝土安全问题,还大大提高了安全施工效率,得到了业主及湖北省质监站领导高度认可并全线推广。

与王小文、薛彬不同,初雷是一名加工手,他与马小利是多年好友,同样对工装设备改革有着浓厚的兴趣,是马小利改装设备的得力助手,马小利也会不厌其烦地同他讲些机械原理和电路知识。

2019年,浩吉铁路项目完工,工作室搬回了公司总部咸阳,并改为项目工作点方式,即工作室吸纳公司各类业务骨干,为各项目培养和输送工作点负责人,遇到技术难题时,由工作室集中组织力量开展攻关。马小利依旧长期在一线帮助大家解决难题,每次都是带着成果去,再带着新的问题和思考回来。

采访中,笔者来到咸阳,走进马小利劳模创新工作室,马小利的成长历程、专利成果及推广分布等内容悉数可见,十几个精致的模型十分抢眼。马小利告诉笔者,这些模型全都是自己用废旧材料做的,方便大家参观时,更直观地了解发明原理。

2022年8月1日,马小利劳模创新工作点在眉太高速项目揭牌,马小利在项目蹲点3个月指导后,交由徒弟和工点技术负责人王小文牵头负责后续研发。一年多后,该项目成功研发专利17项,受到业主和地方人员的高度评价。

如今,成员已达60多个,王小文等10余名青年员工成长为

● 马小利在眉太劳模创新工作点为项目技术人员推广设备运用，指导项目工作点技术工作（摄影　程国治）

项工点负责人，工作室授权的实用新型专利有 100 余项，20 多项研发成果得到广泛推广应用，为企业节支创效 2000 余万元，随着一批又一批年轻人的加入，整个团队充满了朝气和活力，敢想、敢试、敢做的氛围十分浓厚。

　　此时，马小利依旧奔忙在各个工地，喜欢随时随地发现问题，或者灵感乍现就记下来。他坚信，所有的研发都是为了解决生产问题，而解决问题的前提就是发现问题。2023 年年底，他牵头研发申报的发明专利"一种用于桥梁桥墩施工的吊篮装置"获得受理，该装置成功解决了现阶段桥墩施工安全风险高、施工成本大、劳动强度高等问题。而该发明专利正是几个月前，马小利在陕西宝鸡眉太高速 1 标项目现场发现的新问题。

谈及自己和工作室百余项的发明成果，马小利十分谦虚："这都是大家共同努力的结果。我希望也相信，将来会有越来越多的年轻人加入我们一起搞研发，让新技术更好地服务于施工现场。"

发明成果共享

冬去春来，"工地鲁班"马小利的名声越来越大，不少行业内的项目遇到疑难杂症，都主动邀请马小利上门"坐诊"。马小利就像移动的专家号，每年的大半时间，都在辗转各个工地出谋划策和"专家问诊"。他说，发明成果服务的项目越多，感觉自己越有用，越开心。

2015 年，中铁二十一局四公司共玉公路鄂拉山隧道建设遇到了麻烦。该隧道海拔达 4400 米，单线长 4700 米，是世界最长高原冻土公路隧道，在实施自行式水沟电缆槽模板成果转化调试时遇到几个棘手的问题无法解决，项目经理何海洋便向马小利求助。一路奔波 4 个多小时的马小利顾不上休息，到了工地就直接进入隧道去调试设备。

忙了 5 个多小时，问题解决了，马小利这才回房间休息。半夜，何海洋在睡梦中忽闻一阵急促的敲门声："老马高反了，现在昏迷了！"听到同事大喊，何海洋急忙来到马小利的宿舍，只见他嘴唇发乌，正在大口喘气，意识也已经开始模糊了。何海洋知道，这是高原反应的典型症状，立刻对他进行输氧抢救，六七分钟后，马小利苏醒过来，直到他能够下床行走并可以清晰地讲话，何海洋这颗揪着的心才放下来一点点。随后，何海洋安排工地医生和救护车在全程不停输氧的情况下，把马小利紧急送到了海拔低一些的县城医院检查，无大碍后，又连夜返回西宁休养。

事后，何海洋通过马小利爱人得知，他因早些年长期在川西高原工作，身体受到严重损害。何海洋不禁感叹，为了解决兄弟单位工作中遇到的难题，他竟然可以豁出命去，至此和马小利有了"过命"的交情。

2015年6月，一套一线工人技术革新的模板在共玉高速公路隧道拆模后，露出线型优美的隧道排水沟、电缆槽和光滑平整的混凝土表面。这套模板的全称为"自行式隧道水沟、电缆槽整体施工模板"，它的设计者正是马小利。

业主要求，全线隧道排水沟、电缆槽施工必须使用这种模板，提升整体工程质量。

长期以来，排水沟和电缆槽施工一直是隧道施工的短板，其工序繁琐，要采用多次支模板，分次浇筑混凝土。以前的施工方法极其简单，为固定模板，在地上焊几根钢筋作支撑，再用方木顶住模板，或在模板上穿眼用拉杆连接，振动棒一开，胀模、漏浆等现象层出不穷。成型后的水沟、电缆槽几何尺寸线型歪歪扭扭，蜂窝麻面多，工程质量大打折扣。

为解决这一"老大难"问题，马小利开始绘图并反复修改优化设计图纸，还根据铁路和公路隧道排水沟、电缆槽设计的差异，分别加工适用于铁路、公路隧道的模板。他设计的自行式水沟、电缆槽整体模板，重量仅4吨多，一次可浇筑9米或12米。该模板实现了电气自动化，只需操作按钮即可自动行走、自动定位、自动脱模，产品性能堪称完美。

共玉高速项目一位隧道专家在现场大为惊叹，甚至带着新的问题找到了马小利："隧道土工布铺设不平整，严重影响防渗漏效果，是一个行业难题，你能否解决这道难题？还有小型隧道，如泄水洞、横洞高度、宽度仅2米多，二衬施工影响机械车辆通行，你有没有办法解决？"

经过缜密构思，马小利设计了隧道土工布铺设液压台架，两个月后，整机组装出炉。另外，针对小型隧道，马小利还研发出无支架二衬台车。无支架的台车，只用按钮控制，就能自动行走，且施工时不影响其他机械车辆通行。

让发明成果惠及更多施工现场，不仅要干得好，还要讲得出，这给马小利提出了更多挑战，演讲、交流是马小利需要学习的另一个方向。

2021年5月起，马小利先后参加甘肃职工演讲比赛和全国铁路职工演讲比赛，最终在全国职工演讲决赛上拔得头筹。谈及备赛的诀窍，马小利分享了自己的"土方法"："我就有一个信念，不论是什么工作或者任务，只要交到自己手上，就要想办法完成好。"

方言味儿重、普通话不标准，马小利就找来在县朗诵协会的弟弟马东立，让他帮忙引荐朗诵协会的老师，一句一句辅导。为了克服紧张怯场问题，马小利利用各种场合锻炼自己，吃饭时、开车时、睡觉时，马小利都在嘴里念念有词。在空无一人的地下室，马小利大声诵读着演讲词，在老家渭河边的秦腔戏台上，马小利顾不上往来村民异样的目光，沉浸式讲述自己的故事。

经过8个月的反复练习，马小利的演讲水平脱胎换骨，听着自己第一次完整脱稿演讲的录音,马小利热泪盈眶,他说:"真正投入进去的时候,脑子里像放电影一样,就好像在说别人的故事,每一次练习都在给自己积蓄更多力量。"

除此之外,马小利还曾先后前往多个系统内外的兄弟单位,为贵南高铁、玉磨高速公路等项目提供技术指导和服务。在中国铁建承办的宁夏银昆高速公路推进会上,马小利向大家推介了公路安全施工方面的研发成果;在陕西省高速公路建设项目平安百年品质工程现场会上,马小利又通过模型展示、现场讲解等方式,向来自陕西省12个在建高速公路项目代表130余人展示了项目的施工亮点、工艺工法。

马小利说,铁路建设没有内外之分,搞发明创造,不是为了多少专利,而是为了解决工地存在的一个个问题,早日将设计蓝图变为大道通途。

他感觉自己像工地上的一块石头、一块铁,慢慢地发出光来……

家的温暖

家风好,才能家道兴盛、和顺美满。马小利扎根工地多年,心无旁骛搞发明,离不开家庭的温暖和支持。父亲的引导、妻子的陪伴是马小利前进的动力,勤奋工作、踏实肯干的好家风,也在孩子们身上传承下来。

在马小利人生成长路上,父亲是引路人,也是敲钟人,总会在重要时刻提醒他坚守初心。早在2009年,马小利获得全国五一劳动奖章时，父亲就曾再三嘱咐："国家和社会给了你这么高的荣誉，以后你可不能掉链子啊！"2021年，马小利参加全国职工演讲比赛赢得金奖，父亲又对他说："你得了这么多的奖，更要时刻保持本心，做好本职……"

马小利也一直牢记父亲的教诲，年过半百依旧保持创新和钻研的热情。

搞发明上了瘾，家也成了他的发明车间。为了方便工作，马小利在父母家旁搭了个工作棚。约30平方米的工作棚看起来十分扎实，从钢梁立柱到不锈钢板，都是马小利自己焊接的，几个货架放满了各种工具和零部件。每次回老家，马小利的大部分时间都待在这里，马宏义也没闲着，主动当起了马小利的帮手，递个工具、拿个材料，平时佝偻着的腰，看上去也利索了许多。

回想起小时候，自己总给父亲打下手的经历，马小利有些不好意思，忙让父亲停手，父亲却自豪地说："你是给国家重点铁路建设作贡献，我帮着你做好了这个零件，也就相当于我也在给重点铁路建设作贡献了，这是全家都值得自豪的事情！"

马小利的妻子刘小转，是一名家庭主妇。1992年，刘小转与马小利相亲后组建家庭，养育了两个女儿。刚成家那些年，刘小转曾随马小利外出打工8年，辗转浙江、福建等地。2006年，为了照顾女儿，刘小转辞职回到老家。多年的打工生活，培养了这对夫妻心照不宣的默契。尽管马小利工作越来越忙，有时过年还要留守工地，夫妻却依旧互敬互爱、相濡以沫，在生活中相互照顾、相互信任，在工作中相互理解、相互支持。马小利也会学着年轻小情侣的新鲜法子，过节买一束花、生日送一份礼，努力弥补妻子多年的辛劳和付出。

● 马小利在施工现场进行电气焊施工作业（摄影　方浩）

　　创新的路上布满荆棘，马小利经常挑灯夜战，冥思苦想，图纸画了一摞又一摞，凌晨三四点还在琢磨，一晚上烟灰缸盛满了烟头，刘小转看到又心疼又生气："你这是在拼老命啊？搞不出来就算了，只要把老本行电气焊干好，没人会说你的，何必难为自己！"可痴迷创新的马小利天生一副不服输的倔性子，不达目的誓不罢休。刘小转只能在背后默默支持，做丈夫最坚强的后盾，无怨无悔承担全部家庭重担，在电话那头和丈夫分享女儿们的成长点滴，一到寒暑假和过年，就带着"小候鸟"们飞往工地一家团聚。

　　在马小利的衣柜中，放着两件宝贝，一件毛衣、一个手拿包。毛衣是大女儿马旭庆拿到第一笔实习工资时给买的，手拿包是小女儿马露高中攒零花钱给他买的，两件礼物都饱含了女儿们对父亲满满的爱意。马小利十分珍视，辗转工地都带在行李包里。

　　与普通小家庭一样，父亲的爱沉重而厚实。马小利回家时会陪女儿去公园游乐场，也会买好吃的零食、好看的衣服和娃娃，在学业选择上，充分尊重孩子们的意愿，也会在原则性问题上严肃引导，会在女儿上学生病时请假去照顾，也会在即将毕业时给出工作建议。女儿们也十分乖巧懂事，从原来对父亲工作的不理解，转变为主动投身到铁路工程建设事业。

大女儿马旭庆，继承了父亲老实稳重的性格，2017年毕业后从事财务工作，凭借踏实肯干的品质，在工作的第四个年头，就被提拔为项目财务部部长。提及父亲的名气，马旭庆眉眼弯弯，满脸自豪，却也道出了自己的小秘密："刚工作时，我总会刻意回避提及我爸，不想让单位同事们知道我俩是父女，因为他通过自己的努力，获得了大家的尊重和认可，我很敬重他，但我也希望通过努力实现自己的价值，而不是因为别的……"

二女儿马露，千禧年出生的她机灵古怪，是父亲的"小迷妹"和好朋友，每次看到老爸上电视、上报纸，马露都会在家庭群、微信朋友圈中点赞叫好。但在马露儿时印象中，父亲一回家，就会逼着她早起早睡不许睡懒觉，回家了还有接不完的工作电话，总爱钻进乡下爷爷奶奶家的工作棚，动不动就把"加油""努力奋斗""努力干"这种话挂在嘴边，有时候甚至到了疯魔的程度。

马露后来走上工作岗位。戏剧影视文学专业的马露，很快找到了施展才华的舞台，入职培训期间，策划的新员工晚会得到了一致好评。慢慢地，她对父亲和他的工作也有了新的认识："以前我只知道他很忙，可能也有些成绩，但真正工作了听同事们说，我才知道他这么厉害！"遇到父亲要研发新设备，临时购买零部件钱不够时，马露还会拿出上学时做兼职攒的工资鼎力支持，父亲也会在手头宽裕时给女儿发个爱心红包。

对小女儿的快速成长，马小利很是欣慰，会自豪地把小女儿的作品拿给身边同事看，但也少不得叮嘱几句。2024年元旦前夕，马露正为公司的晚会忙得不可开交，马小利在出差之余依旧关心不断，见给她发信息不回，就在微信发起了长段语音："排练的时候要认真仔细，不要迟到，要拿出自己的精气神，注意好仪容仪表的细节……加油努力！"

春节假期来临，马小利迎来了一年中最幸福的时刻：孩子们陆续放假回到家中，妻子在厨房忙碌起来，他的工作场地从单位转移到家里和父母家的工作棚。

饭桌上，马小利和自己父亲当年一样，忍不住跟孩子们"唠叨"起来："老大你是搞财务的，尤其要注意细节，错一个小数点都天差地别……"转头又对女婿说："召博，你上次跟我说的那个创新思路挺好的，可以试试看……"

妻子忙用手肘拱了拱马小利，示意他不要再往下说了。小外甥的一段咿呀学语，打破了短暂的沉默，一家人又有说有笑，在欢声笑语中迎接新年的到来……

那些天，马小利的发明也没放下，又在家研究起编程和控制系统，提前为2024年规划的几个研发项目做测试准备。

元宵节第二天，笔者来到马小利家中采访，刚好见证了这一幕：狭小的阳台上，一张椅子、一个小马扎，组成了一个简易工位，椅面上铺满了七八个零部件，电线七缠八绕。刘小转一边收拾一边解释："让作家见笑了，老马在家总把搞发明这些东西到处放，走到哪就在哪鼓捣，给他收拾又怕给他搞混乱了，就由着他尽兴搞吧！"

马小利

这只是马小利在家研发场地的一角。来到乡下老家富平县教场村，大门上"贵在自立"4个大字赫然在目。推门进去，笔者不禁一愣：不到10平方米的院子里，堆满了各式发动机、电箱等零部件，几乎无处下脚。

马小利解释，这是各个项目寄回的报废机具，家里场地大，好操作，周末节假日回家刚好腾出手来琢磨。院内一角，已经修好的七八台电动机摆放整齐，马小利如数家珍："别看这些个破铜烂铁，修一修都能变废为宝。"

采访快结束时，马小利在家门口同我们告别，眼睛里闪着星星一样的光，滔滔不绝说起2024年的工作规划："今年要做的事情很多，一个是对以前的东西再改进再创新，一个是在隧道安全施工这块，尤其是灾害预警、监控报警等方面出些成果。假期看了很多论文资料很受启发，计划再写一篇论文，整理一些在拱架安装方面的方法和意见，让更多的人知道小革新在保安全中发挥的重要作用。"

与此同时，工作室的计划也在同步推进，除了成渝中线铁路项目的研发立项规划，马小利还在带领团队着手甘肃平庆铁路项目工作点成立准备工作，面对新领域、新问题、新挑战，只争朝夕的马小利总是时不我待。

望着那个朴素敦实的身影，我们的心中有无限感慨，是啊，只要持之以恒地不懈努力，每一个人都有出彩的机会。马小利经过多年的淬炼和洗礼，沉淀了更加坚实笃定的脚步，他的创新一直在路上。未来，我们还会继续看到那一抹鲜亮的橘红色工装，奔忙于桥隧之间，匍匐在钢筋混凝土之上，在施工一线的沃土里，弘扬铁路工匠精神，开出创新之花、孕育发明硕果，在平凡岗位上持续书写精彩人生答卷。

告别马小利，坐上高铁，感受列车在祖国广袤大地上飞速疾驰，我的脑海中仿佛看到了这样一幕：和马小利一样的数百万铁路人焕发出无穷的精神力量，流淌在屹立的桥墩上、疾驰的列车上、坚守的道砟石子上。他们在民族复兴的道路上，挺起了大国脊梁，在奋斗中成就出彩人生，用实干把梦想变为美好现实，汇聚起实现交通强国梦的磅礴力量。

创作手记

采访和撰写马小利，印象最深的两个字是：定力。

马小利的定力，有钢筋的韧劲。他从农民工做起，痴迷于工地发明，后来转正、入党、走上全国领奖台，但他始终一身工装、不离老本行。马小利拥有的 80 多项发明，效用大小不一，有节支降耗，也有提效率保安全，但始终本着一个宗旨——服务建设一线。即使年过半百、诸多荣誉集于一身，马小利依旧笑呵呵地奔走在工地一线，这种久久为功的韧劲，是常人所不能及的，也是他多年来创新硕果累累的原因所在。

马小利的定力，有混凝土的坚实。提及马小利，同事都有不一样的褒奖：爱学习、肯钻研、很踏实、有毅力……问及家人，都说他"痴迷""钻进去了"。提起成果和荣誉，他总是心怀感恩，常说是大家支持和帮助的结果。

随着采访创作的深入，我们越来越佩服他了。

陈燕平

我的"中国心"
——记中车株洲电力机车研究所有限公司正高级工程师陈燕平

邓石华　胡　乐

2023年6月28日上午，福建湄洲湾。

阳光泼洒在海天之间，将海面映衬得更为蔚蓝与辽阔。福厦高速铁路穿海而过，裹一身金色的跨海大桥雄壮宁静，蓦地，劲风呼啸，桥面闪过两道"闪电"——两列更高速度等级CR450试验列车相对迅疾飞驰，交会而过。眨眼间，"闪电"便消失在远处，大桥与海面宁静依旧，似乎刚才的一切只是神秘幻觉。

列车内，速度显示仪上的数据不断跃动刷新，当运行峰值定格在单列时速453公里、相对交会时速891公里时，安静的车厢，顿时沸腾起来，爆发出雷鸣般的掌声和欢呼声，甚至有人淌下激动的泪水。

1000公里外的湖南株洲，株洲所正高级工程师、首席设计专家陈燕平也是眼角湿润的一个。试验当天，陈燕平通过微信视频，与前方保持着实时联系，关注着实验动态。

作为项目核心成员，CR450试验列车装载着由她和团队自主研发的新一代牵引变流器，各项关键技术指标遥遥领先，跳动着强劲的"中国心"。

尽管这款最新最强的牵引变流器已通过多次装车试验，但真正用于高速实验时，陈燕平的内心还是充满一丝紧张。直到她通过手机屏幕看到这一惊艳的速度时，悬着的心才放下，转而是久久不能平静。

作为高铁动力装置，牵引变流器相当于列车心脏，为列车运行提供源源不断的动力。工作26年来，陈燕平专注于牵引变流器的研发，她和团队成员突破一系列技术难题，研发出具有完全自主知识产权，适应不同速度等级、运营环境的牵引变流器，并广泛应用于高铁、机车、地铁上，风驰电掣于祖国广袤的大地。

从"追赶"到"领跑"，中国高铁不断刷新纪录。陈燕平和她的团队也一次又一次把种种不可能，变成了令人炫目的可能。如今，装载"中国心"的高铁，已成为一张流动而绚丽的国家名片。

少年学霸

南岳衡山脚下的福田铺乡，抬眼便能望见云端若隐若现的祝融峰。1975年，陈燕平出生在铺乡的一个农民家庭，是家中第三个女孩。

福田铺乡盛产楠竹，陈燕平的父亲陈景明是远近闻名的篾匠，平时在队里出工，闲时帮别人编制点簸箕、凉席等，贴补一点家用。尽管家庭负担很重，但夫妻俩辛勤劳作，让三姐妹受到了良好的教育。

陈燕平

从小，陈燕平的学习就没有让父母操过心，勤奋好学的她，学习成绩一直稳居班级前列。

小学三年级期末考试，陈燕平考了全班第一。拿到奖状后，她顾不上呼啸的寒风，在山路上一路小跑，还没进家门，就大喊："爸、妈，我拿奖状了！"

正在堂屋劈竹子的陈景明忙放下篾刀，捧着那张奖状，10多个字的内容，足足看了一分钟。

"玉杰，你也来看看。"陈燕平的妈妈范玉杰也从厨房走了出来，脸上挂满了笑容。

欣喜之后，陈景明将这张奖状贴在了客厅墙壁上。此后，随着陈燕平一路升学，墙壁上的奖状越来越多，贴满了一整面墙。小小的村落里，邻里都知道老陈家又出了个会读书的女娃。

大姐比陈燕平大6岁，考上大学时，陈燕平刚读初中。加之篾匠逐渐被淘汰，陈景明能接的活越来越少，无奈只能骑着单车干起了收废品的行当。

好在陈燕平非常懂事，一直省吃俭用。一年四季就几套换洗的衣服，从不买新衣服，穿完大姐的旧衣服，就穿二姐的。即便后来参加工作，有了收入，她也依旧如此，不追求物质生活，一年到头基本上都是穿公司发的工作服。

转眼中考来临，陈燕平以全年级第二的优异成绩，考进了省重点高中——岳云中学。

大女儿上着大学，小女儿考上高中，对于农村家庭来说，负担一下子加重。母亲希望她能读中专，早点参加工作，为家里减轻负担。可陈燕平不想这样，执拗地说道："大姐考上大学了，我肯定也能考上大学，我还要比她更厉害。"

陈燕平不顾母亲生气，最终进了岳云中学就读。正如马英九先生的父亲马鹤凌评价母校岳云中学：生我者父母，再造我者岳云。岳云中学同样也改造了陈燕平。

因在语文课本上读到居里夫人的故事，陈燕平偏爱理科。如今回忆起来，她很是感慨，自己语文成绩一直不怎么好，居里夫人的故事却一直铭记于心："一次炼制20公斤材料，结果是棚屋里放满了装着沉淀物和溶液的大瓶子。搬运容器，移注溶液，连续几小时搅动熔化锅里沸腾着的材料……"

"居里夫人献身科学工作的热忱和顽强，极大地感染了我，我以后也要像居里夫人一样，成为一名伟大的科研工作者。"读书年代，这颗梦想的种子在陈燕平小小的身体里开始发芽。

选读理科后，陈燕平的偏科让班主任老师很是头疼。"她除了语文成绩不好，数理化都非常强，尤其是物理，学习领悟力特别高。"

高三一年，陈燕平大部分精力都花在了提高语文成绩上。终于，高考时她的语文总算及了格。可即便如此，她还是凭借数理化等学科的优势，考出了635的高分，物理成绩高达148分，她成了轰动全县的理科状元。

怀揣着最初的梦想——成为像居里夫人一样的人，陈燕平准备报考核物理专业。但受师姐的影响，她最终报考了上海交通大学电子应用专业。后来她才知道，自己比清华大学录取分数线高了12分。

送女儿上大学时，陈燕平父女两人挤上三轮车，晃荡了一个半小时，才来到县城火车站。那时衡山县没有直达上海的火车，他们只能先坐火车到株洲，再从株洲转车去上海。

在株洲站，两人费了好大的劲才挤上火车。绿皮车厢内乌压压全是人，乘客和行李把整个车厢挤得满满当当，吵闹的话语和浑浊的空气，在仅剩的空隙间流通。他们买不到坐票，便只能站在过道上，有些没坐票的乘客直接躺在了座位底下，稍不留神，就会被踩到。

身材娇小的陈燕平湮没在了人堆中。到南昌站后，一位乘客想让陈燕平出5块钱来换一个座位，她舍不得，情愿站着。到了杭州，实在坚持不住的陈燕平心里想着：要是火车能快点多好，我就不用站那么久了。殊不知，陈燕平后来的工作，干的就是让火车跑得快、跑得稳的事。

在上海交大这座闻名遐迩的名校，陈燕平开启了梦想的象牙塔生活，她一边刻苦学习专业知识，一边利用业余时间干起了兼职，做过家教、推销员、保洁员等。令父母欣慰的是，大学4年，陈燕平不仅专业成绩优异，生活费也实现了自给自足。

结缘株洲所

湖南株洲，被誉为火车拉来的城市，也是中国电力机车的发源地。

每年寒暑假，陈燕平坐火车往返衡山和上海时，都需要在株洲转车。让她未曾想到的是，这个旅途的中转站，竟成了自己人生的归属地。

临近大四，忙于找工作的陈燕平，偶然在学校官网看到铁道部株洲电力机车研究所（现在的株洲所）的招聘启事，心念一动。于是，趁寒假回家时，顺路来到株洲所看看。

这时的株洲所，经过多年的改革，已经具备了试制和生产电力机车、内燃机车、养路机械等八大类200多种产品的生产能力。

原本想要直奔人力资源部的陈燕平，为了了解株洲所的实际情况，临时改变主意，决定先去企业园区看看。

进入株洲所，陈燕平仿佛刘姥姥进了大观园，看哪都新鲜，一位位工程师聚精会神地做着实验，一个个实验机器高速运转……那一幕幕场景，深深地吸引着陈燕平，她心想，这地方太好了，我要是有机会进这里工作，能成为他们的一员该有多好？

也许是命运的眷顾，陈燕平十分顺利地签下了这份工作，圆了自己的梦。由此，她与铁路事业，结下了不解之缘。

对于她的这一举动，很多同学表示不理解，纷纷劝她留在大城市。"我们学校好、专业好，大城市机会多、薪水也高，为什么要

● 陈燕平在进行牵引变流器试验（摄影 李翰 廖威）

陈燕平

跑去一个小地方做那么辛苦的工作?"室友这样对她说。

陈燕平依旧坚持自己的选择。对她来说,只要有一张实验台,就拥有了整个世界。

1998年初夏,陈燕平告别大学校园,从上海来到湖南株洲,正式开启了自己的职业生涯。

起初,陈燕平被分配到株洲所制造中心见习,从事工艺工作,每月工资600元。听说留在上海外企的同学拿6000元的月薪时,她也有落差感。但对于自己的这个选择,她没有后悔。

在制造中心,她吃苦耐劳,动手能力强,不久,就深受上级领导喜爱。

但她的初心,还是搞研发。一有空,陈燕平便偷偷溜进研发中心机房,对照着原理图,自己设计了很多块电路板。

很快,半年的见习期结束。陈燕平更期待走向研发岗位,于是她向上级领导表达了自己想去研发中心的想法。

经过多番沟通,陈燕平如愿加入了机车核心部件——牵引变流器的研发团队。

去新部门报到的第一天,陈燕平很是兴奋,她终于来到了梦寐以求的岗位。经过一番了解,她才知道,这是一个高精尖的研发部门。

原来,从20世纪90年代开始,世界铁路大国的机车发展方向开始由"交—直"传动向"交—直—交"方向发展。株洲所紧跟行业前沿,着手开展交流传动铁路机车核心技术的研究。为了在短时间内缩短与世界交流传动技术的差距,株洲所从GTO(可关断晶体管)牵引变流技术研发,逐步转向更为先进的IGBT(绝缘栅双极晶体管）牵引变流技术研发。

而她所在的部门，正承担着 IGBT 牵引变流技术研发工作。

但当时，团队负责人——也是后来陈燕平的师父忻力，并不"稀罕"这个身材娇小的高材生。心里想着，这工作每天要和几百公斤重的牵引变流器打交道，还是强电，很危险，女生搞这一行行吗？但看在陈燕平毕业于名校，部门又非常缺人手，才勉强接收了她。

团队的办公室在模拟楼二楼，陈燕平首次来到这里，第一印象是楼、办公桌椅都很破旧，但电容器、散热器、功率器件、电路板、示波器、电源等一应俱全，与其说是办公室，还不如说是实验室更贴切。

彼时，正值我国第一台输出功率达 1.2MW 的 IGBT 牵引逆变器下线。

"在 IGBT 牵引变流器研发上，我们至少落后西方国家 5 年，此前我们只是做了一些小容量的初级产品，都是一些实验产品，这次 1.2MW 的 IGBT 牵引逆变器是应用在广州地铁工程维护车上，尽管采用的仍旧是进口驱动板，但我们的产品终于有上线的机会了。"陈燕平的师兄笑着说道，"你赶上了好时机，大项目学的东西多，也学得快。"

陈燕平非常珍惜这次机会，跟着师父全程参与地面调试，从车间、实验站到装车现场，从"打杂"到上手干活，边干边记录，生怕错过了任何细节。

她也完全不在乎自己女孩子的形象，一心一意跟在师父后面，几百公斤的变流器大家抬不动的时候，她立马上前搭把手。小时候，她是父亲的"跟屁虫"，如今，她成了师父的"跟屁虫"。

"师父，元器件改动一点，为什么电压会波动这么大？"

"师兄，为什么温度过几分钟就要测量一次？"

在师兄们看来，陈燕平就是"十万个为什么"。一次周六，晚上9点多，所里放假了，一位师兄回办公室取材料，结果发现实验室的灯还是亮着的，原来陈燕平还伏在实验台上，测试电路板。"不是周末放假了吗，你怎么还在这里？"

原来，师父交给陈燕平制作电路板的活，本来要一个星期，她三四天就干完了，没事就去加班。

"我没什么爱好，也没什么社交，就过来加班咯，也好多帮你们做点事。"

师兄哭笑不得，哪有周末主动加班的。

勤琢磨、爱钻研的陈燕平，硬是凭着一股干劲和满腔热情，逐渐赢得了师父的肯定和认可。正是这些磨炼，让陈燕平在短时间内，对整个电气系统和牵引变流器工作原理的了解有了质的飞跃，也为她后来的科研攻关打下了牢固的基础。

第一次挑重担

科研的道路充满崎岖，但创新没有捷径，必须爬的台阶一个都不能少。

2000年，株洲所进入攻克交流传动技术爬坡过坎的关键期，但牵引变流器核心元器件IGBT驱动及应用技术一直由西方国家掌控，株洲所只能高价购买国外成套产品。

为破解这一困局，株洲所将IGBT驱动及应用技术探路的重任交到了陈燕平手中。

当时,陈燕平内心很忐忑,担心自己担不了这一重任。

师父望着这个充满灵气的小姑娘,笑着说道:"你专业能力很强,相信自己,能行的。"

师父的信任,让陈燕平也坚定了信心。

第一次挑大梁,虽说初生牛犊不怕虎,但陈燕平深知自己的项目经验极为欠缺,必须下苦功夫。

为弥补不足,她开始查阅大量文献资料,彻夜伏案苦读。

短短一个月的时间内,陈燕平把之前购买的进口驱动电路板的说明书都找了出来,每本说明书几十页,而且全是英文。"我先翻译出来,自己先消化好,弄懂是什么意思,再去做实验。"

记得第一次独立做实验是测试一款进口驱动板,陈燕平先按照产品说明书接通电源,开启示波器测试波形。可波形还没显现,驱动板就开始冒烟了,被烧坏了。

"我当时很害怕,这块电路板值1500元,超过我2个月的工资。"陈燕平胆怯地告诉师父,等待着他的处罚。

然而师父非但没生气,还笑着安慰说:"没关系,在科研过程中这是很正常的。"随后,他帮着排查原因,才知示波器两个探头是连在一起的,造成烧坏的原因是她错误地将其接在电路板上两个不同的电位,结果形成短路。

"IGBT模块的质量事关整个牵引变流器的稳定性和功率,哪怕产品失败100次、1000次,也只能发生在实验室里,出了实验室的产品,必须稳定可靠,装车后确保没问题。"师父的这句话,陈燕平牢牢刻在了脑海。

IGBT模块的"性格"很古怪，让人捉摸不透。所以，此后每一次变流器的应用条件改变一点点，或设计改动了一点点，陈燕平都要进行大量研究与实验。

IGBT模块越是神秘，陈燕平越着迷，完全被吸引住了。实验过程很枯燥，在两平方米的实验台上，陈燕平针对每一次设计，都要重新配置很多组参数，从中挑选实验结果最好的；每一组参数配置又要经历从低压到高压，从小电流到大电流，从低温到高温，从正常工况到短路故障工况的各种实验研究。她一边用电烙铁改线路，一边记录从常温到高温状态下电压和电流的各种参数，有时候几天、十几天，甚至一个月都在重复着同样的工作。

做实验成了陈燕平的家常便饭，几个月下来，那些密密麻麻像蚂蚁一样的实验参数，爬满了一本又一本的笔记本。她却乐此不疲，"产品可靠性哪怕提升了千分之一，列车安全就多了一份保障，那我的付出就是值得的。"

IGBT驱动及应用技术研究必须要用到高压电，以前公司条件简陋，没有实验所需的高压电源，陈燕平开动脑筋，用变压器、二极管、电阻开关等自己搭，原始电压只有380伏，通过二极管做成整流器，两个整流器串联起来也才不到1100伏，但实验电压要求达到1500伏，师兄教她再串两台直流电源，因耐压不够，一上电整个电路都发出"呲呲"的声音。

"不光她自己实验台上摆满了电路，有时候还需要从隔壁几个办公室搭线路过来。"师兄很佩服这个师妹，动手能力强，想法也多，关键是脑子里蹦出来的想法，她总能实现。

不过，操作高压电做实验是非常危险的，容易引发爆炸。一次，他们在实验室刚接通电源，师兄立马拉着陈燕平躲在柜子后面，随即，就听到"嘭"的一声爆炸，好在没有人受伤。这一次爆炸，"炸"出了陈燕平的奇思妙想。

"器件失效爆炸太危险了，现在的实验条件太简陋，存在安全隐患，我们应该想办法改进实验条件，杜绝安全隐患。"事后，陈燕平向师父、师兄提出了自己的想法，得到了他们的高度赞同。在他们的指导下，陈燕平设计了高压试验电源柜、试验工装及带防护玻璃的实验台，不仅杜绝了原来试验条件的安全隐患，还极大提升了试验效率，这一设计如今还在实验室广泛应用。

在这个冬天冷得像冰窖、夏天热得像桑拿房一样的实验室里，所有人都沉浸在自己的研究中，陈燕平非常享受这种安静和忙碌。

这种氛围让陈燕平能更加集中注意力来解决某些问题。无法验证器件的可靠性，她就自己画电路图，自己画盒子，自己组装，设计出了智能的驱动板老化盒；脉冲分配板调试不够人性化，她在调试盒子上装了很多开关，要实验哪种工况就按哪个开关，每个开关代表一个实验程序，将原来必须由专业技术人员操作的复杂工序，变成了几个按钮就能简单执行的"傻瓜"步骤。

陈燕平似乎摸清了几千伏高压电的秉性，让它们在手掌大的电路板上灵活地完成直流到交流的来回转换。

2001年，在全面消化吸收国外成熟技术的基础上，陈燕平成功开发出具有自主知识产权的高性能IGBT驱动板，有效打破了长期受制于人的困局，填补了我国大功率IGBT牵引变流器的相关技术空白。

这年11月，我国自主设计、拥有自主知识产权的第一台动力分散型电力动车组"中原之星"投入运营，首次采用了株洲所自主研发的 IGBT 牵引变流器，国产动车成功装上"中国心"！

像看着自己孩子从蹒跚学步到迎风奔跑，陈燕平看到凝结自己知识和劳动成果的"心脏"装载上车，驱动"钢铁长龙"千里奔腾，内心激动不已。

争做追赶者

成功研发出高性能 IGBT 驱动，并未让陈燕平满足，她知道，产品仅仅是小批量应用在"中原之星"动车组上，离国外公司同类产品还有一定差距。

正当陈燕平准备奋力追赶国外先进技术时，中国高铁装备引进消化吸收再创新大幕开启。

2003 年 4 月，国务院主持召开了一次关于铁路机车车辆和装备现代化的会议，决定要在更高的起点上实现中国铁路的创新，提出了引进先进技术、联合设计生产、打造中国品牌以发展中国高速列车和高速铁路的思路。

根据铁道部的安排，株洲所被指定消化、吸收从日本引进的 CRH2 型车的牵引和网络控制系统。

CRH2 型车以日本新干线 E2-1000 为原型车，时速 200 公里，由铁道部向日本川崎重工业株式会社订购 60 列。

由此，陈燕平的工作重点也发生了变化。根据公司安排，陈燕平所在的团队，负责牵引变流系统的国产化。

但对于株洲所研发团队而言，技术引进远非"拿来就用"这么

●陈燕平指导复兴号动车组牵引变流器生产（摄影 李翰 廖威）

简单。为了彻底摆脱引进平台动车组相关技术对三菱电机的依赖，株洲所组织了最优秀的技术骨干，投入到这场前所未有的战役当中，并派出几批次技术人员赴日学习。

陈燕平也是其中一员。2005年11月28日，陈燕平一行从北京首都国际机场出发，前往日本大阪，来到新干线E2-1000车型的牵引变流器供应商——三菱电机学习。

三菱电机戒备心很强。当陈燕平他们在牵引变流器制造车间学习完，要求去实验室参观时，被拒绝了。日方人员以涉及商业机密为由，不对外开放。

"作为内行人，只有去实验室参观，才能知道他们是用什么设备，怎么做实验的，这才是学技术的核心。"无奈之下，陈燕平和同事饶沛南，花了2万日元，购买了一张交通卡，4天时间，从城轨到地铁，全方位体验了日本的轨道交通产品。

这一事件，让陈燕平触动很大。她认为仅仅依靠技术引进是不足以实现技术进步的，因为完全依靠技术引进，那么中国企业就只能按照引进的技术进行生产，并陷入技术依赖状态，无法实现创新。

根据规定，CRH2 车型的牵引变流器要在株洲所生产，忻力带领团队成员从生产、调试、实验、故障分析等环节，全方位对日本技术进行学习、吸收、消化。因为株洲所有着很好的技术积淀，很顺利地便完成了牵引变流技术的引进消化和吸收，实现了国产化。

2007 年 4 月 18 日，时速 200 公里以上的国产动车组，在全国铁路第六次大提速时首次闪亮登场，从此，中国有了属于自己的高速列车。其中，在首批开行的 52 列动车组中，有 70% 多的牵引电传动系统和网络控制系统由株洲所提供。

对于速度与创新的追求，从未止步。在时速 200 公里动车组下线后，株洲所旋即参与了时速 300—350 公里的动车组研制工作，助力 CRH2C 一阶段和 CRH2C 二阶段高速动车组成功下线。

与此同时，株洲所深知，关键核心技术是买不来要不来的，从 2004 年开始，株洲所在开放合作、技术引进的同时，时刻坚持自主创新，产品没机会上线，就自己立项目，自己在家里搞实验，把国外顶尖技术吃透，积累了大量自主创新能力和技术成果。

2006 年，株洲所接到了一个小订单，而且是非客运列车——昆明焊轨车牵引变流器项目。

一丝阳光从绝境中照了进来，陈燕平意识到机会来了。任务调度紧急，陈燕平作为项目负责人，国庆假期全泡在实验室。

她家离公司只隔一条马路。一大早，她提着手提电脑准备出门时，4 岁的儿子吴靖斌从卧室睡眼惺忪地走了出来："妈妈，你什么时候带我出去玩啊？"

"妈妈，你可不可以早点回来陪我啊？"

陈燕平蹲下身子，抱着儿子说："等妈妈忙完工作就来陪你。"

"你骗人，总是说忙完忙完，你根本就忙不完。"

陈燕平心痛不已，摸摸儿子的头，还是转身推门而去。

她是第一个到办公室的，立马打开电脑修改设计图纸，等到制造中心上班时，她立即将图纸交给制造中心校核。随后又投入到了实验中，每天工作到深夜才匆匆回家。在陈燕平的努力下，株洲所如期完成了项目的交付。

2006年年底，陈燕平负责的一台湾项目牵引变流器模块——1000千伏安牵引传动系统在装车运行中出现了一个从未碰到过的现象，即主电路上电但又没启动变流器时，变流器模块上的电容器会发出类似鸟鸣的敲击声。

可此时儿子感冒了，为了不耽误工作，她请来自家的亲戚帮忙看护，自己则一心扑在实验上。

一天，陈燕平突然接到电话，说小孩感冒严重。她不得不丢下手中的工作，带着小孩去医院，结果小感冒演变成了肺炎，必须住院治疗。陈燕平只得白天在实验室，晚上去医院陪小孩，坚持了两个星期，直到小孩痊愈出院。

功夫不负有心人，陈燕平最终找出了造成该问题的真正原因，提交了令台方满意的答复及合理的改进建议。

2007年新年伊始，还未来得及喘气的她，又接到了一个紧急而又极有挑战性的工作——6500伏IGBT器件驱动器设计，再度迈入另一紧张的征程……

令人自豪的是，在为CRH2C=阶段车开发"备胎"时，株洲所以自主技术研制出了完整的替代系统。

2010年12月3日，在初冬的鲁南明珠——枣庄，身披蓝银双色外衣，有着12米长流线型车头的CRH380A动车组创造了486.1公里的最高时速，而驱动这条钢铁巨龙飞驰的牵引变流器，是由陈燕平及其团队自主研发。

自主打造的时速380公里动车组，无疑是中国高速动车组集大成之作。在这之后，陈燕平和团队还参与了Cit500试验列车的研发工作，配备了自主研发6500伏IGBT牵引变流器。其中，6节编组的Cit500试验列车，牵引总功率达到了22800千瓦，在地面滚动试验台上，该车以605公里/小时进行试验，没有任何失稳迹象，运行处于极佳状态。当时株洲所采用的是具有完全自主知识产权的技术，与日本技术无关。

这些技术探索在国家转向自主创新方针后，迅速支持了高速列车的自主开发。

全力拿下大单

2008年10月，云南昆明长水国际机场。

这天，陈燕平和同事赶着去马来西亚出差，在机场的候机大厅，手机忽然震响起来。

"燕平，一个大大的好消息，铁道部向株洲厂下达了六轴7200千瓦交流传动客货两用电力机车的研制任务，我们负责机车牵引变流器的配套！"电话那头是师父，认识10年了，陈燕平头一次听到他这么激动。

当年元月，陈燕平上任牵引变流器部部长，她和同事此前10年来的潜心研发，逐渐取得市场突破，沈阳地铁2号线、上海地铁1号线改造项目接连而至，但自主研发的牵引变流器一直无法在干线上实现批量。

这个消息，对于陈燕平来说，无疑是一个重磅喜讯。

"怎么办呀师父，我现在在机场，要去马来西亚考察一个市场项目，要不我马上赶回所里？"听完师父的介绍，陈燕平既欣喜，又焦急，跺着脚问道。

"那你别急，先去出差，项目敲定落地还要时间嘞。"师父在电话那头笑着说。

挂断电话，陈燕平的心情久久难以平复，在马来西亚考察的几天，她都被一种兴奋感笼罩着。出差结束回到株洲，她立即投身项目的相关筹备工作。

当年12月，株洲所启动该项目机车牵引变流器研制，一边与株洲厂谈技术接口，一边开展牵引变流器设计开发。按照主机厂交付要求，必须在2009年4月完成牵引变流器交付。这意味着从设计、生产试制到实验交付，留给陈燕平团队的时间不到5个月。

这是株洲所自主开发的第一个电力机车牵引变流器批量项目，时间紧、任务重。最初的兴奋褪去，陈燕平感受到的更多是压力，为了迅速推进牵引变流器研发，她立即调兵遣将。

以师父忻力为项目指导老师，陈燕平迅速调动精干力量分头攻坚：饶沛南擅长结构设计，带一支小分队负责柜体；胡家喜担任负责人，带一拨人去做电气设计；刚到部门3年的小伙李鹏，沟通协调能力强，那就常驻集中办公点做好对接协调等工作。

作为技术总管和项目组核心成员，陈燕平除了统筹调度，还主动承担起研究性实验，负责出厂实验方案、实验系统的设计、实验大纲的编制等。由于之前没做过批量订单，当她带着团队走进实验室，相关实验设备都没有，实验台位也要自己搭建。

那段时间，陈燕平每天在闹钟响起之前自动醒来，简单洗漱吃过早饭，早上8点多就匆匆赶到公司，开启像打仗一样的新的一天。大会小会不断，每个会都事关项目进度，不容忽视。她把一分钟掰开当两分钟用，和团队成员去食堂的路上、在食堂吃饭的时间，她都充分利用，一起探讨交流，"相当于又多开了半个小时的会"。

一个牵引变流器，往往要画几百到上千张图纸。对每一张图纸，每一道流程，陈燕平都会和师父仔细审核设计细节，并提前想到下一步，通过科学调度达到最高效率。

每个小团队在做什么，进行到了哪一步，如何紧密衔接才能保证大家最快做完，陈燕平脑子里都有"作战图"和"路线表"。某部分的三维图一敲定，以前要等柜体整个出来再画二维图，现在她抓起审好的图纸，跑步前进先找人画二维图，再对接人员去组织生产。

项目千头万绪，陈燕平往往累到脑袋里有根筋一抽一抽地疼，每当这时她总会提醒自己："多看看师父，多向他看齐。"

为早日拿下项目，师父忍着强直性脊柱炎病痛的折磨，逐一审核海量图纸和文件。2009年春节，变流器设计进入关键阶段，因为长时间用眼，师父双眼的视力从0.8下降到0.2，被确诊为虹膜炎。

"听医生的吧师父，这样下去迟早要把自己累倒！"一次，看到师父在审核图纸的间隙仰头滴药水，陈燕平心疼地劝道。

"只要能攻克7200千瓦项目，就算是累倒了也值得！"师父回道。

"就算是累倒了也值得！"正是凭着这股子劲，2009年2月底，陈燕平和团队终于完成首件牵引变流器的研制。来不及喘口气，她又全程带着团队做实验，没日没夜地干，即使是春节期间也不曾休息，更别提照顾家庭和孩子了。

这年6月12日，装载株洲所自主研制的大功率牵引变流器的六轴7200千瓦电力机车成功在株洲下线。此时，任务更加艰巨：整车在环铁进行实验、牵引变流器在实验站进行组合联调、实验过程出现的问题及时提出解决方案和改进，整个项目团队执行三线作战。

正是在这个阶段，陈燕平迎来了更大的考验——国产牵引系统装车实验后不久，样机在北京环铁实验站试验运行时，突然报出牵引变流器母排烧损的故障。

批量生产的准备已开足马力，突如其来的故障犹如一道栅栏，阻挡了冲锋的阵仗，让千军万马骤然停住。陈燕平发现，时任时代电气副总裁、技术总监冯江华开始"钉"在实验室，不论白天黑夜地守着做实验，讨论新方案，再守着他们，根据新方案做实验，如此循环攻坚。

长期熬夜、视力早已出现问题的师父，身体逐渐吃不消。眼看师父如此，陈燕平告诉自己此时更要冷静，不能慌，自己不能一直依靠师父，要定下神来查找原因并摸索解决方案。

正当大家一筹莫展之际，陈燕平从头开始，一个个部位与环节寻找问题根源，结合丰富的设计经验反复思考，最终，她决定试验一种新方法，用电抗器来抑制实验过程中出现的异常谐振电流。一连半个月，她每天做实验到凌晨三四点，早上 7 点起来继续开会，讨论改进方案。

最后一次实验，是在一天的凌晨 3 点，株洲所的领导、师父忻力、整个团队环绕周围，陈燕平的神经高度紧张，屏息以待，等着实验结果。当理想的波形终于出现，所有人都欢呼起来，只有她自己还有些不敢相信。

"想不到这么大的问题被你解决了！"师父由衷地竖起大拇指，向陈燕平表示祝贺。

同年 10 月 12 日，山城重庆，一台 HXD1C 型六轴货运电力机车在试运线上风驰电掣，标志着 7200 千瓦电力机车项目破茧成蝶。该项目从立项到产品出厂再到装车应用，开创了株洲所历史上工期最紧、产量最大、难度最高等多项纪录。

● 陈燕平与同事在分析机车牵引变流器故障（摄影　李翰　廖威）

六轴7200千瓦电力机车的成功研发，一举打破了国外跨国公司对重载货运电力机车核心技术的垄断，结束了长期以来国内大功率交流传动电力机车电气系统核心技术完全依靠进口的局面。这不仅意味着株洲所几代人的梦想得以实现，更意味着我们国家完全有能力、有水平国产化批量生产列车"心脏"，我们离世界先进水平又近了一步！

有了自己的芯片

在牵引变流器中，一个个如指甲盖大小的IGBT芯片，是最关键的器件，它相当于一道闸门，每秒可实现数千次电流开关动作，能把接入列车的高压电，实现电流与电压之间的精细控制，让列车实现瞬间提速。

从高铁引进消化吸收再创新，到自主突破重载货运电力机车核心技术，陈燕平及团队取得了丰硕成果，完全掌握了高铁列车牵引变流器的自主设计能力，但核心功率器件IGBT还必须依赖进口。

在她的心中，一直有个心结——奔跑在中国的列车，何时才能用上自主生产制造的芯片呢？

事情的转折，出现在2008年。

2008年，国际金融危机爆发，英国芯片厂商丹尼克斯陷入困局，株洲所果断出手，以不到1亿元人民币收购丹尼克斯公司，实现了75%股权的绝对控股。

收购完成后，株洲所打出"先引进、再创新"战术，开启了

IGBT 技术的引进吸收与消化，在这场研制"中国心"的战役中，陈燕平和团队再次扛起重任，从用户端对这一技术壁垒发起冲锋。

实际上，收购丹尼克斯后，陈燕平跟随株洲所领导去过一趟英国。从伦敦向北，驱车约 156 英里，穿过剑桥和纽瓦克，便抵达了位于林肯郡的丹尼克斯公司。在这家成立逾半个世纪的公司考察完 IGBT 技术，她和大家接着去参观了大英博物馆。馆内藏品之丰富、种类之繁多，让她惊讶万分，里面还有许多中国的文物。

"为什么一个国土面积小小的英国，能够成为日不落大英帝国，殖民地遍布全世界，为什么我们泱泱大国，曾经要受他们的欺负，凭什么？"陈燕平一边参观大英博物馆，一边在不停地思索与追问。

忽然间，一个精美的钟表映入陈燕平的眼帘，她一看标签竟是几百年前的产品。同时期的中国，仍处于明清时期，根本无法生产和制作如此精密的工艺品。

"落后就该挨打！"陈燕平心头一震，找到了答案，也是那个瞬间，她无比清晰地意识到：作为一名科研工作者，"科技兴国，产业报国"是她义不容辞的使命。

她在心里暗暗告诉自己："现在公司高瞻远瞩收购了丹尼克斯公司，我一定要尽自己全力，助力 IGBT 芯片也像我们的变流器一样，早日实现全面自主化。"

陈燕平长期做器件应用研究，丹尼克斯的 IGBT 器件到了公司，都是她主导在实验室进行评估分析等。对出流能力、短路能力等 10 余种性能进行实验时，她发现器件的开关损耗较高。

可当陈燕平用邮件将问题正常反馈给英国的丹尼克斯，令她意外的是，对方工作人员回复的是一连串反问句：

——"你们是怎么做实验的？"

——"你们的实验参数是多少？"

……

"别人第一时间想的是，问题出在我们，不可能是他们自己。"陈燕平很明显地感觉到，丹尼克斯英国员工骨子里觉得自己高人一等，也不想进行改进和创新。但她相信事实胜于雄辩，耐心细致地把实验条件、每一项实验参数等写出来，然后发给对方去验证。"他们自己也有实验条件，一验证就知道谁对谁错，慢慢地也对我们产生了认可和信任。"

同时，国内技术团队也在深入分析研究国外先进技术，在陈燕平团队的协助下，经过无数次研究、实验，消化吸收国外先进技术，终于开发出拥有自主知识产权的IGBT模块，成功打破了国外技术封锁，弥补了我国大功率IGBT牵引变流器的空白。2014年，株洲所成功实现IGBT的自主生产，建成了世界第二条8英寸IGBT生产线，彻底实现高铁动车组IGBT国产化。

IGBT模块生产出来了，随着产品应用越来越广泛，质量和可靠性越来越重要，成了产业发展的瓶颈，2015年，株洲所组建了IGBT器件可靠性和寿命研究团队，陈燕平担任指导专家。她的想法很简单："与其让别人居高临下来挑毛病，不如自己提高标准、严格要求，多多自我找碴儿。"

曾是团队骨干的刘敏安说，陈燕平不仅想法"超前"，还特别会"算账省钱"。

最初，IGBT容易出故障，且占据变流器模块一半的成本。如果 IGBT 失效，60% 与可靠性相关，最轻微的后果是返修。陈燕平给刘敏安等团队成员"算账"，直观地告诉他们返修的成本有多高？"光是模块返修和人员差旅费就要 10 万元，相当于一辆小汽车就没了。"这还只是最轻微的后果，假如变流器出现"机破"这种严重故障，成本更高，甚至会影响后续订单及市场。

2015—2017 年，这个团队以机车应用平台作为研究对象，通过为期两年的现场应用工况调研和测试，近 1000 个 IGBT 破坏性实验，近 500 个变流器模块加速寿命实验，累计持续实验时间超 2 万个小时，创新搭建了一套面向机车应用平台的 IGBT 器件可靠性实验方法和寿命评估体系。

正是在陈燕平和团队的精益求精之下，在线路运动的 IGBT 模块，创造了新的质量纪录，自主 IGBT 器件的性能与质量达到了国际先进水平。

"我们不仅能设计制造自己的 IGBT，而且质量还过硬，大英博物馆的那个精美的钟表，在持续地激励着我，催我奋进，让我不敢有丝毫松懈。"陈燕平说。

复兴号的"中国心"

春天是陈燕平最喜欢的季节，不仅因为在春天，到处摇曳着她中意的迎春花，也因为新的研究性项目会启动。

六轴 9600 千瓦牵引变流器的研发就开始在 2010 年的春天。这一年，陈燕平带着同事一起，一头扎进了项目实验，因为采用的是新型 6500 伏高压 IGBT 器件，国外对该项技术的应用也处于起步阶段，找不到借鉴资料，面对种种困难，喜欢解决困难的陈燕平，有种隐隐的兴奋劲儿。

现实总是很骨感，项目设计阶段，设计方案已经优化了6次，误报故障依然存在，她和团队像是误入充满迷雾的森林。

"怎么又误报了！"一旁的同事，紧盯着仪器前的各项数据，当误报的提示再次出现，额头早已渗出细密的汗珠。

等待是煎熬的，在实验的过程中，这样的煎熬被无限放大，反复出现误报故障，让这些年轻人开始了自我怀疑，言语里都是焦虑。"把滤波参数加大了都解决不了，到底要怎样呢？"

陈燕平来回踱步，她想要自己尽快平静下来，和许多人一样，她的心情也在失望和希望中不停摆荡，但她也知道，抱怨无济于事，她轻声安慰，每次故障的出现，不会凭空而来，总会找到解决的办法，别灰心。

她让大家回去休息，自己则孤身回到办公室。她望着办公桌上的变流器模型入了神，电路板错综复杂的线路，像极了迷宫，脑海里将实验逐个复盘，刹那间，一个"大胆"的想法涌入心头：或许国外的思路本身就存在问题呢？

当时，他们借鉴的是一家国外公司的驱动技术路线，没有人对此提出过质疑。"我们能不能摒弃国外的技术方式，采用另一条路线？"在项目方案讨论室，陈燕平提出这一设想，成为第一个突破藩篱的人。

众人都在观望，陈燕平只能摸着石头过河，她反复查阅书籍，又到网上找寻相关文献资料，创造性地提出了一种全新的方案。

"那几天，陈工来回于办公室与实验站，一回来就拉我们去开

● 陈燕平与年轻科研工作者进行 IGBT 驱动技术交流（摄影　周思敏）

会，很兴奋地告诉我们，她这段时间最新的想法和思路。"同事说，经过一段时间的摸索，设计方案完成了第七次优化，产品生产出来以后，整个团队一头扎进了实验室连夜进行实验，经过几天持续考核，不再有误报故障现象，问题终于成功解决了。

这一技术的攻破，为后来陈燕平和团队研发复兴号的"心脏"打下了坚实的基础。

2012 年，中国铁路总公司牵头组织中国标准动车组，也就是复兴号的研制工作。

要对标国际先进水平，就注定了这是一场与最强者"比拼"的赛跑，高处总有风景，也意味着路途的艰辛。

此时，陈燕平担任牵引变流器项目的指导专家，重点解决项目攻关过程中的关键问题。

摆在团队中的第一个难题，是怎么让这颗"中国心"跳动得更强劲有力，保持世界领先？陈燕平记得，当时团队制订了多套前沿技术方案进行对比研究，并不断进行试制验证。

团队成员刘大是这个项目的主要参与者，时隔多年，他仍然记得那些夜不能寐的方案研究阶段，项目会议室每天凌晨两三点仍灯火通明，大家常常为了一个技术细节争得面红耳赤，方案稿设计了一遍又一遍，但一次次被推翻重来。

可搞科研就像走迷宫，无数次走进死胡同，却还要鼓起勇气继续找出路。最终，经过充分论证，他们创新性地提出了主辅一体牵引变流器的设计方案，具有集成度高、功率密度大的特点，并通过100多次实验，最终成功定型。

一个难题得到解决，新的难题又随之而来。整车装车后，出现轴重超重，这就要求各个部件全面进行减重设计。

怎么减？如何减？在开启深度轻量化工作中，项目论证会开了一场又一场，项目组从结构、物料、方案逐个攻破，仍旧离减重目标存在差距。

行至半山路更陡，这是每一个研发人员最艰难的时刻，每一个项目的攻坚期，总是充斥着焦灼、痛苦和挣扎。

在专家评审会上，陈燕平很认真地让大家思考两个问题：如果无法再继续减下去，那有没有考虑载流量分配合理的问题，温升裕量是不是也太大了？

一语点醒梦中人，项目团队根据陈燕平的建议，在载流量和温升裕量问题上接连突破，让变流器再一次减重了100多公斤，最终由4200公斤降低到3650公斤，减重比例达13%；长度由4860毫米减少为4550毫米，总体积减少6.4%，成为目前国内相同功率等级条件下轻量化程度最高的变流器。

2016年6月，中国标准动车组进入冲高速实验阶段，这是北方的初夏，田里的麦穗疯长，微热的风吹出一片金黄色的麦浪，也吹来了项目组最为"艰险"的难题——变流器超温了！

"现场水温报警现象和以往不一样，如果不解决，就会影响7月的冲高速实验！"时隔多年，陈燕平仍心有余悸。

这是团队成员都没想到的情况，他们打开机器，大风吹来的麦麸布满了变流器滤网，他们清洗滤网、检查风机，超温的问题仍旧没有解决。到底怎么回事，这时，团队的成员更慌了。

陈燕平在后方跟他们远程连线，让他们仔细排查，更换备品风机试试。

"那可是200公斤的大家伙呀！"团队成员笑着说，一个牵引变流器风机的拆换需要8个小时，而且只能在每天晚上12点至次日8点进行。现场，在陈燕平的远程指导下，团队小伙子们在没有升降车、操作台的现场徒手更换，并通过现场风机电流跟踪，找寻到超温的根源：问题出在风机配线上。

定位到问题，事情很快解决。主机厂通过调整风机配线，超温的现象再没有出现。

复兴号牵引变流器研发成功后，为了验证各种运行工况的稳定性，陈燕平和团队奔赴全国10余个路局、动车段调研，跟车添乘、测量，采集列车复杂、多变的运行工况数据，分析、解决各种复杂的技术难题。

经过不懈努力，陈燕平和团队先后攻克了高速广域运行，轻量化牵引系统高功率输出时超温失效、动力丧失；高密度行车，列车群—电网系统振荡失稳、危害严重；更高商运速度，要求更安全的列车控制与诊断能力等业界关键难题，打造了完全自主知识产权、世界领先的牵引系统产品平台，使复兴号的速度、加速度、牵引动力等关键指标领先国际同行。

2016年7月，两辆中国标准动车组以超过420公里的时速在郑徐线上交会而过，相对速度超过840公里。这颗强劲的"中国心"，经历了极寒、酷暑、柳絮、风沙的淬炼，在为期两年60万公里的考核过程中保持着零故障纪录。

这一刻，陈燕平等了太久。

此后，陈燕平及团队快马加鞭，用心血浇灌出的一朵朵璀璨的科技之花，研发出不同谱系牵引变流器，应用于各种型号的复兴号当中，并在世界屋脊成功运营。

团队的活力

一路走来，陈燕平除了科研在行外，带徒弟也是一把好手。

忻兰苑，株洲所变流基础技术部工程师，是陈燕平带过的诸多徒弟中的一员。除此之外，她还有另一重身份，是陈燕平师父的独生女儿。

2014年，株洲所新成立了一个研发变流器模块的项目部，陈燕平是项目牵头人。时间紧、任务重，尽管陈燕平发起了面向全公司的内部招聘广告，也游说了很多部门的同事，但应者寥寥，尤其是IGBT应用技术方面的专业人才，一个也没招到，一筹莫展的她只能跑到师父那儿寻求支援。师父也没招儿，思虑片刻，燃起一根烟，狠抽一大口，然后掐灭，像是突然下定决心似的："要不，我让女儿到你那儿去？"

陈燕平眼睛一亮，对师父的这个宝贝女儿，她再了解不过，浙江大学毕业的高材生，一直在公司的半导体事业部从事IGBT器件研究方面的工作，此时刚刚结束从英国丹尼克斯为期两年多的技术学习归国，正准备在IGBT器件研究领域大展宏图。贸然转换研发方向，不但意味着此前的技术积累一朝归零，而且，IGBT器件研究同样也是西方对我国卡脖子的核心技术，公司派忻兰苑去英国学习，就是为了早日攻克这个核心技术……这个责任，陈燕平可担不起。

像是看出了陈燕平的顾虑，师父笑了笑，轻描淡写地说道："IGBT器件研究方面还有其他同事，你这边的事情目前更紧急，对公司来说，成事更要紧，就这么定了吧，她的思想工作我来做。"

很快，忻兰苑便调岗至新成立的变流器模块项目部。刚来项目部办公室，她远远地就看到陈燕平正站在实验台前，与其他技术人员一起调试设备，个儿不高，声音也不大，一身裁剪得当的制式工装披挂在身，莫名就有了一股自信、干练的气质。近前打过招呼，陈燕平很是高兴，笑着表示欢迎，又介绍起项目背景和前景展望，然后告诉忻兰苑，实验设备如何使用，又该记录哪些有用数据……"啊，这就开始了？"初次换岗过来的忻兰苑略有些蒙，但很快便适应过来，投入到试验中。

IGBT驱动负责给列车"心脏"牵引变流器里的IGBT发出指令，控制着"心脏"的跳动强弱，忻兰苑他们这批技术人员，则是在一块巴掌大小的电路板上，设计最合理的线路，让看不见的电流迅速通过，并以最方便快捷的方式发出指令，当然，电流传输的过程中，自身也会产生一定干扰，这就需要在线路优化的同时，适时调整电压、电阻的强弱，滤除干扰对电路工作的影响。

实验说起来"高大上"，做起来却极其乏味枯燥——调整试验条件，记录数据，分析数据，再调整，再记录，再分析……如是周而复始，直到监测显示屏上出现那道完美的波形图。

陈燕平是株洲所的技术专家，手头不止这一个项目，各种忙，但只要不在外地出差，隔个两三天，就会准时出现在新项目部的办公室，跟忻兰苑他们这批技术人员一起头脑风暴，分析实验数据，并对实验装置和实验条件提出可能改进的方向。

忻兰苑记得，有次头脑风暴，各种数据都对得上，但显示屏上出现的波形总是不对，陈燕平叫人拿来早几天的实验数据，数十页数据记录一项项仔细比对，终于发现是某个实验数据在记录的时候出了纰漏，及时修改后，波形图完美呈现。

"这就是科研的魅力，有时候就差那么一点点，但那一点点却是最关键的。我们要做的，就是不断地寻找那一点点，直到找到它。"陈燕平的话，至今让忻兰苑记忆尤深。

还有一次，实验设备突然出现故障，数据全部丢失。陈燕平带领团队成员一起分析故障原因，查找解决方案，经过两天两夜的努力，终于找到了故障原因，并成功修复设备。最终，实验圆满成功。忻兰苑也从这次实验中，学到了很多宝贵的经验。

"陈专家不仅教会了我专业知识，更教会了我如何做人、做事。"忻兰苑说，"她身上那种不怕苦、不怕累，做事细致认真的精神，一直影响着我。"并且，这种影响也完美复刻到更年轻一辈的技术人员的身上——在陈燕平的指导下，忻兰苑成长迅速，很快便能独当一面，带着手底下更年轻的技术人员攻坚新的科研项目，并在言传身教中，一点点地将从老师陈燕平身上学到的工作态度传承下去。

跟忻兰苑是半路被父亲叫去"支援"陈燕平不一样，现基础中心主任助理黄南则是一毕业就跟在陈燕平身边工作。2005年，华中科技大学机械工程专业毕业的黄南来到株洲，入职株洲所，带他的师父就是陈燕平。

即便到了今天，黄南也承认，当时确实有些小情绪，"让一个'女师父'带我这个大老爷们儿，还成日跟几百斤重的强电变流器打交道，行不行啊？"很快，黄南就发现，自己被现实狠狠"打脸"了——这个小个子的"女师父"每天都是第一个到实验室，最后一个离开，苦活累活总是抢着干，在一众男同事中显得格外突出。

尤为重要的是，在专业上，"女师父"也能给他具体的指导，黄南是学机械工程的，强电变流器是由若干个IGBT模块加其他器件组成的一个"铁盒子"，IGBT模块在实验室的调试自然归师父领衔的技术团队负责，将这些模块并其他器件合理整合进"铁盒子"则由自己所在的技术团队负责——"铁盒子"空间有限，结构布局之外，还得考虑各器件之间是否会产生干扰，是一次次设计、组装、测试、拆卸、再设计的过程。

黄南发现，虽然老师的专业是IGBT驱动及应用技术的研究，但对器件的组装，同样也有自己独到的见解。再者，强电变流器涉及若干电子器件的组合，不但要考虑空间布局，也要考虑各器件之间的电子干扰，这方面，学机械工程的他显然不如学电子科学的老师专业。

这也让黄南在日后的工作中，精研机械工程的同时，更自学了不少电子科学的知识，在陈燕平的言传身教下，他也成功担任研究院基础中心旗下最核心的变流模块平台部部长。

这样的例子还有许多，从陈燕平独当一面带团队攻关项目开始，20余年来，不知有多少年轻的基层技术工作者，在陈燕平言传身教的带领下成长，成为株洲所各部门的技术骨干，其中，还有不少成员成长为职业经理人。

有些哪怕之后脱离技术岗位，仍会想起跟着陈燕平做研发的日日夜夜。那些自陈燕平身上传承而来的"不怕苦、不怕累、做事细致认真"的性格让他们受益终身，正如黄南在某次陈燕平先进事迹宣讲会上所言，"陈专家就如同一棵根深叶茂的大树，毫无保留地把养分输送给我们这些刚入所的'小树苗'"。

如今，当年的诸多"小树苗"也已枝繁叶茂，又庇护着更年轻一辈的"小树苗"茁壮成长……

未来更美好

科研工作就是爬山过坎，把一个个不可能变成可能，不断攀向新的高峰。

复兴号的"中国心"研发成功后，按照装备一代、研制一代、预研一代的科研思路，陈燕平肩负前沿技术探索的重任，朝着更智能、更高效的牵引变流器发力。

在电力电子领域有这样一句俗语："一代器件决定一代装备。"目前，轨道交通牵引变流装置是由传统功率组件构成，这些组件内部集成多只标准 IGBT 器件，单个组件的重量普遍达几十公斤，个别重量能达 100 公斤，是需要两个人合力才能拆装的"大块头"。除此之外，只要其中有一个 IGBT 器件损坏，就会影响价值几万元的整个组件。

体型大、重量大、维护成本高昂，再加上受到封装等技术的限制，现有采用常规 IGBT 器件的变流器装备系统在功率密度、效率等方面仍旧存在局限和"天花板"……这些弊端的影响，让陈燕平将产品研发创新的目光聚焦于此。

显然，谁能率先突破这一技术瓶颈，谁就能形成"降维打击"般的竞争优势，就能抓住这个新一代装备技术发展的新机遇。

凭借着株洲所"芯片—器件—装置—系统"全产业链优势，陈燕平团队着手研究新一代功率组件 PCU（智能化集成功率单元），它打破用传统标准器件来组装成变流器模块的方案，将 IGBT 芯片、散热器、驱动电路、部分控制电路集成为一个组件，可以有效提升变流器的散热效果与功率密度。"我们希望以开发完全自主产权的 PCU 为契机，抢占技术制高点，赋能未来轨道交通高效、绿色、智能的发展战略，形成差异化的技术门槛和竞争优势，让公司保持在轨道交通领域的引领地位。"陈燕平坚定地说道。

与以往在原型产品基础上做优化研发的项目不同，PCU 作为一种原始创新，业内没有任何标杆可参考，在全球领域都是空白，可以说 PCU 的技术处于"无人区"的探索。

没有"参考书"可借鉴，也没有"作业"可抄，只有关于 PCU 产品的概念设想。协同攻关团队中的每个人，都感受到了前所未有的压力与迷茫。

● 陈燕平与同事在研讨新型智能集成功率组件（摄影　周思敏）

PCU研发最难的一道关卡，是将IGBT陶瓷衬板焊接在铝制散热器上，"陶瓷怎么能与铝焊接在一起呢？""就算能焊接在一起，可靠性根本无法保证啊！"在方案设计之初，陈燕平将这一设计思路一提出，就遭到很多技术专家的质疑与反对。

但陈燕平知道，一旦突破这项难关，就能抢占技术制高点。难题面前，他们不服输、不怕输，跑遍了国内外数十家科研单位和企业，试遍了大家听到的、想到的所有技术路线，经过几十次的技术方案迭代、研制与试验，陈燕平团队实现了从器件最初根本不可用到可以使用，从器件寿命很短到器件完全符合市场应用要求的蜕变。

PCU产品从2015年启动研发，到2019年完成开发1.0版本并装车运行，这看似简单的一小步，却跌跌撞撞、摸爬滚打地走了漫长的4年。

2020年，3300伏2.0版PCU产品完成开发。

2021年，6500伏2.0版PCU产品推出，并正式发布。

对于这一拳头产品的应用，株洲所也高度重视，希冀用于新一代高铁列车上。

机会不久后来临。株洲所接到主机厂通知：两个月内完成3台变流器的生产以及出厂调试、检测型式试验。这些变流器将装载在更高速度等级列车上，用于高速实验。而这，恰恰为PCU产品提供了施展拳脚的舞台。

正常情况下，一台牵引变流器的组装需要10多天。新任务比原计划提前了3个月，交付时间短，质量要求又极严，是一场意志的锤炼。陈燕平却没有犹豫，信心满满地说道："一定按时完成任务！"

话音一落，她和团队成员便开始全力以赴：排班精确到小时，春节假期也决然放弃，连续加班，日夜奋战。3天半过去，一台牵引变流器便组装成功，创造了株洲所组装变流器的最快纪录。随后，陈燕平带领团队又乘胜出击，捷报频传：原本需45天完成的型式试验，仅花20多天，就提前完成了上级交予的重任。

2022年9月，搭载了PCU2.0的时速450公里动车组牵引变流器完成地面系统联调试验，标志着下一代高速动车组的核心技术攻坚战取得阶段性胜利。搭载了PCU2.0的牵引变流器与时速350公里复兴号变流器相比，体积缩小了26%，重量更是降低了27%。

2023年6月，福建湄洲湾的CR450动车组试验，再一次验证了PCU作为新一代牵引变流器核心部件的强大性能。

2024年1月，国铁集团发布消息称，2024年，国铁集团将完成CR450样车制造并开展型式试验，预计到2025年投入使用，届时，CR450 动车组有可能把北京至上海的旅行时间从 4 个多小时缩短至 2.5 小时。

采访中，聊到这些辉煌的前景，陈燕平满脸笑容，眼前似乎出现了一幅幅绚烂画卷：辽阔的祖国大地上，繁忙的城市与城市间，一列列新一代标准的高速动车组快速飞奔，14 亿多中国人民对美好生活憧憬的风笛响彻在天地之间。

她深信，有自己和株洲所一大批优秀人才的集智冲锋，这一天的到来，必定不会太久……

创作手记

每一次与陈燕平的采访交流，都是精神洗礼的过程。

陈燕平的人生经历，合辙着中国轨道交通装备从"追赶"到"并跑"再到"领跑"的恢宏历程。而她，也是这一"闪着泪光的事业"的重要参与者，在牵引变流器领域，她的担当与奉献，她的创新与开拓，让中国轨道交通装备创造出让世界惊羡的"中国速度"。

在工作中，陈燕平总是奋力攀登、创新超越，她继承了中国知识分子特有的秉性，把爱国之情、报国之志融入伟大奋斗之中，在国家需要的时候，能够挺身而出，敢于担当，敢于突破，不惧山重水复，不畏路途遥远。

而在生活中，陈燕平低调、简单而朴素。她的全部身心都沉浸在科研工作中。

朱少铭

忠诚铸警魂
——记广州铁路公安局惠州公安处惠来站
派出所三级警长朱少铭

范　恒

金秋十月，硕果累累。

2023年10月18日，广东省惠来县葵潭镇锦华公园广场，灯光璀璨，万人聚集，这里正在举办一场别开生面的公益晚会。

主持人声情并茂地说道："我要介绍一名铁路警官，他在葵潭工作了10年，确保了葵潭高铁段的安全运行和百姓安全出行。他还是一名爱心公益大使，向全社会倾情奉献温暖。如今，他即将走向新的岗位，在此，我代表葵潭人民对他说一句，葵潭永远是您的家……下面有请优秀警官、爱心公益大使朱少铭上台。"

台下顿时响起雷鸣般的掌声，朱少铭在热烈的掌声中走上舞台，人们涌上台来，与他拥抱，向他献花。朱少铭饱含热泪，激动得久久说不出话来。

朱少铭是惠州铁路公安处普宁站派出所葵潭警务区的一名基层民警，2023年年底，汕汕高铁开通，朱少铭被调往惠来站派出所工作，公益协会利用这次晚会给朱少铭送行。在葵潭，他数十年如一日，巡查、守护站车及铁路沿线治安，广泛开展铁路安全知识宣传，实现了管内线路治安事件"零发生"；依靠沿线群众，建设和谐站区，他工作的葵潭警务区，被评为优秀示范警务区。

他是人民群众心中的活雷锋。心系旅客，传播正能量，为旅客排忧解难做好事达1200余次；他热爱公益事业，组织爱心人士救助铁路沿线孤寡老人、留守儿童和残疾人员多达300余人，其中个人捐赠39万多元。他先后荣获全国学雷锋先进个人、全国铁路最美基层民警、火车头奖章和"最美铁路人"称号。

新年伊始，我乘坐汕汕高铁前往惠来站采访朱少铭。高速列车行驶在广阔的潮汕平原，窗外的田野、村庄美如画，一片生机勃勃的景象。列车抵达惠来站，一眼就看到了站台上的朱少铭，他1米85的高个，英俊伟岸，一脸阳光，一身正气。我们曾经是战斗在一线的伙伴，与我20年前的印象相比，他依然意气风发，只是岁月留下了一些淡淡的沧桑。

追寻朱少铭的脚步，一路的坎坷，一路的坚守，他用忠诚铸就警魂，将爱心奉献给人民，谱写出人民铁路为人民的高昂赞歌。

从小立志当警察

1978年，朱少铭出生在广东惠来县隆江镇一个普通家庭，父亲朱镇彬曾经是一名军人、一名连职干部，参加过1958年"炮击金门"的战斗，后来转业到惠来县，成为一名地方武装干部。母亲是一名典型的潮汕妇女，勤劳能干、贤惠。他们兄妹七个，少铭排行最小，从小受到父母兄长的宠爱。父亲微薄的工资，母亲靠种地和养殖，担负起一大家子的生活重担，把他们个个送进了学堂，这在当地是很难得的。在这个幸福的家庭里，少铭度过了无忧无虑的童年。

"从小我就想当警察，这源于一个好警察的榜样。"朱少铭回忆最初的梦想。

朱少铭在隆江读小学时，镇派出所出了一个全省学雷锋的标兵，他叫陈建民，是派出所的教导员。他十分有爱心，常常看望孤寡老人，帮助贫困儿童、残疾人等，受到人民群众的赞扬。陈建民的威信很高，当地有了治安纠纷、家族邻里矛盾，只要他到场，都能得到化解，让人心服口服。这天，学校特地请陈建民给同学们作学雷锋的报告，讲抓坏蛋的故事。陈建民说，要做一个有利于人民的人，就要学雷锋做好事，要做一个正直的人，就必须有正义感。陈建民的故事在朱少铭幼小的心灵里，种下了一颗善良、正义的种子。

朱少铭从小就喜欢打抱不平，崇拜行侠仗义的英雄。他从小就长得比同龄孩子高大，一些调皮的学生很怕他。少铭的同桌很瘦小，有一次被同学欺负了，朱少铭站出来主持正义，指责那位同学欺负人不对，同学们热烈地为他鼓掌。事后，那位同学召集了十几个同学在路上拦住朱少铭，把他狠狠打了一顿。这是少铭第一次挨揍吃亏，但他没有被吓倒，反而激起了他内心的正义感。他暗暗发誓，长大了一定要当警察，做一个像陈建民叔叔那样的人。

朱少铭一心想当警察，读书时特别用功，从小学到中学，成绩一直名列前茅。不但成绩好，朱少铭在其他方面也很优秀，在体育、音乐上表现出极大的天赋，什么歌一学就会，什么乐器都玩得转，因个子长得高，更是足球、篮球场上的佼佼者。只要他上场，观众都要多好几倍，许多同学就是专门来看他打球，为他加油的。德智体美劳，朱少铭全面发展，成为同学们眼中的榜样。

1995年，朱少铭参加高考，要不要读警校，家里人尊重他的选择，因为少铭在音乐上也很有天赋，以他的成绩，报考音乐学院也没什么问题。这时少铭家里已经有好几个警察了，他的哥哥、嫂子和姐夫都是警察，家里并非一定要他当警察。但朱少铭还是毫不犹豫地在第一志愿填上警校，并如愿考上了湖北黄冈警校。

朱少铭踏进警校的大门，就给自己立下了奋斗目标，学习、警技双争一流。他注重打牢学习功底，同时特别注重体能训练，一门心思苦练基本功，散打、擒拿、格斗，样样出手不凡。

"那时在警校，同学中唯一能跟教练对抗的只有我。"采访中，朱少铭笑着回忆，很是自豪。

朱少铭读警校时年龄小，心思也很单纯，性格仍和以前一样，喜欢替同学出头，为别人打抱不平。有一次，警校同学因管"闲事"，遭到一群社会青年的追打。朱少铭正好路过，只见对方人多势众，将同学打倒在地，拳打脚踢，打得头破血流。朱少铭冲过去，连打带摔，打倒了一片。对方十几个人一起围上来对付他，朱少铭奋勇抵抗，身上受了伤，脚上被撕开一条长长的口子，最后得亏被赶来的同学救了出来。"如果不是碰到我，我那同学会被打残疾，那些人就是一群亡命之徒。"朱少铭想起当时的情景，仍然记忆犹新。

朱少铭因为帮别人吃过很多亏，还被人说是傻子，但朱少铭并不后悔。江山易改，本性难移，朱少铭真诚地说道："助人为乐我很快乐，见到坏人干坏事不出手，就没有正义可言，违背良心的事我做不了。我自己吃点亏无所谓，就是看不得坏人欺负好人。"

朱少铭的这种正义、善良的本能，为他以后当好一名警察、忠诚守护铁路平安、热心社会公益事业，种下了大爱的种子。

偷盗"零"发案

1997年，朱少铭以优异的成绩从警校毕业，如愿进入公安队伍，成为惠州铁路公安处乘警支队的一名乘警，负责值乘广梅汕铁路旅客列车。

朱少铭刚到单位时，铁路业务不熟，家里人也与铁路不沾边，一个人来到人生地不熟的地方，一切都要靠自己。他憋着一股劲，心里想着一定要好好干。可是，很快单纯的朱少铭失望了，单位人员复杂，大多是从全国各地调来的，也有像他这样刚从学校毕业的，而且生存环境也不太好，流行"杀猪宰羊"（私带旅客赚钱），有人公开地对他说："不杀猪，你就是一个猪。"朱少铭面临着诱惑，也面临着第一次人生大考。

朱少铭从小受到父亲的严格教育，做人要清白，君子求财要取之有道。他记得父亲常教育他一句话："少铭，不义之财不能拿。"此后他看着别人"发财"，自己丝毫不为所动，天天在河边走，却没有"湿鞋"。很快，铁路行业进行路风大整顿，很多人"折"了进去，受到严厉处罚。朱少铭这时很庆幸自己坚守住了底线，没有随波逐流，他更加坚信做人做事要干干净净、光明磊落。

时间到了2000年，乘警队体制改革实行双聘制度：乘警队聘警长，警长聘乘警。朱少铭这时已经工作了3个年头，虽然没有

"犯错误"，但成绩并不突出，正当他担心没有人聘自己时，他接到一个电话，对方说："少铭，你聘了吗？"

"没有啊！"朱少铭老实地说。

"那你跟我跑车吧！"

"好啊！"朱少铭开心地答应。这个聘他的人就是警长龚平。

"他是我入职以来对我影响最深的人，从为人处世、公安业务，到处理复杂的三乘关系，全方位地手把手教我，他像是一个大哥，既严格又和善，是我真正的良师益友。"朱少铭充满感激地说。

朱少铭跟龚警长学习成长很快，一年多后，就升任了乘警长，那年朱少铭24岁，是乘警队最年轻的警长之一。当乘警长后，朱少铭处事、协调能力初露头角，他乐于助人，忠于职守，每到一个班组，都很受乘务员们喜欢，大家都愿意跟他在一个班组共事。

朱少铭当警长后，面对的最大挑战就是小偷作案猖獗，直接威

● 2023年1月13日，朱少铭和当地志愿者一道深入管内沿线进行慰问（摄影 张科军）

胁着旅客生命财产安全。

　　进入21世纪前后，人民铁路沐浴着改革开放的春风，发展很快。社会开放了，人的流动性大了，民工流、探亲流、学生流，旅客列车趟趟爆满。那时没有微信、支付宝，旅客大包小包，口袋里是鼓鼓的现金。由此，火车站、旅客列车成为小偷最喜欢作案的地方。一些专门吃铁路的流窜作案小偷团伙很是疯狂，有时一趟车连续发生几起偷盗案。乘警不是在车厢里抓小偷，就是在审讯小偷。列车是流动的，小偷作案后就下车，跳上另一趟车再作案，作案后立即下车，让人防不胜防。一些长期在火车上作案的小偷，对旅客列车运行规律摸得很清楚，哪趟车人多，哪趟车防范松，都排有作案"时间表"。

　　那时列车上没有装监控，车票也不是实名制，要确保旅客人身财产安全，只能靠警察严防死守。当时一趟车配有3名乘警，因偷盗案多发，依然是警力不足。朱少铭想，要想旅客不被偷，靠3个警察很难做到万无一失，必须让旅客增强防范意识，同时还要震慑小偷，这就需要从薄弱环节入手。朱少铭分析道，下半夜是旅客最疲倦、最困的时候，小偷大多选择在这个时候动手。

　　朱少铭想到了车站客运员喊话用的小喇叭，退乘时他特地去小市场上买了一个，每次夜间巡视车厢时，就带上小喇叭，喊醒睡意正浓的旅客，大声告知旅客："刚才我收到报告，车上上了两个小偷，你们都看一下自己的东西有没有被偷，如果被偷了请立即报案，如果你们发现小偷，也请立即告诉我，我一直在车上值勤，请你们要高度注意啊，看好自己的钱包……"旅客一听上了小偷，顿时睡意全消，打起精神不敢再睡了。

"这个效果特别好，我当乘警跑车 10 年就用这一招，没有发生一起盗窃案。这 10 年，只要是我值乘，特别是晚上当班，我绝不敢眯一下眼，每个小时巡视一遍车厢。"朱少铭自豪地说，"每次巡视车厢，只要看见可疑人员，不管是不是小偷，我都多看他几眼，让他感觉被盯上了。"久而久之，他们知道朱少铭这趟车上防范得很紧，难以下手，就不上来了。这正是朱少铭想要的效果。

"是什么动力让你坚守 10 年呢？而且时时刻刻都要睁大眼睛，这可需要有很大的毅力啊。"我不解地问。

"这是我的职责所在啊。小偷偷的都是旅客的血汗钱，一年到头，辛辛苦苦，上车来被偷了，我不忍心，那是我的失职。人民警察为人民，绝不是一句空话。"朱少铭真诚地说。他清晰地记得，刚当实习警察时，有一个年轻女孩将 6000 元钱藏在内裤口袋里都被偷了，那是她打工 3 年攒下的血汗钱，女孩当场就崩溃了，要跳车自杀。这件事让朱少铭很难过，也很自责，决心一定要忠于职守，不让自己值乘的车上有一个旅客财产受到损失。

在乘警队 10 多年，朱少铭值乘过武昌、九江、成都、阜阳等多个方向的长途旅客列车。在值乘的每一个寂静夜晚，在旅客瞌睡最浓的时候，他迈着坚定的步伐走在车厢里，心中只有一个信念：让每一个旅客平安回家。10 年乘警长生涯，1800 多个不眠不休的夜晚，朱少铭创造了 10 年"零"盗窃案的神奇纪录，这个光辉成绩，源于他的忠诚、担当和内心的善良。

"这是我们的工作职责！我一般不允许自己工作有什么漏洞，防范工作做到万无一失。必须遏制犯罪苗头，保证一方平安。"朱少铭说。由于那时经常整晚不睡，直到现在他夜间睡眠时间也很少。

朱少铭怀揣着对人民群众不变的忠诚与热忱，时时刻刻把群众装在心窝里，为大家排忧解难，为站车安全保驾护航。

"神探"无敌手

采访中，朱少铭的同事告诉我，朱少铭破案速战速决，享有"神探"之誉。

粤东，午夜，列车奔驰，此刻大部分乘客都进入梦乡。

这是一趟从汕头开往深圳的旅客列车，零点时分，软卧列车员匆匆忙忙跑到餐车找到朱少铭报案，说1号包房有个女旅客血肉模糊，可能被打死了。餐车隔壁就是软卧，朱少铭几步就到了1号包房，发现床上、地毯上全是血，女旅客已经昏过去，随身携带的行李包被翻得乱七八糟。

朱少铭看了看手表，这时列车还有大约5分钟就到河源站了，时间很紧急。朱少铭迅速向列车员了解情况，得知同包房还有一名男旅客是到河源下车的，男旅客平头，很高大，穿夹克。此时他已经离开包房准备下车了。朱少铭立即去车厢寻人。此时，到河源下车的旅客都已经在过道排好队准备下车了，朱少铭在软卧没有找到这个旅客，立即到隔壁车厢寻找。朱少铭的眼睛像猎鹰一样，扫过每个下车的旅客，在过道和连接处都没有踪影，朱少铭又倒回来，在卧铺车厢里面寻找，发现在一组卧铺中间档站着一名男子跟嫌疑人很像，朱少铭走过去，问："你到哪里下车？"男子有点慌，强装淡定地说："到河源。"

"请出示一下你的车票。"

男子迟疑了一下，拿出车票，朱少铭只扫了一眼，正是软卧1号包房的车票，果断将他控制住，这时，列车进站停车了。

朱少铭突击审讯，在他身上搜出了抢劫来的首饰和现金，还有手套等作案工具，这是一名惯犯，专门上车来作案。据男子交代，他喜好赌博，欠下巨债，以致走上犯罪的道路。这次上车特意买的短途软卧票来寻找"猎物"，他清楚一般软卧旅客比较有钱，空间隐蔽，得手机会比较大。他一上车就发现包房里只有一位女旅客，便与她套起近乎，得知女子的老公是台湾富商，还随身携带了很多现金和首饰，男子窃喜，遇到了一头"肥羊"。

男子算好时间作案，想着等到警察发现时，他早已下车逃之夭夭了。但万万没想到会在最后一分钟栽在朱少铭手里，从发现到抓捕就5分钟，但凡耽误一分钟就让他跑了。朱少铭事后说，能快速抓到他，一是他当时没有睡觉，头脑是清醒状态；二是判断准确，鉴于列车发案的局限性，没有错过犯罪嫌疑人下车逃跑的时机。

哪有什么岁月静好，不过是有人替你负重前行。每一个旅客的平安旅途，是警察们日夜默默无闻地守护。

汕头是最早开放的特区城市，外省务工人员多。从汕头开往武昌的K800次列车，客流量趟趟爆满，各种突发事情和案件也多，这给乘警守护列车平安带来很大挑战。

朱少铭值乘汕头至武昌时，曾经破获一起团伙贩卖人口案。他在一次巡视车厢时，走到硬座8号车厢，发现有个50多岁的妇女抱着一个婴儿，婴儿拼命地哭，妇女却不怎么会哄，朱少铭不由多看了她几眼。妇女却立刻将头扭向了一边，不敢正视朱少铭。朱少铭警觉起来，他觉得这个妇女既不像是奶奶，也不像是妈妈，就上前表示关心地问:"小孩怎么了,要帮忙吗?"

妇女有点慌张,连忙说:"没事没事,他是饿了,要吃东西了。"

"这是你小孩吗?孩子是在哪家医院出生的?"朱少铭又问。

"不是,是我儿子的。"妇女手忙脚乱地去拿奶粉,动作很慌乱。

"你儿子的电话号码多少?请你出示一下身份证。"

面对朱少铭突如其来的连续发问,妇女有点慌,装模作样在包里掏了几下,把朱少铭拉到一边,从兜里掏出一沓钱,小声说:"我给你2万块钱,你放过我吧。"朱少铭大声呵斥她:"你把警察当成什么人了?"并立即把她带到餐车。经审问,这个孩子是她偷来的,现在准备带到武昌去"交货",他们有一个20多人的贩卖人口的团伙,分工合作,配合密切。朱少铭将犯罪嫌疑人和孩子一并交给了南昌站派出所处理,地方公安通过这个线索抓获了这个人口贩卖团伙。

贩卖人口案一般列车很难查到,当同事说他运气好时,他幽默地说道:"就因为我在人群中多看了她一眼,挽救了一个家庭的幸福。"其实哪有什么好运气,不过是凭着高度责任心和职业敏感性。

2013年年底,朱少铭被调到普宁站派出所任葵潭站警务区警长,工作环境变了,遇到的新难题也多了。车站广场来往人员复杂,出租车、摩的拉客的每天在火车站来回跑,有浑水摸鱼的,也有盗贼流窜作案的。朱少铭用心探索工作规律,很快融入了新环境。

2019年3月12日,一列动车进站,旅客林女士下车后乘三轮车到镇上转车去普宁,下车时,不慎将一套价值数万元的医疗仪器遗失在三轮车上。朱少铭接到报案后,领着她到广场寻找,没发现任何线索，林女士急得大哭起来，边哭边说："我工作丢了，还得赔几万块，这下全完了。"车站客流很大，川流不息，载客的摩的、三轮车来往穿梭，要找到丢失的仪器谈何容易？这时离丢失仪器已经快一个小时了。朱少铭想，靠自己一个人去排查，犹如大海捞针，很难找到，只能"智取"。他灵机一动，来到车站拉客的聚集地，把三轮车和出租车叫到一起，对他们说："刚才有个旅客坐了三轮车，有个东西落在他车上了，这个人我知道是谁，但我没他电话，你们互相转告一下，如果今天拿过来就是拾金不昧，明天我们找到他家里去性质就不一样了。"

司机们迅速扩散消息。一小时后，捡到失物的三轮车司机赶回车站，物归原主。林女士感激不已，给警务室送来一面锦旗。朱少铭靠聪明机智，帮旅客找回了价值几万元的遗失物品。

在一个个平凡而忙碌的日子串起来的故事里，朱少铭用浑身正气维护一方安宁，为人民群众的幸福生活默默付出。

2017年，葵潭镇发生一起小孩丢失案，在全镇闹得沸沸扬扬。

家住葵潭站铁路附近土墙墩村的温女士，离异后带着3岁的儿子一起生活。11月4日下午，温女士的儿子与外公外婆外出上山种地时突然"失踪"，温女士心急如焚从深圳赶回，找到车站派出所向朱少铭求助。朱少铭发动身边的人一起加入寻找的行列，但是当天一无所获，到了第二天，镇上有几百人出动到山上去找。朱少铭感觉到事情很蹊跷，找到温女士详细了解她的家庭情况。温女士离异后，小孩由她抚养，她将孩子委托给父母帮忙带，自己到深圳打工去了。

朱少铭对温女士说："你带我去找你公公婆婆，我去找他们了解一下情况。"

朱少铭见了她的公公婆婆，感觉不对劲，他们一点不着急，也不问孩子找到没有，跟没这回事似的。朱少铭就试探性地说："今天镇上有200多人到山上去找孩子，这个季节山上最多的就是毒蛇，万一咬死一两个人，那个抱走小孩的人就要负法律责任。"小孩的爷爷很慌乱，连忙跟朱少铭说："你能不能不要他们去找了，明天我们自己去找。"

朱少铭说："既然不要别人去找，那你们能不能提供一些线索，赶紧找到孩子，你们想想看，是不是你们亲戚或者孩子爸爸抱走了？"

"不是，不是，孩子爸爸太伤心了，回老家了。"爷爷心虚地说。

朱少铭就更加怀疑了，孩子丢了，爷爷奶奶在这里，爸爸回老家了，怎么都说不通。朱少铭心里有数了，问老人家要了他儿子的电话号码，回到车站，给自己的外甥打了一个电话，请他帮忙。外甥是公安局负责网络侦查的，经定位，移动号码显示老人的儿子在惠来，一问温女士，她婆家老家就是惠来的，这样就基本确定孩子的去向了。朱少铭又打电话给葵潭派出所所长，叫他们出面找爷爷奶奶做工作。第二天一大早，爷爷奶奶就说找到孙子了，孩子就是被爸爸抱回老家的，因害怕事情闹大，主动到派出所来认错，把孩子送回来了。

温女士得知儿子安全的消息后，激动得泪流满面，特意制作了一面"人民公仆"的锦旗，以表达自己深深的感激之情。后来温女士加入了朱少铭组织的公益团队，向社会传递爱心。

一次次巡视背影，一年年平安守护，他走在保护人民群众财产安全的路上，用忠诚和奉献绘就建功新时代的最美"警"色。

情系旅客

2024年2月27日下午3点，庄严的国务院新闻会议室里，正在举行"最美铁路人"代表中外记者见面会，朱少铭是代表之一，面对记者提问今年春运的感受时，朱少铭当场讲了一个服务旅客的温馨小故事。

2024年是惠来站的第一个春运，大年三十朱少铭值勤，巡逻到候车室时，他发现一名女士左手抱着一个婴儿，右手提着一个大包，后面还跟着一个六七岁的小女孩，他看到后，立即过去接过女士手中的大包，并牵起小女孩，将她们送到所要乘坐的车厢。当他转身离开列车时，那个小女孩突然冲到车门口，对他敬了个礼，当看到她清澈的眼睛，朱少铭一下被感动了，觉得还有什么事能比旅

● 2023年3月5日，朱少铭组织开展学雷锋纪念日活动（摄影 张科军）

朱少铭

客对他的肯定更珍贵呢?

朱少铭对待旅客如春天般温暖。他想旅客之所想,急旅客之所急,体谅旅客出门在外不容易。看到老弱病残,他总是上前搭把手,提一提行李,抱一抱孩子,让他们感受到旅途温暖。

朱少铭当乘警时,一天深夜,一位间歇性精神病人旅客突然发病,满车厢跑,拿着一根扁担追着人打。列车员上去制止,精神病人力气大,不但没被控制住,还被他打倒了,朱少铭得到消息后,迅速赶到车厢,冲上去就把他制伏了。就在朱少铭找绳子准备捆绑时,精神病人低头就是一口,咬住他的大腿死不松口,当时不知道疼痛,事后发觉大腿有痛感,脱下裤子一看,大腿一块肉被咬得快掉下来了,那时是冬天,少铭警裤里面还穿了一条秋裤,但还是被咬破了,他只得在梅州下车去医院打破伤风针。

他牢记人民警察的初心和使命,始终坚持把人民群众的安危冷暖记在心上,关键时候冲在前。

一次,朱少铭值乘,河源开车后,列车员找到他焦急地说:"有一个香港旅客突发急病,身体抽搐。"朱少铭赶紧跑过去,发现旅客很肥胖,有200多斤,年龄又大,没有同行人,情况很危急,列车长跟客调通电话,请求在前方站惠州安排救护车。到惠州站时,客运车班没有男同志,女同志都扛不动,朱少铭二话没说,把旅客背下了车,这时救护车还没有来,朱少铭不忍心把他放在地上,就申请自己下车帮忙,把乘客一直扶着靠在自己身上。十几分钟后,救护车到了,朱少铭亲自把他背上担架,直到看着救护车离开,他才放心下来。事后,朱少铭得知老人当时是突发心肌梗死,因抢救及时,挽救了生命。旅客熊先生康复后从香港寄来表扬信,感谢朱少铭在他危难时出手相救。

这天，朱少铭值乘T125次列车，列车停在安康站，朱少铭在站台巡视，突然，一个少女从站台对面的一趟列车上跑下来，她惊恐万分，衣衫不整，跑到朱少铭身边，后面几个人紧追不舍。少女焦急地对朱少铭说："警察哥哥，他们抓我去卖淫，你救救我！"朱少铭立即警觉起来，把少女挡在身后，喝问追过来的几个人："你们干什么？"那几个人见到警察，悻悻地打转走了。

这时正是秋冬季节，寒风瑟瑟，少女只穿一件吊带匆忙跑下来，冻得嘴唇发乌，浑身发抖。朱少铭把少女带上自己的这趟车，询问她父母的电话，想帮她联系家人。少女开始不说话，经再三询问得知，少女是因为和父母赌气跑出来的，在路上被坏人盯上。一路上朱少铭安慰少女，做她思想工作，父母都是爱子女的，你这样跑出来，家里人该有多着急。朱少铭终于联系上她父母，果然，当她父母知道孩子的消息后，家里人在那边哭成了一团，再三叮嘱少铭帮忙看住她，他们第二天才能赶到达州接她。朱少铭不放心她一个人在达州下车，就把她带到成都。少女匆忙逃跑时，身上穿得很单薄，列车终到成都，朱少铭带她到街上，自己掏钱给少女买了衣服，列车返回时，把她亲自交到父母手中。母亲抱着女儿失声痛哭，她向朱少铭鞠躬致谢，感谢铁路警察救了她女儿。少女也很感谢少铭，依依不舍。少铭叮嘱她要听父母的话，好好读书，做一名对社会有用的人。少女连连点头。

葵潭站每天经停20多趟列车，日均2000多人的到发客流，节假日达到6000多人的客流量，每天都会有各种各样的突发事情，小孩走失、旅客丢失物品、孕妇产子、旅客急病，等等。

采访中，葵潭站站长蔡伟楠说："面对突发情况和旅客的困难，我们与朱警官都能想到一块，配合得很好，尽力为旅客排忧解难。"

2023年8月1日下午，朱少铭在葵潭站候车室执勤时，接到一名男性旅客刘先生的求助，他于当日下午欲乘坐D2323次列车前往深圳北站，在车站安检口处遗失随身携带的黑色背包，内有苹果手机9部，价值2万余元，希望民警帮忙找回。

朱少铭迅速通过车站广播发布寻物启事并查看监控，发现刘先生在进站后将行李过安检时，他的背包被队伍前面的一名女性旅客拿走，并已检票乘车。朱少铭通过信息研判，找到错拿行李的郑女士，并和她联系上。经了解得知，郑女士于当日到达葵潭站时，已接近所乘坐列车的开始检票时间，加上同行人较多，过安检后没仔细检查，上车后才发现多拿了行李，焦急得不知如何处理，接到朱少铭的电话后，她愿意配合民警工作，将背包尽快还给失主，最终双方当事人约定在葵潭站归还了背包。

次日下午，在朱少铭和车站同事的见证下，刘先生清点财物无误后，双方当事人握手言欢，相互提醒以后出行一定更加仔细看好自己的行李。双方均称赞民警为民办实事，刘先生现场写下感谢信对民警表示感谢！

朱少铭的同事评价道，朱少铭是个热心肠的人，他热心真诚，说话得体，办事认真，特别能做思想工作，帮助旅客解决了一些伤心的难题。

一天，朱少铭接到列车上的求援电话，一名女乘客从潮汕站上车，因感情受挫拿着刀片在餐车自杀，车上工作人员劝说无效，请朱少铭在葵潭站上车协助解决问题。朱少铭上车后，看见女乘客坐在餐车，情绪很激动，在身上已经划了两刀了，此刻正拿着刀片抵住自己的脖子。朱少铭慢慢走近她，不急不慢地说："你怎么了嘛，有什么事能跟我说一下吗？我看值不值得你去死。"女乘客很激动地说男朋友背叛她了……听她说完，朱少铭笑着说："你这错得太离谱了，他爱你，你为他死还说得通，他不爱你，你还为他死，你死了，他不更开心吗……"朱少铭给她做了20多分钟的思想工作，女乘客渐渐放松下来，朱少铭顺势将她刀片夺走，劝她说："你要好好活，活得更精彩，让他后悔，这才是你该做的，你现在死了，对不起父母，更对不起自己。"在朱少铭苦口婆心的劝说下，女孩子终于点了点头，列车到达汕尾站，朱少铭亲自带她到医院包扎伤口，临别时女孩对朱少铭感恩不已，感谢朱少铭的救命之恩。

念好"平安经"

2013年年底，杭深高铁厦深段开通，粤东地区进入高铁时代，熟悉葵潭本地语言的朱少铭从乘警队调到普宁站派出所葵潭警务区工作，担负着26.5公里铁路沿线安全巡视和治安任务。葵潭镇辖3个社区，23个乡村，约6万人口。

这是当地第一条铁路，村民们对高铁充满好奇，每天来看高铁列车的人络绎不绝，特别是小孩甚多。他们会攀爬铁路护栏去看火车，或者抄近路横穿铁路。他们总以为火车像汽车一样，能说停就停。有犯罪分子胆大包天，拆盗铁路设备，导致列车事故。铁路刚开通不久，就发生一起电缆偷盗事件，导致列车被停了4个小时，造成重大事故，朱少铭深感安全责任重大。

朱少铭

朱少铭深入村庄调研，发现村民铁路安全知识几乎为零，法律意识淡薄。他认为，要想确保铁路安全和沿线老百姓的生命安全，增强沿线群众安全意识是当务之急，宣传铁路安全常识是一把打开锁的钥匙。

朱少铭一边积极争取地方政府对高铁治安工作的关心和支持，一边深入沿线进行安全知识宣传。在朱少铭管辖的范围里有13所中小学校、14个废品店，以及上百家养殖户。朱少铭排好计划，每天起早贪黑，按计划走访，到学校、废品店、村委、养殖户、农户等地走访，到线路沿途去拉横幅、发传单，尤其是沿线的养殖户，对他们反复讲解，万一有几只鸡、几头牛窜进线路，就会危及行车安全，后果不堪设想。

每天早晨，朱少铭先在葵潭站巡逻一圈，然后开车进行沿线巡查，一路查看隐患，一路开始宣传教育。"那时感觉就是如履薄冰，每天心都提到嗓子眼，没有一天轻松的。"朱少铭说起那时候的感觉依然沉重。

时间长了，朱少铭跟村民熟了，成了朋友，他们就成了朱少铭的义务安全宣传员，但凡附近有放风筝、放小飞机的人，他们都会及时制止。有人在铁路边烧火、搭棚、攀爬，就会主动打电话跟朱少铭汇报。有一次，一直受朱少铭关爱帮扶的郑老伯到田里劳作，看到两个小伙子欲攀爬铁路防护网，立即大声喝止。小伙子怪他多事，郑老伯却义正词严地说："这段铁路是'阿铭'负责的，你们影响铁路安全，我就要帮他管事！"小伙子只好悻悻离去。事后，郑老伯还很认真地让朱少铭去追查这两个人的来历。朱少铭调查后，了解到他们就是附近村里游手好闲的人，就是去看火车玩。朱少铭因势利导告诉他们，高铁电压 2.75 万伏，能瞬间把人吸进去变成灰，攀爬防护网十分危险。说得小伙子连连点头，后来这两人也成了铁路安全义务宣传员。

村头巷陌，有他日复一日宣讲的背影；寒来暑往，每一寸钢轨都记住了他巡视的脚步。

在朱少铭的车尾厢里，常年带着铁丝、钳子、梯子、电线、撬棍、砍刀等工具，巡线时，发现有护栏脱落、缺损等问题，他就随时动手维修。有人跟朱少铭开玩笑说："你不像一个警察，像个民工。"每次台风过后，都有大风刮下来的树枝压倒铁路栅栏的情况，还有被汽车、牛羊等牲口撞烂或生锈自然脱落的栅栏，朱少铭发现后，小问题他随手就处理了，大问题他会第一时间报修，及时排除不安全因素。

巡视线路夏天热，冬天冷，尤其是广东的夏天，高温时间长，烈日炎炎，在线路上没走多久就大汗淋漓，警服经常是湿了干，干了湿。遇上台风暴雨过后，线路隐患更多，山路难走，朱少铭鞋子上沾满泥巴，高一脚、低一脚地行走在林中山间，一段一段线路排查。夏天巡线也是最危险的，山里、草丛里毒蛇、蚊子多，稍不注意就有可能被咬伤。有一次，朱少铭休班接到通知，一趟动车发生故障停在一个大山区间，他来不及换衣服，穿着球鞋、短裤开车直奔现场。动车停在山沟里，朱少铭把车停在路边，要爬到山顶才能查看动车故障停车现场。山坡上长满了一人多高的杂树、荆棘，朱少铭只能在树丛里钻，翻过山顶，第一个到达动车故障停车现场，发现是大风刮了一个废弃的氢气球飘到接触网上，导致线路故障。朱少铭立即向上级汇报，和同事一起动手处理，等事情处理完后，他才感觉膝盖刺痛，小腿被蚊子咬起了一大片红包，奇痒无比，行走困难。他只得就地取材，捡了一根树枝当拐杖，一瘸一拐地下山。

险情就是命令，作为一名铁路安全警长，不管是刮风下雨，还是深更半夜，只要接到险情汇报，都要第一时间赶到现场。2018年元旦零点，朱少铭正准备休息，突然接到电话，说有人在铁路边放火烧荒，浓烟滚滚。朱少铭立即带着几个安保开车过去，发现是几个小孩在一个山边放火烧着玩，本来是烧小火，没想到被风一吹，火势越来越大，向周边蔓延，小孩子害怕了，没办法扑灭，只能由着火势燃烧，眼看就要烧到铁路上了，几个胆小的小孩吓得跑掉了。朱少铭与同事一道，赶紧组织灭火，先是隔断火源，保证铁路安全，然后围剿杂草火苗，待他们扑灭大火后，几个人都成了"黑人"。朱少铭对大家说："回去抓紧休息，明天咱们去附近的小学，给同学讲讲防火安全的知识，这个问题不能含糊。"

"防微杜渐，防患于未然。"这是朱少铭常挂在嘴边的话。他认为，日常工作都是平凡小事，大问题都是由小问题引发的，一是要善于发现问题，二是有了问题必须追根究底。怎样发现沿线的安全隐患？朱少铭的做法是，坚持每天爬山巡线，及时发现问题排查隐患。防护网的工作门是个关键，经常有村民为图方便撬开工作门穿越线路去干农活。每次巡线，朱少铭都要对工作门一个个认真查看，绝不放过一个疑点。

"我采取交朋友、做好事的方式，多与老百姓接近，争取他们的理解、信任和支持。"朱少铭经常走家串户，成为许多村民家的座上客，嘘寒问暖，做一些力所能及的事情。大家信任朱少铭，有话愿意跟他说，积极宣传、主动遵守铁路安全规章，实现了葵潭警务区管辖线路治安平稳有序。

10年来，朱少铭翻山越岭，跨沟攀栏，迎暴雨、抗台风，风雨无阻巡视线路11万公里，入户走访5000余户，安全宣传人数达到60万人次，足迹遍布葵潭村头巷尾、田间地头，穿烂50多双鞋，落下风湿关节炎的毛病，并根据多年的工作经验，总结出保线路平安的"九字真经"：勤宣传，多走访，重排查。经过他的努力，换来管内线路不安全事件"零发生"，保证了高铁线路平安。2016年12月，葵潭警务区被评定为广州铁路公安局优秀示范警务区。

朱少铭深有体会地说："延伸的铁路安全责任重大，我们警力有限，但人民群众的力量是无限的，只有真心依靠沿线的民众，我们才能实现铁路的长治久安。"采访中，朱少铭多次说道，老百姓是最善良、最懂感恩的人，你对他们好，他们就会全力支持你。在

● 2023年9月28日，朱少铭在葵潭站候车室维护治安秩序（摄影　徐媛）

朱少铭的宣传引导下，沿线许多村民都成为铁路安全宣传员，不但自己自觉维护铁路，还会阻止别人做侵害铁路的事。民警小赖说："铭哥带着我们走村串巷，搞好群众关系，起到事半功倍的效果，不然光靠我们几个人很难盯控。"

2023年年底，朱少铭被调到惠来站派出所，负责管辖48公里线路和惠来车站的安全，任务更重了。朱少铭离开葵潭站警务区时，很多人来送他，拉着他的手哭着说："阿铭，我们舍不得你。"朱少铭也被感动得落泪，作为一名基层民警，能得到老百姓这样的认可，还有什么比这更珍贵的呢，这就是对他最高的奖赏和工作最大的肯定。

共建和谐站车

惠来县曾经是粤东地区涉毒重灾区，曾因涉毒问题先后被国家禁毒委列为外流贩毒重点关注地区、制毒犯罪严重通报警示地区，被冠以"毒帽"的头衔。高铁开通后，毒贩们蠢蠢欲动，想通过高铁进行犯罪活动。

尽管缉毒不是朱少铭的职责，但作为人民警察，有维护和谐社会的义务。朱少铭把守着高铁站的大门，让不少犯罪分子胆战心惊，有人想"搞定"他。

"如何守住底线，这比刚工作时在乘警队经受的诱惑要大得多。"朱少铭回忆起来依然是惊心动魄。他刚在葵潭任警长没多久，就有人托人找到少铭，对他说："我朋友说了，只要你睁只眼闭只眼，不要多管，每年给你100万。"

"我一个人民警察才值100万？请你转告你的朋友，不要从我的身上打主意，只要有事被我查到了，绝不姑息，以后也不准再提此事。"朱少铭严词拒绝道。

朱少铭牢记父亲跟他说的那句话——"不义之财不能拿"，这句话伴随着他的整个职业生涯，每到关键时刻，父亲的话就会在耳边响起。

朱少铭知道，要想让全社会共同抵制毒品，必须让大家认识毒品、了解毒品的危害，就这一点来说，开展禁毒宣传尤其重要。

2017年12月17日，朱少铭联合当地团委、禁毒等部门，开展"驱除心魔，赋爱同行"，开展向戒毒者赠书活动，募集书籍2000册、善款1.87万元，经过多方协调，将这些书籍送至戒毒所，勉励戒毒人员坚决戒毒，洗心革面，早日回归社会回到亲人身边，做一个对社会有贡献的人。

2019年1月29日，朱少铭积极协调路、地双方在葵潭玄武社区举办"禁毒·扫黑"大型宣传晚会，宣传了禁毒扫黑和爱车护路安全常识，当时政府干部、各企事业单位员工和市民，以及中小学生3000多人参加了禁毒大会，数百名特警在现场维持秩序，场面宏大、震撼。

在光彩耀目的舞台上，朱少铭带领100多名学生，手握拳头，带头宣誓，他铿锵有力地大声宣誓："我们坚决与毒魔作斗争，珍爱生命，拒绝毒品，保证不吸毒，不贩毒，不制毒，不种毒，积极检举吸贩毒行为，自觉抵制毒品的侵蚀，积极投身于禁毒斗争的行列……"

这场禁毒大会空前成功，取得了很好的禁毒效果，惠来县"复制"了这场晚会,在全县掀起了规模空前的禁毒宣传"战争",将全民禁毒理念、措施渗透到学校、社区、农村基层一线,全面筑牢农村基层防毒、拒毒、禁毒防线,当年就让惠来县摘掉了多年的"毒帽"。

伴随着互联网的高速发展,人民群众获得诸多便利的同时,也面临着越来越多的网络安全风险。诈骗电话、诈骗短信、垃圾邮件、钓鱼网站等电信诈骗方式层出不穷,威胁到人民群众的生命财产安全,且受害人群日趋年轻化。为了增强青少年的反诈骗意识,预防青少年电信诈骗案件的发生,朱少铭经常在车站跟乘客宣传反诈骗知识。

2023年5月,朱少铭受邀到惠来县侨园中学,为全校师生讲解防范电信诈骗知识。其间,朱少铭用多个典型案例让师生了解常见的诈骗手段,积极给师生答疑解惑,并且呼吁全校师生下载"国家反诈中心"App,希望大家回去后将当天所学知识分享给家人,带动家属共同筑牢反诈防线。

采访中,我多次来到葵潭站,穿越宽敞的站前广场,平整干净。然而,朱少铭刚到葵潭时,站前还是一片坑坑洼洼的泥沙地,晴天尘土飞扬,下雨天,站前就成了一片"汪洋大海",被当地人戏称为"泥坑潭",一个大坑连着一个大坑,车轮子一旦掉下去,半天爬不上来,每遇雨天,乘客需卷起裤腿,把行李包扛在肩上蹚水进站。有一次,朱少铭看见一个孕妇扛着行李箱,蹚着大腿深的水来车站坐车,朱少铭见了很难受,赶紧过去帮她拿行李箱,怎么才能彻底解决这个难题呢?朱少铭苦思冥想。

这是一个历史遗留问题,牵涉当地政府和村委用地矛盾,铁路难以插手,当地有些村民不了解情况,时不时来车站闹事。一次,村里派一个辈分很高的长者来车站闹事，用石头砸车站玻璃。朱少铭知道这是他们地方没有协商好的矛盾，把气撒在铁路上，他打电话给县公安局、派出所，请他们配合将违法者送到派出所处理，扼住了闹事势头。

朱少铭知道，要想解决旅客乘车难问题，必须改善车站广场现状。他将下雨天的泥坑拍照发朋友圈，然后利用自媒体进行转发，扩大社会舆论影响，让政府重视起来。朱少铭又找到地方的企业家和社会名流，请他们出面做工作，有个企业家知道后，愿意一个人承担所有费用，改造好车站广场。朱少铭又一趟一趟跑村里，跟村民做工作，从爱家乡、建设家乡的情怀，再晓以大义，最终做通村民工作，同意政府施工，终于建成了漂亮宽敞的广场，结束了"泥坑潭"的历史。看着现在宽敞的广场，整齐的绿化，旅客平安进站，朱少铭很有成就感。

"阿铭的名望远比当年的陈建民要大得多。"葵潭村委杨书记说。他是一个基层民警，干成了我们一方地方官都干不成的大事，在当地有很高的声望，只要提起他，谁都会竖起大拇指。如今朱少铭走在葵潭街上，很多人都认识他，他也很受当地人尊重，这种名望，是金钱买不来、权力换不来的。

2016年8月，有个铁路职工在开车上班的路上，不小心将一个村民撞到水塘里，村民受了点轻伤住进了医院，向肇事者索赔30万元，不然就不出院。职工和家属，以及单位领导出面找当事人求情，多次跟他们谈判，都没有谈妥，村民坚决要30万元，少一分都不行。铁路职工被搞得焦头烂额，无心工作。一个星期后，朱少铭休假回单位上班听说了此事，他"爱管闲事"的性格不会让他坐

朱少铭

视不理。朱少铭跑去医院看望这个村民，看到底伤得怎么样，他一走进病房，村民就盯着他看，问朱少铭："我怎么看你这么眼熟？"

"我是葵潭站的民警，你是哪个村的？"朱少铭问。

"我是溪口村的。"村民说。

"溪口村我经常去啊，去你们村看过孤寡老人和革命老战士。"

"哦哦哦，就是你了，我知道你是谁了，你就是帮助我们村孤儿读书的那个铁路警察。"村民兴奋地说。

原来他就是朱少铭不久前去过的溪口村的村民。他们村有一个少女父母双亡，早早辍学，朱少铭知道后立即前往看望慰问，并将身上仅剩的500元钱给了她，答应她去读书后会继续资助，鼓励她好好读书，将来回报社会。

这件事在村里人尽皆知，朱少铭被村民视为"恩人"，他没想到会在这里遇上，让他很不好意思。

"没得搞了，我们走吧。"村民从床上爬起来，穿起鞋子就往外走，朱少铭问他要不要再观察几天，他连连摆手"不用了、不用了"，头也不回地走了。一件十分棘手的事情就这样迎刃而解了，这个戏剧性的变化让职工和领导都不敢相信。

他的人格魅力，如一道阳光照亮了黑暗，他的善良和正义赢得了村民的信任和尊敬。"这就是阿铭，他在当地老百姓心中树立了很高的威望，受群众敬仰。"蔡站长很敬佩地说道。

2016年的一个清晨，朱少铭跑步锻炼，快到车站时，老远就看见一伙人鬼鬼祟祟，把站前广场停放的摩托车往小货车上搬，朱少铭跑了过去，他们立马警觉起来。

"你们是干啥的？"朱少铭厉声喝问他们。

"关你什么事？"

"我是管这片辖区的警察，你们要把摩托车搬哪去？"

简单几句对话之后，4人打算开车逃离。朱少铭见状，抢先一步拔下钥匙，他们见朱少铭只有一人，目露凶光想抢回钥匙。为首的廖某直接掏出一把20多厘米长的匕首，威胁朱少铭："赶紧把钥匙给我，你最好不要多管闲事。"朱少铭大声说道："跟我去派出所说清楚。"廖某急了，拿着刀就冲了过来。朱少铭抬手一挡，刀刃划破了他的手臂，他随后反手去夺过匕首，一个侧踹，将廖某踢翻在地。4人见打不过，慌忙逃窜。朱少铭一边追一边喊："给我站住！"这时，在周边干活的群众听到抓贼声，都跑过来帮忙，在他们的合力围捕下，朱少铭成功抓获4名小偷。

在朱少铭的左手手臂上，至今仍有一道长约2厘米的伤疤。"这是2016年那次留下来的。"朱少铭卷起衣袖给我看。

他用忠诚和大爱构建起和谐的站车环境，让社会变得更温馨美好。

大爱无疆

在葵潭提起朱少铭，大家众口一词：活雷锋。

朱少铭走上公益道路，源于一次偶遇。

2013年，朱少铭刚调入葵潭时，因不熟悉路无意走进一个很偏僻的小村子——陂美村，这里房屋破烂，杂草丛生，一副荒凉的景象。少铭走到房屋前，惊奇地发现村里只住着3位孤寡老人，经打听，村里的年轻人都移居到村外去了，这3位老人因年纪大，不愿意

朱少铭

● 朱少铭（左）和同事一道检查汕汕高铁线路安全情况（摄影 陈其泰）

离开故土就留了下来。朱少铭看了看他们的生活条件，破破烂烂的房屋，简简单单的饭食，寒酸的衣着，心里十分难受，朱少铭跟他们聊了很久，临别时说："我一定会再来的。"老人们把他送到村口。

回到单位后，朱少铭和车站同事讲起今天的偶遇，决心要帮助他们，同事顿时热烈响应，纷纷捐款，一下子就捐了几千块。

一个周末，朱少铭带着车站同事专程来到了这个村子，当找到3位老人要给他们送钱时，几位老人坚决不要："你们能来看我们就好了，我们用不上这么多钱，拿去给更需要的人吧。"

朱少铭知道，老人需要的不是钱，而是陪伴和关心，从那以后，朱少铭会定期带着同事和朋友买些生活用品去看望他们，给他们做饭，陪他们聊天，时间久了，3位老人把他当成了亲人，亲切地称呼他"阿铭"。他们好似被遗弃在深山老林的废物，风烛残年，朱少铭的关心，就像是在寒冷的冬夜，给他们孤苦的心灵点亮了一盏温暖的灯。

"他叫我阿铭的时候，我心里很酸楚，并不开心，因为我没办法给得更多。对我越亲、越好，我心里越不好受。"一种深深的无力感，让朱少铭陷入了自责的无限旋涡之中，如何能够更好地帮助更多人，成了他的心结。他知道，光靠自己，能帮助的人非常少，只有让社会上更多的人参与，才能让更多人得到帮助。

2016年10月，强台风"海马"来袭，预计在汕尾市沿海一带登陆，葵潭镇政府工作人员深入各村排查，要求住在危房中的群众全部转移，然而陂美村的3位老人说什么也不肯转移，他们说："我不走，阿铭来了我怕他找不到我们……"

朱少铭获悉后，立即前往陂美村，协助村镇干部将他们紧急转移到安全地带。3位老人见到阿铭后，紧紧抓住他的手，叮嘱他在这种台风天也一定要照顾好自己。看到这警民一家亲的暖心情景，村镇干部打心眼里敬佩起他来，并与这名普通的铁路民警建立起友好的关系，积极地加入了爱路护路行列中。

朱少铭有始有终，一直坚持照顾3位老人，直到2020年送走最后一位老人才算是完成他的使命。

正是这3位孤寡老人，让朱少铭想到，社会上还有很多需要帮助的人，光靠他一个人的力量是有限的，他开始带动身边朋友加入他的队伍，教师海薇、个体户海霞、企业家朱宏杰、社会青年阿忠等，朱少铭就像一个巨大磁场，把善良且热心社会公益的爱心人士聚集到一起，与他并肩作战。2017年年底，朱少铭牵头成立惠来"赋爱"公益志愿者协会，他们走进社区、走进学校、走进家庭，开展多种形式的公益活动，关爱、帮扶、救助铁路沿线孤寡老人和残疾人等。

在无数次进村入户了解中，朱少铭发现每个村庄都有一些经济非常困难的群众，他主动对他们进行帮助，就这样，很多村民都认识了这位热心肠的铁路民警，亲切称呼他为"阿铭"。在他们心中，阿铭就是好人的代名词，他爱民为民的故事也感染了许多当地爱心人士。

2016年，朱少铭在走访时，发现距线路约2公里的千秋镇千南小学教育设施落后。这所学校有74名学生和13名教师，学生大多来自周边农村。从那以后，朱少铭时常牵挂孩子们的学习生活，定期去学校，经常捐钱捐学习资料，并为孩子们讲授德育课，利用专题教育、交通安全、防火防溺等安全宣传时机，鼓励孩子们努力学习，与师生们一起座谈，谈学习、谈人生、谈理想，鼓励学生做对社会有用的人。他还多次组织公益队伍和热心人士捐助校服、电脑和学习用品，开展"捐赠书籍进校园"活动。在千南小学建成当地第一所农村小学图书室，帮助孩子们增长知识、陶冶情操。这间10平方米大小的图书室慢慢成了孩子们的"充电站"，学生们的成绩也逐年好转，达到全镇数一数二的水平，学校还连续数年获得揭阳市葵潭慈善基金"奖教金"。2022年4月8日下午，朱少铭来到千南小学，再次捐赠了3000册图书。

2023年4月25日，朱少铭又联系组织了一场校园公益活动，组织学生们开展运动竞赛，并为学校捐赠了篮球、跳绳等运动器材。该校教师罗哲辑说："我们这种农村小学很少组织活动，朱警官为学校和孩子们带来了很多惊喜。"

在工作之余，朱少铭还为当地农民出谋划策，帮助他们脱贫致富。2013年，朱少铭到葵潭站辖区沿线的圆墩村入户宣传，发现这里以种植凤梨为主业，凤梨皮薄肉厚、品质优良，可因为地处偏僻、交通不便，经常出现凤梨丰产农户却不增收的情况。

看到村民愁眉不展，朱少铭决心帮助农户破解凤梨滞销难题。他发动身边亲朋好友品尝购买，并帮忙联系媒体宣传。他和同事们自费购买凤梨送给车站以及列车上的工作人员、旅客品尝，并派发农户联系卡，主动宣传凤梨的好品质，帮助果农慢慢打开销路。随着交通的改善、物流行业的发展和网络直播行业的兴起，朱少铭又主动谋划，和地方政府一起举办"凤梨节"，精心打造和宣传"惠来五宝"，改变了当地农产品廉价滞销的局面，村民也因此得到了实惠。"凤梨价格从几毛钱一斤涨了好几倍，好卖的时候都要卖七八元钱，现在已经供不应求了，这都是政府部门和朱警官的功劳。"果农黄仲海开心地竖起大拇指。

2023年6月21日，在"'惠来五宝'国际网络节+云展会"暨惠来县"百千万工程"现代农业招商推介会上，朱少铭获得了组委会授予的"'惠来五宝'品牌推广贡献奖"。

每一次奉献，都是爱的传递；每一份付出，都为他人带去希望之光。

在朱少铭的公益团队里，改变最大的就是阿忠。两人相识于2014年，当时的阿忠是辖区内出了名的小混混，每天打架斗殴不务正业，是派出所的常客。在一次下班回宿舍的路上，正下着大雨，朱少铭突然看见阿忠搀扶着一名受伤的老人，以为他又惹事了，赶紧走过去询问情况。原来是一名痴呆老人，因为雨天路滑摔倒了，阿忠正好路过遇见，打算把他送回家。朱少铭从这件事看到了阿忠

朱少铭

善良的本质。

从那以后，朱少铭常常找阿忠促膝谈心，有志愿服务活动都会喊上阿忠一起。潜移默化之下，阿忠改掉了不少坏习惯，将心思倾注到了志愿服务上。如今的阿忠是人人夸赞的好青年，成为优秀志愿者，能独立担当大任，并于2023年12月当选惠来县新的社会阶层人士联合会理事，是公益团队的骨干力量。"铭哥尊重每一个人，平等待人，像我以前是个不怎么靠谱的人，他也没有看不起我，如果没有遇到铭哥，我现在说不定在哪个看守所。我家人都很感谢铭哥，是他改变了我。"阿忠说起朱少铭，言语中充满了感激和敬佩。

葵潭农商银行行长严炳银是朱少铭到葵潭后通过打球认识的朋友，青年得志的他原来很傲气，认识朱少铭后，被他的人格魅力所感染，也加入公益团队，他真诚地说道："阿铭的故事影响了葵潭很大一部分人，他没做惊天动地的大事，但很用心做好每一件小事，日积月累就成了伟大事业。在他来之前，葵潭没有人做公益，在什么都讲利益的今天，去帮助一个80多岁的老人有什么利益呢？这只能是善良。他在这里10年，把自己当作葵潭人，把你们高铁铁骨铮铮的精神带入葵潭，他的这种精神影响了整个葵潭。"

"作为朋友，他对你有些什么影响呢？"我笑着问严行长。

他诚恳地告诉我："铭哥让我性格改变了很多，让我懂得知足、感恩、珍惜生活，我工作也很顺利，一步一个台阶，我很感谢他。"

"我觉得，作为一个警察，首先要懂得奉献。一个人只能帮到一两个，有了团队，帮的人可以无限地扩大，以后我希望能创造更大的平台，让更多的人受到扶持。帮扶有需要的人，本来就是警察的职责，我会不忘初心，一直做下去。"朱少铭说。

采访返回途中，我们路过一个叫"紫竹岩"的地方，朱少铭对我说："咱们进去看看。"这是当地的一个古道观，走进道观，道观师傅忠先生热情地过来跟朱少铭握手："欢迎朱警官。"远处几个干活的少年也跑过来跟朱少铭打招呼。忠先生跟我介绍，道观抚养了10多个孤儿和残疾儿童，朱少铭带领公益团队长年帮助和关心这些孩子的成长，给他们送来生活用品和学习用具。

"这都是阿铭资助过的孩子，现在他们都长大了，有几个出去读书了，有几个已经工作了。"忠先生说。

公益大爱如同潺潺流水，汇聚成河，滋润着每一个受助者的心田。在央视举行的2023"最美铁路人"发布仪式上，朱少铭说："他们有了我，就有了平安，有了欢乐，帮了他们，我心里也很快乐，助人为乐这句话是真的。"

别看朱少铭整天乐呵呵的，他一个人静下来的时候会思考很多问题，20年的警长生涯，难免遇到困难和挫折，长期在沿线工作生活，有家难回，他有时也感到迷茫，这样的生活到底值不值得？特别是做公益的这些年，有不少人在背后说他风凉话，说他傻，自己出钱出力什么好处没捞着，何苦来哉？

在离葵潭站不远处有一个大水库，水库边有一棵大榕树，闲暇时，朱少铭经常一个人来树底下坐坐，吹吹风，想想心事，静静地思考走过的路，做过的事。

朱少铭很快得出了结论：选择了警察这份职业，就是选择了担当，就是选择了为人民服务。守护铁路平安、为社会多做公益活动，这就是我的追求，我做自己最快乐的事，就值得。朱少铭把那些闲话抛在了脑后。

朱少铭

亲情的力量

这天采访时,朱少铭有点坐立不安,我问他有事吗?他说老母亲在医院住院,有点不放心。我立即说,那我们一起去医院,边照顾老人边聊,你就安心了。他开心地站起来说:"那就太好了。"

朱少铭的父亲早已去世,老母亲今年88岁,大部分时间跟朱少铭住一起,由他亲自照顾。邻居们都说,少铭可是一个大孝子,什么事都是亲自做。朱少铭说:"哥哥姐姐年纪都大了,有的要照顾孙子,母亲喜欢跟我住在一起,只要有空,我都会陪母亲聊天。"

我们一起走进病房,母亲见儿子进来,脸上顿时开朗起来。朱少铭说,他母亲没什么大病,就是肠胃不太好,住进医院调理一下。他与母亲一边用家乡话闲聊,一边剥橙子喂给母亲吃,不一会

● 朱少铭在检查铁路沿线护栏(摄影 徐媛)

儿，母亲要上卫生间，少铭从床上温柔地扶起母亲，一手拿着吊瓶，一手扶着母亲，小心翼翼搀扶进卫生间，看少铭做这一切很是自然和熟练。他笑着对我说："有母亲照顾是我的福气。"

朱少铭到葵潭工作后，很难回家，他就把母亲接到身边照顾，跟他在公寓一住就是七八年。朱少铭在葵潭工作10年，老母亲就在葵潭过了10年。每年过年，他都让同事回家过年，自己坚守岗位。母亲和妻子、女儿来单位陪他过年，哥哥姐姐和外甥们也都到葵潭团聚，母亲在哪里，哪里就是他们的家，一大家子其乐融融。

朱少铭以前在乘警队工作时退乘能固定回家休息几天，到葵潭车站工作后，回家的时间少，陪伴女儿的时间也就少了。女儿很疑惑，现在爸爸怎么很少回家了呢？私下跟妈妈抱怨爸爸是不是不爱她了。暑假，朱少铭带女儿到线路上巡视，有脱落的栅栏和被大风刮到铁路边的树枝，朱少铭会亲自动手修护，女儿赶紧去帮忙。在返回的路上，女儿说："爸爸，我现在知道你不是不爱我了，是你工作多了，回不去，以后放假我就来陪你。"朱少铭听了女儿的话，感动地摸着她的头说："我家闺女真懂事了。"以后的寒暑假，女儿都到单位来陪他，一起巡线，他给女儿讲铁路知识，教女儿爱铁路、护铁路，一起去看望孤寡老人和孤儿，女儿受少铭的影响，如今成为一名很有爱心的大学生。

朱少铭自豪地介绍说："我们家里有8个警察，他们都比我有出息，都在自己的岗位上干出了一番成绩。"每当家人在一起相聚时，他们会交流各自的工作心得，互相鼓励和打气，共同成长。

采访时，朱少铭多次跟我说到一个词——如履薄冰，这是高度的责任感带来的压力。朱少铭缓解压力的方式是打篮球。他是一名体育健将，工作之余他组建了一支篮球队——葵宁队，自己是主力队员。他还担任葵潭篮球协会会长和惠来县篮球协会的副会长。2023年，朱少铭代表惠州公安处参加广铁公安局的篮球赛，进入前四名，是惠州公安处这些年来取得的最好成绩。他休息时经常带着自己的球队和地方球队打友谊赛，普宁的篮球联赛一届不落地参加了，给自己和同事带来阳光生活的同时还减轻了工作压力。

"健康生活，才有健康体魄，打篮球是集体运动，不仅能锻炼身体，还能放松心情，交到朋友。"朱少铭笑着说。

初春时节，又是一个艳阳天，朱少铭走出住所，整了整庄严的警服，走进了新开张的惠来站派出所。这是他的新岗位，又是一方新的天地。告别时，朱少铭认真地对我说："过去的都是历史，新的岗位，我必须从零开始。新建的站那么大、那么好，我要尽我所能，保障高铁安全运营，让老乡们出门更安全、更便利。"

是啊，朱少铭的初心很简单，就是以帮助别人为快乐。有诗人曾写下这样的句子：如果能使一颗心免于哀伤，我就不虚此生；如果能解除一个生命的痛苦、平息一种辛酸，帮助一只昏厥的鸟儿重新回到巢中，我就不虚此生。

我听懂了他的肺腑之言，坚定理想信念，筑牢忠诚警魂。我暗暗祝福他，好人一生平安，愿他有更大的作为。

创作手记

非常荣幸，这是我第五次参加全国"最美铁路人"报告文学创作。朱少铭是唯一一个在我采访前就认识的采访对象。20多年前，他在乘警队当乘警时，我在客运段工作，工作上有过交集，那时，他就是一个阳光、乐观向上的优秀青年，所以，当得知他当选2023年全国"最美铁路人"时，我既意外，又觉得是在意料之中。

新年伊始，我从惠州出发，乘坐汕汕高铁去惠来站采访朱少铭。3天时间，我沿着他的工作足迹，采访了许多与他相关的人，有他派出所的同事、葵潭站站长、客运员、银行行长、村书记和部分村民，以及他们公益团队的伙伴。最让我感动的是义工海薇，她是一名教师，那天她的二胎孩子刚满月，听说我去采访朱少铭，她放下还在喂奶的孩子，跑过来见我，她说铭哥是自己淋过雨，所以想给别人撑把伞，谈到朱少铭与人为善和带他们做公益的感人故事，几次红了眼眶。采访结束的那天晚上，在村委杨书记家吃晚饭，来了满满一桌人，有几位没见过朱少铭的，经杨书记一介绍，都很惊喜，紧紧握住朱少铭的手说，"原来你就是阿铭啊，我们早闻你大名，你为我们当地做了不少好事，太感谢你了"。

从铁路到地方，朱少铭在葵潭10年，收获的不止26.5公里的线路平安，还有老百姓的好口碑。一步步坚实的脚印，一桩桩感人的故事，刻下人民警察不忘初心、恪尽职守的奋斗历程，在这片热土上播撒下大爱的种子，确保一方平安，温暖一方百姓。

中国铁路沈阳局集团有限公司
通化工务段通化桥隧车间
通化桥隧第一维修小组

大山道钉

——记中国铁路沈阳局集团有限公司通化工务段通化桥隧车间第一维修小组

辛　野　焦　元　常效东

2023年冬天，长白山北风呼啸，滴水成冰。

白茫茫的大山里，一队人艰难前行。鞋子踩在山道雪路上的咯吱声，在大山间回响。

突然，他们发现一处涵渠被积冰堵住大半，若不尽快清除，将危及行车安全。一米高的涵洞，长33米，上壁与冰面之间空间很小。一位桥隧工立即脱下棉袄，拿起电钻和手镐，弯腰爬了进去，趴在冰面上，一点一点清冰。一时间，冰花四溅，他脸上被飞溅的碎冰划出了小口子，衣服也浸湿了一大片。

此时，气温达到零下二十几摄氏度，大伙儿轮番上阵，打湿的衣裤瞬间结成了"冰甲"。整整刨了一天，终于清除了涵洞内的所有积冰。

2023年1月6日，中央电视台新闻联播《新春走基层》栏目，以《高寒铁路上的"守护人"》为题，将这一镜头搬上荧屏。

电视机前，桥隧工区的职工和家属们兴奋不已，孩子们指着镜头喊："这是我爸，还有刘叔，都上电视了！"屏幕上，铁镐敲打冰面的撞击声，扣人心弦。一会儿，他们坐在雪地里开始啃面包了，屋子里鸦雀无声。一位老母亲暗暗地擦着眼泪，妻子攥紧了丈夫的手……

这是发生在中国铁路沈阳局集团有限公司通化工务段通化桥隧车间第一维修小组的故事。小组34年如道钉一样，"铆"在大山里，守护高寒铁路。

这里条件艰苦，环境复杂，春天沙土漫天，夏天山洪频发，秋天低温霜冻，冬天滴水成冰。这里作业艰难，或攀上几十米高的铁路桥高空作业，或钻进狭窄的涵管刨冰，或悬身陡峭岩壁清理危石……这就是第一维修小组工作的常态。

正是这样，他们扎根大山、埋头苦干，硬是把地形复杂、基础薄弱、病害多发的"担心线"养护成了"放心线"。

2023年4月27日，中共吉林省委、吉林省人民政府发出《关于开展向吉林通化工务段桥隧车间第一维修小组学习活动的决定》，组织全省向他们学习。同时，他们被中宣部、国铁集团授予"最美铁路人"先进集体、全国学雷锋活动示范点等光荣称号。

一代一代传承

吉林通化，西邻辽宁，南与朝鲜隔江相望，地理条件得天独厚，文化底蕴深厚悠久。它地处东北亚经济圈中心地带，鸭绿江国际经济合作核心区，素有绿色立体宝库之称，是我国的中药、葡萄酒、人参和滑雪之乡。

中国铁路沈阳局集团有限公司通化工务段通化桥隧车间通化桥隧第一维修小组

作为中国东北铁路重要枢纽之一,通化的铁路线南北东西横贯纵穿着沈吉、梅集、鸭大、通灌等 9 条铁路干线、支线,总里程 1100 余公里。负责这些线路设备维修养护的,就是通化工务段。

通化工务段前身为通化工务区,是由日本侵略者掌控的南满铁道株式会社于 1938 年 10 月 1 日成立的。当时的"助役"(日语,相当于工务区长)和工长都由日本人担任,共辖近 500 名中国铁路工人。工人们饱受日本工头打骂欺凌,每天挣扎在水深火热中。

哪里有压迫,哪里就有反抗。仅 1938 年至 1939 年,由杨靖宇将军率领的东北抗日联军,就在铁路工人的支持和配合下,在通化工务区的"梅辑线"(梅集线)200 多公里铁道线上,发动了 30 多次奇袭和进攻,先后解救被蒙骗的筑路劳工 4000 多人,炸毁隧道 7 座,桥梁 11 座,破坏铁路线路 50 多公里,击毙日伪军 3000 多人,破坏日军交通运输,沉重打击了日本侵略者的嚣张气焰。

在众多战斗中,老岭隧道破袭战是东北抗联最著名的战斗之一,把日本人苦心经营一年多的在建隧道炸毁,使日军损失 20 多万元,工程停工 2 个多月。作为战斗地点的老岭隧道,至今仍由第一维修小组精心养护,服务沿线群众出行,助力地方经济发展。

通化市政府为纪念那段不可磨灭的历史,特地在老岭隧道巡守点设立了老岭抗日纪念馆,馆内展陈着隧道修建历史、破袭战经过等史实展板和抗联文物。

1945 年,不屈不挠的中国人民将日本侵略者赶出国土,迎来了"8·15"光复。

10 月,中国共产党接收通化铁路,成立东满铁路管理局通化分局,通化工务区正式更名为通化工务段,中国人终于在自己的国土上成立了自己的工务段。

1946年，国民党反动派军队长驱直入挺进东北，崇山峻岭间，历时3年的解放战争拉开帷幕。

为支援解放军，通化工务段成立线桥抢修队，夜以继日抢修梅通、通临等线，保障解放军的军运畅通。同时，他们多次破坏梅辑等铁路干线，炸毁线路桥梁、隧道，使国民党军铁路运输陷于瘫痪，阻挡他们从沈阳向北增兵，拒敌于千里之外，为扭转东北战局的"四保临江"战役取得最后胜利，赢得了时间，为东北全境解放作出巨大贡献。

解放后，通工人又以空前的热情和干劲儿，仅用3个月的时间抢建抢修，使重新回到人民手中的梅辑铁路全面恢复通车。这一毁一建，方寸之间，尽显本色。

1950年6月，抗美援朝战争爆发，美帝国主义将战火烧到鸭绿江边。

10月，中国人民志愿军跨过鸭绿江，梅集线上的集安鸭绿江大桥，正是我国与朝鲜连通的3条铁路大桥之一，它历经抗美援朝战火洗礼，铭刻着中朝两国人民用鲜血和生命凝成的伟大友谊。如今，大桥上的弹痕依旧清晰可见。

从1950年10月到1953年7月，我国共有42万名志愿军、17.2万担架队员从这里进入朝鲜，运输物资、人员75908列次，运送筑路材料15810列次，运送伤员18.2万人，运送朝鲜战争难民8000余人。

1950年12月至1951年3月，美军对中朝边境疯狂轰炸，鸭绿江大桥被炸断，在志愿军战士保护下，铁道兵和通工人全力抢

中国铁路沈阳局集团有限公司通化工务段通化桥隧车间通化桥隧第一维修小组

修,在枪林弹雨的江面上,铸成了一条"打不断、炸不烂"的钢铁运输线。

在抗美援朝中,通化工务段抢修队队长高殿甲舍生忘死,带领由114人组成的抢修队,冒着敌机轰炸抢修线路,排除定时炸弹10余枚,先后6次和战友们奋不顾身扑向被敌机轰炸起火,随时会发生爆炸的军列,用生命保护军用物资,保护这条志愿军后勤补给的"生命线"。

1954年3月,高殿甲和战友们凯旋,他们多次荣立个人和集体战功。

"事了拂衣去,深藏身与名!"载誉归来的高殿甲,在通化工务段一线普通工人岗位上默默无闻地工作,守护大山铁路直至退休。他的光辉事迹和奉献精神,永远激励着每一名通工人,激励着扎根大山的第一维修小组。

经历了烽火硝烟的洗礼,步入社会主义建设时期,通化工务段桥隧守护者们继续发扬优良传统,在长白山下谱写着一曲又一曲战天斗地的英雄战歌。

继50年代的抗美援朝英雄、铁路抢修队队长高殿甲之后,又涌现出"愚公移山"的贾德洪、"长白山区老黄牛"纪连玉、爱岗敬业好工长林桦……他们是通化工务段辉煌的亲历者和见证者。这一时期,第一维修小组初现雏形。

火车跑得快,全靠车头带。"用生命守护钢铁运输线"的高殿甲几乎无人不知、无人不晓。他给这支团队留下了无惧无畏、舍生忘死的英雄气概。

贾德洪,1952年参加工作,当时梅集线93公里隧道水泥风化严重，加之蒸汽机产生的烟灰堆积，经常从洞顶掉下灰块，危及行车安全。他用小车从隧道里往外运烟灰和杂物，累计运出600余立方米。为解决隧道口两侧一到雨季就塌方的问题，他自己动手砌片石挡土墙，没有石料就带着老婆孩子一起上山下河收集石片，人背、肩扛、爬犁拉，收集石片100多立方米，筑起长达225米、高1米的挡土墙，彻底解决了山土滑落安全风险问题。为保证隧道中心排水沟作用良好，他硬是利用工余时间，自己动手制作水泥井盖120多个，把这大山里的排水井盖换了一茬儿。贾德洪给这支团队留下了久久为功、人定胜天的"愚公移山"精神。

纪连玉是通化地区铁路系统当之无愧的名人，从20世纪60年代起就长期担任浑白线桥隧工长，先后荣获全国铁路劳动模范、五一劳动奖章等殊荣。他总结出的山区桥隧维修作业经验，在全段推广应用。他提炼出执行规章制度不走样、严格劳动纪律不含糊、强化安全措施不放松的"三不要求"，成为各个工区的安全遵循。他健全班组整纪达标、质量管理、安全生产分析、计分算奖等制度，既符合现场实际又科学合理，能达到最佳管理效果，受到班组职工的广泛认可，在原通化铁路分局管内站段推广应用。他被大家亲切地称为扎根大山的"老黄牛"。他曾带着工区连续4年荣获安全生产优质工区称号，连续10年安全无事故，他本人更是取得了安全生产8331天的骄人成绩。纪连玉给团队留下的是自强不息、苦干实干的"老黄牛"精神。

20世纪70年代末参加工作的林桦，人如其名，仿佛他就是为守护大山，守护大山里的桥梁隧道而生的。桦树多生长在海拔400—4100米的山林或山坡上，而通化工务段辖区的桥梁隧道，都

中国铁路沈阳局集团有限公司通化工务段通化桥隧车间通化桥隧第一维修小组

在平均海拔600米以上的大山里。

桦树耐旱、耐寒、耐贫瘠的品质,在林桦身上,都一一得以体现。

1979年12月,林桦来到通化工务段桥隧工区担任路基工。仅两年时间,他的设备维修笔记就高达半米以上。他把学到的业务知识和线路养护重点难点,全都印刻在脑海里。他技术好业务精,班组里处处带头干,勇挑大梁,在组织的培养下,担任了通化桥隧工区(第一维修小组的前身)工长。

如今,65岁的林桦虽然已于2018年退休,但提起他养护过的每座桥梁、每条隧道甚至沿线的一草一木,他仍旧如数家珍。

林桦记性虽好,但采访时才发现,他的记性也是有"选择"的。当问到他得过多少次奖,评过多少次先进模范和标兵典型时,他却笑着说忘了,想不起来了。他说:"现在是又一辈年轻人在挑

◉ 在设备整修中,第一维修小组全力做好桥梁的日常检查整修工作,确保安全畅通(摄影 王强)

大梁了，还是多写写他们吧！"

就这样，一代一代的积累和传承，缔造了第一维修小组这一优秀团队的精神内核。坚守扎实的奉献，不为名利的付出；甘于平凡的品格，尽心履职的信念；明晰方向的定力，爱岗敬业的担当——这就是扎根大山的道钉精神！

硬汉工长刘传双

海拔 1589 米的老岭峰又名"东老秃顶子"，是长白山余脉老岭山脉最高峰，与海拔 1525 米的"西老秃顶子"遥遥相望。它们像两位饱经沧桑的老人，静静矗立在群山环绕间，俯瞰守护大山，既守护着林海、沟壑、河流和雨雪风霜的四季，也守护着蜿蜒前行，穿山而过的桥梁隧道，见证着一代又一代通工人的青春热血和奉献坚守。

梅集铁路宛若一条游龙，在大山间蜿蜒盘旋，跨过鸭绿江，向朝鲜境内延伸。

一队黝黑锃亮的蚂蚁，搬着大于身体数倍的物资，沿铁道线列队前进。不远处一队身着黄色马甲的桥隧工，同样负重前行。两队人马整齐划一，在苍松翠柏林立的大山线路旁，形成了一幅极美的和谐画面。同一个方向，同一个目标，老岭隧道就在眼前。不同的是蚂蚁军团是在寻找避雨的所在，而黄马甲们却是在为迎战暴风雨做着准备。

这支 13 人的黄马甲小队就是我们的主人公——第一维修小组。250.58 公里，平均海拔 600 米以上的梅集线上，19 座隧道、120 架桥梁、387 处涵洞都靠他们维修养护。无论春夏秋冬，大山里、线

中国铁路沈阳局集团有限公司通化工务段通化桥隧车间通化桥隧第一维修小组

路旁总能看到他们的身影，春不怕雨水交加，夏不怕蚊虫蛇蚁，秋不怕风霜肆虐，冬不怕地冻天寒。

现任工长刘传双，1974年生，18岁入伍，服役于中国人民武装警察部队长春武警总队，负责看守监狱。在部队的3年里，刘传双连续两年被评为优秀士兵，还在入伍第二年时光荣加入了中国共产党。3年的军营生活虽然时间不长，却造就了他甘于吃苦、勇敢无畏的优秀品质。也正是因为这满身的"兵味"，才成就了他的与众不同，让他成为第一维修小组的带头人。

1996年，复原分配到通化工务段后，刘传双先后干过线路工、桥隧工、班长、检查工区工长、验收员，不管在哪个岗位上，他都能迅速融入、适应，且很快成为工作和生活的主角。2017年，刘传双调任通化桥隧工区工长。2018年工区更名为第一维修小组，成为段里重点培养的尖刀班组。

精神如圣火，薪火永相传。第一维修小组扎根大山，沿着前辈的足迹继续前进，一串串足印，一次次巡检，都尽收在两座"老秃顶子"眼底。它们为这一代代后生的扎实付出而微笑，为他们无声地喝彩，用宽厚的臂膀为他们遮风挡雨。

平头、健壮、爽朗、健谈，古铜色的皮肤，有神的大眼睛闪着智慧的光。说起班组的事儿，刘传双头头是道，多少有那么点"社牛"。

他给人的第一感觉：这个人很有魅力！当然，这并不是说他外表有多帅、多出众。

刘传双自称记性不好，经常记不住老婆孩子的生日，甚至忘了自己的生日。但他对辖区内所有桥梁隧道的数据，能张口就来:"梅集线 127 公里 282 米处钢梁桥，桥长 334.5 米，桥孔总长 297.03 米、桥枕 908 根、钩螺栓 1816 个，护木总长 586.08 米……"

这是第一维修小组每名成员的基本功。小组负责的梅集线、通灌线、鸭大线上所有的桥梁、隧道、涵渠，每一处位置、每一套设备数据，都已深深印刻在每名组员脑子里。

刘传双满眼自豪:"这就是勤学苦练的结果，小组学技练功都有点儿内卷了，大家比着学、赛着学，对关键路段技术数据，几乎每天一练、每周一比，一个儿不服一个儿。"

当谈到班组在他带领下取得荣誉时，刘传双却显得有些腼腆:"活儿都是大家干的，我就是个打头的，没有大伙儿的齐心协力，我根本啥也不是。"

可在班组职工眼里，刘传双可不仅仅是个"打头的"，他是班组的主心骨，更是大家长。组员们对他是既敬又畏、既爱且恨……种种情感错综复杂，最终浓缩成一个"服"字。

服气——是因为他心思缜密，遇事不慌，再难的事儿，他都能找到最好的解决办法，而且处处以身作则。

服从——是因为他公平公正，管理严格，干练果敢，作出的决定从不轻易改变，大家只有认真执行。

除了工作上这两个"服"之外，大家更服的，是他的人品，是他对班组兄弟的关心爱护，是他为人处世的古道热肠、人情练达，还有他对父母的孝顺、对家人的挚爱。他的人格魅力影响带动着班组每个人。

说起桥隧工作的特点，刘传双和小组的所有人众口一词：苦点儿、累点儿、危险点儿都不算个啥，最难耐的是枯燥和寂寞……

中国铁路沈阳局集团有限公司通化工务段通化桥隧车间通化桥隧第一维修小组

作业间隙,刘传双最喜欢坐在线路旁,看大山里黝黑发亮不停忙碌的大号儿蚂蚁。好琢磨事儿的他,经常把蚂蚁比作人,把蚂蚁军团比作班组,用蚂蚁的生存法则和处世之道带领团队。久而久之,蚂蚁永不放弃、未雨绸缪、乐观进取、全力以赴、团结协作的精神,成了班组里人心所向、人人遵循的行动指南。

刘传双回忆起他刚上班时的情景:"我那会儿最怕换桥枕施工,桥面三四十米高,桥枕一次抽下去十几根,那时候水还大,脚下就是湍急的河面,看着就晕。踩在撤空桥面的轨基上,腿肚子就不自觉地打哆嗦。其实心里明白,没啥好怕的,身上绑着安全带呢,可这腿就是不听使唤。当时,为了能不哆嗦,我一有时间就跑到大桥上,看桥下的水,整整一个多月,才适应过来。"

刘传双继续说:"那会儿活忙啊!天天早上点完名儿,去近的地方,就背起工具一路翻山越岭到现场,一干就是一天,披星戴月是常事。"

刘传双说这些时,一个看上去年近花甲的老师傅在一旁默默地笑,他是作业班长宫汝文。问他笑什么,刘传双替他说:"他上班那会儿,家和工区就隔一条街,可他最多一次忙得整整一个多月也没回上家,害得刚结婚的新娘子上单位找,以为他有啥不良嗜好,闹着要跟他离婚呢!"

爽朗的笑声,瞬间让采访气氛轻松起来。

笔者问:"去近处翻山越岭,去远处咋办?"

刘传双说:"去远处就得起早坐汽车。那时候汽车少,也不可能天天来回接送。就得一趟车给我们送到施工地点,然后借住在老乡家或直接住山里。干上十天半个月,完活儿了,汽车再接我们回来。不只从前，现在也这样，这些天咱维修小组到梅集线 195 公里作业。那地方山多，方圆几十里没有人家，最早还有个老岭车站，后来撤销变成了乘降所，再后来山里的人都搬走了，连乘降所也撤了。就只剩下原来养路工区的几间废弃房子，我们简单拾掇拾掇，在里边搭几个铺就住进去了，一住就是一个多月……"

采菊东篱下，悠然见南山。返璞归真、田园牧歌的惬意生活，从古至今都是文人墨客倾慕向往的生活境界，可又有谁能知道，桥隧工风餐露宿的苦辣辛酸呐！

刘传双说："桥隧工有多累？长年累月扛枕木、搬重物、刨铁镐，日子久了哪个都是一身病。"

老班长宫汝文动情地说："咱们班组以前有个叫张永新的，是个认干的人。从打上班第一天就干桥隧工，干了 30 多年，腰脱特别严重，他也不吭声，就天天用大宽布带子勒住腰，瞒着大伙儿强挺着干。后来被发现了，车间安排他转岗干点轻巧活儿，他却说啥也不走，流着眼泪说班组这帮子弟兄处的跟家人一样，实在舍不得离开……后来在大家的苦劝下才转了岗。"

刘传双说："现在班组里的 13 个弟兄，个个都是好样儿的，大伙儿的共同目标，就是把这大山里的桥隧设备看好，把活儿干好。哥儿几个几乎都有腰肌劳损和腰脱，可从来没人抱怨，干起活儿来，没一个装尿的……"

蚂蚁生存法则——主动并快乐度过一生。

人生掌握在自己手中，在面对艰难困苦时，如果你像蚂蚁一样有了目标，就好比孙悟空有了金箍棒，不管大还是小，不管远还是近，只要沿着目标不停前进，一切艰难困苦都会迎刃而解。

中国铁路沈阳局集团有限公司通化工务段通化桥隧车间通化桥隧第一维修小组

一名党员一面旗帜

第一维修小组的组员,都出生在通化这座红色城市,生长在长白山区这条赤色山脉。他们从小听着杨靖宇将军的抗联故事长大,骨子里流淌着红色血脉。

小组除正常的政治学习雷打不动外,每季度都要组织观看红色电影,锤炼党性,坚定信念。他们把抗美援朝特级战斗英雄杨根思的"三个不相信":不相信有完不成的任务、不相信有战胜不了的敌人、不相信有克服不了的困难当成班组座右铭,以此相互砥砺,战胜困难,守护大山。

他们将每年7月1日确定为班组"感悟日",开展主题党日活动。杨靖宇烈士陵园、红石砬子临时战地医院遗址,都留下过他们追寻精神力量的足迹。

他们还经常请退休老党员回来,给大家上党课,对年轻人进行入党启蒙教育,用他们的奋斗精神引导党员和青年扎根驻守铁路线,干好工作。

2021年7月中旬,通化地区被一场70年不遇的暴雨突袭,混浊的水位疯狂上涨。

暴雨引发山洪,进山的公路被冲断,情况危急。第一维修小组紧急集合,赶赴现场抢险。等到了梅集线214公里处,线路已经被冲空了一大截,湍急的洪水裹着山石和树枝不断冲击桥台,再耽误一会儿,桥台基础就会被掏空。

险情就是命令!大家迅速将砂石装进麻袋,扔进缺口,可上百

● 第一维修小组及时清理隧道口杂草，防止杂物堵塞排水渠（摄影　张钧禹）

斤的沙袋，却瞬间被洪水冲走。

"是党员的，跟我上！"

刘传双将安全绳拴在腰上，扛着装满砂石的麻包，第一个跳进齐腰深的洪水里抢堵缺口。第一维修小组的7名党员应声下水，班组其他职工紧随其后，堵缺口的堵缺口，清河道的清河道，他们在狂风暴雨中夯木桩、筑堤堰，筑起堵水墙，对长达十几公里的数十段河道彻底清淤，保证河水排泄通畅。缺口堵住了，大家又用石块回填路基。

一筐筐淤泥运到岸上，一袋袋河沙筑起"堤坝"，脸上已分不清是雨水还是汗水，他们争分夺秒与山洪赛跑，与老天爷抗争，一条河道清完立即冲向下一条河道，淤泥积满又返回来再清理，沾满泥水的衣裤紧紧裹在身上，他们却浑然不觉。就这样，大家的手掌磨出了血、双脚泡得肿胀发白，每个人都成了"泥人"。

整整三天三夜驻守河滩，他们严防死守，最终战胜了洪水，守住了桥隧涵洞，第一维修小组负责的所有桥梁安然屹立、隧道坚

中国铁路沈阳局集团有限公司通化工务段通化桥隧车间通化桥隧第一维修小组

固、畅通无阻。在那场水灾中,党旗始终高高飘扬在抗洪一线,飘扬在每个人心里。哪里危险,哪里任务最艰巨,哪里就有党员的身影。在抢险阵地上,听到最多、最嘹亮的吼声就是:"我是党员,我先上!"

多少年来,无论是面对洪水还是暴雪,只要有险情,第一维修小组这支铁打的队伍,都能冲得上、豁得出、打得赢。

56岁的老党员宫汝文,是班组里年龄最大的,可别看他岁数大了,却凡事都会给大家带个头。涵洞清淤往外抬土,别人两人抬一筐,他一个人就扛一筐,有人要伸手帮忙时,他却说:"不用,不用,一人扛着得劲儿!"涵洞整治,和水泥、拌砂浆、抹面勾缝,他都抢在前面,他说:"这是我的'独门绝技',你们这些小嘎豆子还没出徒,可别想着'偷师'。"

党员赵宝臣今年52岁,他的特点是乐于助人、极具爱心。不但工作干得好,他还是通化市红十字"蓝天救援队"兼职队员,也是中国人体器官捐献志愿者。他经常参与志愿服务活动,多次无偿献血。

2018年9月的一天,晚上5点多,赵宝臣接到通化市110求助,说是有"驴友"在市区最高峰白鸡峰迷了路,消防员因为已经备勤,不能上山。刚下班到家的赵宝臣,顾不上吃饭就赶到现场,进山搜救。

夜里的大山伸手不见五指,山高路陡,很多小路人迹罕至,且常有蛇虫和猛兽出没。赵宝臣顾不上这些,经过4个多小时的努力搜救,终于找到并把两名游客安全护送下山。加入救援队10年来,赵宝臣参加过上百次救援,帮助过太多太多的人。他说:"一个人力量有限，能多做一点是一点。"

2023年5月26日，第一维修小组的作业计划是上午去通灌线122公里卸碎石、河沙，下午到梅集线130公里402米涵洞清淤。那天，党员董轩铭担任防护员，他像往常一样，全神贯注为工友防护。

上午9点多，董轩铭父亲电话联系到班长王宏志，说家里有急事需要董轩铭回个电话。由于防护员工作期间不能携带手机，午休时董轩铭才跟家里通上电话，当他得知带他长大的奶奶病危时，眼泪夺眶而出。

一面是亲情，一面是工作，如何抉择？他知道，此时请假回去，车间要临时找防护员接替他，耽误进度不说，其他防护员还都不如他熟悉这里的情况。于是，他跟谁也没说，擦干眼泪，把愧疚藏在心里，一直做完一天的防护才回家。此时，奶奶已经去世，董轩铭迎着月光，一路流着泪赶往梅河口奶奶家。

在第一维修小组学习室里，整齐地摆放着各种荣誉证书。集团公司优秀共产党员、集团公司技术能手、段安全生产标兵……30多本闪光的荣誉证书，写满了他们的励志故事。他们将党员的责任与义务代入工作和生活，将入党誓词融入生命和灵魂，他们的身影始终熠熠发光。

蚂蚁生存法则——时刻保持危机意识。

于自然灾害和大山而言，它们太渺小了，但它们团结起来的力量却相当惊人，可以瞬间吃掉一头大象！

当野火烧起来的时候，蚂蚁们并不是四散奔逃，各求生路，而是迅速聚拢，抱成一团，然后像滚雪球一样迅速滚动，逃离火海。

中国铁路沈阳局集团有限公司通化工务段通化桥隧车间通化桥隧第一维修小组

最外一层毫不犹豫地牺牲了自己的生命,开拓了整个种族的求生之路!

在第一维修小组,所有人都清楚遇到同样的情况,那"最外一层"必定会是工班长和党员。一滴水很容易干涸,但将其投入大海,它就成了永恒!

个个身怀绝技

一人一生择一事,一技一艺钟一生!

养护桥隧设备设施,不仅是体力活,更是技术活。在第一维修小组,无论工作再忙、条件再苦,大家都会坚持学技术、练业务。每个人都把干一行、爱一行、精一行记在心里,付诸行动。

不客气地讲,第一维修小组每个人都有几把"刷子"。"登高能手"李志光清理危石身轻如燕;"电器专家"赵宝臣修水泵、修电钻样样精通;"电焊大拿"孟祥利技术比武经常拿名次……

大伙儿把高超的技术攥在手上,干起活来才更有底气。

一个集体不是简单的个体相加,只有大家心往一处想,拧成一股绳,把每个人的"长板"加在一起,才能发挥出更大的团队能量,才能为这个集体增光添彩。

翻开第一维修小组的班组日志,不用看作业项点,光是看"每日学习栏",就知道大家每天都在忙什么。

早点名会前,学习当天作业要点的传统,延续多年,传承至今。

每周两次的业务学习雷打不动,如果赶上连续外出作业,就把学习地点搬到施工现场。到了学习时间，大家都自觉坐好，拿出学习笔记，认真听、用心记。

授课的通常是工长刘传双，他会用大家容易理解的语言，结合现场实际解读规章中的"精华"，再补充一些实际作业用得上的经验，讲得既接地气又"解渴"，特别是新入职的年轻人，每次学习都收获满满。

学习结束后，刘传双会仔细检查每个人的学习笔记，还会时不时搞个提问，这种突然"袭击"让大家学得更认真，丝毫不敢放松。

宫汝文是班组里的"全民教师爷"，班组里大半职工都是他徒弟。他把自己对匠心的领悟、对事业的热爱和积累的经验，毫无保留地传递给每名徒弟。

在第一维修小组，电工、电焊工、修理工、瓦工……每个活儿都有人擅长，班组里人人都有"绝活"，大家会根据工作需要，结合自身兴趣，主动拓展学技范围。这些"绝活"聚在一处，战斗力可谓强悍，什么活都能干，成就了第一维修小组"全能班组"的美誉。

李志光是电焊工。刚加入时，他发现组里时常需要干电焊活儿，可大家都不太擅长。他就自费买来专业书籍，晚上在家啃书本、学理论，周末就去单位练功场，一个人用废料练焊接。夏天太阳炙烤，冬日严寒大雪，他始终坚持操练，废料被他戳得"千疮百孔"，他也经常被灼热的焊花烫伤。2018年，他考取了电焊工职业资格证，成了班组"电焊大拿"，有电焊作业时，他当仁不让。

赵宝臣擅长电工，之前在房产段他就考了电工证。来到第一维

中国铁路沈阳局集团有限公司通化工务段通化桥隧车间通化桥隧第一维修小组

修小组，修理维护的主要对象变成了水泵，需要知识升级。别人刷抖音看娱乐视频时，他搜索的却是水泵怎么修、各类故障代码怎么处理。光看还不够，他自己画线路图，边画边琢磨电路原理，只有自己把图画明白了，才算是真正掌握了知识点。

班组里还有赵若明这样的多面手，经验丰富、技术精湛，什么活儿都学，什么业务都懂，什么岗位都能干。哪个岗位缺人，他随时都能顶上去。

后加入小组的关龙喜欢各类机具，班组里的油锯、棘轮扳手、发电机等机械设备他都爱不释手，他主动承担起保养机械设备的责任。遇到不懂不会的，他经常会求助于其他班组的老师傅孙立，业余时间也总是在学习机具保养维修方面的知识。

关龙发现砍树时，油锯总是"掉链子"，下了班他就去"取经"。"孙叔，这个油锯老掉链子，你说是为啥？"经孙立指点，关龙开始检查油锯导板和链条，挨个环节排查，终于解决了"掉链子"问题，但油锯使用还有"说道儿"。砍完树后油锯刀口必须及时处理，有的树皮里有石子，对油锯损害很大，而且影响下次使用。每次用完油锯，关龙都会根据使用程度用锉刀处理锯口。

工区4把油锯，全部处理完至少需要一个小时，这也意味着关龙总要比别人晚下班。

日常学不到的维修保养知识，关龙就回家上网学，像棘轮扳手、发电机、打草机的日常应用和保养，都是他在网上学会的。

架梁作业，需要人工使用活口扳手拆卸马凳螺丝，每次光是卸螺丝就需要一个多小时，非常耗时费力。关龙发现使用棘轮扳手可以提高效率，便提出了建议。

刘传双逐级提报计划，采购了两个棘轮扳手，现场使用后对比发现，同等作业量，拆卸时间节省了近40分钟，提高作业效率近60%。这件事让大家对关龙刮目相看，刘传双更像是捡到了宝，满眼小星星地笑着对他说："看来你小子对机具研究还真有两下子！"关龙感受到大家的信任，更加努力地学习机具养护、维修技术。

只要用心钻研，就没有战胜不了的困难。

日常任务中，第一维修小组遇到过很多难题，有作业质量方面的，有与行车安全相关的，甚至有需要临时改造设备的，大家的绝活总能把各种难题迎刃而解。

大桥水位线长期被水流冲刷，每年都需要重新粉刷。这项任务需要把人从桥上吊着绳索放下去，下面就是湍急的水流，由于缺乏受力支撑，粉刷时必须克服绳索和身体晃动。这活儿不仅考验心理素质，也考验体力和手法。

"要是有个篮子就好了，坐在里面能节省体力，还稳当，不怕抖动。"

"对，焊个作业篮，人就坐在里面。"

"绳索怎么绑也得重新研究，安全第一位，还得稳稳当当。"

就这样，大家说干就干，会钢筋活儿的扳钢筋做型，会电焊的焊花飞舞焊铁篮，会油漆的挥着刷子刷篮面，大伙儿施展手艺、各显神通……

作业篮焊好了，坐在里面画水位尺稳稳当当、不急不慌！一个看起来毫不起眼儿的小发明，让这项作业变得更优质、更安全，也更轻松。

大山里的天气反复无常，冬天风吹雪、冰叠冰，夏天云搅云、

中国铁路沈阳局集团有限公司通化工务段通化桥隧车间通化桥隧第一维修小组

雨淋淋。对桥隧人来说，汛期是每年工作压力最大的时段之一。

2022年8月的一个深夜，暴雨倾盆，短时强降雨导致梅集线一处"下穿立交桥"路面严重积水。赵宝臣和关龙接到通知，冒雨赶往现场。

漆黑的夜，肆虐的风，雨衣也阻挡不住四面八方刮来的雨水，脸上、脖子里都是雨水，鞋袜湿透。

现场比想象的还要糟糕，雨大风急，杂物淤堵在排水口，两台水泵被烧坏了。

仅剩的一台水泵还没有自动控制系统，也就是说不能在抽水至水位线以下时自动停止。他们面临两个选择，一是现场盯守，手动操作水泵。二是在现场改造，实现水泵自控功能。

"我来试试。"赵宝臣心里短暂犹豫了一会儿，还是决定要一次性解决问题。

"我配合你！"关龙坚定地说。

作业面比较窄，两个人挤在漆黑的夜色里摸索着电源线路，琢磨着怎么改才能更好地将控制器、传感器连接水泵。一根一根电线摸索，在脑海里画电路图，忙活了将近2个小时，成功为水泵安上了自动控制系统，看着积水水位一点点下降，他们内心充满了成就感。

每一场攻坚克难，都有精湛的技术为支撑；每一次化险为夷，都有出色的业务做基础。

第一维修小组始终在钻研业务的路上深耕细作，日复一日淬炼技艺，打磨匠心。小组先后有34人次荣获集团公司和段技术状元、技术标兵等荣誉称号。

关键时刻冲上前

大山里,受自然环境、天气、设备等因素影响,各种危及行车安全的险情频发。关键时刻,"抢险"就是第一维修小组最重要的工作内容。

铁路线穿行于连绵的山岭,沿线分布着千姿百态的奇岩怪石,或如云霞轻盈,或若灵猴欲跃,或似蛟龙出水……这些岩石背后,却潜藏着巨大的安全隐患,它们随时都有可能脱落,成为危及列车安全的"定时炸弹",第一维修小组必须彻底处理这些潜在风险。

峭壁上,杂草密布,组员们如同灵猿,披荆斩棘,仅靠一根安全绳悬身,像蜘蛛侠一样,攀来荡去,敲打岩石,测量裂缝。每次出来,李志光都主动承担起这项"命悬一线"的高风险任务,他手

● 第一维修小组职工参观抗联纪念馆(摄影 王强)

中国铁路沈阳局集团有限公司通化工务段通化桥隧车间通化桥隧第一维修小组

持沉重的钢钎,荡身崖壁。

这个活儿,是对体力、耐力与灵活度的极限挑战。人要在相对安全的石脊上找准落脚点,动用全身力量,去撬动并击落那些风化、松动了的岩石。每完成一处清理,李志光便向上大喊一声,上面的同伴就松一些绳子,他再手攀脚挪去寻找下一个支点。

时间飞快,汗水浸湿了他的衣裳,他就这样像壁虎一样紧贴在崖壁上,寻找着落石和支点……

又一个夏日,太阳如炽热的火球悬挂天际,金色光线穿透稀薄的云层,洒在蜿蜒的山路上。在这条被绿荫覆盖的铁路旁,第一维修小组正在与时间赛跑。昨夜的暴风雨击倒了几棵枝繁叶茂的老树,横亘在铁路上。情况危急、时间紧迫,远处的列车正呼啸着驶来。

一台台油锯,被连续启动,这些钢铁巨兽的嘶吼声震耳欲聋,如同雷鸣在大山中回响。当油锯锋利的链条穿透树的表皮,挤压进树脉中,木屑纷纷扬扬飘洒,浸染着大家的汗水。这些陈年老树木质坚硬,但在锯链的切割下,很快就成了破碎的木段,被撤下线路。

在这场与自然的抗争中,机械与工具成了他们力量的延伸。太阳逐渐爬上头顶,铁道边这群桥隧汉子,正挥汗如雨地铲除障碍,他们的汗水与轰鸣的油锯声一道,刻入"老秃顶子"眼底,刻入这片绿色深林的胸膛。

每年春运前后,正值长白山区的冬日,大量物资需通过铁路运输。火车的轮回更加频繁。此时,第一维修小组会根据"天窗"命令,对铁路桥进行检修。他们身背工具,腰系安全绳,一层层打开铁路大桥的盖板，从狭窄的桥梁到墩脚，他们一步一步、一处一处、一寸一寸地巡检。这项复杂的工作，要求他们多次攀上爬下，不断垂身弯腰，在极狭窄的地方，还需匍匐前行。一天的工作下来，他们或直立或迂回的重复动作，要反复循环上百次。这样的活儿每周至少重复两次。

经验丰富的宫汝文，能通过目测、敲击、听声判断隧道病害的等级与特点。他的桥隧检查法，不仅是技艺的积淀，更是一种艺术的流传，工友们会经常向他讨教，来提高自己的水平。

宫汝文说，隧道也是有生命、有语言的。能听懂它们的语言，就能判断出它们的使用状态。敲击隧道墙壁发出清脆的"嘟嘟"声是正常，表示隧道壁坚固。但是如果敲击时鸣响沉闷，发出"咚咚"的回声，则预示着空洞的隐患。他说："铁路安全无小事，每发现一个隐患，就是在拯救千百人的生命，拯救千百个家庭。"这些声音对他而言，比任何语言都来得更真实、更真切、更扣人心弦。

2024年1月中旬的一个清晨，第一维修小组在巡检过程中，发现老岭隧道侧拱顶出现了大面积结冰。他们迅速反应，立即调整作业班次，以最快速度组织起人力，现场打冰。

零下30摄氏度的极寒天气下，大家轮番上阵。4米多长的打冰杆异常笨重且冰冷，举不了几分钟就两臂酸麻。他们却不敢有丝毫懈怠，坚持仰着头举杆打冰，直到脑袋晕眩、双眼模糊、手臂僵硬。在体力流失和极寒天气的双重挑战下，他们斗志不减，将肉体与精神推向极限。整整15个小时，直至最后一块冰被挑落，最后一袋冰被搬出。

中国铁路沈阳局集团有限公司通化工务段通化桥隧车间通化桥隧第一维修小组

15个小时里，车厢温暖如春，乘客们透过车窗欣赏着水墨画一样的冬日美景，或畅谈诗与远方，或思念即将见面的亲友、恋人……他们又怎会想到，第一维修小组的桥隧工在怎样的险境中抗争，怎样的冰凉刺骨穿透着他们，怎样的辛苦汗水浇灌着这块冻土。

一列列火车轰鸣着穿过隧道，乘客们安然自得地享受着舒适惬意的旅途，第一维修小组这些"隐秘英雄"，就站在大山的背后。

寒风中，工长刘传双脸色凝重，他知道自己要面对的不仅是自然环境的严峻挑战，更多的是刻在骨子里的责任与使命。这份"无条件服从命令"的信条，是他也是第一维修小组的鲜明标识，是他们无条件面对每一次挑战的勋章。

难关面前，这支队伍展现出了超凡的果敢和无私。这场与冰雪的战斗，大家互为支援，每个人手中那把锋利的冰镐，都依仗着队友的力量。他们已经形成了一种默契，简单重复的动作里，流淌的不仅是汗水，更是共鸣、互助和坚定。

他们或旋转，或挥动，或抛掷，以手臂和铁镐作笔，在长白山余脉一页页厚重冰层上，勾勒出一幅幅充满活力的画卷，那是一种无形的艺术，一种跨越自然、战胜极限的鲜明印记。

冰层尽去、危险解除，在这样的应急处置中，每一次的胜利都是弥足珍贵的。

蚂蚁生存法则——团结合作才能取得胜利。

团队创造神话，团结就是力量，勤奋不息、团结协作才能创造更大的奇迹。

大山里的坚守

梅（河口）集（安）铁路悄无声息地伏卧在崇山峻岭间，如同一条灵蛇静静地游走于天地之间，绵延不绝。对这里的居民来说，"对面声相闻，见面走半天"是生活常态。但在这看似宁静的大山里，第一维修小组却默默守护了34年。

在第一维修小组，每一名组员都乐于献身岗位，无论是恶劣天气，还是复杂地形，都无法阻止他们用坚韧不拔的努力和精心，守护这条铁路的安全。正如一颗颗固执的道钉，牢牢夯进大山铁路沿线，用手中的扳手和钳子来巡逻维修，织密铁路安全网。

在大山深处守护铁路安全，除了工作苦，还要守得住。老岭隧道离工区70多公里，荒无人烟，手机没有网络，山上的值守点却一年365天都不能离人。隧道看守2人一班7天一换，白天清理线路两旁的落石和倒树，晚上还要巡检隧道进行打冰，时不时还会碰到狼、狗熊和野猪。

老岭隧道口30平方米的小屋，是第一维修小组日夜守护的岗位，也是组员们心中第二个"家"。简陋的小屋既是他们精神的慰藉，也是他们责任与忠诚的象征。

平时还好说，逢年过节老岭隧道也要留人值守。远离家人，守护平安。值守，意味着无法与家人团聚，但大家却都争先恐后，都希望能够在这个重要的日子里留下来。这不仅是因为责任，更是因为队友间的感情深厚，每个人心里装满的都是班组里的弟兄。

赵若明是小组里的普通一员，他言语不多，干起活儿来却从不

中国铁路沈阳局集团有限公司通化工务段通化桥隧车间通化桥隧第一维修小组

含糊，连续几年都主动要求值班守隧。2023 年，原计划值班的同事临时生病，赵若明没有一丝犹豫，立刻挺身而出，替他值岗。

在老岭隧道小屋，守隧的队员会沿袭传统，在门上贴好春联、福字，在炕上摆满瓜子、花生和糖果，玻璃窗会如约结满冰花，桌上则会有丰盛的年夜饭。可即便是再丰盛的年夜饭，也并不意味着可以放松戒备，他们还需要在山里、隧道内反复巡查，确保每一寸轨道安然无恙，每一处隧道畅行无阻，哪怕是在新年钟声敲响的时候。

深夜，大山静得让人心颤，时针指向凌晨 3 点，覆盖山谷的沉寂被他们咯吱咯吱的脚步声打破。

山林中潜伏着的狼、野猪、土豹子，或许正远远地凝视这些扰人清梦的邻居，或许也成了这些夜行者的伙伴，但更多时候，却是他们斗智斗勇的对手。

狼眼在夜色中闪烁出狰狞的蓝光，土豹子和野猪则在漆黑中悄无声息地潜行……巡线时，他们总要带上镐把、铁锹，步履谨慎地穿行于隧道和钢轨间，丝毫不敢懈怠。

巡线结束时，晨光已透入小屋。

因为没有自来水，赵若明把水桶放在雪爬犁上，去 2 里地外的河沟取水。他的脚步略显急促，爬犁在雪地上拖曳出两道长长的划痕。到了河边取水点，他用水舀子敲开薄冰，舀起一瓢。清冽甘甜的空山水，入喉爽润。

赵若明拿出手机，拨通了爱人的视频电话。取水点是大山里唯一有手机网络的地方，这里有守隧汉子眼中最美的风景和最甜的山泉。

屏幕上，孩子在喊着爸爸，告诉他妈妈煮了螃蟹和大虾。妻子笑着伏在孩子肩头，向他拜年："老公过年好，祝你们和隧道都能平平安安的。"听得这个敢斗豺狼、敢钻山沟,铁打的汉子,眼圈儿泛红、满眼爱怜。

返回小屋,他们又忙碌着在灶台旁,煮起香气四溢的饺子,柴火在炉膛里噼啪作响,像是爆竹声在为他们过去这一年点赞。尽管身处大山,这里却总能感受到家的温暖。

一个寒冷的冬天,小组又迎来了新生力量。80后的潘洋从舒适的办公室,调到第一维修小组,他原本以为这必将是一段不愉快的经历。这里的工作环境艰苦,被冰霜覆盖的线路需要时刻维护和清理。对他这个铁路系统内部的转岗职工来说,一切都太新,太不同,甚至太不尽如人意。

最初,潘洋看不上这里的工作,这里完全不符合他对未来的规划和畅想。他曾向段里提出要调走,想换一个看上去更体面的岗位。可在这里工作了一段时间后,段里再提出调他去其他岗位时,潘洋却坚决不走。他说:"跟着这么好的工长,这么好的老大哥,我干着踏实,哪也不去。"从最初的抗拒,到现在的情感依赖,潘洋的心态发生了180度的大转变。

两年时间过去了,潘洋一直感受着这个班组的温度。工友们可不是看起来那么粗糙的桥隧汉子,个个都是充满浓浓人情味儿,可以托付生命的好兄弟、好战友。

2020年年底,集团公司生产力布局调整,又有4名来自不同系统的职工调入第一维修小组。他们虽然都是铁路人,对桥隧维修养护却一无所知。这些半路出家的新兵,对桥隧工岗位,既失落且反感。就像当初的潘洋,想方设法要离开。可很快他们就被团队感染,在这里找到了归属感,其中很大一部分原因,要归功于班组上

中国铁路沈阳局集团有限公司通化工务段通化桥隧车间通化桥隧第一维修小组

● 第一维修小组职工进行涵渠清淤作业前的准备工作（摄影 张钧禹）

下的开放心态和真挚关怀。

2020年年初，疫情肆虐而来，变幻莫测，潘洋完成了连续7天的隧道看守除冰值班。本打算回家的他，面对城市突如其来的静默，不得不临时改变计划，去外地父母家暂住。

可对家里的妻子，潘洋却怎么也放心不下。她一个人被封在家里，还不会做饭，封城期间连外卖都停了，她吃啥？生活怎么办？正在一筹莫展之际，工友们纷纷打来电话、发来信息，告诉他不用担心。大家轮流为潘家送去饭菜，尽显人情温暖。

春节来临，城市依旧静止，在这个中国人最重要的节日，潘洋的工友们也没有忘记他。大年三十这一天，他们将热气腾腾的饺子送到潘洋爱人手中。潘洋不止一次感动地说："就冲大伙这么对我，为这个集体付出什么我都愿意！"这个普通的桥隧工，在患难中体会到了集体的关爱，也正是这份爱，让他们彼此血脉相连。

潘洋是铁路世家，在他的生命里，铁路就像是流淌的血液。他深知，一个好的集体要有凝聚力，这不只是一种信仰，更是一种传承、一种热爱、一种责任。面对任何异常情况，组员们都能齐心协力，呵护彼此，呵护那些线路上行驶的列车。他们时刻提醒自己，每一次出工都是为千万个家庭的幸福，每一次检修都是对千万旅客生命安全的保障。这样的信条无时无刻不在指引着他们。

集体的利益，情感的牵绊，以及深深植入骨髓的使命感，这些都是第一维修小组永恒的主题。对于潘洋来说，他的故事正是这个主题的缩影，他和他的兄弟们，正在用行动编织着第一维修小组的传奇。

无数个春夏秋冬，从冰天雪地到烈日炎炎，作为班长的宫汝文始终带领团队，在大山里披星戴月，检查、修理、确保平安。他习惯于每天在铁道线旁走上几万步，理由很简单，"一天不走，心里就像缺点啥，感觉有啥事没干似的"。这样的生活节奏，对于宫汝文来说，早已成为生活的常态，成了生命中不可或缺的一部分。

几十年坚守大山，让宫汝文落下了腰疾，但他从未因此有过退缩的念头。回到家里，卸掉"硬汉"的外衣，他变成温顺的丈夫，听从老伴兼家庭"按摩师""营养师"的安排，药物、理疗一样不落。

根据国家关于特殊工种的政策，2023年宫汝文就已经具备了退休资格，老伴儿几次劝他退下来，好好享受生活，他却总是报之以沉默。他每天下班到家都会兴致勃勃跟老伴儿讲当天工作的点滴，那些关于小组的酸甜苦辣、喜怒哀乐。随着时间的推移，老伴儿也逐渐理解了他对这份工作的不舍，于是转而支持他继续工作。

但老伴儿深知宫汝文干工作玩命的性格，怕他腰伤再加重，就

中国铁路沈阳局集团有限公司通化工务段通化桥隧车间通化桥隧第一维修小组

劝他换个稍微轻松点儿的活,宫汝文始终对她的建议置若罔闻。她能感觉到,尽管工作苦累,丈夫却从中得到了无比的存在、满足和自豪感。

班组里的 90 后

随着时光的流转,90 后也已进入而立之年,肩负着更多家庭和社会责任。在第一维修小组的 13 人里,6 名 90 后也理所当然地逐渐成了工作和生活的主力。

王宏志,这个 90 后青年在铁道边长大。经历了 3 年军旅生涯的磨砺,他带着荣誉和梦想,来到第一维修小组这片热土,续写他的青春篇章。

王宏志的工作生涯始于一个凌晨,天还没完全亮起,他就满怀期待地赶到单位报到。工长林桦先是让他干零活,熟悉环境。很快他就意识到,这份儿工作并不是想象中那样充满传奇,而是需要脚踏实地,一步一个脚印地走。

一周后,林桦在点名会上,首次正式向大家介绍王宏志。林桦叮嘱他:"从今天起,你要追随的师父,就是我们的技术高手,有着多年工作经验的宫汝文师父。"

严冬时节,铁路桥上积雪如银,冰层如镜。林桦和宫汝文带头,王宏志不远不近跟随其后。探测不远就遇到了需要换新的螺栓。宫汝文掏出扳手,王宏志满脸期待说了句:"师父,我来行不?"宫汝文与林桦交换了个眼神,心意相通。扳手从师父的手中传递给了徒弟。

狂风中，王宏志的热情让他忽略了高处作业的风险，随着扳手加力身子随之倾斜。宫汝文和林桦瞬间出手，拉住已经向外倾斜出半个身子的王宏志。

"拧螺栓，不能往桥外使劲！很容易把人晃出去……"宫师父的肢体动作里充满严谨、严肃和严格。被吓出一脑袋汗的王宏志慢慢体会到，这每一个简单动作背后，都承载着桥隧人的血汗和智慧。

他跟随宫汝文认真面对每一项任务，全神贯注地学，扎扎实实地干。没过多久，他已然掌握了大部分的业务技巧，越来越能体会到师父口中工匠精神的真谛。

2016年5月，段技能大赛的报名通知，携着挑战与机遇一同降临。王宏志凭借着过去半年累积的汗水与付出，被林桦和宫汝文联名推举为参赛代表。

接下来的日子，王宏志像探矿者一样深入书海，挖掘业务书中的每一粒金砂。他向师傅们要来工作记录，像拼图一样将点滴经验串联起来。那些日子，王宏志的家，夜里总是亮着灯光，他深夜学习的剪影映在窗上，成了母亲最大的骄傲与安慰。

赛场上，王宏志拼尽全力，夺得了第二名的成绩。但他的内心却浪潮翻涌——他觉得自己应该，也必须捧回金牌，才算是对得起师父，也是对得起自己的结果。

之后的日子，晚霞如同王宏志心情的伴奏曲，映照着他在院子里独自苦练的身影。他憋足了劲儿，补齐自己的短板。一次下班后，大家都陆续回家了，只有他还在和泥巴。他和好一小堆儿水泥，在小院墙面上抹，翻来覆去抹了很多次，好不容易抹上去了，

中国铁路沈阳局集团有限公司通化工务段通化桥隧车间通化桥隧第一维修小组

却凹凸不平,一点也不美观。干瓦工活儿,他总是不得要领。

宫汝文见徒弟急得满头大汗,便走过去对他说:"这样不行,你得使巧劲儿,不能用蛮力。"说着,拿过王宏志手里的工具,告诉他怎么用巧劲儿把水泥均匀抹在墙面上,边讲边示范,那些水泥在宫汝文的手里特别"听话",想让它们待在哪儿就待在哪儿,想薄就薄,想厚就厚,抹在墙上平平整整、妥妥帖帖。

晚霞渐退,天边最后那抹红晕,见证了王宏志点点滴滴的成长。

对于王宏志来说,理论学习是另一个挑战。他反复咀嚼那些既枯燥又生涩的规章制度。师父的电话成了他的定时器,提醒并勉励他不断复习,让每一个惯性的记忆在脑海里盘旋,直到深刻。王宏志每天都在重复着自己的努力,夜幕的宁静是对他最好的陪伴。

2017年,段技能大赛的号角再次响起。这次,王宏志单枪匹马杀入决赛,一路过关斩将,最终夺得了技术状元。2018—2022年,他接连囊括集团公司技术标兵和技术能手称号。

对王宏志而言,辉煌只属于过去。他坚定的目光穿透即将逝去的晚霞,投向更远的所在。他不仅仅关注着脚下的钢轨,更在展望宽广的未来。

90后的孙浩晰和肖政桐是从客运段一道转岗的,面对完全不同的工作环境和重体力劳动,难免手足无措,一时无法适应。在老师傅们的鼓励和期待中,他们选择了迎难而上。汗水和岁月的洗礼中,他们逐渐成长、日见坚韧。

2022年8月,又一名90后——葛昊明,来到第一维修小组。他的天真无邪、乐观向上,为这个集体注入了新活力。面对工作上的困难与不便,他没有退缩,对前辈们的敬佩与向往,加深了他对岗位的热爱。他心中有一个坚定信念，就是要把自己变得更强大，成为这个团队不可或缺的一员。

生活种种犹如油彩画卷，深刻着力、温情脉脉。

90后们感受到班组亲人般的浓情，早已融入其中无法自拔。在人生最甜蜜的时刻——结婚，单亲家庭的王宏志感受到了从未有过的温暖。大喜之日，全班组不分你我，像一家人一样悉心帮忙，谋划婚礼的一切事宜：从婚车、司仪、宴席到点爆竹、贴喜字、接新娘，每一个细节都注入了班组大家庭的温情和细腻。

王宏志的感动溢于言表。他看着班组老大哥们憨厚或粗犷的面庞，饱含深情，内心充满感激与亲近。他爱上了这个班组，同样也爱上了这份使命至上的工作。

班组生活有苦有甜，随着技术装备的革新，环境设施的改善，大家的幸福指数要比过去高很多。生活中，他们寻得各自的乐趣，工余时，兄弟间的逗趣话语、撩闲玩笑常把枯燥与寂寞一一驱散，欢声笑语充斥着每个普通平凡的日子。

工长刘传双平等地看待属下每个兄弟，尤其是新加入的90后。当青涩的新兵在重体力作业下显出无力时，他总是冲到最前面，为他们分担。他坚信时间与经验会将每个新兵，都锻造成铁骨铮铮的桥隧汉子，锻造成第一维修小组组员该有的样子。

班长宫汝文，对待新兵有着同样的感慨与责任，"孩子们是我们带出来的，我们必须得把安全看紧，把他们扶上马，送一程。"他知道每个新兵的成长，什么才是至关重要的。

班长王宏志作为最早投身班组的90后，以其超越年龄的成熟和睿智，帮助、爱护着师弟们。不管哪一个显出力不从心时，他都

中国铁路沈阳局集团有限公司通化工务段通化桥隧车间通化桥隧第一维修小组

会挺身而出，为其缓解压力。

小哥儿几个聚在一处时，王宏志便会分享自己在班组的成长经历。他以新兵的视角，讲述班组里的故事，讲述自己如何由新兵逐步蜕变成长。

90后的成长，为第一维修小组注入了生机。他们一方面在老师傅教导下学习经验，另一方面，用自己的方式诠释着对工作的热爱和对未来的憧憬。他们不满足于现状，不断推动自我成长，一步一个脚印走向熟练和专业。

在第一维修小组这个大熔炉里，当年青涩的90后，已不再年少轻狂。现在，他们正挺起脊梁，成为这个大家庭的支柱、工作中的主力。他们虽然以90后之名闯入职场，但最终以自己的实力和毅力，书写了一串串感动人心的足迹。在这些故事里，有的不仅是他们在成长，更是第一维修小组跨越时代的最强音。

2023年10月，为适应日益增长的工作量，段里给班组增加了4名新成员，班组从13人增加至17人：其中3个是部队转业士官，有2个是90后，还有1个是毕业于石家庄铁道学院的00后。

张津瑞这个代表00后的新面孔，渴望挥洒汗水的机遇，通过不懈"软磨硬泡"，最终调到这个充满传奇的班组。他知道在这里能学到更多，成为更好的自己。这些新加入的成员，就像一股新鲜血液，为班组带来无限的生机与活力。

相亲相爱一家人

在第一维修小组，家文化就是一根无形的纽带，将家庭的每个

● 第一维修小组职工利用降雨间隙对梅集线防洪重点处所进行巡查（摄影　尹晨曦）

成员紧紧连接在一起。他们将亲情、友情、爱情、孝道融入工作和生活，筑起对家人爱的堤坝，把深情融入日常生活每一处细节。尽管工作常使他们与家人分离，但心灵上的联结却从未削弱。班组中固有的孝道和爱家氛围，是这个集体跳动的心脉，温暖而鲜活。

一天，一个年轻职工在与远方父母的通话中，表现出一丝不耐烦，他的声音略显刺耳，让空气中的温度骤然降低。面对父母对家中琐碎的反复提问，他的语气越发强硬，最终不耐烦地挂断电话。

小青年的这一行为，引起班组所有人的不满，刘传双二话没说上去就是一脚，踢得他蒙头蒙脑，愣在当场。刘传双瞪着眼睛咆哮："跟爹妈就这态度，你小子是典型缺揍！不管多忙、多累、多烦，也不管啥原因，这么对老人就是不行……"这不是单纯的批评，更是一种责任与爱的传递。

刘传双作为第一维修小组所有人公认的大家长，他知道一个班组所承载的，不仅是工作本身，还有做人做事，更是一种家庭的温

中国铁路沈阳局集团有限公司通化工务段通化桥隧车间通化桥隧第一维修小组

度与文化。

班组里的其他职工也是一样，他们把这些正能量，传承演绎得淋漓尽致。春节临近，工作的压力与对家庭的牵挂，交织成一条看不见的线。每天给家里老人打电话，成了他们日常的一部分，那是他们表达爱和思念的方式。

曹德伟是班组里除刘传双外，给家里打电话最多的人。隧道值守或外出施工，夜深人静时，他总会偷偷躲起来给母亲打去电话。他的声音细致而耐心，既有工作上的坚强，更有对母亲深沉的思念与关心。他说："多陪老人聊聊天，即便不在身边，声音的陪伴也是一种孝顺，这能让他们更安心。"

"声音的陪伴"在班组里传播开来，形成了一种敬老爱老的风气，班组里的每个人都遵循着这样的不言之教，不管工作多忙，身体多累，依旧坚持如初。

在过去的岁月里，班组职工也曾创造了许多温馨感人的片段，那些在节假日准备特产送给其他同事，那些在家人生病时倾囊相助的情节，时有发生。他们互帮互助，视班组为第二个家。

正是这样的环境，涌现出了无数充满正能量的故事，那名被踢的年轻人也很快意识到了自己的不妥。在后来的日子里，在黎明前的灯火下，他也会拿起手机，沉着温和地与家人聊天，声音中多了一份耐心与和煦。

团队的力量汇成河流，带动着每个人不断成长，回归传统美德。他们用自己的言行向人们证明：即便是在铁路桥隧工这个看似粗犷的行业，孝道与爱家的情怀也能生根发芽，绽放美丽的花朵。他们的形象不再是机械木讷的桥隧工，而是深情、温厚、睿智的现代铁路人。

2021年年初，新冠疫情如恶魔般横扫通化地区。为了确保铁路运输线这条生命通道不被阻断，部分人员要被选拔留守岗位，负责桥隧设施的检修与隧道内的除冰。

刘传双本想着只留下几名技术核心人员就行，但是面对突如其来的疫情，大家却都争抢着要求留下。

这个说："我是党员，我家担子轻，我留在单位。"

那个说："孩子有人照看，没有负担，我留下。"

集中管理，意味着与家人分离，意味着全天候、不分昼夜投入工作，没有人知道这段分别会持续多久，但大家争先恐后地表达着留下的决心。最终，13名组员，12人留在了单位，唯独赵宝臣被刘工长硬生生锁在门外。刘传双对着门外喊："外面总得有个人照应大家呀！"

事出突然，组员们没有带足衣物，北方的冬天干活非冰即汗，衣物一脏，就得立刻清洗。寥寥可数的暖气片上挂满了湿衣服。有时开工衣服还没干，就只能少穿一件，宁可少穿衣服挨冻，工作也绝对不能耽误。

集中管理没有休息日，每天都按计划检修作业，连续超负荷的工作，对体力和精神都是一种考验，尤其是对家人的担忧更是难熬。每天大家都会跟家里视频报平安："单位挺好的！"

"吃的穿的都不缺！"

"活儿不多，一点儿都不累！"

种种报喜不报忧，只为让家人安心。可即便条件再艰苦、任务再繁重，却没有一个叫苦喊累，没有一个打退堂鼓的。会做饭的，

中国铁路沈阳局集团有限公司通化工务段通化桥隧车间通化桥隧第一维修小组

每天收工后不顾疲惫给大伙做饭；谁身体不舒服，大家就主动帮他把活干了……

工友们在隧道里除冰，坚守了七天七夜。城市的封闭，让他们对家中的妻儿无比牵挂。刘传双说："放心吧，决不能让大家的妻儿饿肚子！"这不仅是一句简单的承诺，更是一份家人般的理解与牵挂。

为了具体落实这份承诺，被锁在门外，有通行证的赵宝臣开始往在岗职工的家中送饭、送菜、送水、送药。他的这份温暖，更是在大年三十夜里达到了巅峰。他硬是将热腾腾的饺子，送到了每位在岗职工的家里。在那个寒冷的、被疫情笼罩的冬夜，第一维修小组的亲情再次得以升华，赵宝臣和他的饺子，温暖了那个寒冷的冬天。

他们深爱着家人，家人也时刻牵挂着他们。工长刘传双的丈母娘，托人给他们送来了她亲手包的山菜馅饺子。为了能让他们吃饱，老太太足足包了一天，整整煮了四大锅。那饺子被大伙儿誉为："这辈子吃到的最好吃的饺子！"

岁月如梭，班组历经了34个棱角分明的年头。组员之间有离有合，但无不带着深厚的感情和不舍。这个班组不仅给了每个人家一般的温暖，还给了大家亲如兄弟的情感羁绊，给了他们一个共同守护的使命和荣誉。这份家人般的支撑和互助，这份家一样的血脉浓情，成为第一维修小组在风雨中最坚实的依仗，凝聚成他们可以战胜一切的力量。

草木发芽，岁月流逝。

大山里，一趟一趟列车带走了时光。第一维修小组一代又一代人，就像一颗颗道钉，扎根在隧道岩石间，扎根在高寒铁路上。

随着铁路的发展，科技的进步，各种装备不断更新，他们生活和工作的环境也在变得更好，不变的是他们扎根大山、守护安全的坚定，始终如一。

在长白山脉的崇山峻岭间，第一维修小组迎着风雪继续出发，线路旁斜斜的脚印延伸向远方，很快被风雪淹没……

人生很美！事业很美！大山很美！

扎根大山的高寒铁路人，更美！

创作手记

走近刘传双，走近第一维修小组，近距离感受他们坚守大山的日常，体会道钉精神的实质，既震撼又感动。

深入大山，远离喧嚣。在这里，时间仿佛放缓了脚步，但季节的更迭却让这群坚守的铁路人不停忙碌。隧道的冰霜和沉寂，在每个寒冷的冬季，隧道里，他们手持铁锤、钢钎挥汗如雨地砸碎坚冰，保障列车的畅行。夏天的山林则呈现出另一番景象。山风吹倒的老树和不稳的山石，都是安全的潜在威胁。他们用锯子和斧头，清理拦路的倒树。大山里，他们悬身崖壁，用血肉的臂膀擎住滚向路基的石头。

与他们对话，感受他们的喜怒哀乐，了解他们的故事，让人心潮激荡。那过往不仅是关于责任、关于大山、关于畅通，更是关于平凡、关于热爱、关于生命的感动。

视频·链接

中共中央宣传部、中国国家铁路集团有限公司联合发布 2023 年"最美铁路人"先进事迹

为深入学习贯彻习近平新时代中国特色社会主义思想和党的二十大精神，全面贯彻落实习近平总书记对铁路工作的重要指示批示精神，积极践行社会主义核心价值观和"人民铁路为人民"宗旨，大力弘扬劳模精神、劳动精神、工匠精神，激励广大铁路干部职工团结奋斗、埋头苦干，推动铁路勇当服务和支撑中国式现代化建设的"火车头"，中共中央宣传部、中国国家铁路集团有限公司向全社会公开发布 2023 年"最美铁路人"先进事迹。

获得 2023 年"最美铁路人"称号的 10 名个人和 1 个集体分别是中国铁路郑州局集团有限公司郑州车站运转车间车站值班员蒋涛、中国铁路西安局集团有限公司安康工务段巴山线路维修一工队副队长王庭虎、中国铁路上海局集团有限公司上海动车段调试车间列调一班工长张华、中国铁路南昌局集团有限公司南昌站客运车间客运值班员李军、中国铁路广州局集团有限公司海口综合维修段海口综合维修车间信号工王笑冰、中国铁路乌鲁木齐局集团有限公司库尔勒客运段和田一队列车长米尔班·艾依提、中国铁路青藏集

● 2024年1月23日，中共中央宣传部、中国国家铁路集团有限公司联合发布2023"最美铁路人"先进事迹。左起：陈燕平、王笑冰、米尔班·艾依提、斯朗旺扎、王庭虎、朱少铭、刘传双（代中国铁路沈阳局集团有限公司通化工务段通化桥隧车间通化桥隧第一维修小组）、蒋涛、张华、李军、马小利

有限公司格尔木机务段运一车间指导司机斯朗旺扎、中国铁建二十一局三公司成渝中线铁路钢构班班长马小利、中车株洲电力机车研究所有限公司正高级工程师陈燕平、广州铁路公安局惠州公安处普宁站派出所三级警长朱少铭，以及中国铁路沈阳局集团有限公司通化工务段通化桥隧车间通化桥隧第一维修小组。

他们中，有的心系"国之大者"，带领团队攻克中国铁路牵引传动系统关键技术；有的严格按标准流程"发号施令"，用工作"零差错"保障列车运行安全有序；有的三十六载永葆初心，扎根秦巴山区养护维修钢铁大动脉；有的满怀赤诚，手握闸把，在雪域高原书写不懈努力、执着追求的奋斗篇章；有的把群众的冷暖装在心里，完美诠释新时代铁路公安民警神圣使命……他们是我国铁路产业工人的优秀代表，是勤勉务实的劳动者、脚踏实地的奋斗者、朴实无华的追梦者，在最平凡的岗位，展现着"最美"的风采，迸发出"最美"的力量。

发布仪式现场采用视频展示、互动采访等形式，讲述"最美铁路人"先进事迹和工作生活感悟。中央宣传部、国铁集团负责同志为他们颁发荣誉证书。

新华社北京 2024 年 1 月 23 日电

《闪亮的名字——2023 最美铁路人发布仪式》，中央广播电视总台，2024 年 1 月 23 日

后 记

2024年春运前夕，中共中央宣传部和中国国家铁路集团有限公司联合命名10名个人和1个集体为2023年"最美铁路人"，并面向全社会集中发布宣传，受到了社会各界广泛好评和赞誉。

"最美铁路人"的事迹可学可鉴、精神可追可及，充分展现了新时代中国铁路高质量发展和新时代中国铁路人勇毅前行的良好形象。按照"最美铁路人"发布宣传工作安排，国铁集团党组宣传部牵头组建编写组，由中国铁路作家协会具体负责，王雄、李志强、杨天祥、黄丽荣、艾诺依等铁路作家作为指导老师，与作者们一同走进"最美铁路人"的工作生活，体悟他们的高尚情操，破译他们的成功密码，倾力创作了报告文学作品。现结集出版《2023最美铁路人》，以飨读者，同时向"最美铁路人"致以崇高的礼遇。

本书如有不妥之处，敬请读者批评指正。

本书编写组
2024年9月